国家出版基金项目
NATIONAL PUBLICATION FOUNDATION

草婴译著全集

第十三卷

俄文文法手册

上海文艺出版社
Shanghai Literature & Art Publishing House

草婴及其家人。

1953 年，中华书局出版的《俄文文法手册》。

序

这本手册是一本实用的俄文文法参考书。

1950 年春天,我第一次看到普尔金娜那本编给非俄罗斯学校教师参考用的"俄文文法简明手册"(И. М. Пулькина: Краткий справочник по русской грамматике),它那种独创一格的编辑方法,立刻把我吸引住了,编者在序言里说:这是一个尝试。我觉得这个尝试是成功的,是能够解决外国人学俄文的一些特有的困难的,因此我决定用编译的方式,把它介绍给中国的俄文教学者们。我的计划本来是想吸取普尔金娜书中所有的优点,并参考其他苏联新出版的文法书,再加上中国人学习俄文需要特别注意的地方,编成一本比较完备的、真正有实用价值的手册,但是由于个人能力的限制,这个计划没有能完成得像我所想望的那样。

这本手册的主要特点有下面几个:

一) 俄文词类的变化和用法,大部分都画成明白醒目的表格,表格之后大都附有最必要的简单说明;

二) 词法(морфология)和句法(синтаксис)不是分开来单独讲,而是在说明词法时,同时联系到句法,但是以说明词法为主;

三) 例句很多,而且深浅都有;

四) 重点叙述俄文文法中的各个重要部分,如格的用法、前置词的

用法、动词的变位和动词的两体等,在这几个部分中,例句特别丰富,表格也特别详细;

五) 每章之前都有文法知识的简要说明,但并不叙述文法用语的定义,因为它们跟实用没有什么关系;

六) 全部例句都附有译文,不过,为了尽量显示俄文文法的特点,全书译文大都采用"直译"的方法(这种译文跟一般的译文是有些不同的)。

这本手册从1950年5月动手编起,一直到最近才完成。中间因为病了一个时期,以致影响了原定的出版期,不论对读者和出版者,我都感到抱歉。

这本手册的编成,得到魏斯(А. И. Вейс)、以齐、孟昌等好几位朋友的帮助,我要在此特别感谢他们。还有池宁同志,在百忙中替本书设计封面,我也要谢谢他。最后,我诚恳地希望从事俄文教学工作的先辈、翻译界的朋友和正在学习俄文的同志们,能够多多给我批评和指教。

盛草婴

1952年9月12日于上海

参考书

1. И. М. Пулькина: Краткий справочник по русской грамматике.

2. А. С. Матийченко: Грамматика русского языка.

3. Л. В. Щерба: Грамматика русского языка.

4. Д. Н. Ушаков: Толковый словарь русского языка.

5. В. И. Чернышев и   Словарь современного русского литературного
   С. Г. Бархударов: языка(Т. 1,2).

6. А. М. Земский,
   С. Е. Крючков,   Русский язык(часть первая).
   М. В. Светлаев:

7. А. С. Бедняков и   Русский язык(часть первая).
   А. С. Матийченко:

8. В. А. Добромыслов: Русский язык.

目　录

第一章　名词
[СУЩЕСТВИТЕЛЬНОЕ]

§1. 名词概说
[Кра́ткие замеча́ния о существи́тельном]

俄文名词的基本文法形式有三种：性［род］、数［число́］和格［паде́ж］。性这个形式在俄文文法里是很重要的。名词的性分三类：阳性［мужско́й род］、阴性［же́нский род］、中性［сре́дний род］。

1. 说明人物和某些动物名称的名词，它们的性由实际的性别决定，在其他场合，文法上的性由词尾［оконча́ние］决定。

名词的性决定跟该名词有关的形容词、代词（大部分）、次第数词和过去时动词的词尾，例如：большо́й дом［大房子］（阳性），больша́я ко́мната［大房间］（阴性），большо́е окно́［大窗子］（中性）；наш пе́рвый уро́к［我们的第一课］（阳性），на́ша пе́рвая рабо́та［我们的第一件工作］（阴性），на́ше пе́рвое зада́ние［我们的第一项任务］（中性）；пруд замёрз［池结冰了］（阳性），река́ замёрзла［河结冰了］（阴性），о́зеро замёрзло

［湖结冰了］(中性)。

2. 俄文名词分六格：——

第一格，主格［имени́тельный паде́ж］　回答 кто？ что？

第二格，生格［роди́тельный паде́ж］　回答 кого́？ чего́？

第三格，与格［да́тельный паде́ж］　回答 кому́？ чему́？

第四格，对格［вини́тельный паде́ж］　回答 кого́？ что？

第五格，造格［твори́тельный паде́ж］　回答 кем？ чем？

第六格，前置格［предло́жный паде́ж］　回答 о ком？ о чём？

3. 六格的基本意义：——

第一格表示行为的主体［субъе́кт］(това́рищ чита́ет［同志读］)。

第二格表示所有(кии́та това́рища［同志的书］)。

第三格表示受到行为的人(пишу́ това́рищу［我写信给同志］)。

第四格表示行为的对象［предме́т］(получи́л письмо́［收到了一封信］，ви́дел това́рища［看到一个同志］)。

第五格表示行为的工具(пишу́ ме́лом［我用粉笔写字］)。

第六格只能与前置词连用。

(各格详细意义请参看表16—26)

4. 俄文名词中，有一部分外来语［заи́мствованные слова́］不变格，不变格的名词大多数是中性，例如：пальто́［大衣］，кино́［电影］，метро́［地下铁道］，ра́дио［无线电］，бюро́［局］，шоссе́［公路］。

5. 俄文名词通常都有单数［еди́нственное число́］和复数［мно́жественное число́］。不过，有一部分名词只用单数，有一部分名词只用复数(请参看表6)。

§2. 名词的性
[Род существи́тельного]

A. 按词尾决定名词的性　[Определе́ние ро́да существи́тельных по оконча́ниям]

表 1

单数					
	阳性		阴性		中性
硬子音	труд[劳动], колхо́з[集体农庄], лес[树林]	а	страна́[国家], ро́дина[祖国], газе́та[报纸]	о	окно́[窗], письмо́[信], де́ло[事情]
й	бой[战斗], май[五月], музе́й[博物院]	я	земля́[土地], дере́вня[乡村], пе́сня[歌], струя́[水流], па́ртия[党], револю́ция[革命]	ё е	ружьё[枪], копьё[矛], мо́ре[海], по́ле[田地], зда́ние[建筑], уще́лье[峡]
ь	день[白天], дождь[雨], путь[路]	ь	жизнь[生命], власть[政权], пло́щадь[广场]	мя	и́мя[名字], вре́мя[时间], зна́мя[旗帜]
ж ч ш щ	нож[刀], луч[光线], каранда́ш[铅笔], плащ[斗篷]	жь чь шь щь	рожь[黑麦], ночь[夜], тишь[静寂], по́мощь[帮助]		

注：1. 阳性名词和阴性名词都有以 ь 结尾的。以 ь 结尾的名词可以根据单数第二格来分出它们的性（例如：дождь 的第二格是 дождя́——阳性；пло́щадь 的第二格是 пло́щади——阴性）。有时还可以根据单数第一格的接尾部分出性别来：

a）凡人称名词的接尾部是-тель（чита́тель[读者]，писа́тель[作家]，руководи́тель[领导者]）或-арь（секрета́рь[书记]，библиоте́карь[图书馆管理员]，па́харь[农夫]）的，属阳性；

6）其他带接尾部-ость 的名词都属阴性（рáдость［快乐］，нóвость［新闻］，производи́тельность［生产率］）。

此外，必须记住那些最常用的以 ь 结尾的阳性名词和阴性名词（请参看表4）。

2．以-жь，-чь，-шь，-щь，结尾的名词都是阴性（рожь［黑麦］，тишь［静寂］，ночь［夜］，пóмощь［帮助］）。

3．一部分阳性人称名词，也有用-а 和-я 做词尾的，例如：ю́ноша［少年］，дя́дя［叔伯］（请参看表2Ⅱ）。

4．阳性名词带有指小接尾部［уменьши́тельные сýффиксы］-ушк-，-ишк-，-онк 或-ёнк-的，可以有词尾-а（有生命名词［назва́ния одушевлённых предме́тов］）和-о（无生命名词［назва́ния неодушевлённых предме́тов］），例如：де́душка［爷爷］，мальчи́шка［小男孩］，мужичóнка［小男人］；городи́шко［小城］，доми́шко［小房子］。阳性名词带有指大接尾部［увеличи́тельные сýффиксы］-ищ-或-ин-的，可以有词尾-е 和-а；带接尾部-ищ-的，词尾是-е（парни́ще［老家伙］，дружи́ще［老朋友］，голоси́ще［大声］；带接尾部-ин-的，词尾是-а（дети́на［大孩子］）。

5．在俄文中以-мя 结尾的名词总共只有十个：и́мя［名字］，вре́мя［时间］，зна́мя［旗帜］，се́мя［种子］，те́мя［头顶］，бре́мя［负担］，пле́мя［种族］，пла́мя［火焰］，вы́мя［兽类的乳房］，стре́мя［踏蹬］。这十个名词都是中性。

6．在不变格的外来语中，凡是没有生命的东西都属中性，例如：пальтó［大衣］，кинó［电影］，рáдио［无线电］，пари́［打赌］。（只有кóфе［咖啡］例外，属阳性：Я люблю́ крéпкий *кóфе*［我爱浓咖啡］）。在不变格的外来语中，凡是有生命的东西(鸟类、兽类等名称)都属阳性。

Б. 人称名词 ［Существи́тельные — назва́ния лиц］

表2

Ⅰ．普通阳性和阴性词尾的名词。 1．表明男性和女性的人称名词，通常都有按性属而分的词尾： 2．两性皆有的人称名词，不仅按性属词尾区分，而且更由接尾部来加以区分：	阳性	阴性
	брат［兄弟］ мáльчик［男孩子］ учени́к［男学生］ комсомóлец［男共青团员］ студéнт［男大学生］ стари́к［老人］ лётчик［男飞行员］	сестрá［姊妹］ дéвочка［女孩子］ учени́ца［女学生］ комсомóлка［女共青团员］ студéнтка［女大学生］ старýха［老妇］ лётчица［女飞行员］
注：1．大多数表明职业、职位、头衔等的阳性名词，也适用于女性，例如：педагóг［教育家］，врач［医生］，дóктор［博士］，секретáрь［秘书］，товáрищ［同志］，профéссор［教授］，садовóд［园艺家］。		

（续表）

   2. 某些用来说明人称的阴性名词如 до́кторша，дире́кторша 等有时指女博士，女厂长，有时则指博士的妻子，厂长的妻子。在文学语言这些词是不用的。
   3. 某些阳性人称名词并没有相当的阴性名词，例如：челове́к［人］，това́рищ［同志］，врач［医生］等。

Ⅱ. 词尾为-а 或-я 的阳性名词。
   1. 某些阳性人称名词的词尾用-а 或-я，例如：мужчи́на［男人］，ю́ноша［少年］，дя́дя［伯伯］，судья́［法官］，ста́роста［乡长］。更有一部分古词如：воево́да［司令，市长］，вельмо́жа［显贵］。
   2. 男子的名字和小名［уменьши́тельные имена́］可以有词尾-а 或-я：Лука́，Кузьма́，Алёша，Во́ва，Сёва，Воло́дя，Пе́тя，Ва́ня，Ва́ля，Ко́ля 等。
   3. 阳性人称名词，带指小接尾部的，词尾是-а：де́душка［爷爷］，мальчи́шка［小男孩］，старичи́шка［小老头（通常含有轻视的意思）］，старика́шка［小老头］，актёришка［小戏子，跑龙套］，мужичо́нка［小男人］。

Ⅲ. 词尾为-е 的阳性名词。
   词尾为-е 的阳性名词有：1. 带指大接尾部的名词，例如：парни́ще［老家伙］，дружи́ще［老朋友］，мастери́ще［老师父］。
   2. подмасте́рье(艺徒)这一个词也属阳性。
Ⅳ. 名词 дитя́(孩子)属中性。

Ⅴ. 词尾为-а 的通性名词［существи́тельные о́бщего ро́да］。
   有不少词尾为-а 的通性名词，它们的性要由讲到的人物的男女性来决定。

сирота́(孤儿)，кале́ка(残废人)，зева́ка(好管闲事的人)，неря́ха(不整洁的人)，запева́ла(合唱团的领唱者)，вы́скочка(爱好出风头的人)，пла́кса(哭虫)，у́мница(聪明人)，тупи́ца(笨货)，неве́жа(老粗)，неве́жда(目不识丁者)。

   如果谈到的是女性，那么这些阴性名词和跟它们有关的形容词、代词和过去时动词的词尾一律要用阴性。
   如果谈到的是男性，那么形容词、代词和过去时动词可以随便用阳性或阴性。

Кака́я ты неря́ха!
［你是一个多么不整洁的女人呵！］
Кака́я ты пла́кса!
［你是一个怎样的哭虫呵！］
Э́тот ма́льчик — кру́глый сирота́. 或
Э́тот ма́льчик — кру́глая сирота́.
［这个男孩子是一个没有父母的孤儿。］
Како́й ты неря́ха!
或
Кака́я ты неря́ха!

B. 兽类、鸟类、鱼类和昆虫类名称 ［Существи́тельные — назва́ния живо́тных，птиц，рыб，насеко́мых］

表 3

	阳性	阴性
1. 兽类和鸟类（主要是家畜和家禽）的雌雄性名称，如果词根［ко́рень］不同，就按照词尾来区分性属：	бара́н 公羊 бык 公牛 бо́ров 公猪 пету́х 公鸡 се́лезень 公鸭	овца́ 母羊 коро́ва 母牛 свинья́ 母猪 ку́рица 母鸡 у́тка 母鸭
2. 雌雄两性的名称，如果有同一的词根，就不仅按照词尾区分；阴性名词更有特殊的接尾部：	во́лк 雄狼 лев 雄狮 медве́дь 雄熊 тигр 雄虎 инди́ок 公火鸡	волчи́ца 雌狼 льви́ца 雌狮 медве́дица 雌熊 тигри́ца 雌虎 индю́шка 母火鸡
3. 大多数兽类、鸟类和鱼类的雌雄两性只有一个共用的词，而这种词的性属是由词形［фо́рма сло́ва］来决定的： 　а）阳性词尾为子音，阴性词尾为-а或-я：	雌雄通用 ёж 刺猬 крот 田鼠 кро́лик 家兔 кит 鲸鱼 носоро́г 犀牛 уж 无毒蛇 дя́тел 啄木鸟 ко́ршун 鸢 со́кол 鹰 я́стреб 大鹰 грач 白嘴鸦 ёрш 淡水鲈鱼 сом 鲶鱼 жук 甲虫 клоп 臭虫	雌雄通用 бе́лка 栗鼠 змея́ 蛇 кры́са 家鼠 лягу́шка 蛙 лиса́（лиси́ца）狐狸 обезья́на 猴子 соба́ка 狗 я́щерица 蜥蜴 га́лка 穴乌 куку́шка 杜鹃 ца́пля 苍鹭 аку́ла 鲨鱼 щу́ка 梭鱼 блоха́ 蚤 му́ха 蝇

（续表）

	阳性	阴性
6）以 ь 结尾的名词,它的性属根据单数第二格的形式来区别（олéнь — олéня[鹿],属阳性；рысь — рýси[山猫],属阴性）：	конь 马 лось 麋 олéнь 鹿 сóболь 黑貂 тюлéнь 海豹 глухáрь 雷鸟 гóлубь 鸽 гусь 鹅 журáвль 鹤 лéбедь 天鹅 снегúрь 照莺 голáвль 鲦鱼 карáсь 鲤鱼 óкунь 鲈鱼 пескáрь 白杨鱼 слепéнь 牛虻 трýтень 蜂 шмель 山蜂	лóшадь 马 мышь 鼠 рысь 山猫
4. 带接尾部 -онок, -ёнок 的幼小动物的名称属阳性：	волчóнок 小狼 котёнок 小猫 ягнёнок 小羊	
5. 凡是指动物的一切不变格名词（外来语[заúмствованные словá]）,不分性别,一律属阳性：	кенгурý 袋鼠 какадý 鹦鹉 колúбри 蜂雀 шимпанзé 黑猩猩	

　　注：在«Шимпанзé кормúла детёныша»（黑猩猩喂小黑猩猩）,«Кенгурý кормúла детёныша»（袋鼠喂小袋鼠）句子里,动词用阴性是表示 шимпанзé 和 кенгурý 在这里都是雌的。

Г. 以 ь 结尾的表示无生命物名词的性 [Род существи́тельных, обознача́ющих неодушевлённые предме́ты с ь на конце́]

表 4

阳 性		阴 性	
Автомоби́ль	汽车	Арте́ль	组合
анса́мбль	歌舞团		
		Бандеро́ль	包皮纸
Бино́кль	双眼望远镜	боле́знь	病
бре́день	拖网	боль	痛
буква́рь	识字课本	бровь	眉
бюллете́нь	公报，公告		
		Высь	高度
Ве́ксель	期票		
вихрь	旋风	Га́вань	港
волды́рь	水泡	гармо́нь	手风琴
вопль	号哭	гарь	烧焦物
		ги́бель	灭亡
Гвоздь	钉子	грань	棱角
го́спиталь	医院	грудь	胸部
гре́бень	梳子	грязь	垃圾
груздь	香菌		
		Даль	远方
Дви́гатель	发动机	дверь	门
дёготь	煤焦油	дробь	碎片
день	日子	дрожь	战栗
дирижа́бль	飞船		
дождь	雨	Жёлчь	胆汁
		жердь	棒
Жо́лудь	橡实	жизнь	生活
Инвента́рь	生财	Изгородь	栅栏
Календа́рь	日历	Ель	枞树
ка́мень	石头		
карто́фель	马铃薯	Колыбе́ль	摇篮

（续表）

阳　　性		阴　　性	
ка́шель	咳嗽	ко́поть	煤
кисе́ль	果酱	корь	麻疹
ковы́ль	羽茅草	крова́ть	床
контро́ль	监督	кровь	血
кора́бль	船		
ко́рень	根	Ладо́нь	手掌
косты́ль	拐杖	лазу́рь	天蓝
куль	手提袋	лень	懒惰
		любо́вь	爱
Ла́герь	阵营		
ла́поть	草鞋	Мазь	油膏
ларь	大箱子	ме́бель	家俱
ломо́ть	一片	меда́ль	奖章
		медь	铜
Монасты́рь	寺院	мель	砂洲
		мете́ль	风雪
Но́готь	指甲	мече́ть	回教寺
нуль	零	мозо́ль	胼胝
		мо́лодость	青春
Ого́нь	火	мора́ль	道德
Па́нцырь	甲胄	мысль	思想
паро́ль	口令		
пень	残干	Нить	线
пе́рстень	戒指		
пла́стырь	膏药	Обувь	鞋子
плете́нь	篱笆	о́зимь	冬作物
по́лдень	中午	о́пухоль	肿胀
портфе́ль	文件夹	о́сень	秋
по́ршень	活塞	ось	轴
про́филь	轮廓	о́ттепель	融雪天
пузы́рь	泡	о́чередь	轮流
пусты́рь	空地		
		Па́мять	纪念
Реме́нь	皮带	печа́ль	伤心
		печа́ть	报刊

（续表）

阳 性		阴 性	
роя́ль	三角钢琴	пе́чень	肝脏
рубль	卢布	пло́щадь	广场
руль	舵	по́дпись	签字
		полы́нь	苦艾
Спекта́кль	表演	по́росль	幼树
ста́вень	百叶窗	посте́ль	床铺
сте́бель	茎	при́быль	利润
сте́ржень	树心	при́стань	码头
суха́рь	面包干	про́рубь	冰面洞
		пыль	灰尘
Та́бель	表		
то́поль	杨树	Ра́дость	快乐
		ртуть	水银
Уголь	煤		
у́ровень	水平	Саже́нь	俄丈
		связь	联系
Фити́ль	丝火线	сеть	网
фли́гель	翼	сире́нь	丁香
фона́рь	灯笼	ска́терть	台布
		смерть	死亡
Хмель	蛇麻草	соль	盐
хруста́ль	车料玻璃	сталь	钢
		ста́рость	衰老
Ци́ркуль	圆周	степь	草原
Штéмпель	打印器	Тень	影子
штéпсель	塞子	тетра́дь	簿子
штиль	无风天	ткань	织物
Щаве́ль	酸模	Цель	目的
ще́бень	碎石子	цепь	锁链
Якорь	锚	Честь	光荣
янта́рь	琥珀		

(续表)

阳　　　性		阴　　　性	
я́сень	秦皮	Шине́ль	外套
ячме́нь	大麦	ширь	幅度
		Щель	裂缝

词尾有 ь 的月份一律属阳性：янва́рь〔一月〕，февра́ль〔二月〕，апре́ль〔四月〕，ию́нь〔六月〕，ию́ль〔七月〕，сентя́брь〔九月〕，октя́брь〔十月〕，ноя́брь〔十一月〕，дека́брь〔十二月〕。

注：1. 以-знь, -сть, -сь, -вь, -бь, -пь 结尾的无生命名词，一律属阴性（жизнь〔生命〕，честь〔光荣〕，высь〔高度〕，любо́вь〔爱〕，про́рубь〔冰面洞〕，степь〔草原〕）。
2. 带接尾部-ость 的名词一律属阴性（ста́рость〔衰老〕，мо́лодость〔青春〕，ра́дость〔快乐〕）。
（参看表1后的注16）

§3. 名词的数
〔Число́ существи́тельного〕

A. 名词的复数　〔Мно́жественное число́ существи́тельных〕

表 5

I . 改变词尾而构成复数		
阳性和阴性		注
单数	复数	
第一格		
	Ы	**Ы**
заво́д　工厂	заво́ды	名词复数第一格词尾用 ы
колхо́з　集体农庄	колхо́зы	者为：

（续表）

I. 改变词尾而构成复数		
阳性和阴性		注
单数	复数	
第一格		
маши́на 机器 газе́та 报纸 страна́ 国家	маши́ны газе́ты стра́ны	（一）以硬子音结尾的阳性名词（词干以 ж,ч,ш,щ 及 г,к,х 结尾者除外）； （二）以 a 结尾的阴性名词。
	И	И
1）геро́й　　英雄 　бой　　　战斗 　музе́й　　博物院 　трамва́й　电车	геро́и бои́ музе́и трамва́и	用于 1）以 й 结尾的阳性名词； 2）以 я 结尾的阴性名词；
2）дере́вня　乡村 　статья́　　文章 　па́ртия　　党	дере́вни статьи́ па́ртии	
3）вождь　　领袖 　пло́щадь　广场	вожди́ пло́щади	3）以 ь 结尾的阳性名词和阴性名词；
4）това́рищ　同志 　ро́ща　　　灌木林 　нож　　　刀 　межа́　　　畦道 　врач　　　医生 　ночь　　　夜 　каранда́ш　铅笔 　мышь　　　鼠	това́рищи ро́щи ножи́ межи́ врачи́ но́чи карандаши́ мы́ши	4）词干以 ж,ч,ш,щ 结尾的阳性名词和阴性名词；
5）фа́брика　工厂 　звук　　　声音 　нога́　　　脚 　враг　　　敌人 　стару́ха　老妇 　пасту́х　牧人	фа́брики зау́ки но́ги враги́ стару́хи пасту́хи	5）词干以 г,к,х 结尾的阳性名词和阴性名词。

(续表)

中性		复数	注
单数			
		A	**A**
де́ло	事情	дела́	用在以 o 结尾的中性名词。
пра́во	权利	права́	
госуда́рство	国家	госуда́рства	
письмо́	信	пи́сьма	
хозя́йство	经济	хозя́йства	
сре́дство	手段	сре́дства	
		Я	**Я**
по́ле	田野	поля́	用在以 e, ё 结尾的中性名词。
мо́ре	海	моря́	附注: 特例: у́хо — у́ши(耳朵);
собра́ние	会议	собра́ния	плечо́ — пле́чи(肩膀); коле́но —
восста́ние	起义	восста́ния	коле́ни(膝); ве́ко — ве́ки(眼睑);
ружьё	枪	ру́жья	я́блоко — я́блоки(苹果)。

注意: 在 ж 之后 и 读作 ы; 所以 ножи́ 应该读作 ножы́。

阳性名词在构成复数时的一些特点

单音节 [односло́жные]	双音节 [двухсло́жные]	三音节 [трёхсло́жные]	注
бок — бока́[侧面]	бе́рег — берега́[岸]	профе́ссор — профессора́[教授]	一部分阳性名词,如果它们的复数第一格词尾是 а 或 я,重音常常在词尾上。
век — века́[世纪]	ве́чер — вечера́[晚]	учи́тель — учителя́[男教员]	注意:1. 在现代俄罗斯文学语里,阳性复数第一格 профессора́[教授]有时作 профе́ссоры, директора́[经理]有时作 дире́кторы, редактора́[编辑]有时作 реда́кторы; 不过 ре́ктор[校长], ле́ктор[讲师], инспе́ктор[监督]的复数
глаз — глаза́[眼睛]	го́лос — голоса́[声音]		
дом — дома́[房子]	го́род — города́[城市]		
край — края́[边境]	до́ктор — доктора́[博士]		
лес — леса́[森林]	о́стров — острова́[岛]		

(续表)

单音节 [односло́жные]	双音节 [двухсло́жные]	三音节 [трёхсло́жные]	注
лут — луга́ [草地] снег — снега́ [雪] сорт — сорта́ [种类]	па́рус — паруса́ [帆] по́езд — поезда́ [火车] по́вар — повара́ [厨子]		第一格却只有 ре́кторы, ле́кторы, инспе́кторы 一种。 　2. 在现代的谈话里常常用договора́, 但在文学里却用догово́ры[条约]。

Ⅱ. 改变词干和词尾而构成复数

阳　　　性

	注
граждани́н — гра́ждане　[公民] крестья́нин — крестья́не　[农民] англича́нин — англича́не　[英国人] армяни́н — армя́не　[亚美尼亚人]	阳性名词如果以-анин (-янин)结尾, 它的复数第一格是-ане(-яне); 就是在复数第一格里-ин变成-е。阳性名词词尾为-ин变成复数的几个特例: господи́н — господа́ [先生], хозя́ин — хозя́ева[主人], тата́рин — тата́ры [鞑靼人], болга́рин — болга́ры[保加利亚人]。
ребёнок — ребя́та　[孩子] телёнок — теля́та　[小牛] волчо́нок — волча́та　[小狼] котёнок — котя́та　[小猫] утёнок — утя́та　[小鸭]	表明小动物的阳性名词, 如果以-онок,-ёнок结尾, 它的复数第一格是-ата,-ята。 　, ребёнок 一词的复数有时用де́ти。

阳性和中性			注
брат — бра́тья [兄弟] муж — мужья́ [丈夫]	друг — друзья́ [朋友](г 改 з)	перо́ — пе́рья [笔头] крыло́ — кры́лья [翼]	一部分阳性和中性名词, 多数第一格的词尾用-ья。 　друг 这个词在文学语

(续表)

阳性和中性			注
лист — ли́стья [树叶] стул — сту́лья [椅子]	сук — су́чья [枝条] клок — кло́чья [小片](к 改 ч)	де́рево — дере́вья [树] звено́ — звє́нья [环子]	里复数第一格有时作 дру́ги。例如：Я не хочу́, о *дру́ги*, умира́ть. Я жить хочу́, чтоб мы́слить и страда́ть.[呵，朋友们，我不愿死。我要活着，好思想和受苦。](普希金)
прут — пру́тья [树枝] ко́лос — коло́сья [穗]	сын — сыновья́ [儿子]		сын 的另一复数 сыны́ 有两种用法：1）用在文学中的颂祝辞里，例如：Как я люблю́, Кавка́з мой велича́вый, твои́х *сыно́в* войнственные нра́вы ....[我伟大的高加索呵，我多么爱你的儿子们的尚武风气……]。(普希金) 2）在现代的语言里作祖国的儿女解，例如：Ка́ждый день мы с Гэ́лей быва́ем на моги́ле сынове́й .... Я всегда́ ду́маю, что вот наста́ла та жи́знь, за побе́ду кото́рой поги́бли на́ши сыновья́ и мно́гие ты́сячи лу́чших *сыно́в* вели́кой ма́тери-Ро́дины ....[每天我跟盖里亚到儿子们的墓地去……我常常想，那种生活已经来到了，——为了争取这种生活的胜利，我们的儿子们和伟大祖国的千万优秀儿女们牺牲了……]。(伊格拿托夫)

（续表）

中　　性	
врéмя — временá[时间] знáмя — знамёна[旗帜] и́мя — именá[名字] стрéмя — стременá[踏蹬] сéмя — семенá[种子] плéмя — племенá[种族] нéбо — небесá[天] чу́до — чудесá[奇迹]	词干扩大的计有： 　1）以 мя 结尾的中性名词。 　2）以 о 结尾的两个中性名词：нéбо，чу́до。

注：1）вы́мя[兽类的乳房]，плáмя[火焰]，брéмя[负担]，тéмя[头顶]等词的复数是不用的。

　　2）врéмя 这个词的复数有特殊意义：в тяжёлые *временá* цáрского самодержáвия....[在沙皇专制的苦难岁月里……]，в те далёкие *временá*....[在那遥远的日子里……]

　　3）нéбо 的复数 небесá 通常多用在诗歌里：

«Синéя блéщут *небесá*».[天空在发着青色的光。]　　　　　　（普希金）

«Яснéли хóлмы и лесá, и просыпáлись *небесá*....»[小山和树林显得清楚了，天空醒来了……]　　　　　　（普希金）

«Звёзды гáснут в небесáх....»[星星在天空里消失……]　　（柴哥斯金）

注意：一部分阳性名词有二种不同形式的复数，它们的意义也是不同的。

单数	复　　数			
лист	листы́	（纸的）张数	ли́стья	树叶
зуб	зу́бы	（动物的）牙齿	зу́бья （工具的）	轮齿
кóрень	кóрни	根	корéнья	块茎
прóпуск	прóпуски	缺席	пропускá	通行证
колéно	колéни	膝	колéнья	环节
мех	мехá	毛皮	мехи́	袋
муж	мужья́	丈夫	му́жи	伟人
óбраз	óбразы	形象	образá	神像
прóвод	проводá	电线	прóводы	送行
сын	сыновья́	儿子	сыны́ （国家的）	子民
учи́тель	учителя́	教师	учи́тели	导师
хлеб	хлéбы	面包	хлебá	五谷
чу́до	чу́да	怪物	чудесá	奇迹

（续表）

> 注：1）Цветóк［花］的复数是цветы́；цвет［颜色］的复数是цветá。
> 2）Человéк 的复数是лю́ди。但用在说明个数时，复数第二格用человéк。例如：Скóлько человéк?［几个人?］Пять человéк［五个人］。
> 3）Счетá［帐目］是счёт 的复数；而счёты［算盘］却没有单数。

Б. 只用单数和只用复数的名词　［Существи́тельные, употребля́ющиеся тóлько в еди́нственном и́ли тóлько во мнóжественном числé］

表6

I. 只用单数的名词	
1. 物质名词［веще́ственные существи́тельные］：	желéзо［铁］, серебрó［银］, зóлото［金］, медь［铜］, чугу́н［生铁］, молокó［奶］, водá［水］, снег［雪］, соль［盐］, мукá［面粉］, винó［酒］等等。
注：一部分物质名词也可以用复数：1）在指示种类时——дороги́е ви́на［贵重的酒］；дешёвые ви́на［廉价的酒］；минерáльные вóды［矿质水］；лечéбные вóды［有治疗功效的水］；минерáльные сóли［矿物盐］；2）用在诗歌里——"Мосты́ нави́сли над водáми."［桥架在水上。]（普希金）"Гони́мы вéшними лучáми, с окрéстных гор ужé снегá сбежáли му́тными ручья́ми на потоплённые лугá..."［受着春光的驱逐，雪已经从周围的山上化成混浊的水流，流到浸水的草地上……]（普希金）	
2. 蔬菜、浆果和谷类的名称：	картóфель［马铃薯］, морковь［胡萝卜］, лук［葱］；рожь［黑麦］, овёс［燕麦］, лён［亚麻］；мали́на［覆盆子］, клубни́ка［杨梅］, земляни́ка［草莓］。
3. 集合名词［собирáтельные существи́тельные］：	молодёжь［青年］, крестья́нство［农民］, студéнчество［学生］, листвá［树叶］。
4. 一部分抽象名词［абстрáктные существи́тельные］：	энéргия［精力］, бóдрость［勇气］, рáдость［快乐］, мóлодость［青春］, белизнá［白色］, темнотá［黑暗］, добротá［善良］, внимáние［注意］, чтéние［诵读］, социали́зм［社会主义］, материали́зм［唯物论］。

（续表）

注：第四组的抽象名词有时也可以有复数，不过意义与原来的稍微有些不同。例如：Ка́ждый вто́рник устра́ивались *литерату́рные чте́ния*.［每星期二举行文学朗诵会］；*Ма́ленькие ра́дости жи́зни*.［生命的小小欢乐］；斐定的小说"*Пе́рвые ра́дости*"［《初欢》］。

5. 方向、国名和月份：	се́вер［北］，юг［南］，за́пад［西］，восто́к［东］；янва́рь［一月］，февра́ль［二月］；Кита́й［中国］，Росси́я［俄罗斯］等等。
Ⅱ. 只用复数的名词	
1. 表示"成对"东西的名词：	но́жницы［剪刀］，очки́［眼镜］，брю́ки［裤子］，са́ни［雪橇］，щипцы́［钳子］，весы́［秤］，воро́та［大门］。
2. 其他根据习惯只用复数的名词：	бу́дни［星期日除外的工作日］，де́ньги［钱］，дрова́［木柴］，дро́жжи［酵母］，духи́［香水］，имени́ны［命名日］，кани́кулы［假期］，по́хороны［葬仪］，сли́вки［奶酪］，су́мерки［黄昏］，су́тки［昼夜］，счёты［算盘］，часы́［钟表］，черни́ла［墨水］。

注：1）跟这些名词有关的品词一律要用复数：Начали́сь ле́тние кани́кулы.［暑假开始了。］Люблю́ *вече́рние су́мерки*.［我爱暮色。］Принесли́ *сухи́х дров*［拿来了一些干柴。］Купи́л *кра́сные черни́ла*.［我买了红墨水。］

2）часы́ 作钟表的意思时只用复数；但作钟点的意思时，单数、复数都用，例如：стенны́е *часы́*［挂钟］，карма́нные *часы́*［挂表］；Приду́ че́рез час.［我过一个钟头来。］Приду́ че́рез пять *часо́в*.［我过五个钟头来。］

3）очки́ 作眼镜的意思时只用复数（Потеря́л свои́ но́вые *очки́*.［我丢了自己的一副新眼镜］）；但在作点数的意思时，单数（очко́），复数（очки́）都用（Това́рищ получи́л на одно́ *очко́ бо́льше*, чем я.［同志比我多得到一点］）。

§ 4. 名词的变格 [Склонéние существи́тельного]

A. 阳性和中性名词的变格 [Склонéние существи́тельных мужско́го и срéднего ро́да]

表 7

数 单 性	阳 性						中 性		词尾
	учени́к[学生]	заво́д[工厂]	вождь[领袖]	ого́нь[火]	геро́й[英雄]	бой[战斗]	дéло[事情]	пóле[田野]	
第一格	учени́к	заво́д	вождь	ого́нь	геро́й	бой	дéло	пóле	а，я
第二格	ученика́	заво́да	вождя́	огня́	геро́я	бо́я	дéла	пóля	у，ю
第三格	ученику́	заво́ду	вождю́	огню́	геро́ю	бо́ю	дéлу	пóлю	同第一格
第四格	ученика́	заво́д	вождя́	ого́нь	геро́я	бой	дéло	пóле	同第二格
第五格	ученико́м	заво́дом	вождём	огнём	геро́ем	бо́ем	дéлом	пóлем	ом，ем
第六格	об ученикé	о заво́де	о вожде́	об огне́	о геро́е	о бо́е	о дéле	о пóле	е
	пролетáрий[无产者]						собрáние[会议]		
第一格	пролетáрий						собрáние		и
第二格	пролетáрия						собрáния		
第三格	пролетáрию						собрáнию		
第四格	пролетáрий						собрáние		
第五格	пролетáрием						собрáнием		
第六格	о пролетáрии						о собрáнии		

注：1）一切中性名词及表明无生命物的阳性名词，第一格与第四格相同（заво́д，дéло）。

2）表明有生命物的阳性名词，第二格与第四格相同（вождя́，героя）。

3）词尾为-ий 的阳性名词和词尾为-ие 的中性名词，单数第六格的词尾为-ии（пролетáрий—о пролетáрии，собрáние—о собрáнии）（参看表 9）。

4）阳性名词如果词尾是-а，-я（ю́ноша[少年]，судья́[法官]），它的变格法与同样词尾的阴性名词相同（参看表 13）。

5）阳性名词如путь[道路]和中性名词дитя́[孩子]和一切词尾为-мя 的中性名词有特殊变格法（参看表 13）。

6）以 ж，ч，ш，щ 结尾的名词，如果重音在最后一个音节，它的第五格是-ом（борцо́м[战士]，ножо́м[刀]），如果重音不在最后一个音节，它的第五格是-ем（комсомо́льцем[共青团员]，товáрищем[同志]）。

Б. 阳性名词某几个格形式上的特点　［Осо́бенности в фо́рмах не́которых падеже́й существи́тельных мужско́го ро́да］

表8

Ⅰ．词尾用-у(-ю)的单数第二格

一部分阳性名词的单数第二格,有两种形式:-a(-я)和-у(-ю)。-a(-я)是普通形式,-у(-ю)是特殊形式。特殊形式的用法如下:

1)用在指示物质的数量或者物质的一部分的时候: （注意：хлеб［面包］和овёс［燕麦］的第二格,不能用-y作词尾）	1) кусо́к са́хару［一块糖］; стака́н ча́ю［一杯茶］; килогра́мм мёду［一公斤蜜］; килогра́мм песку́［一公斤砂］。 Купи́ть са́хару［买一些糖］; вы́пить ча́ю［喝一些茶］; попро́бовать мёду［尝一些蜜］; набра́ть хво́росту［拾一些枯枝］。 "Я поднёс ему́ ча́шку ча́ю ..."［我端给他一碗茶……］(普希金)。 "Воро́не где-то бог посла́л кусо́чек сы́ру ..."［上帝在不知什么地方送给乌鸦一小块干酪……］(克雷洛夫) "В нём виногра́ду ки́сти рде́лись..."［其中一绺绺的葡萄成熟了……］(克雷洛夫) "Тут, взяв песку́, дресвы́ и ме́лу, Мужи́к мой приступа́ет к де́лу ..."［这时,我的农人拿了一些黄沙,石子和白粉,开始工作……］(克雷洛夫)
2)用在表明: 　а)地点——用在前置词 из, до之后: 　б)时间——用在前置词до, с, о́коло之后:	2) Вы́шел и́з дому［从家里出去］, вы́шел и́з лесу［从树林里出去］; шёл до́ дому це́лый час［走到家里花了整整一个钟头］(重音常常移到前置词)。 "Волк и́з лесу в дере́вню забежа́л ..."［狼从树林跑到村子里……］(克雷洛夫) "Одна́жды в студёную зи́мнюю по́ру я и́з лесу вы́шел ... был си́льный моро́з ..."［有一次在一个严寒的冬日,我走出树林……天冷得厉害……］(聂克拉索夫) "До́ дому ещё бы́ло вёрст во́семь ..."［到家还有八俄里左右……］(屠格涅夫) Ждал тебя́ с ча́су дня.［从白天一点钟起等你。］ Ждал тебя́ до ча́су дня.［等你到白天一点钟。］

（续表）

в）原因——用在前置词 c（co）之后：	Броди́л в лесу́ *о́коло ча́су.*［在树林里漫游近一个钟头。］ "Мы стоя́ли на тя́ге *о́коло ча́су."*［我们狩猎了近一个钟头。］（屠格涅夫） Побеле́л *с испу́гу, со стра́ху.*［由于恐怖，由于惊吓而脸色发白。］ "Заболе́ла *с перепу́гу."*［由于受惊过度而生起病来。］（契诃夫） "Бе́сится *с жи́ру."*［由于生活过分饱暖而闹脾气。］（冈察洛夫） "Помира́ет *со́ смеху."*［他笑死了。］（屠格涅夫）
3）跟前置词一起用在某些特殊短语里：	Упусти́л *из виду*［忽略了］。Не ви́дел его́ *от роду*［从出生起没有看到过他］。Жду его́ *с ча́су на час*［我一小时又一小时地等着他］。*С бо́ку на́ бок...*［从一边到另一边……］*Бе́з году неде́ля*［一段很短的时间］。*Бе́з толку.*［没有结果］。 "*Час о́т часу* ого́нь слабе́е станови́лся..."［火势一小时一小时地减弱下去……］（克雷洛夫） "Ве́тер ме́жду тем *час о́т часу* станови́лся сильне́е..."［不过风一小时一小时地大起来……］（普希金） "А бе́дный пруд *год о́т году* всё глох..."［而可怜的水池却一年一年地在枯干下去……］（克雷洛夫） "А се́рдце во мне бьётся, как *о́т роду* не би́лось..."［我的心跳得很厉害，有生以来从来不曾那么跳过……］（屠格涅夫） "*От роду* не встреча́л я счастли́вца столь блиста́тельного..."［有生以来我没有碰到过这么了不起的幸运儿……］（普希金）
4）用在某些否定句里：	Он *не пришёл ко мне ни ра́зу.*［他一次也没有到我的地方来过。］О нём *ни слу́ху, ни ду́ху.*［关于他音讯全无。］ "До са́мого конца́ декабря́ *не вы́пало снегу*..."［直到十二月底没有下过雪……］（屠格涅夫） "*Не пока́зывает да́же виду*..."［简直不动声色。］（屠格涅夫）

(续表)

	"Поми́луй, мне ещё и от роду *нет го́ду*, — ягнёнок говори́т..." ["行行好吧,我生下来还不满一岁呢,"小羊说道……](克雷洛夫)
	"Из ко́жи ле́зет вон, а во́зу всё *нет хо́ду* ..."[用足力气,可是车子却依旧没有走……](克雷洛夫)
	"Так по́тчевал сосе́д Демья́н сосе́да Фо́ку И не дава́л ему́ *ни о́тдыху, ни сро́ку*."[邻人台米羊那么款待邻人福卡,简直弄得他应接不暇。](克雷洛夫)*Hú скла́ду, ни ла́ду*. [杂乱无章。]

注:用-y(-ю)做词尾的单数第二格,常常用在谈话里、寓言里、民谣和成语里(Не спроси́сь *бро́ду*, не су́йся в во́ду. [没有打听过涉水处的深浅,不要冒险下水。] Не от росы́ урожа́й, а *от по́ту*. [收获不靠雨露,而靠血汗])。

Ⅱ. 词尾用-y(-ю)的单数第六格

一部分阳性名词的单数第六格,在前置词 в,на 之后,词尾用-y(-ю),而重音就在词尾上。(大多数指地点,而且常常是单音节词)

В	НА
в лесу́[在树林里],в саду́[在花园里],в бору́[在松林里],в снегу́[在雪中],в углу́[在角落里],в шкафу́[在橱里],в мозгу́[在脑子里],во рту́[在嘴里],в носу́[在鼻子里],в глазу́[在眼睛里],в зобу́[在嗉囊里],во лбу́[在额角里],в бою́[在战斗中],в строю́[在队伍里],в полку́[在团里],в тылу́[在后方],в плену́[在俘房中],в ряду́[在一排里],в порту́[在港里],в Крыму́[在克里米亚],	на лугу́[在草地上],на берегу́[在岸上],на мосту́[在桥上],на полу́[在地板上],на лбу́[在额上],на носу́[在鼻子上],на шкафу́[在橱顶上],на посту́[在岗位上],на борту́[在船上],на краю́[在边境上],на Дону́[在顿河上]。
в отпуску́[在休假中](Был ме́сяц *в отпуску́* = Был ме́сяц *в о́тпуске*. [有过一个月的假期]),в цвету́[在开花](Дере́вья в по́лном *цвету́*. [树上鲜花盛开]),в пуху́[在鸡毛里](Ры́льце у тебя *в пуху́*. [你的脸上沾满鸡毛,意即做过坏事]),	на ходу́[在进行中](Маши́на останови́лась на по́лном *ходу́*. [汽车在疾驰中停了下来])。на бегу́[在奔跑中]。

（续表）

в бреду́［在昏迷中］（Больно́й в бреду́.［病人在昏迷中］）。

"Ста́лин зовёт нас в труде́ и в бою́ би́ться с враго́м за отчи́зну свою́..."［斯大林号召我们，为了自己的祖国，在劳动中，在战斗中，打击敌人……］（强布尔）

"В лесу́ раздава́лся топо́р дровосе́ка..."［树林里传出樵夫的伐木声……］（聂克拉索夫）

"Кро́ет уж лист золото́й вла́жную зе́млю в лесу́..."［树林里金黄的树叶盖着潮湿的土地……］（马伊柯夫）

"Чем жа́рче де́нь, тем сла́достней в бору́ дыша́ть сухи́м смоли́стым аро́матом..."［天气愈热，在松树林里闻到的干燥松脂的香气愈甜蜜……］

"В саду́ во тьме́ лени́во сы́плется тёплый дождь..."［在花园的黑暗中懒洋洋地落着暖雨……］（托尔斯泰）

В порту́ проби́ли скля́нки на вое́нном су́дне..."［港口里军舰上的时钟敲过了……］

"Что и́щет он в стране́ далёкой? Что ки́нул он в краю́ родно́м?"［他在远遥的国家找求什么？他在自己的故乡抛下了什么？］（莱蒙托夫）

"В дыму́ висе́ло ора́нжевое со́лнце..."［在烟雾里悬挂着一个橘红色的太阳……］

"...А сыр во рту́ держа́ла."［……而嘴里则衔着一块干酪。］（克雷洛夫）

От ра́дости в зобу́ дыха́нье спёрло..."［由于快乐喉咙里呼吸塞住了……］（克雷洛夫）

"Ста́лин на своём посту́," — го́рдо отве́тила Та́ня.［"斯大林在自己的岗位上。"丹娘傲然地回答。］（黎定）

"На берегу́ пусты́нных волн Стоя́л он, ду́м вели́ких полн, И вдаль гляде́л..."［他站在荒漠的波浪的岸上，头脑里充满伟大的思想，同时向着远处眺望……］（普希金）

"Лягу́шка, на лугу́ уви́девши вола́, затея́ла сама́ в дородстве с ним сравня́ться..."［青蛙在草地上看见了一头牛，自己打算去跟它比比大小……］（克雷洛夫）

"На краю́ горизо́нта тя́нется серебряная цепь снеговы́х верши́н..."［在地平线的边上伸展着雪峰的银链……］（屠格涅夫）

"Вчера́ я прие́хал в Пятиго́рск, на́нял кварти́ру на краю́ го́рода..."［昨天我来到了披亚基哥斯克，在城市的边上租了一座房子……］（莱蒙托夫）

"На по́лном бегу́ на́ бок сала́зки — и Са́ша в снегу́..."［雪橇在疾驰中倾倒了——萨沙就倒在雪地里……］（聂克拉索夫）

注：1）在表明年份和钟点时，阳性名词第六格的词尾也可以用-у(-ю)：В како́м году́?［在哪一年？］В 1947 году́.［在一九四七年。］В про́шлом году́.［在去年。］В кото́ром часу́?

［在几点钟？］В пéрвом *часý*. ［十二点多。］还有：на своём *вéку*. ［在自己的一生里。］（Мнóго вúдел я на своём *вéку*. ［我在自己的一生里看到许多事物。］）

　　2）在别的前置词之后，所有这些名词的第六格仍用它们的普通词尾-e(*о лéсе, о Крúме, о гóде, о чáсе* 等)。

　　3）在民歌里有时可以看到"в лéсе"的用法："В тёмном *лéсе*, за рекóй, стоúт дóмик небольшóй."［在黑暗的树林里，在河那边，有一座小小的房子。］

　　4）如果前置词в并不指地点，那么第六格的词尾仍用-e，例如：Он знáет толк *в лéсе*. ［他知道树林的益处。］

B. 阴性名词的变格　［Склонéние существúтельных жéнского рóда］

表9

单　　数				
以 a 和 я 结尾的阴性名词				词尾
第一格	рабóта［工作］	странá［国家］	дерéвня［乡村］	земля́［土地］	а，я
第二格	рабóты	страны́	дерéвни	земли́	ы，и
第三格	рабóте	странé	дерéвне	землé	е
第四格	рабóту	странý	дерéвню	зéмлю	у，ю
第五格	рабóтой(ою)	странóй(óю)	дерéвней(ею)	землёй(ёю)	ой(ою)，ей(ею)
第六格	о рабóте	о странé	о дерéвне	о землé	е
以 ия 结尾的阴性名词				
第一格	пáртия［党］	револю́ция［革命］		и
第二格	пáртии	револю́ции		
第三格	пáртии	револю́ции		и
第四格	пáртию	револю́цию		
第五格	пáртией	револю́цией		
第六格	о пáртии	о револю́ции		и
以 ь 结尾的阴性名词				
第一格	власть［权力］	речь［言语］	рожь［黑麦］	ь
第二格	влáсти	рéчи	ржи́	и
第三格	влáсти	рéчи	ржи́	и
第四格	власть	речь	рожь	同第一格
第五格	влáстью	рéчью	рóжью	ью
第六格	о влáсти	о рéчи	о ржи	и

注：1. 以 a 结尾的阴性名词，它的第二到第六格的词尾是 ы, e, y, ой(ою), e。以 я 结尾的阴性名词，它的第二到第六格的词尾是 и, e, ю, ей(ею), e。

2. 以 ия 结尾的阴性名词和单只以 я 结尾的阴性名词，它们的不同在第三格和第六格：以 ия 结尾的第三和第六格的词尾是 и，而单只以 я 结尾的第三和第六格的词尾却是 e。

3. 以 ь 结尾的阴性名词构成特殊的变格法。它们的第二、第三和第六各格以 и 结尾，第五格以 ью 结尾，而第四格却总是跟第一格相同的。

4. 阴性名词 мать[母亲]和 дочь[女儿]有特殊变格法(请参看表13)。

Г. 名词复数的变格 [Склонéние существи́тельных во мнóжественном числé]

表 10

	复		数			词尾
第一格	заво́ды	вожди́	дела́	поля́	рабо́ты	дере́вни	
第二格	заво́дов	вожде́й	дел	поле́й	рабо́т	дереве́нь	
第三格	заво́дам	вождя́м	дела́м	поля́м	рабо́там	деревня́м	ам, ям
第四格	заво́ды		дела́	поля́	рабо́ты	дере́вни	同第一格
		вожде́й					同第二格
第五格	заво́дами	вождя́ми	дела́ми	поля́ми	рабо́тами	деревня́ми	ами, ями
第六格	о заво́дах	о вождя́х	о дела́х	о поля́х	о рабо́тах	о деревня́х	ах, ях

注：1. 所有阳性、阴性和中性名词复数第三格、第五格和第六格的词尾都是相同的。带硬词干[твёрдая осно́ва]的名词用-ам, -ами, -ах, 带软词干[мя́гкая осно́ва]的名词用-ям, -ями, -ях。

2. 凡表明无生命物的名词，它们的复数第一格和第四格相同(заво́ды, поля́, дере́вни)；凡表明有生命物的名词，它们的复数第二格和第四格相同(вожде́й)。

3. 一部分带软词干的名词，它们的复数第五格有两种用法相同的形式(дверя́ми — дверьми́[门]；лошадя́ми — лошадьми́[马])。

Д. 名词复数第二格的各种形式 ［Роди́тельный паде́ж

表 11

	1	2	3	4	5
名词种类	以硬子音结尾的阳性名词（ж，ч，ш，щ除外） заво́д — заво́ды	以 й 结尾的阳性名词 геро́й — геро́и	复数第一格以 ья 结尾的阳性和中性名词 брат — бра́тья крыло́ — кры́лья	以 ь 结尾的阳性和阴性名词 вождь — вожди́ пло́щадь — пло́щади	以 ж,ч,ш,щ 结尾的阳性名词和以 жь，шь，щь 结尾的名词 сто́рож — сторож мышь — мы́ши каранда́ш — кара луч — лучи́ ночь — но́чи това́рищ — това́ вещь — ве́щи
复数第二格词尾:					
-ов	заво́дов				
-ев		геро́ев	бра́тьев кры́льев		
-ей			只有三个: муже́й, сынове́й друзе́й	вожде́й площаде́й	стороже́й, мыше́й, луче́й, това́рищей
没有词尾: （最后是硬子音或 ь）					
注	如果阳性名词单数第一格词尾为 ц 而重音不在词尾, 它的复数第二格词尾为-ев(ком-сомо́льцев)。				

существи́тельных во мно́жественном числе́]

6	7		8			
以-a 或-я 结尾的阴性名词	以 o 结尾的中性名词		以-e,-ë 结尾的中性名词			
	письмо́ — пи́сьма де́ло — дела́	带指小接尾部-ик 的名词 ли́чико — ли́чики	по́ле — поля́ мо́ре — моря́	жили́ще — жили́ща	собра́ние — собра́ния	ружьё — ру́жья
рабо́та — рабо́ты земля́ — зе́мли ро́ща — ро́щи статья́ — статьи́ па́ртия — па́ртии						
		ли́чиков				
			поле́й море́й			
рабо́т земе́ль, рощ й 的: стате́й, па́ртий	пи́сем дел			жили́щ	用 й 的: собра́ний ру́жей	
果阴性名词单数第一词尾为 ья (шалу́нья, пу́нья), 而重音不在词尾, 它的复数第二格词尾为-ий (шалу́ний, певу́ний). 意: ешня́ — клешне́й; здря́ — ноздре́й; ля — доле́й; вожжа́ — жже́й; свеча́ — свече́й, 过也可以用свеч.	中性名词 о́блако 的复数第二格为 облако́в.	中性名词 у́хо 的复数第二格为 уше́й.				

注：名词复数第二格有几种不同的形式：有的并没有特殊词尾，而用硬子音或 ь 作结束(жéнщин[女人],земéль[土地]),有的用 й 作结束(струй[波浪],лúний[路线]),有的用-ов,-ев,-ей 结尾(завóдов[工厂],музéев[博物院],боёв[战斗],вождéй[领袖],полéй[田地],степéй[草原])。

1. 以硬子音结尾的阳性名词，它的复数第二格词尾用-ов(завóд — завóды — завóдов;дом — домá — домóв),但以 ж,ч,ш,щ 结尾的不在此列。以 ц 结尾的阳性名词,如果复数第二格的词尾是-ов,重音在词尾(бойцóв[战士],борцóв[战士]);如果复数第二格的词尾是-ев,重音不在词尾(комсомóльцев[共青团员])。

2. 名词复数第二格词尾用-ев 的计有:

а) 以 й 结尾的一切阳性名词(герóй — герóи — герóев[英雄];бой — бои — боёв);

б) 复数第一格以-ья 结尾的阳性名词和中性名词(лист — лúстья — лúстьев[树叶],дéрево — дерéвья — дерéвьев[树]),但是也有几个例外(сын — сыновья́ — сыновéй[儿子];друг — друзья́ — друзéй[朋友])。

3. 名词复数第二格词尾用-ей 的计有:

а) 以 ь 结尾的一切阳性名词和阴性名词(вождь — вождéй[领袖];плóщадь — площадéй[广场];стéпень — степенéй[等级];учúтель — учителéй[男教员]);

б) 以 ж,ч,ш,щ 结尾的阳性名词和以 жь,чь,шь,щь 结尾的阴性名词(阳性:плащ — плащú — плащéй[斗篷];врач — врачú — врачéй[医生];нож — ножú — ножéй[刀];каранда́ш — карандашú — карандашéй[铅笔]。阴性:вещь — вéщи — вещéй[东西];речь — рéчи — речéй[语言];мышь — мы́ши — мышéй[鼠]);

в) 以-е 结尾的中性名词(мóре — моря́ — морéй[海];пóле — поля́ — полéй[田野]);不过假使在-е 之前是 ж,ч,ш,щ 的,不在此列(учúлище — учúлища — учúлищ[学校];жилúще — жилúща — жилúщ[住宅])。

4. 名词复数第二格省去词尾的计有:

а) 以-а 结尾的所有阴性名词(газéта — газéт[报纸];тýча — туч[乌云];рóща — рощ[灌木林]);

б) 以-я 结尾的所有阴性名词(пýля — пуль[子弹];земля́ — земéль;дерéвня — деревéнь[乡村];кýхня — кýхонь[厨房];бáрышня — бáрышень[小姐];пéсня — пéсен[歌];вúшня — вúшен[樱桃]);

в) 以-о 结尾的中性名词(окнó — óкон[窗];письмó — пúсем[信]);

г) 词干以 ж,ч,ш,щ 结尾的中性名词(учúлище — учúлищ;жилúще — жилúщ;клáдбище — клáдбищ[墓园])。

5. 名词复数第二格以-ий 结尾的计有:

а) 以-ия 结尾的阴性名词(пáртия — пáртий[党];мóлния — мóлний[闪电];акáция — акáций[槐树]);

б) 以-ья 结尾而重音不在词尾的阴性名词(шалýнья — шалýний[爱好嬉戏的女人];летýнья — летýний[爱好调动工作的女人])。如果重音在词尾,复数第二格要用-ей(семья́ — семéй[家];свинья́ — свинéй[猪]);

в) 以-ие 和-ье 结尾的中性名词(собрáние — собрáний[会议];здáние — здáний[建筑物];ущéлье — ущéлий[峡谷]),但也有例外,如 ружьё — рýжей[枪]。

E. 名词复数变格的一些特点 ［Нéкоторые осóбенности в склонéнии существѝтельных во мнóжественном числé］

表 12

			注
第一格	грáждане[公民]	крестья́не[农民]	以-анин,-янин 结尾的阳性名
第二格	грáждан	крестья́н	词(граждани́н, крестья́нин),复
第三格	грáжданам	крестья́нам	数第一格是-ане,-яне,复数第二格
第四格	грáждан	крестья́н	再删去 e(грáждан,крестья́н)。其
第五格	грáжданами	крестья́нами	余各格仍按照普通变格法改变词
第六格	о грáжданах	о крестья́нах	尾(грáжданам,крестья́нам 等等)。
第一格	ребя́та[孩子]	волча́та[小狼]	以-ёнок,-онок 结尾的表明幼
第二格	ребя́т	волча́т	小动物的阳性名词(ребёнок,
第三格	ребя́там	волча́там	волчóнок),复数第一格是-ата,
第四格	ребя́т	волча́т	-ята,复数第二格再删去 а
第五格	ребя́тами	волча́тами	(ребя́т,волча́т),其余各格仍按
第六格	о ребя́тах	о волча́тах	照普通变格法改变词尾
			(ребя́там,волча́там 等等)。
复数第一格		复数第二格	
глаза́[眼睛]		глаз	
чулки́[袜子]		чулóк	
арши́ны[俄丈]		арши́и	
солда́ты[兵士]		солда́т	
партиза́ны[游击队员]		партиза́н	所有这些名词的复数第二格
грузи́ны[格鲁吉亚人]		грузи́и	和单数第一格相同。
болга́ры[保加利亚人]		болга́р	
ту́рки[土耳其人]		ту́рок	
башки́ры[巴什基尔人]		башки́р	
第一格	лю́ди[人们]		человéк[人]的复数,只用第
第二格	людéй		二格到第六格,普通只在计算人
第三格	лю́дям		数时应用,复数第二格和单数第
第四格	людéй		一格相同。
第五格	людьми́		лю́ди 则用在不计人数的时
第六格	о лю́дях		候,它的第一到第六各格都可以
			使用。

Ж. 几个特别变格的名词 ［Осо́бое склоне́ние не́которых существи́тельных］

表 13

单 数					
中 性		阳 性	阴 性		
第一格	и́мя［名字］	зна́мя［旗帜］	путь［路］	мать［母亲］	дочь［女儿］
第二格	и́мени	зна́мени	пути́	ма́тери	до́чери
第三格	и́мени	зна́мени	пути́	ма́тери	до́чери
第四格	и́мя	зна́мя	путь	мать	дочь
第五格	и́менем	зна́менем	путём	ма́терью	до́черью
第六格	об и́мени	о зна́мени	о пути́	о ма́тери	о до́чери

复 数					
第一格	имена́	знамёна	пути́	ма́тери	до́чери
第二格	имён	знамён	путе́й	матере́й	дочере́й
第三格	имена́м	знамёнам	путя́м	матеря́м	дочеря́м
第四格	имена́	знамёна	пути́	матере́й	дочере́й
第五格	имена́ми	знамёнами	путя́ми	матеря́ми	дочерьми́
第六格	об имена́х	о знамёнах	о путя́х	о матеря́х	о дочеря́х

注：1）以-мя 结尾的中性名词一律照 и́мя 的方式变格（вре́мя, зна́мя, пла́мя, се́мя, бре́мя, те́мя, вы́мя, стре́мя, пле́мя——意义可参看表 1 之后的注 5）。Пла́мя, бре́мя, те́мя, вы́мя 这四个词通常不用复数。Се́мя, стре́мя 的复数第二格是 семя́н, стремя́н。

2）中性名词 дитя́，在现代俄文里通常单数只用第一格和第四格。在需要用其他各格的时候，则用 ребёнок — ребёнка, ребёнку 等等。复数则 де́ти 和 ребя́та 都可以使用。不过在古典作家的文章里也有应用 дитя́ 单数各格的，例如："Ка́шу зава́рит, ня́нчится с дитя́тей..."［烧粥，照顾孩子……］（普希金）。

дитя́ 的变格如下：

单数	复数
дитя́［孩子］	де́ти
дитя́ти	дете́й
дитя́ти	де́тям
дитя́	дете́й
дитя́тей	детьми́
о дитя́ти	о де́тях

3）阳性名词 путь 的单数和复数变格法，和以 ь 结尾的阴性名词（кость［骨］）相同，唯一不同的是单数第五格（путём, ко́стью）。

4）阴性名词 мать 和 дочь，除了单数第一格及第四格外，其余各格一律要在词干上加-ер-。

3. 人名与地名的变格　［Склоне́ние слов, обознача́ющих фами́лии и назва́ния городо́в］

表 14

以-ын,-ин 结尾的男姓以及阳性和中性地名				
第一格	Илья́н（男姓）	Каля́зин（城名）	Цари́цыно（城名）	以-ин,-ын 结尾的人名和地名,跟普通阳性名词不同的地方,在于单数第五格-ым,不过以-ин(Берли́н)结尾的外国城名,第五格仍用-ом（над Берли́ном）。
第二格	Ильина́	Каля́зина	Цари́цына	
第三格	Ильину́	Каля́зину	Цари́цыну	
第四格	Ильина́	Каля́зин	Цари́цыно	
第五格	Ильины́м	Каля́зиным	Цари́цыным	-ым
第六格	об Ильине́	о Каля́зине	о Цари́цыне	

以-ов,-ев 结尾的男姓			
第一格	Петро́в	Серге́ев	以-ов,-ев 结尾的男姓第五格用-ым。
第二格	Петро́ва	Серге́ева	
第三格	Петро́ву	Серге́еву	
第四格	Петро́ва	Серге́ева	
第五格	Петро́вым	Серге́евым	-ым
第六格	о Петро́ве	о Серге́еве	

以-ов,-ев,和-о 结尾的阳性和中性地名			
第一格	Сара́тов	Ку́нцево	以-ов,-ев 结尾的地名,各格变化和以硬子音结尾的阳性名词相同。
第二格	Сара́това	Ку́нцева	
第三格	Сара́тову	Ку́нцеву	
第四格	Сара́тов	Ку́нцево	
第五格	Сара́товом	Ку́нцевом	-ом
第六格	о Сара́тове	о Ку́нцеве	

以-ина,-ова 结尾的女姓			
第一格	Ильина́	Петро́ва	以-ина,-ова 结尾的女姓,变格法和阴性形容词相同,不过第四格却跟普通阴性名词相同,用-у。
第二格	Ильино́й	Петро́вой	
第三格	Ильино́й	Петро́вой	
第四格	Ильину́	Петро́ву	
第五格	Ильино́й	Петро́вой	
第六格	об Ильино́й	о Петро́вой	

（续表）

男人和女人的姓名		
Иваницкий Бельский	Иваницкая Бельская	词尾像形容词的姓，变格法和形容词相同。
Иван Мария	Иванович Ивановна	名字和父名各自独立变格，变格法如词尾相同的普通名词。在谈话中，Иван Иванович 读作 Иван Иваныч，而且名字通常是不变格的。
Дурново Пушных Чутких Долгих		有些俄罗斯人的姓，具有特殊的词尾，这种姓是不变格的。
Шевченко Короленко Безбородко Хвойко		以-енко 和-ко 结尾的乌克兰人的姓，通常是不变格的（у Короленко，у Хвойко）；如果要变格，那么就和以-a 结尾的阴性名词一样（У Короленки，писал Короленке，видел Короленку，говорил с Короленкой）。
Мицкевич Каганович Бородич		以-ич 或-ович，-евич 结尾的姓，如果是指男人，那么照词尾相同的名词变格；如果是指女人，就不变格。
Шмидт Моцарт		以硬子音结尾的外国人的姓，如果是指男人，那么照词尾相同的名词变格；如果是指女人，就不变格。
姓 Гарибальди Сальери Россети Золя Джамба	**地名** Баку Тбилиси Сочи Скопле Чикаго	以母音结尾的非俄罗斯人的姓，和以-у，-и，-е，-о 结尾的非俄罗斯地名，不变格。
Капабланка		以-a 结尾的非俄罗斯人的姓，如果重音不在词尾，可以照以-a 结尾的阴性名词变格。

§5. 名词和重音
[Существи́тельные и ударе́ние]

A. 名 词 重 音 的 基 本 类 型 [Основны́е ти́пы ударе́ния в существи́тельном]

1. 重音地位固定的,那就是说,在所有的单数和复数各格里,重音永远固定在一个音节: побе́да, побе́ды, побе́де...; студе́нт, студе́нта, студе́нту...; движе́ние, движе́ния, движе́нию...。

2. 单数第四格,重音从词尾移到词首: рука́ — ру́ку(单四); голова́ — го́лову(单四)。

3. 复数第一格重音移到词首: рука́ — ру́ки(复一); голова́ — го́ловы(复一)。

4. 复数各格,重音都移到词首: письмо́—复数 пи́сьма, пи́сем, пи́сьмам...。

5. 单数和复数的第二到第六各格,重音移到最后一个音节: конь, коня́, коню́...(单数); ко́ни, коне́й, коня́м...(复数)。

6. 复数第二到第六各格,重音移到最后一个音节: волк—复数 во́лки, волко́в, волка́м...。

7. 单数第六格用在前置词 в, на 之后,指地方或时间时,重音移到最后一个音节: лес — в лесу́; мост — на мосту́; год — в про́шлом году́; печь — на печи́, в печи́; степь — в степи́。

注: 阳性名词单数第六格,只有当词尾是-y 的时候,重音才移到词尾。

Б. 名词重音移动的几种重要类型 ［Нéкоторые важнéйшие тѝпы передвижéния ударéния в существѝтельном］

表 15

	I. 以-a, -я 结尾而重音在词尾的阴性名词		
双音节 1. 单数第四格和复数第一、第四格的重音移到词首（但 земля́ 的复数第三格重音也移到词首）。	**单 数** 1. рука́[手], земля́[土地] 2. рукѝ, землѝ 3. рукé, землé 4. 5. рукóй, землёй 6. о рукé, о землé	⟶	ру́ку, зéмлю
	复 数 1. ⟶ 2. рук земéль 3. рука́м, ⟶ 4. ⟶ 5. рука́ми земля́ми 6. о рука́х о земля́х		ру́ки, зéмли зéмлям ру́ки, зéмли
2. 复数各格重音移到第一音节。	**单 数** 1. страна́[国家] 2. страны́ 3. странé 4. страну́ 5. страно́й(óю) 6. о странé	**复 数** стра́ны стран стра́нам стра́ны стра́намн о стра́нах	
3. 重音地位固定不变的。	**单 数** 1. ру́чка[钢笔], статья́[文章] 2. ру́чки, статьѝ 3. ру́чке, статьé 4. ру́чку, статью́ 5. ру́чкой(ою), статьéй(éю) 6. о ру́чке, о статьé		

（续表）

	复　数	
	1. ру́чки,　　　статьи́	
	2. ру́чек,　　　стате́й	
	3. ру́чкам,　　статья́м	
	4. ру́чки,　　　статьи́	
	5. ру́чками,　　статья́ми	
	6. о ру́чках,　о статья́х	
三音节 1. 词根有-оро-, -оло-的三音节词，单数第四格和复数第一、第四格重音移到词首。	**单　数** 1. голова́[头],　сторона́[方面] 2. головы́,　　сторо́ны 3. голове́,　　стороне́ 4. ——————→ 5. голово́й,　стороно́й 6. о голове́,　о стороне́	 го́лову, сто́рону
	复　数 1. ——————→ 2. голо́в,　сторо́н 3. голова́м,　сторона́м 4. ——————→ 5. голова́ми,　сторона́ми 6. о голова́х,　о сторона́х	го́ловы, сто́роны го́ловы, сто́роны
2. 词根没有-оро-, -оло-的三音节词，复数各格重音移到第二音节。	**单　数** 1. широта́[宽度] 2. широты́ 3. широте́ 4. широту́ 5. широто́й(ою) 6. о широте́	
	复　数 1. ——————→ 2. ——————→ 3. ——————→ 4. ——————→ 5. ——————→ 6. ——————→	широ́ты широ́т широ́там широ́ты широ́тами о широ́тах

(续表)

	II. 以 ь 结尾的阴性名词	
1. 复数第二到第六各格重音移到词尾（但复数第四格如果跟第一格相同,它的重音也不变动）。	**单　数** 1. óчередь[次序]，　плóщадь[广场] 　 мышь[鼠] 2. óчереди，　　　плóщади， 　 мы́ши 3. óчереди，　　　плóщади， 　 мы́ши 4. óчередь，　　　плóщадь， 　 мышь 5. óчередью，　　плóщадью， 　 мы́шью 6. об óчереди，　о плóщади， 　 о мы́ши **复　数** 1. óчереди，　плóщади， 　 мы́ши 2. ──────────────▶ 3. ──────────────▶ 4. óчереди，　плóщади ▶ 5. ──────────────▶ 6. ──────────────▶	 очередéй， площадéй, мышéй очередя́м， площадя́м, мыша́м мышéй очередя́ми площадя́ми, мыша́ми об очередя́х о площадя́х, о мыша́х
2. 单数第六格和复数第二到第六格重音移到词尾（但复数第四格如果跟第一格相同,它的重音也不变动）。	**单　数** 1. печь[炉子] 2. пéчи 3. пéчи 4. печь 5. пéчью 6. о пéчи，　　в печи́	在这一类词里，单数第六格的重音移到词尾，只在当它表示地点的时候：в печи́，但：о пéчи；в степи́，但：о стéпи。

（续表）

	复　数	
	1. пéчи	
	2. ⟶	печéй
	3. ⟶	печáм
	4. пéчи	
	5. ⟶	печáми
	6. ⟶	о печáх
3. 但是重音也有可以不改变的。	单　数	
	1. тетрáдь［簿子］	
	2. тетрáди	
	3. тетрáди	
	4. тетрáдь	
	5. тетрáдью	
	6. о тетрáди	
	复　数	
	1. тетрáди	
	2. тетрáдей	
	3. тетрáдям	
	4. тетрáдь	
	5. тетрáдями	
	6. о тетрáдях	

Ⅲ. 以硬子音和 ь 结尾的阳性名词

1. 单数第二到第六格和复数各格的重音都移到词尾。	单　数	
	1. старúк［老人］,дождь［雨］	
	2. ⟶	старикá,　　дождя́
	3. ⟶	старикý,　　дождю́
	4. ⟶	старикá,　　дождь
	5. ⟶	старикóм,　дождём
	6. ⟶	о старикé,　о дождé
	复　数	
	1. ⟶	старикú,　　дождú
	2. ⟶	старикóв,　дождéй
	3. ⟶	старикáм,　дождя́м
	4. ⟶	старикóв,　дождú
	5. ⟶	старикáми,　дождя́ми
	6. ⟶	о старикáх, о дождя́х

（续表）

	单 数	
	1. огóнь[火], отéц[父亲]	
	2. ⟶	огня́, отца́
	3. ⟶	огню́, отцу́
	4. ⟶	огóнь, отца́
	5. ⟶	огнём, отцóм
	6. ⟶	об огнé, об отцé
	复 数	
	1. ⟶	огни́, отцы́
	2. ⟶	огнéй, отцóв
	3. ⟶	огня́м, отца́м
	4. ⟶	огни́, отцóв
	5. ⟶	огня́ми, отца́ми
	6. ⟶	об огня́х, об отца́х
2. 单数和复数第二到第六格,重音全部移到词尾(但第四格如果跟第一格相同,它的重音也不变动)。	**单 数**	
	1. гвоздь[钉]	
	2. ⟶	гвоздя́
	3. ⟶	гвоздю́
	4. гвоздь	
	5. ⟶	гвоздём
	6. ⟶	о гвоздé
	复 数	
	1. гвóзди	
	2. ⟶	гвоздéй
	3. ⟶	гвоздя́м
	4. гвóзди	
	5. ⟶	гвоздя́ми
	6. ⟶	о гвоздя́х
3. 复数各格重音全部移到词尾。	**单 数**	
	1. сад[花园]	
	2. сáда	
	3. сáду	
	4. сад	

（续表）

	单／复数	
	5. са́дом	
	6. о са́де	（但：в саду́）
	复 数	
	1. ────────→	сады́
	2. ────────→	садо́в
	3. ────────→	сада́м
	4. ────────→	сады́
	5. ────────→	сада́ми
	6. ────────→	о сада́х
4. 复数第二到第六各格重音移到词尾。	**单 数**	
	1. волк［狼］	
	2. во́лка	
	3. во́лку	
	4. во́лка	
	5. во́лком	
	6. о во́лке	
	复 数	
	1. во́лки	
	2. ────────→	волко́в
	3. ────────→	волка́м
	4. ────────→	волко́в
	5. ────────→	волка́ми
	6. ────────→	о волка́х
5. 重音地位固定不变的。	**单 数**	
	1. студе́нт［大学生］	
	2. студе́нта	
	3. студе́нту	
	4. студе́нта	
	5. студе́нтом	
	6. о студе́нте	
	复 数	
	1. студе́нты	
	2. студе́нтов	
	3. студе́нтам	
	4. студе́нтов	
	5. студе́нтами	
	6. о студе́нтах	

(续表)

注：1. 以硬子音结尾的阳性名词，如果单数第六格的词尾是-y(-ю)，那么这一格的重音总是在词尾，例如：на мосту́, в лесу́, в саду́, на краю́。

2. 以硬子音结尾的阳性名词，如果复数第一格的词尾是-а(-я)，那么复数各格的重音总是在词尾，例如：города́ городо́в, города́м 等；учителя́, учителе́й, учителя́м 等。

Ⅳ. 以-о, -е(-ё)结尾的中性名词			
双音节 1. 单数各格重音全部在词首，复数各格重音全部移到词尾。	单 数		
	1. ме́сто[地位], по́ле[田地], мо́ре[海]		
	2. ме́ста, по́ля, мо́ря		
	3. ме́сту, по́лю, мо́рю		
	4. ме́сто, по́ле, мо́ре		
	5. ме́стом, по́лем, мо́рем		
	6. о ме́сте, о по́ле о мо́ре		
	复 数		
	1. ⟶		места́, поля́, моря́
	2. ⟶		мест, поле́й, море́й
	3. ⟶		места́м, поля́м, моря́м
	4. ⟶		места́, поля́, моря́
	5. ⟶		места́ми, поля́ми, моря́ми
	6. ⟶		о места́х, о поля́х, о моря́х
2. 单数各格重音全部在词尾，复数各格重音全部移到词首。	单 数		
	1. окно́[窗], лицо́[脸], ружьё[枪]		
	2. окна́, лица́, ружья́		
	3. окну́, лицу́, ружью́		
	4. окно́, лицо́, ружьё		
	5. окно́м, лицо́м, ружьём		
	6. об окне́, о лице́, о ружье́		
	复 数		
	1. ⟶		о́кна, ли́ца, ру́жья
	2. ⟶		о́кон, лиц, ру́жей
	3. ⟶		о́кнам, ли́цам, ру́жьям
	4. ⟶		о́кна, ли́ца, ру́жья
	5. ⟶		о́кнами, ли́цами, ру́жьями
	6. ⟶		об о́кнах, о ли́цах, о ру́жьях

（续表）

3. 重音地位固定不变的。	**单　数** 1.　жа́ло［螫］ 2.　жа́ла 3.　жа́лу 4.　жа́ло 5.　жа́лом 6. о жа́ле **复　数** 1.　жа́ла 2.　жал 3.　жа́лам 4.　жа́ла 5.　жа́лами 6. о жа́лах	
三音节 1. 单数各格重音在词首，复数各格重音移到第二音节。	**单　数** 1.　о́зеро［湖］ 2.　о́зера 3.　о́зеру 4.　о́зеро 5.　о́зером 6. об о́зере **复　数** 1.　———————→ 2.　———————→ 3.　———————→ 4.　———————→ 5.　———————→ 6.　———————→	озёра озёр озёрам озёра озёрами об озёрах
2. 单数各格重音在词尾，复数各格重音移到第二音节。	**单　数** 1.　ремесло́［手艺］ 2.　ремесла́ 3.　ремеслу́ 4.　ремесло́ 5.　ремесло́м 6. о ремесле́	

(续表)

	复　　数	
	1. ——————————→	ремёсла
	2. ——————————→	ремёсел
	3. ——————————→	ремёслам
	4. ——————————→	ремёсла
	5. ——————————→	ремёслами
	6. ——————————→	о ремёслах
3. 重音地位固定不变的。	单　　数	
	1. болóто［沼泽］, варéнье［果酱］	
	2. болóта, варéнья	
	3. болóту, варéнью	
	4. болóто, варéнье	
	5. болóтом, варéньем	
	6. о болóте о варéнье	
	复　　数	
	1. болóта, варéнья	
	2. болóт, варéний	
	3. болóтам, варéньям	
	4. болóта, варéнья	
	5. болóтами, варéньями	
	6. о болóтах, о варéньях	

B. 名 词 的 重 音 移 到 前 置 词 上　　［Передвижéние ударéния существи́тельного на предлóг］

名词跟前置词连用,有时会丧失它独立的重音,也就是说:重音转移到前置词上去。这种转移可以在下列各种情形中遇到:

1. 以-a,-я 结尾的阴性名词,单数第一格的重音在词尾,单数第四格的重音如果移到词首,那么,当单数第四格和复数第四格跟前置词连用时,重音就转移到前置词上去:

рукá 　［手］(单1) — рýку(单4) — зá руку(单4) — зá руки(复4)

головá［头］(单1) — гóлову(单4) — зá голову(单4)

例：Он схвати́лся *зá голову*.［他抱住了头。］

2. 以硬子音结尾的阳性名词,如果词根包含-opo-或-epe-而重音在第一个音节,当它的单数第四格和第五格跟前置词连用时,重音转移到前置词上去:

го́род［城市］(单1) — зá го́род(单4) — зá го́родом(单5);

бе́рег［岸］(单1) — ná бе́рег(单4)。

例：Мы поéхали *зá город*.［我们到城外去。］

Я живý *зá городом*.［我住在城外。］

3. 一部分以硬子音结尾的单音节阳性名词,单数第二到第六各格的重音如果在词首,那么,它们的单数第二、第三、第四各格的重音,要移到前置词上去:

мост［桥］ (单1),мóста(单2),мóсту(单3) — пó мосту(单3),ná мост(单4)

дом［房子］ (单1),дóма(单2),дóму(单3) — дó дому(单2)

4. 重音在词首的双音节中性名词,它们的单数第三、第四、第五、第六各格跟前置词连用的时候,重音移到前置词上去:

пóле［田野］(单1),пóля(单2)等—пó полю(单3),ná поле(单4)

мóре［海］(单1),мóря(单2)等—пó морю(单3),ná море(单4),зá морем(单5)

注:在现代的俄文里,上述那种重音转移到前置词上去的办法,已经不常应用。不过,当名词和前置词连用而近似一个副词的时候,这种转移却必须遵守,例如:

Я живý *зá городом*.［我住在城外。］

Урóки задáли *ná дом*.［规定了在家里做的功课。］

第二章　格的用法与前置词
[УПОТРЕБЛЕНИЕ ПАДЕЖЕЙ И ПРЕДЛОГ]

§ 6. 第二格的用法
[Употребле́ние роди́тельного падежа́]

第二格的用法分三大类：A）与名词、形容词和数词连用；Б）与动词连用；B）与前置词连用。

A. 第二格与名词、形容词、数词连用　[Употребле́ние роди́тельного падежа́ с имена́ми существи́тельными, прилага́тельными, числи́тельными]

表 16

Ⅰ. 与名词连用： 1. 表示属于（回答：чей? чья? чьё? чьи?）。	Чей э́то каранда́ш? [这是谁的铅笔？] Это каранда́ш *бра́та*. [这是兄弟的铅笔。] 　　Чья э́то тетра́дь? [这是谁的簿子？] Это тетра́дь *сестры́*. [这是姊妹的簿子。] 　　Чьё э́то перо́? [这是谁的笔尖？] Это перо́ *учи́теля*. [这是教师的笔尖。]

（续表）

2. 表示行为的主体 [субъéкт] (行为的人或物)。	Чьи э́то кни́ги? [这是谁的书?] Это кни́ги *товáрищей* [这是同志们的书。] Речь *учи́теля*. [教师的话] Отве́т *ученикá*. [学生的回答] Пéние *дéвушки*. [姑娘的唱歌] Выступлéние *делегáтов*. [代表们的演说] Бой *часóв*. [时钟的鸣响]。 Завоевáния *социали́зма*. [社会主义的成果] Подъём *совéтской социалисти́ческой культýры*. [苏维埃社会主义文化的高涨] Торжествó *совéтского демократи́зма*. [苏维埃民主主义的凯旋]。 Стахáновское движéние определи́ло собóй нóвый подъём социалисти́ческого *соревновáния*. [斯塔哈诺夫运动决定了社会主义竞赛的新的高涨。]
3. 表示行为的对象 (用在动名词之后);	Чтéние *кни́ги*. [读书] Пéние *ги́мна*. [唱国歌] Слýшание *лéкций*. [听演讲] Строи́тельство *социали́зма*. [社会主义的建设] Убóрка *урожáя* [作物的收获]。 .... "Основны́е задáчи вторóй пятилéтки — окончáтельная ликвидáция *капиталисти́ческих элемéнтов*, преодолéние *пережи́тков* капитали́зма в эконом́ике и сознáнии людéй, завершéние *реконстрýкции* всего нарóдного хозя́йства на новéйшей техни́ческой бáзе, освоéние нóвой *тéхники* и нóвых *предприя́тий*, машинизáция *сéльского хозя́йства* и подня́тие его *продукти́вности*..." [第二个五年计划底基本任务, 即彻底消灭资本主义成分, 把经济中和人们意识中的资本主义余毒克服, 在最新技术基础上完成全部国民经济底改造, 尽量运用新技术和新企业, 实行农业机械化和提高农业出产率等任务……] (苏联共产党历史简要读本)
4. a) 表示事物的特征;	Прáздник *дрýжбы и еди́нства*. [友好和团结节] Прáздник *пéсни*. [歌咏节] Вопрóсы *совремéнности*. [现代问题] У нас труд преврати́лся в дéло *чéсти и слáвы*, дéло *дóблести и герóйства*. [在我们的地方劳动变成了荣誉和光荣的事情, 变成了勇敢和英雄的事情]。
б) 表示事物的性质。注意: 事物的特征和性质通常不是由一个名词来规定, 而	Мáльчик *высóкого рóста*. [高个子的男孩子] Человéк *большóго умá*. [非常聪明的人] Местá *порази́тельной красоты́*. [惊人美丽的地方] Бумáга *пéрвого сóрта*. [头等的纸。]

(续表)

是由一个形容词和名词联合来规定的。	注意：用名词和形容词来表示事物的性质，有时可以用一个形容词来代替（*высо́кий ма́льчик*；*первосо́ртная бума́га*），或者用一个形容词和副词来代替（*о́чень у́мный челове́к*；*порази́тельно краси́вые места́*）。 ⋯⋯⋯⋯⋯⋯⋯⋯⋯⋯⋯⋯⋯⋯	
5. 表示具有特征的东西。	Досто́инство сове́тского челове́ка — это досто́инство строи́теля коммуни́зма, челове́ка *благоро́дных устремле́ний и це́лей*.［一个苏维埃人的美德——这是一个共产主义建设者的美德，一个有崇高志向和目的的人的美德。］Сме́лость *геро́я*.［英雄的勇敢］Ум *челове́ка*.［人的智慧］Темнота́ *но́чи*.［夜的黑暗］Белизна́ *сне́га*.［雪的白色。］Теплота́ *во́здуха*.［空气的暖和］Просто́р *поле́й*［田野的辽阔］	
Ⅱ. 与形容词的比较级连用：	Сестра́ приле́жнее *бра́та*.［姊姊比弟弟用功］Во́лга ши́ре *Оки́*.［伏尔加河比奥卡河阔］。注意：比较事物还可以用另外一种方式：Сестра́ приле́жнее, *чем брат*. Во́лга ши́ре, *чем Ока́*. 这种方式使用连接词 *чем*，而被比较的东西则用第一格。 ⋯⋯⋯⋯⋯⋯⋯⋯⋯⋯⋯⋯⋯⋯ Утро *ве́чера* мудрене́е.［谚：早晨比晚上聪明，意即：早晨头脑要比晚上清楚。］Охо́та пу́ще *нево́ли*.［谚：欲望强于束缚。］	
Ⅲ. 与表示数量的词连用：	a）在 *два，две，о́ба，о́бе，три，четы́ре* 之后用单数第二格：	б）在 пять，шесть，семь 等之后用复数第二格：
1. 与指量数词连用，如果这些数词本身是第一格或第四格。	два о́ба три четы́ре сто два со́рок три сто пятьдеся́т четы́ре ｜ *карандаша́*［铅笔］*альбо́ма*［画集］*ученика́*［男学生］	пять шесть семь двена́дцать трина́дцать три́дцать пять сто пятьдеся́т во́семь ｜ *карандаше́й альбо́мов ру́чек тетра́дей ученико́в учени́ц*

(续表)

	две óбе три четы́ре сто две со́рок три сто пятьдеся́т четы́ре	*ру́чки*[钢笔] *тетра́ди*[簿子] *учени́цы*[女学生]		

В кла́ссе три́дцать пять *ученико́в*: два́дцать *де́вочек* и пятна́дцать *ма́льчиков*.[教室里有三十五个学生：二十个女孩子，十五个男孩子。]

Купи́л три *альбо́ма*, четырна́дцать *карандаше́й* и сорок две *тетра́ди*.[我买了三本画集，十四枝铅笔，四十二本簿子。]

....

"*Два дня* мы бы́ли в перестре́лке..."[我们交战了两天……](莱蒙托夫)

"Шли *два прия́теля* вече́рнею поро́й
И де́льный разгово́р вели́ ме́жду собо́й..."
[两个朋友在黄昏时分走着，谈着正经……](克雷洛夫)

"К соба́кам подскака́ли *два охо́тника*..."[两个猎人骑马骑到了狗的跟前……](托尔斯泰)

"Прошли́ *две-три мину́ты* — та же тишина́..."[过了两三分钟，还是同样寂静……](赫尔岑)

"Так прошли́ *три неде́ли*..."[这样地过了三星期……](托尔斯泰)

"*Три две́ри* выходи́ли в коридо́р..."[三扇门通向走廊……](高尔基)

"Они́ жи́ли в ве́тхой земля́нке
Ро́вно *три́дцать лет и три го́да*..."[他们住在一所破旧的小泥舍里，整整三十又三年……](普希金)

"*Три взро́слых ю́ноши* сосе́дних рассужда́ли..."[邻家三个长大的少年在议论……](克雷洛夫)

"В песча́ных степя́х арави́йской земли́
Три го́рдые па́льмы высо́ко росли́..."[在阿剌伯地方的

（续表）

沙漠上，有三棵骄傲的棕榈长得高高的……］（莱蒙托夫）

"*Три молодых дéрева растут пéред двéрью пещéры: лúпа, берёза н клён...*"［在山洞的前面生长着三棵小树：一棵菩提树，一棵白桦和一棵枫树……］（高尔基）

"В э́той грýппе бы́ло *двáдцать три человéка.*"［在这一组里有二十三个人。］

"*Человéк пять стáли* мы́ться в гóрном холóдном ручьé..."［约莫有五个人在寒冷的山溪里洗起澡来……］（高尔基）

（关于形容词和名词的一致用法请参看表40。）

"*Человéк семь...* направлялось к нам..."［大概有七个人……向我们的地方跑来……］（高尔基）

"Вхóдят *семь богатырéй, семь румя́ных усачéй...*"［进来七个勇士，七个留唇须的红脸汉……］（普希金）

注：1. 在集合数词——*двóе, трóе, чéтверо* 等之后，名词用复数第二格："*Чéтверо людéй схватúли студéнта зá ноги и зá руки...*"［四个人抓住了大学生的脚和手……］（高尔基）"В сторонé под кустáми лежáли *трóе* его *товáрищей...*"［在灌木丛下的一边躺着他的三个同志……］（高尔基）

2. 如果数词不是第一格或第四格（跟第一格相同的），那么数词的用格跟名词一致：Встрéтил *трёх товáрищей.*［碰到了三个同志。］Бы́ли на экскýрсии *с двумя́ руководúтелями.*［跟二位领导者一起游览］. Придý к *семú часáм.*［我在七点钟之前来。］

3. 在 *ты́сяча, миллиóн, миллиáрд* 等词之后，不管它们是第几格，后面的名词一律用复数第二格：Привезлú *ты́сячу книг.*［他们带来了一千本书。］Доклáдчик вы́ступил *пéред десятью́ ты́сячами слýшателей.*［报告者在一万听众之前发言。］

2. 跟说明不定数量的词连用：мнóго, мáло, нéсколько, большинствó, меньшинствó,

Мы пострóили *мнóго фáбрик, завóдов.*［我们建造了许多工厂。］В инститýте *нéсколько библиотéк.*［在学院里有几个图书馆。］Прочитáл *нéсколько статéй.*［念了几篇文章。］Пришлóсь приложúть *мнóго усúлий.*［必需花许多努力。］Нам нýжно *мнóго угля́, желéза, электроэнéргии.*［我

（续表）

скóлько, стóлько 等	们需要许多煤、铁、电能。]
	注：说明物质的名词用单数。Мнóго *угля и желéза*.［许多煤和铁。］
	··
	"*Нéсколько охóтников* поскакáло к мéсту дрáки..."（几个猎人骑到打架的地方］（托尔斯泰） "Широкá странá моя́ роднáя, *Мнóго в ней лесóв, полéй и рек*!..."［我的祖国真广大，那里有许多森林、田野与河流！……］（列别捷夫・库马奇） "*Мнóго звёзд* в безмóлвии ночнóм горúт..."［许多星星在夜的寂寞中发光……］（巴拉端斯基） "Прострóрен мир наш и велúк, В нём *мнóго счáстья, мнóго книг*..."［我们的世界广阔又伟大，那里有许多幸福，许多书本……］（苏列曼・斯塔尔斯基） "*Мнóжество пчёл, ос и шмелéй* дрýжно гудя́т в густы́х ветвя́х акáций..."［许多蜜蜂、黄蜂和山蜂融洽地在稠密的刺槐丛里嘤嘤嗡嗡……］（屠格涅夫） "*Скóлько* тут бы́ло *кудря́вых берёз*!..."［这里有过多少茂盛的桦树呵！……］（聂克拉索夫）
3．与表示相当分量的词连用。	Кúло *хлéба*.［一公斤面包。］Литр *молокá*.［一公升牛奶。］Стакáн *воды́*.［一玻璃杯水。］Метр *сúтца*.［一公尺印花布。］
Ⅳ．与形容词 пóлон, пóлный 连用（也是数量的第二格）。	Дом *пóлон людéй*.［房子里挤满了人。］Кóмната *полнá нарóду*.［房间里充满了人。］Сéти бы́ли *пóлны ры́бы*.［网里满是鱼。］Принёс корзúну *пóлную я́блок*.［他拿来一满篮苹果。］Глазá *пóлны слёз, пóлны рáдости*.［眼睛充满了泪水，充满了欢乐。］
	注：阳性名词碰到这种连用情形，单数第二格的词尾通常用-y(-ю)（полнá нарóду）［充满了人］。
	如果跟形容词 пóлон 连用的是一个抽象名词，那么单数第二格的词尾用-a（пóлон *востóрга*.［充满高兴］）。
	··
	"Онó（я́блоко）*сóку* спéлого *полнó*..."［它（苹果）充满成熟的液汁……］（普希金） "Небéс далёкая равнúна *сия́нья мúрного полнá*..."

(续表)

〔遥远的天空的平原充满平静的光辉……〕（亚瑞柯夫） “Хлопо́т марты́шке по́лон рот...”〔猴子忙得不可开交。〕（克雷洛夫） “ По́лный разду́мья, шёл я одна́жды по большо́й доро́ге...”（有一次我在一条大路上走着,心里充满思潮……〕（屠格涅夫） “На берегу́ пусты́нных волн Стоя́л он, *дум вели́ких полн*...”〔他站立在荒漠的波浪的岸上,(头脑里)充满伟大的思想……〕（普希金） “Нашёл он *по́лон дом услу́ги*...”〔他找到了一座服务周到的房子……〕（普希金） 注:1. 除了这种通常用的第二格之外,偶然也可以看到用第五格的: “Но *торжество́м* побе́ды по́лны, Ещё кипе́ли зло́бно во́лны...”〔但胜利充满欢庆,波浪仍旧猛烈地奔腾……〕（普希金） “*Тоско́й* н *тре́петом полна́*, Тама́ра ча́сто у окна́ Сиди́т в разду́мье одино́ком...”〔充满忧愁和战栗,塔玛拉常常孤独地坐在窗畔沉思默想……〕（莱蒙托夫） “Но, *по́лно ду́мою* престу́пной, Тама́ры се́рдце недосту́пно Восто́ргам чи́стым...”〔但是,塔玛拉的心充满罪恶的念头,它无法接受纯洁的欢乐……〕（莱蒙托夫） 2. 与同类词根的动词 *напо́лниться, запо́лниться* 等连用时,名词总是用第五格:Глаза́ *напо́лнились слеза́ми*.〔眼睛充满了泪水。〕（但:Глаза́ *по́лны слёз*。）

Б. 第二格与动词连用 〔Употребле́ние роди́тельного падежа́ с глаго́лами〕

表 17

I. 用来说明数量的一部分(行动只及于对象的一部分)。	1) Вы́пей *воды́*. (意即:喝一点水吧);вы́пей *во́ду*(意即:把水喝完)。 Наре́жь *хле́ба*. 〔切一些面包。〕Нале́й *молока́*. 〔倒一些牛

(续表)

	奶。] Принеси́ *дров*. [拿一些柴来。] Купи́л *мя́са, со́ли, овоще́й*. [买了一些肉、盐和蔬菜。] 　　附注: 在这种连用时 a) 名词通常表示一种物质的名称, 6) 动词通常用完成体。 　　2) Набрало́сь *наро́ду*. [聚集了许多人。] Нае́лся *я́год*. [吃了许多草莓。] Напи́лся *молока́*. [喝了许多牛奶。] Начита́лся *книг*. [念了许多书。] Накупи́л *книг*. [买了许多书。]
Ⅱ. 用作否定及物动词之后的补语(否定的第二格)。	Не получи́л сего́дня *газе́т, письма́*. [今天没有收到报纸、信件。] Не ви́дел *э́той карти́ны*. [没有看到这张影片。] Не люблю́ *ци́рка*. [我不爱马戏。] 　　附注: 在会话里, 在否定及物动词之后有时也用第四格(Я не брал э́ту *кни́гу*. [我没有拿过这本书]。 Смотри́, не потеря́й *тетра́дь*. [当心, 别丢了簿子。] *Зарпла́ту* я ещё не получи́л. [薪水我还没有领到]). 第四格通常用在需要强调某一对象和说明极大的绝对性的场合。 　　.. 　　"Широка́ страна́ моя́ родна́я, 　　Мно́го в ней поле́й, лесо́в и рек... 　　Я друго́й тако́й *страны́* не зна́ю, 　　Где так во́льно ды́шит челове́к!..." [我的祖国真广大, 那里有许多田野、森林与河流……我不知道另外再有这样的一个国家, 那里人呼吸得那么自由舒畅……](列别捷夫·库马奇) 　　"В ко́мнатах ещё *не зажига́ли огня́*..." [房间里还没有点灯……](契诃夫) 　　"Отва́жный князь *не мо́лвил сло́ва*..." [勇敢的王子一语不发……](莱蒙托夫) 　　"Что ж ку́мушка? То́тчас их съе́ла; 　　И *поуче́нья не допе́ла*..." [狐狸怎样了呢? 马上把它们吃了;连教训也没有唱完……](克雷洛夫) 　　"В нём мра́чный дух *не знал поко́я*..." [其中邪恶的幽灵永不静止……](普希金) 　　Из пе́сни *сло́ва* не вы́кинешь. [谚: 歌里的字句无法除去。意即: 一言既出, 驷马难追。]

（续表）

Ⅲ. 在无人称句里与 нет, нé было, не бýдет 等词连用。	*Сегóдня нет собрáния.* ［今天没有会议］. *Зáвтра дóктора не бýдет.* ［明天医生不来。］*Вчерá нé было дождя.* ［昨天没有下雨。］
	
	У меня 〔*нет / нé было / не бýдет*〕〔*бумáги, карандашá; врéмени.*〕
	
	Брáта, сестры́, отцá, мáтери нет дóма. ［哥哥、姊姊、父亲、母亲都不在家］*Никогó нет.* ［一个人也没有］*Был ктó-нибýдь?* ［有什么人来过吗？］*Никогó нé было.* ［谁也没有来过］.
	
	Меня́ / Тебя́ / Егó / Её / Нас / Вас / Их 〔*нет / нé было / не бýдет*〕 *дóма.*
	
	附注：也可以说：*Вчерá мы нé были дóма.* ［昨天我们不在家。］（мы——主语；нé были——谓语）。不过，比较文雅一些要用第二格和无人称句的构造：*Вчерá нас нé было дóма.*
	....
	"*Дождя́ не бýдет: нéбо я́сно...*" ［雨不会下：天空明朗……］（莱蒙托夫）
	"*Когдá в товáрищах соглáсья нет,*
	   На лад их дéло не пойдёт." ［当同伴们之间意见纷歧时，事情就搞不好。］（克雷洛夫）
	"*Вéтра нет и нет ни сóлнца, ни свéта, ни тéни, ни движéния, ни шýма...*" ［没有风，也没有太阳、没有光、没有影子、没有活动、没有响声……］（屠格涅夫）
	"*Печáлен я: со мной дрýга нет...*" ［我伤心：我没有朋友……］（普希金）
	"*Земфи́ры нет как нет,* и сты́нет
	   Убóгий ýжин старикá." ［瑞姆菲拉始终没有来，老头儿这顿可怜的晚餐要冷掉了。］（普希金）
	"*В телéге éду по хóлмам——*
	   Порóй для взóра нет грани́ц,"

(续表)

	И всё поля́ по сторона́м, И над поля́ми ста́и птиц…" [我坐在马车上沿着小山行—— 有时望出去没有边际, 两边老是田野, 田野上空是一群群的飞鸟……](玛伊柯夫) "Я добра́лся, наконе́ц, до угла́ ле́са, но там *не́ было никако́й доро́ги.*[最后我达到了树林的一角,但是那边没有任何道路](屠格涅夫) "Лицо́ с тоско́й иска́ло ве́тра, да *ве́тра-то не́ было…*"[忧郁的脸在寻找着风,但是没有风……](屠格涅夫) "*Луны́ не́ было на не́бе:* она́ в ту по́ру по́здно всходи́ла."[天上没有月亮:它在那时很晚才升起来。](屠格涅夫) "Това́рищи! — говори́л Па́вел. — Всю жизнь вперёд, — нам *нет ино́й доро́ги!*"["同志们!"巴维尔说,"一辈子都要前进,——我们没有别的道路!"](高尔基) "Быва́ли и в други́х зе́млях това́рищи, но таки́х, как в ру́сской земле́…, *не́ было таки́х това́рищей…*"[在别的地方也有同志,不过像俄罗斯地面上这样的同志……这样的同志是不曾有过的……](果戈理) *Таки́х широ́ких возмо́жностей* для проявле́ния свои́х сил и тала́нтов, как в на́ши дни, ещё *никогда́ не́ было* в про́шлом.[像今天那样地表现自己力量和才能的那种广泛可能,在过去还从来不曾有过。] Настоя́щая свобо́да име́ется то́лько там, где *нет угнете́ния* одни́х люде́й други́ми, где *нет безрабо́тицы и ни́щенства…*[只有在没有一部分人压迫另一部分人,没有失业和赤贫的地方才有真正的自由……]
Ⅳ. 与某些动词连用: добива́ться доби́ться (чего́?)[获得]	*Добива́ться* (*доби́ться*) *успе́хов, выполне́ния* пла́на, *разреше́ния* вопро́са.[获得成功,获得计划的完成,获得问题的解决。] На́ша промы́шленность *доби́лась больши́х успе́хов.*[我们的工业获得了巨大的成就。] Подлинные патрио́ты социалисти́ческой ро́дины, на́ши рабо́чие и колхо́зники свои́м до́блестным трудо́м *добива́ются выполне́ния* пятиле́тки в четы́ре го́да.[社会主义祖国的真

	正爱国者,我们的工人和集体农民,以自己的英勇劳动,在四年之内取得五年计划的完成。]
	Необходи́мо *доби́ться преодоле́ния* в созна́нии люде́й вся́кого ро́да реакцио́нных оста́тков про́шлого. [必需克服人们意识里的各种旧日的反动残余。]
	"*Добьёмся* мы *освобожде́нья* свое́ю со́бственной руко́й..." [我们要用自己的手来取得解放……] (国际歌)
достига́ть дости́гнуть дости́чь (чего́?) [达到,取得]	*Достига́ть* (*дости́чь*) *це́ли, успе́хов*. [达到目的,成功。]
	Серьёзных *успе́хов дости́гла* на́ша промы́шленность. [我们的工业取得了重大的成功。] Замеча́тельных *успе́хов дости́г* сове́тский наро́д. [苏联人民取得了杰出的成就。]
	Дости́чь бе́рега, верши́ны. [到达海岸,山顶。] *Дости́гли верши́ны горы́*. [到达了山顶。] Мы уси́ленно рабо́тали вёслами и бы́стро *дости́гли бе́рега*. [我们努力划桨,很快就到达了岸边。]
тре́бовать потре́бовать (чего́?) [要求]	*Тре́бовать* (*потре́бовать*) *дисципли́ны, выполне́ния пла́на, объясне́ния, внима́ния, тишины́*. [要求守纪律、完成计划、解释、注意、肃静。] *Тре́бовать бума́ги, книг*. [要求纸张、书籍。] Мы *тре́буем* от всех *дисципли́ны, чёткости* в рабо́те. [我们要求大家守纪律,在工作中注意精密性。]
	Досто́инство сове́тского челове́ка *тре́бует самоотве́рженного труда́* на бла́го свое́й ро́дины на любо́м уча́стке рабо́ты. [一个苏维埃人的美德要求他在任何一个工作部门为自己祖国的幸福而作忘我的劳动。]
(有时也用第四格—— кого́? что?)	注:如果在动词 тре́бовать 之后,补语只表现一部分数量,那么总是用第二格(*тре́бовать бума́ги, книг.*),如果补语是指一定的东西,那么在动词 тре́бовать 之后,用第四格(*Я тре́бую свою́ кни́гу.* [我要自己的那本书。])
проси́ть попроси́ть (чего́?) [请求]	*Проси́ть* (*попроси́ть*) *воды́, огня́; по́мощи, поща́ды; внима́ния, сове́та, извине́ния.* [请求水,火;帮助,宽恕;注意,劝告,原谅。] Больно́й *попроси́л воды́*. [病人要水。]
	"А он, мяте́жный, *про́сит бу́ри*, Как бу́дто в бу́ре есть поко́й..." [而它,不安分的,祈求着风暴,仿佛在风暴里有着安宁……] (莱蒙托夫)
(有时也用第四格——	注:有时在动词 проси́ть 之后,必须用第四格:Я *попроси́л*

(续表)

кого? что?) иска́ть (чего́) [找寻,追求] (有时也用第四格——кого? что?)	в библиоте́ке интере́сную *кни́гу*.［我向图书馆请求（借）一本有趣的书。］ *Иска́ть по́мощи, подде́ржки, опо́ры.*［找寻帮助,支持,保护。］*Иска́ть сове́та, слу́чая.*［找求劝告,机会。］Больно́й *иска́л по́мощи*.［病人找求帮助。］Я *иска́л слу́чая* поговори́ть с това́рищем.［我找寻机会跟同志讲话。］ Мы *и́щем* в иску́сстве глубо́кой жи́зненной *пра́вды, отве́та* на волну́ющие вопро́сы совреме́нности.［我们在艺术里追求深刻的生活真理,对现代激动人的问题的答案。］ "Лицо́ с тоско́й *иска́ло ве́тра*, да ве́тра-то не́ было."［忧郁的脸在找求着风,可是没有风。］(屠格涅夫) 注:有时也用第四格：*Ищу́ ша́пку, сестру́, кни́гу.*［我找寻帽子、姊妹、书。］
ждать ожида́ть дожида́ться дожда́ться (чего́?) [等待] (有时用第四格——кого́?)	*Ждать бо́я, по́мощи, конца́, реше́ния, назначе́ния, разреше́ния вопро́са.*［等待战斗,帮助,结束,决定,任命,问题的解决。］*Ожида́ть уда́ра.*［等待打击。］Жда́ли *по́езда* два́дцать мину́т.［等火车等了二十分钟。］Мы *дожда́лись реше́ния* вопро́са.［我们等到了问题的解决。］Жда́ли *по́мощи* от това́рища.［等待同志的帮助。］Наконе́ц *дожда́лись тепла́*.［最后等到了温暖。］Всё в приро́де жда́ло весе́ннего *до́ждика*.［自然界里的一切都在等待春雨］. 注:在等待人物的时候通常用第四格：Ждал *сестру́, бра́та*.［我等姊姊,哥哥］不过有时也可以碰到用第二格的,例如,屠格涅夫写道："Он всё ждал *Ли́зы*."［他始终等待着丽莎］
хоте́ть захоте́ть (чего́?) [要]	*Хоте́ть ча́ю, хле́ба, пече́нья.*［要茶,面包,饼干。］*Хоте́ть ми́ра, споко́йствия, тишины́.*［要和平,安宁,寂静。］ Сове́тский Сою́з *хо́чет ми́ра*.［苏联要和平。］ "Мать чу́вствовала, что от неё *чего́-то хотя́т*, ждут."［母亲觉得人家在向她要些什么,期待些什么。］(高尔基)
жела́ть пожела́ть (чего́?) [希望,愿意]	*Жела́ть сча́стья, здоро́вья, успе́хов.*［祝幸福,健康,成功。］ "Оте́ц *пожела́л* мне *до́брого пути́*..."［父亲祝我一路平安……］(普希金)

касáться коснýться （когó? чегó?） ［接触，关涉］	*Касáться столá, рукú.*［接触桌子，手。］*Касáться вопрóса.*［接触问题。］ *Доклáдчик коснýлся трёх вопрóсов.*［报告的人谈到三个问题。］ "*Чтó-то тёплое коснýлось Егóрушкиной спины́...*"［一种暖烘烘的东西触到了叶戈鲁施金的背脊……］（契诃夫） "*Мелькáют лáсточки, почтú касáясь земли́ изогнýтыми кры́льями.*"［掠过几只燕子,弯弯的翅膀差不多要碰到地面。］（高尔基） "*Дуновéние живóй си́лы коснýлось сéрдца мáтери, будя́ егó...*"［活力的运动触动了母亲的心,鼓舞着它……］（高尔基） "*И скóро слýха Кочубéя коснýлась роковáя весть...*"［不幸的消息不久就传到了柯邱贝的耳鼓……］（普希金） "*Я не естéственник, и не моё дéло касáться подóбных вопрóсов...*"［我不是一个自然科学家,研究这类问题也不是我的本分。］（契诃夫）
держáться придéрживаться （чегó?） ［遵守,保持］	*Держáться мнéния.*［保持意见。］ *Держáться прáвила.*［遵守规则。］ *Он дéржится（придéрживается）стрóгих прáвил.*［他遵守严格的规则。］ *Больнóй стрóго придéрживался дие́ты.*［病人严格遵守规定的饮食表。］ *Я держýсь тогó мнéния, что...*［我保持那种意见……］
слýшаться послýшаться （когó? чегó） ［听从］	*Слýшаться（послýшаться）мáтери, отцá, товáрищей.*［听从母亲,父亲,同志们。］ *Слýшаться гóлоса сóвести.*［听从良心的声音。］
стóить（чегó?） ［值得］	*Стóит нагрáды.*［值得受奖。］ *Егó рабóта стóит нагрáды.*［他的工作值得受奖。］ 注：假使句子里用形容词 *достóйный, достóин*［有资格获得］,那么后面的名词也用第二格：Он *достóин нагрáды.*［他有资格获得奖赏］。
лишáться лиши́ться （когó? чегó?）	*Лиши́ться（лишáться）зрéния, слýха, ноги́; снá.*［丧失视觉,听觉,脚,睡眠。］ *Лиши́ться покóя, спокóйствия.*［丧失平衡,安宁。］

(续表)

лиша́ть лиши́ть （чтго？） ［丧失］	*Лиши́ться прав.* ［丧失权利。］ *Лиши́ться капита́ла, де́нег.* ［丧失资本,金钱。］ *Лиши́ть себя́ жи́зни.* ［自杀。］ *Лиши́ться отца́, ма́тери.* ［丧失,丧母。］ *Больно́й лиши́лся сна.* ［病人失眠了。］ ··· "Бе́лый колосса́льный ствол берёзы, *лишённый верху́шки*, поднима́лся из зелёной гу́щи..." ［失去了顶梢的白色的、庞大的桦树干,从绿色的密林里伸出来……］(屠格涅夫) "С тех пор как мир *лиши́лся ра́я*, Кляну́сь, краса́вица така́я Под со́лнцем ю́га не цвела́." ［自从世界失去了乐园以来, 我敢起誓说,在南方的阳光之下 不曾长过这样的美人儿。］(莱蒙托夫)
боя́ться пуга́ться испуга́ться （кого？ чего？） ［害怕,恐惧］	*Боя́ться волко́в.* ［害怕狼。］ *Боя́ться темномы́, грозы́, мо́лнии.* ［害怕黑暗,雷雨,闪电。］ *Испуга́лся гро́ма.* ［害怕雷鸣。］ Ребёнок *бои́тся соба́ки.* ［孩子怕狗。］ ··· "Одни́ подде́льные цветы́ *дождя́ боя́тся*..." ［只有假花怕淋雨。］ *Волко́в боя́ться* — в лес не ходи́ть. ［谚:怕狼不必进树林。］ *Де́ло ма́стера бои́тся.* ［谚:工作怕能手,意即:事在人为。］
избега́ть избежа́ть （кого？ чего？） ［避免,逃避］	*Избега́ть（избежа́ть）опа́сности, после́дствий, неприя́тности.* ［避免危险,后果,不愉快。］ *Избега́ть люде́й, встре́чи, разгово́ров, ссо́ры.* ［逃避人们,会见,谈话,争吵。］ Капитали́зм не мо́жет *избежа́ть кри́зиса.* ［资本主义无法避免危机。］ Путеше́ственники *избежа́ли опа́сности.* ［旅行家们逃避了危险。］
опаса́ться ［害怕,担心］	*Опаса́ться после́дствий, осложне́ний.* ［害怕后果,并发症。］ *Остерега́ться зара́зы.* ［当心传染。］

（续表）

остерега́ться ［当心］ （кого́? чего́?）	Врач *опаса́лся осложне́ний* по́сле опера́ции.［医生担心在手术之后发生并发症。］ Врачи́ запрети́ли больно́му говори́ть, *опаса́ясь утомле́ния организма*.［医生们禁止病人讲话，担心他身体疲劳。］
стыди́ться стесня́ться （кого́? чего́?） ［怕羞］	*Стыди́ться, стесня́ться люде́й.*［羞于见人。］ *Стыди́ться, стесня́ться о́бщества.*［羞于交际。］ *Стыди́ться, стесня́ться чужи́х.*［羞见陌生人。］ *Стыди́ться своего́ ви́да.*［自惭形秽。］ *Стыди́ться костю́ма.*［自惭衣服褴褛。］ *Стыди́ться незна́ния.*［自惭无知。］

B. 第二格与前置词连用 ［Употребле́ние роди́тельного падежа́ с предло́гами］

表18

1. 只与第二格连用的前置词： без ［没有］	Пришёл *без ша́пки*.［没有戴帽子来。］ Сде́лал рабо́ту *без оши́бок*.［做工作没有错误。］ Зима́ простоя́ла *без моро́зов*.［冬天过得不太冷。］ Путеше́ственники е́хали *без приключе́ний*.［旅行家们在路上没有遇到意外。］ Провёл ночь *без сна*.［不睡觉地过了一夜。］ .... "Избу́шка там на ку́рьих но́жках Стои́т *без о́кон, без двере́й*..." 　［小舍在那边架在鸡样的脚上 　　没有窗户，没有门……］（普希金） "Всю ночь у пу́шек пролежа́ли Мы *без пала́ток, без огне́й*..." ［我们整夜躺在大炮旁边， 　没有帐幕，没有炉火……］（莱蒙托夫） "Лю́тый моро́з не шу́тит с людьми́, кото́рые ухо́дят в тайгу́ *без рукави́ц и без ша́пки*..."［严寒不跟那些没有带手套，没有戴帽子而跑到野森林里去的人们开玩笑……（意思就是：那种严寒的程度可不是玩儿的）］（柯罗连科）

（续表）

	"За́яп хо́дит но́чью по поля́м и леса́м *без стра́ха* и прокла́дывает прямы́е следы́..." [兔子夜里在田野上和树林里不知恐惧地走着,留下一直条一直条的脚印……] (托尔斯泰)
	"*Без по́льзы* в пусты́не росли́ и цвели́ мы, Коле́блемы ве́тром и зно́ем пали́мы". [我们毫无意义地在沙漠里生长和开花, 受着风的吹动和炎热的烧灼。] (莱蒙托夫)
	"Кто живёт *без печа́ли и гне́ва*, Тот не лю́бит отчи́зны свое́й..." [谁活着没有忧愁和愤怒, 谁就不爱自己的祖国……] (聂克拉索夫)
	Без труда́ не вы́нешь и ры́бку из пруда́. [谚:不劳动, 池中的鱼也捉不到一条,意即:休想不劳而获。]
	Ды́ма *без огня́* не быва́ет. [谚:无火不冒烟。意即:无风不起浪。]
	常用短语: *без сомне́ния* [无疑]; *без исключе́ния* [没有例外]; *бе́з толку* [没有意思]。
близ [附近]	Я живу́ *близ бульва́ра*. [我住在林荫道附近。] *Близ ро́щи* на приго́рке стои́т ста́рый дом. [在小山上,灌木林的附近有一所旧房子。]
вдоль [沿着]	*Вдоль стены́* поса́жены дере́вья. [沿墙种着树木。] Шли *вдоль реки́, вдоль опу́шки леса́*. [沿着河,沿着树林的边缘走着。] *Вдоль доро́ги* тяну́лась молода́я по́росль оре́шника. [沿路伸展着新生的胡桃树的嫩枝。]
	....
	"Вы́учусь, начита́юсь — пойду́ *вдоль всех рек* и бу́ду всё понима́ть!" [等到我学成了,书读得够了,我将走遍所有的江河,我将懂得一切!] (高尔基)
	"Брожу́ ли я *вдоль у́лиц* шу́мных, Вхожу́ ль во многолю́дный храм, Сижу́ ль меж ю́ношей безу́мных, Я предаю́сь мои́м мечта́м..." [不论沿着喧闹的街道漫步, 不论走进人头钻动的寺院, 不论坐在狂热的青年人之间,

(续表)

вме́сто [代替]	我总是沉迷在自己的幻想之中……] (普希金) *Вме́сто матема́тики бу́дет уро́к ру́сского языка́.* [俄文课将代替数学。] *Да́йте мне, пожа́луйста, бума́ги вме́сто тетра́дей.* [请您给我一些纸头,不要给我练习簿。] ⋯⋯⋯⋯⋯⋯⋯⋯⋯⋯⋯⋯⋯⋯⋯⋯⋯⋯⋯⋯⋯ "*Так ты бы с своего́ гнезда́ слете́ла,* *Да, вме́сто ма́тери, к малю́ткам се́ла…*" [你最好还是飞离自己的窠,去蹲在那些小鸟旁边, 代替它们的母亲……](克雷洛夫)
вне [在……之外]	*Вне до́ма*[房子之外。]*Вне страны́*[国外。]*Вне зако́на*[违 法。]*Вне вре́мени и простра́нства* [超越时间和空间。] *Вы́полнить рабо́ту вне пла́на*[执行计划之外的工作。] *Жизнь больно́го вне опа́сности.* [病人的生命没有危险。] *Э́тот челове́к вне вся́ких подозре́ний.* [这个人绝无嫌疑。]
внутри́ [在……之内] во́зле [附近] (与 близ, по́дле, о́коло 三个词的意义相同)	*Внутри́ помеще́ния.* [在住宅之内。] *Живу́ во́зле бульва́ра.* [我住在林荫道附近。]*Во́зле леса́,* на горе́, стоя́л ста́рый деревя́нный дом. [在树林附近,在 山上有一所旧的木头房子。] ⋯⋯⋯⋯⋯⋯⋯⋯⋯⋯⋯⋯⋯⋯⋯⋯⋯⋯⋯⋯⋯ "*Случа́лось ли вам сиде́ть в тёплую, тёмную, ти́хую ночь во́зле леса́?…* [您可曾在一个温暖、黑暗、冷静的夜里 坐在树林附近? ……](屠格涅夫) "*Во́зле де́вочки-малю́тки собрался́ кружо́к…*"[大伙都 聚集在小女孩的旁边……](马伊柯夫)
вокру́г [周围,围绕]	*Се́ли вокру́г стола́.* [坐在台子的周围。] Пионе́ры стоя́ли вокру́г костра́. [少年先锋队员们站在营火的周 围。] *Вокру́г расска́зчика собра́лось мно́го наро́да.* [在讲故 事者的周围聚集了许多老百姓。] 　　Широ́кие наро́дные ма́ссы объединя́ются *вокру́г коммунисти́ческой па́ртии.* [广大的人民群众团结在共产 党的周围。] 　　*Земля́ враща́ется вокру́г свое́й о́си.* [地球绕着自己的轴 转动。]

（续表）

	Постоя́нно возника́л спор *вокру́г одни́х и тех же вопро́сов.* [经常围绕着同一批问题发生争吵。]
	....
	"В то вре́мя сто́рож полу́ночный Оди́н *вокру́г стены́* круто́й, Сверша́я ти́хо путь уро́чный, Броди́л с чугу́нною доско́й..." [那时半夜的卫兵 一个人静静地沿着规定的路径, 绕着陡直的城墙, 手里拿着铁板漫步……]（莱蒙托夫）
	"Челове́к два́дцать партиза́н лежа́ло *вокру́г костра́*..." [大约有二十个游击队员躺在营火的周围……]（法捷耶夫）
	"Молодёжь собра́лась *вокру́г чи́стенького, аккура́тного пло́тника Серафи́ма*..." [青年聚集在干净、整齐的木匠绥拉菲姆的周围……]（高尔基）
	"*Вокру́г меня́* всё бы́ло так уны́ло..." [我周围的一切都是那么萎靡不振。]（玖德契夫）
для [为,为了,作……用的]	Купи́л кни́гу *для това́рища.* [我为同学买了一本书。] У меня́ есть все возмо́жности *для рабо́ты.* [我有做工作的一切可能条件。]
	Останови́лись в пути́ *для о́тдыха.* [为了休息在路上停留下来。]
	Помеще́ние *для библиоте́ки.* [作图书馆用的房子。] Посу́да *для молока́.* [盛牛奶用的器皿。]
	....
	"Страна́ цветёт *для вас,* ребя́та, в стране́ *для вас* встаёт рассве́т, *для ва́ших у́мных глаз,* ребя́та..." [孩子们,国家为你们而繁荣,孩子们,国家的曙光为你们,为你们聪明的眼睛而升起……]（斯塔尔斯基）
	Чудеса́ мо́жет де́лать наро́д, когда́ он тру́дится не *для обогаще́ния* ку́чки капитали́стов, *а для себя́, для свое́й ро́дины, для всего́ о́бщества.* [人民能够制造奇迹,当他不是为一小撮资本家的发财,而是为自己、为自己的祖国、为整个社会而劳动的时候。]

до ［到］	В на́шей стране́, и то́лько в на́шей, есть все усло́вия и возмо́жности *для неограни́ченного у́мственного разви́тия* челове́ческой ли́чности.［在我们的国家里，也只有在我们的国家里，才具有一切条件和可能来无限度地发展个人的智力。］ Сла́ва и вели́чие сониалисти́ческой ро́дины *для ка́ждого сове́тского челове́ка* должны́ быть превы́ше всего́.［对于每一个苏维埃人，社会主义祖国的光荣和伟大应该高于一切。］ От Ленингра́да *до Москвы́* 649 киломе́тров. ［从列宁格勒到莫斯科有六百四十九公里。］ Дошли́ *до ста́нции* в де́сять мину́т. ［十分钟走到了车站。］ *До отхо́да* по́езда оста́лось две мину́ты. ［离开车还有两分钟。］ Рабо́тал *до утра́.*［工作到早晨。］ Жара́ ле́том доходи́ла *до тридцати́ пяти́ гра́дусов.*［夏天里热度达到三十五度。］ Во́лосы *до по́яса.*［头发长达腰部。］ ．．．．．．．．．．．．．．．．．．．．．．．．．．．．．．．．．．．．． "С трудо́м добра́лись мы *до избы́.* " ［我们好容易跑到农舍的地方。］（屠格涅夫） "Мо́ре *до са́мого горизо́нта* беле́ло бара́шками. " ［海直到地平线都呈现着白色的波浪。］ Язы́к *до Ки́ева* доведёт.［谚：舌头能把人送到基辅，意即：只要不耻下问什么事都可以解决。］ "От Москвы́ *до са́мых до окра́ин,* С ю́жных гор *до се́верных море́й* Челове́к прохо́дит как хозя́ин Необъя́тной ро́дины свое́й. " ［从莫斯科直到边境， 从南方的山到北方的海， 人像主人一般地走过自己广大无际的祖国。］（库马奇） "Я рад. Оста́нься *до утра́* Под се́нью на́шего шатра́..." ［我很高兴，你留在我们的营帐里直到天明吧……］（普

（续表）

	希金）
из（и́зо） 基本意义： 1）从（指行动所来 的地方）； 2）来源，出身；	Прие́хал *из го́рода, из дере́вни.* ［从城里来，从乡下来。］ Узна́л *из газе́т.* ［从报上知道。］ Слова́ *из стихотворе́ния Пу́шкина.* ［引自普希金 的诗。］ Това́рищ *из рабо́чей семьи́, из крестья́н.* ［工人家庭出身的同志，农民出身的同志。］ *Из рядо́в сове́тской молодёжи* вы́шли кру́пные учёные. ［从苏联青年的队伍中出现了卓越的学者。］
3）做成东西的 材料； 4）全体中的一 部分； 5）原因。	Посу́да *из гли́ны, из стекла́.* ［陶器用具，玻璃用具。］ Костю́м *из сукна́.* ［呢绒制的西装。］ Не́которые *из рабо́чих* вы́полнили зада́ние досро́чно. ［工人中的某几个提前完成任务。］ Соверши́ть по́двиг *из любви́ к ро́дине.* ［由于爱国而完成奇迹。］ 注：其他用来表示原因的前置词还有 *из-за, от, с, по*。 .... 1）"Родни́к ме́жду ни́ми *из по́чвы беспло́дной,* 　　Журча́, пробива́лся волно́ю холо́дной..." 　　［在它们（棕榈）之间水泉从贫瘠的土地里， 　　潺潺地，像一股寒冷的浪似的涌了出来……］（莱 　蒙托夫） 2）"Прошло́ сто лет, и ю́ный град, 　　Полно́щных стран краса́ и ди́во, 　　*Из тьмы лесо́в, из то́пи блат* 　　Вознёсся пы́шно, горделиво..." 　　［一百年过去了，年轻的城， 　　北国的美丽和奇迹， 　　从树林的黑暗中，从沼泽的泥泞里 　　华美地，骄傲地产生了……］（普希金） 3）"Мете́ли, снега́ и тума́ны 　　Поко́рны моро́зу всегда́. 　　Пойду́ на моря́-окия́ны — 　　Постро́ю мосты́ *и́зо льда́...*" 　　［风雪、雪花和雾

	永远服从严寒。 我要到海洋上去—— 　去用冰块建造桥梁……]（聂克拉索夫） 　4）"Был оди́н *из тех* ненáстных студёных *дней*, каки́е чáсто встречáются к концý óсени..."［这是在秋末常常碰到的那些阴霾、寒冷的日子中的一天……]（屠格涅夫） 　5）"Однá *из глáвных аллéй* былá усáжена ли́повыми дерéвьями."［主要的小径中的一条，两边种着菩提树。]（屠格涅夫） 　注：几个常用短语：*из гóда в год.*［年年，每年], *и́зо дня в день*［天天，每天]。 *Из-за углá* вы́шел человéу.［从角落里走出一个人来。] *Из-за дерéвьев* пробивáется луч сóлнца.［太阳光从树木后面射过来。] *Из-за дождя́* отложи́ли экскýрсию.［因为下雨而把游览延期了。] *Из-за тумáна* не ви́дно пути́.［由于雾而看不见道路。] *Из-за тебя́* я опоздáл.［我为了你迟到。]
нз-за 基本意义： 1）从，从……之后， 从……那边； 2）原因。	.... 　1）"Он достáл *из-за пóяса* тóпор, присéл на пол и нáчал коло́ть лучи́ну."［他从腰带里掏出斧头，在地上坐下来，开始劈柴。]（屠格涅夫） 　1）"*Из-за рéчки* послы́шалась кукýшка..."［从小溪那边传来杜鹃的叫声……]（普希金） 　1）"*Из-за туч* лунá кáтится..." 　　［月亮从乌云之后露出来……]（普希金） 　1）"Над Москвóй вели́кой, златоглáвою, 　　　Над стенóй кремлёвской белокáменной 　　　*Из-за дáльних лесóв, из-за си́них гор* .... 　　　Заря́ áлая подымáется..." 　　［在伟大的、金色的莫斯科上空， 　　　在克里姆林宫的白石墙的上面， 　　　从遥远的树林之后，从青色的群山之后， .... 　　　鲜红的朝霞在上升……]（莱蒙托夫） 　2）"*Из-за шýма* пáдающего ли́вня ничегó нé было

из-под
基本意义：
 	
1）从……底下；
 	
2）作……用的；
	слы́шно." [由于骤雨的喧声，什么也听不见。]（屠格涅夫）
	   За́яц вы́скочил *из-под куста́*. [一只兔子从矮树底下窜了出来。]
	   Из-под большо́го пло́ского ка́мня то́ненькой стру́йкой лила́сь вода́. [水以一条细流从一块大石板底下流出来。]
	   Голубы́е цветы́ показа́лись *из-под снега*.
	[蓝的花从雪底下露了出来。]
	   Мы вы́брались *из-под обстре́ла* врага́.
	[我们从敌人的围击下脱了身。]
	   特殊习惯用语：Прие́хал *из-под Ленингра́да, из-под Москвы́*. [从列宁格勒近郊来，从莫斯科近郊来。]
	   Ба́нка *из-под варе́нья*. [盛果酱的罐（空的）。]
	   Кувши́н *из-под молока́*. [盛牛奶用的壶（空的）。]
	   ···
	   2）"На ма́ленькой те́сной поля́не валя́лись бо́чки *из-под дёгтя*." [在狭小的田地上散乱着空的沥青桶。]（高尔基）
	   1）"Две больши́е чёрные соба́ки подня́лись *из-под крыльца́*..." [两只大黑狗从台阶里跑了出来……]（托尔斯泰）
	   1）"*Из-под куста́* мне ла́ндыш серебри́стый
	      Приве́тливо кива́ет голово́й..." [银色的铃兰殷勤地从灌木底下向我点头……]（莱蒙托夫）
	   1）"*Из-под ша́пки* широ́кого па́поротника скро́мно улыба́лась спе́лая земляни́ка, а *из-под опа́вшей листвы́* го́рдо тяну́лся вверх чума́зый гриб..." [成熟的野梅从阔大的羊齿的帽子下面谦逊地微笑着，而醒醒的香菌则从落叶堆中骄傲地向上伸展……]（聂维罗夫）
	   1）"Нет сло́ва, кото́рое бы́ло бы так зама́шисто, бо́йко, так вы́рвалось бы *из-под се́рдца*, так кипе́ло и жи́во трепета́ло, как ме́тко ска́занное ру́сское сло́во." [没有一种语言，像正确说出的俄罗斯语那样高傲、大胆，那样地像是从心底倾吐出来，那样地沸腾着和活生生地抖动着。]（果戈理）
	   注：在回答 где? куда́? 的问题来说明地方时，前置词用 под（Где сиде́л за́яц? [兔子坐在哪里？] — Под кусто́м. [在灌木

（续表）

	丛里。] Куда́ спря́тался за́яц?［兔子躲到哪里去了？］— *Под куст*.［灌木丛里］）。但在回答 отку́да? 的问题来说明地方时，前置词用 из-под（Отку́да вы́скочил за́яц?［兔子从哪里窜了出来？］— За́яц вы́скочил *из-под куста́*.［兔子从灌木底下窜了出来］）。
кро́ме ［除了……之外］	По состоя́нию здоро́вья я могу́ жить везде́, *кро́ме Ленингра́да*.［照健康情形说来，除了列宁格勒之外，我到处都可以居住。］ На собра́ние пришли́ все, *кро́ме больны́х*.［除了生病的之外，全体到会。］ Я никого́, *кро́ме тебя́*, здесь не зна́ю. ［除了你之外，我这里谁也不认识。］ *Кро́ме ла́сточки*, здесь посели́лся и скворе́ц. ［除了燕子之外，这里还居住过一只椋鸟。］
	··
	"Я ничего́ не ви́жу, *кро́ме бе́лой степи́ да я́сного не́ба*."［除了白色的草原和明朗的天空之外，我什么也看不见。］（普希金） "Пора́, това́рищи, поня́ть, что никто́, *кро́ме нас сами́х*, не помо́жет нам!..."［同志们，现在必须了解，除了我们自己之外，谁也不会帮助我们的！……］（高尔基）
круго́м ［绕着］ ми́мо ［在……旁边经过］	*Круго́м до́ма* броди́ли соба́ки.［狗绕着房子溜跶。］ Ма́льчики бе́гали *круго́м па́мятника*. ［男孩子们绕着纪念碑跑。］ По́езд промча́лся *ми́мо ста́нции*. ［火车在车站旁边飞驰而过。］ Он прошёл *ми́мо меня́* и не заме́тил меня́. ［他在我旁边经过，但却没有发觉我。］ *Ми́мо э́того фа́кта* пройти́ нельзя́. ［撇开这件事实是办不到的。］
	··
	"Вы прохо́дите *ми́мо де́рева* — оно́ не шелохнётся: оно́ не́жится."［您在树旁经过——它一动也不动：它在享受清闲。］（屠格涅夫） "Мне почти́ всегда́ случа́лось проходи́ть *ми́мо уса́дьбы* в са́мый разга́р вече́рней зари́."［我差不多老是在晚霞通红

（续表）

	的时刻路过庄院。]（屠格涅夫） "Вдруг она́ пробежа́ла *ми́мо меня́*, напева́я что-то друго́е..."［突然她在我的身边跑过, 口里唱着别的什么东西……]（莱蒙托夫）
накану́не ［在……前夜］	*Накану́не Октя́брьского пра́здника.* ［在十月革命节前夜。］ *Накану́не уче́бного го́да.*［学年前夜。］ Мы *накану́не вели́ких собы́тий.* ［我们是处身在伟大事件的前夜。］
от (о́то) 基本意义: 1) 从 (地方, 时间, 人);	*От до́ма* до шко́лы че́тверть киломе́тра. ［从家到学校有四分之一公里路。］ *От де́рева* ложи́тся дли́нная тень. ［从树上落下长长的影子。］ Прие́м у врача́ *от оди́ннадцати до трёх*. ［医生的门诊时间是从十一点到三点。］ Получи́л письмо́ *от бра́та*.［收到兄弟的来信。］ Пришёл *от това́рища*.［从一个同志那儿来。］ Приве́т *от сестры́*.［姊妹的问候。］
2) 由于, 因为;	Ребёнок запры́гал *от ра́дости*. ［孩子由于快乐而跳跃。］ Запла́кал *от оби́ды*.［由于侮辱而哭了起来。］ Не мог говори́ть *от волне́ния*. ［由于激动而说不出话来。］ Дере́вья побеле́ли *от и́нея*. ［树木由于霜而变成白色。］ Трава́ погоре́ла *от со́лнца*.［草由于太阳而焦了。］ Челове́к, сму́глый *от зага́ра*. ［被太阳晒成浅黑的人。］
3) 治……用的, 防止……用的;	Лека́рство *от ревмати́зма, от головно́й бо́ли*. ［治疯瘫病的药, 治头痛的药。］ Убе́жище *от бомб*.［避弹所。］ Раски́дистая ель защища́ла *от со́лнца*. ［枝叶伸展的枞树遮着日光。］
4) 用来说明日期, 但通常多用在正式文件和公告等处。	Резолю́ция *от пя́того сентября́.*［9 月 5 日的决议。］ Постановле́ние прави́тельства *от шесто́го ию́ня.* ［政府六月六日的决定。］

(续表)

Протоко́л собра́ния *от двадца́того ма́я.*
[五月二十日的会议录。]
Письмо́ *от 10 а́вгуста.* [八月十日的信。]

1)"Е́сли за́втра война́, — всколыхнётся страна́
От Кроншта́дта до Владивосто́ка..."
[假如明天战争,——从克隆施塔达到海参崴,
整个国家就会奋起……](库马奇)

1)"Дли́нная тень ложи́лась *от гор* на сте́пи..."
[长长的影子从群山落到草原上……](托尔斯泰)

1)"*От дере́вьев, от кусто́в, от высо́ких стого́в* се́на
— *о́то всего́* набежа́ли дли́нные те́ни..."[从树木、从灌
木、从高高的干草堆——从一切东西投下了长长的影
子……](屠格涅夫)

2)"Вещу́ньина с похва́л
Вскружи́лась голова́.
От ра́дости в зобу́
Дыха́нье спёрло..."
[预言家由于称赞而头脑被冲昏,由于快乐而喉咙里
透不过气来……](克雷洛夫)

2)"Его́рушка лежа́л на тюке́ и дрожа́л *от хо́лода*..."
[叶果鲁斯卡躺在包裹上,由于寒冷而发抖……](契诃夫)

2)"Волчи́ха вздра́гивала *от мале́йшего шу́ма*..."[母狼
由于极小的响声而战栗……](契诃夫)

2)"Ды́мов *от ску́ки* стал придира́ться к това́рищам..."
[段莫夫由于无聊而责骂同伴们……](契诃夫)

2)"*От ра́дости*...Кашта́нка пры́гала...Кашта́нка
взви́згнула *от восто́рга*..."[卡斯坦卡由于快乐而雀跃,
由于狂欢而尖锐地叫了一声……](契诃夫)

2)"Но́ги подка́шивались по́до мно́й *от уста́лости.*
[由于疲劳我的脚站不直了。](屠格涅夫)

1)"Дубо́вый листо́к оторва́лся *от ве́тки роди́мой*
И в степь укати́лся, жесто́кою бу́рей гони́мый,

2)Засо́х и увя́л он *от хо́лода, зно́я и го́ря.*
И вот, наконе́ц, докати́лся до Чёрного мо́ря..."
[一片橡树叶脱离了母枝,

（续表）

	受着残酷的暴风雨的驱逐, 飘到了草原,
	它由于寒冷、炎热和悲哀而枯萎凋零,
	就这样终于飘泊到了黑海之滨……](莱蒙托夫)
	
	2)"Когда со́лнце поднима́ется над луга́ми, я нево́льно улыба́юсь *от ра́дости...*"[当太阳升到草地上空时, 我不禁因为快乐而欢笑……](高尔基)
	
	3)"Ми́лый друг! *От преступле́нья,*
	    От серде́чных но́вых ран,
	    От изме́ны, от забве́нья
	    Сохрани́т мой талисма́н!"
	[亲爱的朋友! 我的符咒可以预防犯罪,
	医治心的新创,制止叛变,补救健忘!](普希金)

о́коло 基本意义: —— 1)在……附近;	Самолёт спусти́лся *о́коло ле́са*. [飞机在树林附近着陆。] Тропи́нка вила́сь *о́коло доро́ги*. [小径蜿蜒在道路附近。]
2)将近,大约。	Мы прошли́ *о́коло пяти́ киломе́тров*. [我们走了大约五个公里。] Бу́ду до́ма *о́коло двух часо́в*.[我大约两点钟在家。] Я ждал тебя́ *о́коло ме́сяца*.[我等你将近一个月。] .... "Я сиде́л в берёзовой ро́ще о́сенью, *о́коло полови́ны сентября́...*"[约摸九月中旬的一个秋日,我坐在桦树林里……](屠格涅夫)
по́сле [在……之后]	*По́сле уро́ка* пойду́ к това́рищу. [下课之后我将到一个同学那儿去。] *По́сле рабо́ты* пое́ду отдыха́ть. [工作完毕之后我将去休息。] Всё зазелене́ло *по́сле дождя́*.[雨后一切都绿了。]
Посреди́ [在……中央]	*Посреди́ пло́щади* стои́т па́мятник. [广场中央竖着一块纪念碑。] .... "*Посреди́ ко́мнаты* стоя́л самова́р, шумя́ и испуска́я клуба́ми пар..."[房间中央放着一只茶炉,嗞嗞地响着,并

	且放出一圈圈的蒸气……]（高尔基） "Всё жи́во *посреди́ степе́й*..." [草原中央（草原上）一切都是生气勃勃的……]（普希金）
про́тив 基本意义： 1) 对面；	*Про́тив моего́ окна́* растёт берёза. [我的窗子对面长着一棵桦树。] *Про́тив теа́тра* сто́ит па́мятник. [戏院对面立着一块纪念碑。] "Ты, Ми́шенька, сади́сь *про́тив альта́*, Я, при́ма, ся́ду *про́тив вто́ры*..." [米欣卡，你坐在中音乐器的对面， 我，第一提琴，坐在第二提琴的对面……]（克雷洛夫）
2) 迎着,对着；	Мы плы́ли *про́тив тече́ния*. [我们逆流航行。] Шёл *про́тив ве́тра*. [逆风走。]
3) 反对。	Выступа́ть *про́тив предложе́ния*. [发言反对建议。] Голосова́ть *про́тив резолю́ции*. [投票反对提案。] Борьба́ *про́тив фаши́зма*. [反法西斯主义斗争。] Проте́ст *про́тив тёмных сил реа́кции*. [对反动派黑暗势力的抗议。] Сове́тский Сою́з возглавля́ет борьбу́ *про́тив эксплоата́ции* *и угнете́ния, про́тив но́вых поджига́телей войны́*. [苏联领 导反对剥削和压迫、反对新战争贩子的斗争。]
Среди́（средь） 基本意义： 1) 在……中央；	*Среди́ по́ля* сиротли́во стоя́ла берёза. [田野中央孤零零地站着一棵桦树。] Доро́га тяну́лась *среди́ бесконе́чных поле́й*. [道路在无尽的田野之中伸展。] Лю́ди вози́лись *среди́ камне́й и утёсов*. [人们在石块和悬岩中间忙碌着。]
2) 在（时间）；	Ребёнок просну́лся *среди́ но́чи* и запла́кал. [婴孩在半夜醒来，并且哭了起来。]
3) 在……之中；	*Среди́ на́ших ученико́в* не́сколько отли́чников. [在我们的学生之中有几个高材生。] *Среди́ делега́тов* на конфере́нции мно́го же́нщии. [在参加会议的代表之中有许多妇女。]

（续表）

4）在……之间（人群，团体）。	Агита́торы провели́ большу́ю рабо́ту *среди́ неорганизо́ван-ного населе́ния*. ［鼓动员在无组织的居民之间进行了巨大的工作。］
	
	Ма́ссово-полити́ческая рабо́та *среди́ строи́телей*.
	［建设者之间的群众政治工作。］
	....
	1）"Я уже́ реши́лся ночева́ть *среди́ степи́*..."［我已经决定在草原中过夜……］（普希金）
	1）"Круто́ сверну́л на тропу́, почти́ незаме́тную под хво́ей и *среди́ каки́х-то ма́леньких ёлочек*..."［急遽地弯到了一条在针叶树下和一种小枞树之间的、几乎不为人发觉的小路上……］（高尔基）
	2）"Не сты́дно ль, — говори́т, — *средь бе́ла дня* попа́лся!"
	    Не провели́ бы так меня́:
	    За э́то я руча́юсь сме́ло."
	  ［你不害羞吗，——（鸽子）说道，——在光天化日下落了网！
	他们就没法这样欺弄我：
	这一层我大胆保证。］（克雷洛夫）
	2）"Ве́село бы́ло слы́шать *среди́ мёртвого сна приро́ды* фы́рканье уста́лой тро́йки и не́рвное побря́кивание ру́сского колоко́льчика."［在万籁俱寂之间，听到疲倦的马车的马喘气声和俄罗斯小铃的出其不意的鸣响，是很快乐的。］（莱蒙托夫）
	3）*Среди́ по́двигов* бессме́ртных ста́линских со́колов навсегда́ оста́нется в па́мяти по́двиг капита́на Гасте́лло. ［在不朽的斯大林神鹰的事迹之中，迦斯吉洛上尉的事迹将永远留在记忆里。］

y 基本意义： 1）在……旁边，在什么人的地方；	Стол стои́т *у окна́*. ［桌子放在窗畔。］ Сиде́ли *у костра́*. ［坐在篝火的旁边。］ Маши́на останови́лась *у са́мого до́ма*. ［汽车就停在房子的旁边。］（同义词：во́зле, вблизи́, о́коло） Был *у до́ктора*. ［去过医生那儿。］ Был на приёме *у дире́ктора*. ［参加了校长的招待。］

2) 有，属于；	Жил ле́том *у бра́та*. [夏天住在兄弟那儿。] Стоя́ть *у вла́сти*. [执政。] Па́ртия, стоя́щая *у вла́сти*. [执政党。] *У орла́* могу́чие кры́лья. [鹰有强壮的翅膀。] *У лисы́* пуши́стый хвост. [狐狸有一条毛茸茸的尾巴。] *У бра́та* краси́вый го́лос. [兄弟有漂亮的嗓子。] *У меня́* интере́сная кни́та. [我有一本有趣的书。] *У товáрища* мно́го рабо́ты. [同志有许多工作。] *У меня́* боли́т зуб. [我牙齿痛。]
3) 从……向……	Взял *у товáрища* кни́гу. [向同学借了一本书。] Вы́играл *у брáта* па́ртию в ша́хматы. [赢了兄弟一局棋。]

....

1) "Жил стари́к со свое́ю стару́хой
    У сáмого си́него мо́ря..."
  [老头儿跟自己的老太婆，
    住在蓝色的海边……]（普希金）

1) "*У лукомо́рья* дуб зелёный...[在海湾的附近有一棵
绿色的橡树……]（普希金）

1) "Ути́х ау́л: на со́лнце спят
    У сáклей псы сторожевы́е..."
  [村子静寂了：看门狗在泥屋子旁边的太阳光里睡
觉……]（普希金）

1) "Кавка́з подо мно́ю. Оди́н в вышине́
    Стою́ над снега́ми *у кра́я* стремни́ны..."
  [高加索在我的脚下。我一个人在山顶上
    站在奔流边缘的雪上……]（普希金）

1) "И пусть *у гробово́го вхо́да*
    Млада́я бу́дет жизнь игра́ть
    И равноду́шная приро́да
    Красо́ю ве́чною сия́ть."
  [就让幼小的生命，
    在坟墓的入口处游戏，
    让冷淡的自然
    放射永恒的美丽。]（普希金）

2) *У стра́ха* глаза́ велики́. [谚：恐惧有一双大眼睛，意

	即：人一感到恐惧眼睛就睁得老大。] 2)"У мéльника водá плотúну прососáла..."［磨房的水渗过堤防……］(克雷洛夫)
c(co) 使用第二格时的基本意义： 1) 从(空间的关系，通常回答：откýда?);	Взял кнúгу со столá.［从桌子上拿了一本书。] Снял пальтó с вéшалки.［从衣架上取下大衣。] Прýгнул с самолёта.［从飞机上跳下来。] С óзера повéяло прохлáдой.［从湖上送来凉意。] Пришёл с собрáния, с рабóты, с урóка.［从开会的地方来，从做工的地方来，从上课的地方来。(或者：下了课来)] Получúл письмó с рóдины.［收到从祖国来的信。] Пришёл с фрóнта.［从前线来。] 注：前置词c(回答откýда?)与на(回答где?)是相应的。例如：Был на фрóнте.［在前线。] Пришёл с фрóнта.［从前线来。] Был на Кавкáзе.［在高加索。] Приéхал с Кавкáза.［从高加索来。]
2) 从……起(时间的关系，通常回答：с какóго врéмени?);	Занимáюсь с ýтра.［从早晨起学习。] К экскýрсии нáдо приготóвиться с вéчера. ［游览必须从晚上准备起。] Врач принимáет с десятú. ［医生从十点钟开始看病。] Занятия в шкóле начнýтся с сентября́. ［学校里从九月起开始上课。] С óсени запишýсь в библиотéку. ［我将从秋天起加入图书馆。] Любóвь к кнúге с дéтства, с юности. ［对书的爱好从童年时代起，从少年时代起。]
3) 由于，因为；	Заплáкал с гóря. (此处也可以用от гóря)［由于悲哀而哭了起来。] Сказáл со злóсти.［出于恶意而说。] Ничегó не понимáю со снá.［因为刚睡醒我什么也不懂。] Рассердúлся ни с тогó ни с сегó. ［无缘无故地生气了。]
4) 根据，行为的理由；	С разрешéния, с позволéния, с соглáсия, с одобрéния. ［根据许可，根据容许，根据同意，根据赞同。]

（续表）

5）计算的单位；	Ушёл *с разрешéния* преподавáтеля. ［凭教员的许可而去。］ *С рубля́* по копéйке.［每卢布收取一个戈比。］ *С кáждого учáстника* вéчера по дéсять рублéй. ［每个参加晚会的人纳十卢布。］ Собрáли прекрáсный урожáй пшени́цы: 32 цéнтнера *с гектáра*.［小麦的收成很好：每公顷收到三十二公担。］

6）其他意义。	Перевести́ *с рýсского языкá* на роднóй.
	［从俄文译成本国文。］
	Получи́ть *со всех члéнов* взнóсы.
	［向全体会员收会费。］
	Взять гóрод *с бóю*.［用战斗来占领城市。］
	Ссóра началáсь *с пустякóв*.［争吵从细故开始。］
	С чáсу на час.［一小时又一小时，一两小时里。］
	Со дня на день.［一天又一天，逐日，一两天里。］
	С минýты на минýту.
	［一分钟又一分钟，一两分钟里。］
	Жду егó *с минýты на минýту*.
	［我一分钟又一分钟地等他。］
	Он мóжет приéхать *со дня нá день*.
	［他可能在这一两天里到来。］
	С тóчки зрéния...［从……观点看来。］
	‥‥‥‥‥‥‥‥‥‥‥‥‥‥‥‥‥‥‥‥
	1）"*С реки́* донóсится шум и плеск воды́..."［从河上传来喧闹声和溅水声……］（高尔基）
	1）"*С горы́* бежи́т потóк провóрный..."［从山上滚下来奔放的流水……］（玖德契夫）
	1）"Уж мéркнет сóлнце за горáми;
	      Вдали́ раздáлся шýмный гул,
	      С полéй нарóд идёт в аýл..."
	   ［太阳已经在山后消失；
	   远处传送着喧闹声，
	   人们从田野走向山村……］（普希金）
	1）"Октя́брь уж наступи́л — уж рóща отряхáет
	    Послéдние листы́ *с наги́х свои́х ветвéй*..."［十月已

(续表)

	经来了——灌木林已经在从自己光秃秃的枝条上振落最后的几张叶子……](普希金)
	1)"*С богатырских плеч сня́ли го́лову...*"[从勇士们的肩上斫下头来……](柯尔卓夫)
	2)"*Уж с утра́ пого́да зли́тся...*"[从早晨起天气就不好……](普希金)
	3)"*Я удави́лась бы с тоски́,*
	Когда́ бы на неё хоть чуть была́ похо́жа..."[我真会由于伤心上吊,要是我有一丝一毫像它……](克雷洛夫)
	3)"*Вещу́ньина с похва́л вскружи́лась голова́...*"[预言家由于称赞而头脑被冲昏……](克雷洛夫)
	3)"*Марты́шка тут с доса́ды и с печа́ли*
	О ка́мень так хвати́ла их,
	Что то́лько бры́зги засверка́ли."
	[猴子这时由于懊恼和伤心,拿它们那么重重地向石头掷去,弄得只剩玻璃碎片闪闪发亮。](克雷洛夫)
	3)"*Вы́пьем с го́ря*, где же кру́жка?
	Се́рдцу бу́дет веселе́й..."
	[由于忧愁让我们来喝酒吧,酒杯在哪里?
	心会变得快乐些……](普希金)
	附注:前置词 с 更多与第四格和第五格连用(请参看表23 和表25)。
ме́жду **(меж)** [在……之间]	"*Меж круты́х бережко́в Во́лга-ре́чка течёт.*"
	[伏尔加河在峻削的岸壁之间流过。](民歌)
	"*Отто́ль сорва́лся раз обва́л*
	И с тя́жким гро́хотом упа́л,
	И всю тесни́ну ме́жду скал
	Загороди́л,
	И Те́река могу́чий вал
	Останови́л..."
	[有一次从那里山岩崩裂了,
	轰隆隆地落了下来,
	填满了岩壁之间的整个山峡,
	阻住了杰列克河有力的浪涛……](普希金)
	"*Брожу́ ли я вдоль у́лиц шу́мных,*
	Вхожу́ ль во многолю́дный храм,

	Сижу́ ль *меж ю́ношей безу́мных*, Я предаю́сь мои́м мечта́м…" ［不论沿着喧闹的街道漫步， 不论走进人头钻动的寺院， 不论坐在狂热的青年人之间， 我总是沉迷在自己的幻想之中……］（普希金） "И *ме́жду са́бель и сапо́г*, До по́яса не достава́я, Внизу́ как ти́хий василёк Броди́ла де́вочка чужа́я…" ［在军刀和皮靴之间， 一个长不及腰带的陌生小姑娘， 像一朵静静的矢车菊， 在下面漫步……］（西蒙诺夫） 附注：前置词 ме́жду（меж）之后用第二格，主要是在民歌、成语和特殊辞句（*Заблуди́лся ме́жду двух со́сен*［在两株松树之间迷了路，讽谕容易迷失方向的人。］*Сиди́т ме́жду двух сту́льев*［一人坐两张椅子，讽谕骑墙派］）里，有时也用在文学里。在谈话里和写作上通常用第五格。
по́дле ［贴近］	Этот дом нахо́дится *по́дле реки́*. ［这所房子贴近河边。］ Он поста́вил свой стул *по́дле её сту́ла*. ［他把自己的椅子放在她的椅子旁边。］ ．．．．．．．．．．．．．．．．．．．．．．．．．．．．．．．．．．．． "На валу́ *по́дле ма́ленькой пу́шки* сиде́л карау́льный." ［在堡垒上一座小炮的旁边坐着一个哨兵。］（普希金） "За у́жином я сиде́л *по́дле неё*." ［在晚饭时我坐在她的旁边。］（屠格涅夫）
сверх ［除了……之外］	*Сверх костю́ма* он купи́л ещё пальто́. ［除了西装之外他还买了一件大衣。］ *Сверх за́работной пла́ты* получа́ет пре́мии. ［除了工资之外还获得奖金。］ С ним прия́тно рабо́тать: он зна́ющий, де́льный и, *сверх того́*, о́чень хоро́ший челове́к. ［跟他一起工作很愉快：他懂事、能干，同时又是一个很好的人。］
ра́ди	Не для себя́, а *ра́ди о́бщей по́льзы*.

(续表)

［为了］	［不是为了自己,而是为了公共的利益。］ Проси́ть Христа́ *ра́ди.* ［为了基督而请求。］ "Пришёл мири́ться к вам, совсе́м не *ра́ди ссо́ры.*" ［我跑来跟您讲和,完全不是为了争吵。］(克雷洛夫)
позади́ ［在……后面］	Мой дом нахо́дится *позади́ ба́нка.* ［我的房子在银行后面。］ Дере́вня нахо́дится *позади́ горы́.* ［村庄在山后面。］
относи́тельно ［关于］	*Относи́тельно хо́да де́ла* ещё ничего́ нельзя́ сказа́ть. ［关于事情的进展还不能说什么。］

　　注意:第二格更用来表明日期,例如:Прие́хал *два́дцать пя́того а́вгуста 1948 го́да.*［于1948年8月25日来到。］Заня́тия начну́тся *пятна́дцатого сентября́.*［9月15日开始上课］。但在不表明号数、月份,而只指明年份时,用第六格:Прие́хал *в 1948-м году́.*［于1948年来到。］

§7. 第三格的用法
［Употребле́ние да́тельного падежа́］

　　第三格的用法分三大类: А) 与动词连用;Б) 用在无人称句子中;В) 与前置词连用。

A. 第三格与动词连用　［Употребле́ние да́тельного падежа́ с глаго́лами］

表 19

| Ⅰ. 用作动词或名词的间接补语
［ко́свенное дополне́ние］: | *Помога́ю това́рищу* (*по́мощь това́рищу.*)
［我帮助同志。］
Отвеча́ю учи́телю (*отве́т учи́телю.*)
［我回答教师。］
Написа́л сестре́ (*письмо́ сестре́.*)
［我写信给姊妹。］ |

	Мероприя́тия по травозащи́тному лесонасажде́нию *помога́ют се́льскому хозя́йству.* (Эти мероприя́тия *в по́мощь се́льскому хозя́йству.*) ［种植防护林的措施帮助农业。］ *Това́рищу поручи́ли отве́тственную рабо́ту.* (*Поруче́ние това́рищу отве́тственной рабо́ты.*) ［委托给同志一件负责的工作。］ Это — *па́мятник Пу́шкину.*［这是（献给）普希金的纪念碑。］
II. 用在某些动词之后： ра́доваться пора́доваться (кому́? чему́?) ［为……而高兴］ улыба́ться улыбну́ться (кому́? чему́?) ［为……微笑］	*Ра́доваться письму́, успе́хам, хоро́шей пого́де.* ［因为信、成就、好天气而高兴。］ Все *ра́дуются весе́ннему со́лнцу.* ［大家为春天的太阳而高兴。］ *Дню весёлому всё улыба́ется.* ［一切为快乐的日子而微笑。］ „ Цветы́ пе́рсика по-пре́жнему *улыба́ются весе́ннему ве́тру.* "［桃花依旧笑春风。］ 注: рад, ра́да 等词之后也用第三格。例如： „И ра́ды мы *прока́зам ма́тушки зимы́...* "［我们为冬天妈妈的恶作剧而高兴。］（普希金）
удивля́ться, удиви́ться (кому́? чему́?) ［对……感到惊奇］	*Удивля́ться работоспосо́бности, споко́йствию, си́ле, му́жеству.*［对工作能力、镇定、力量、刚毅感到惊奇。］ Мы *удивля́емся споко́йствию, му́жеству* и *вы́держке* на́ших лётчиков.［我们对我们飞行员的镇定、刚毅和耐性感到惊奇。］
уделя́ть внима́ние, удели́ть внима́ние (кому́? чему́?) ［注意］	Во вре́мя ле́тнего о́тдыха необходи́мо *уделя́ть мно́го внима́ния спо́рту.*［在夏天休假时必需多多注意运动。］ Печа́ть и радиовеща́ние *уделя́ют большо́е внима́ние нау́чно-просвети́тельной пропага́нде.* ［报刊和无线电广播非常注意科学教育的宣传。］
зави́довать (кому́? чему́?) ［羡慕］	*Зави́довать кому́-нибудь.*［羡慕某人。］ *Зави́довать успе́хам.*［羡慕成功。］ *Все зави́дуют моему́ здоро́вью.*［大家都羡慕我的健康。］

(续表)

	„*Завидуем внукам и правнукам нашим*, которым суждено видеть Россию в 1940 году стоящею во главе образованного мира…" [我们羡慕我们的孙子们和曾孙们，他们命定可以看到在一九四〇年领导文明世界的俄罗斯……](别林斯基)
верить (кому? чему?) [相信，信任]	*Верить своей жене*. [信任自己的妻子。] Я *верю собственным глазам*. [我相信自己的眼睛。] *Верить этому болтуну* не было никакой возможности. [相信这个饶舌家是完全不可能的。] Не *всякому слуху верь*. [不要相信每一件传闻。]
учиться (чему?) [学习]	Я *учусь русскому языку*. [我在学习俄文。] „… Задача состоит в том, чтобы *учиться* и ещё раз *учиться ленинизму*. " [……任务在于学习和再学习列宁主义。](斯大林)
подвергаться подвергнуться [遭到，受到]	Движение за мир в Америке *подвергается жестоким репрессиям*. [保卫和平运动在美国受到残酷的镇压。]

Б. 第三格用在无人称句子中 [Употребление дательного падежа в безличных предложениях]

表 20

Ⅰ. 与 надо，необходимо，нужно[必须]，можно [可以]，нельзя[不可以] 等词连用：	*Брату необходимо выехать сегодня*. [兄弟今天必须去。] *Вам нужно закончить работу в срок*. [您必需在限期内完成工作。] *Всем сотрудникам надо прийти* на собрание к пяти часам. [全体同人必须在五时之前来开会。] *Можно мне курить? Тебе нельзя курить.* [我可以抽烟吗？你不可以抽烟。]
Ⅱ. 与动词的不定式连用来表示必要性：	*Всем сотрудникам собраться* в пять часов. [全体同人必须在五时开会。] *Товарищу ехать* в два часа. [同志必须在两点钟走。] Куда *тебе ехать* завтра? [明天你需要到哪里去？]

	„*Быть грозé вели́кой!*"［会有一场大雷雨！］（普希金） „*Быть вам к ве́черу!*"［您必须在天黑之前到来！］（富曼诺夫） „*Вам бы, ребя́та, на медведéй сходи́ть, заба́ва хоро́шая...*"―"［朋友们,你们最好去猎熊,一件好玩意⋯⋯］（高尔基） „*Сва́дьбе не быва́ть!*"［婚礼不举行！］（果戈理） „*Не сноси́ть ему́* головы́..."［不让他活下去！⋯⋯］（莱蒙托夫） „*Во́рон к во́рону лети́т,* *Во́рон во́рону кричи́т:* *Во́рон, где б нам пообéдать?* *Как бы нам о том провéдать?*" ［乌鸦飞向乌鸦, 乌鸦向乌鸦叫喊: 乌鸦,我们该到哪里去吃中饭? 我们该怎样打听这件事?］（普希金） „*Хотя́ и бу́дет дождь, но ужé не зеленéть травé...*"［即使还会下雨,但是草已经不会绿了⋯⋯］（契诃夫）
Ⅲ．与无人称动词连用(-ся)：	*Мне не спи́тся.*［我睡不着。］ *Мне сего́дня что́-то не поётся.* ［今天我不知道为什么唱不成。］ *Бра́ту нездоро́вится.*［兄弟病着。］ *Мне сего́дня не рабо́талось: не чита́лось, не писа́лось.* ［今天我做不好工作：读不进,写不出。］ *Мне здесь нра́вится.*［我欢喜在这里。］ *Слу́шателям не хотéлось уходи́ть.* ［听众舍不得离去。］ *Мне хо́чется поéхать в го́ры.*［我真想到山中去。］ *Това́рищу прихо́дится ча́сто éздить в командиро́вки.* ［同志不得不常常去出差。］ *Сестрé удало́сь лéтом хорошо́ отдохну́ть.* ［姊妹得以在夏天好好地休息一下。］ *Мне нра́вится бéгать по гора́м.*［我喜欢在山上跑。］

(续表)

	„ Тёмной осéнней нóчью *пришлóсь мне éхать* по незнакóмой дорóге..."[在一个黑暗的秋夜,我不得不走一条陌生的路……](屠格涅夫) „*Взгрустнýлось кáк-то мне* в степú однообрáзной."[有一次我在单调的草原上感到一阵凄凉。](柯尔卓夫) „О, как глубокó и рáдостно *вздохнýлось Сáнину*, как тóлько он очутúлся у себя в кóмнате." [呵,萨宁一走进自己的房间,怎样深长和快乐地叹了一口气呵。](屠格涅夫) „*Не писáлось емý* на этот раз."[这一次他写不出。](契诃夫) „Литвúнов взялся за кнúгу, но *емý не читáлось*..."[李特维诺夫拿起了书,但是他读不进去……](屠格涅夫)
Ⅳ．与副词连用: 1．与肯定副词连用,表示心理上的或生理上的感觉;	1．Товáрищу вéсело, хорошó, Сестрé грýстно, скýчно, Мне стыдно, хóлодно Нам и т. д. (同志 快乐,健康, 姊妹 忧愁,寂寞, 我 惭愧,冷, 我们 等等。) *Мне жаль.*[我很难过。] *Мне жаль товáрища, жаль сестрý.* [我可怜同志,可怜姊妹。] *Мне жаль врéмени.*[我舍不得时间。] *Мне жаль расстáться с товáрищем...* [我舍不得跟……同志分离。] *Мне лень занимáться.*[我懒于念书。] *Мне порá идтú.*[我应该走了,是我走的时候了。]
2．与否定副词连用。	2．*Мне нéкуда сегóдня идтú.*[今天我没有地方去。] *Мне нéкогда гулять.*[我没有工夫玩。] *Нам нéкуда спрятаться от дождя.* [我们没有地方躲雨。] *Тебé нéзачем это знать.*[你用不着知道这个。] *Емý нéоткуда ждать пúсем.* [他不等待任何地方来信。]

B. 第三格与前置词连用 ［Употребле́ние да́тельного падежа́ с предло́гами］

表 21

| Ⅰ. 只与第三格连用的前置词：
к（ко）
基本意义：
1）到,向,于； | Подошёл *к доске́*. ［走近黑板。］
Подъе́хал *к шко́ле*. ［行近学校。］
Ло́дка приста́ла *к бе́регу*. ［船靠了岸。］
Лётчик ведёт самолёт *к го́роду*.
［飞行员把飞机驶向城市。］
Иду́ *к до́ктору*. ［我去看医生。］
Сад спуска́ется *к реке́*. ［花园向河斜下去。］
Путь *к побе́де*. ［走向胜利的道路。］
Гото́виться к... （подгото́вка к...)［准备……］
Мы *гото́вимся к экза́менам*. ［我们准备考试。］
Стреми́ться к... （стремле́ние к...)［致力于……］
Он *стреми́тся к зна́нию*. ［他力求知识。］
Относи́ться к... （отноше́ние к...)［对待……］
Он серьёзно *отно́сится к свои́м обя́занностям*.
［他对自己的义务抱着严肃的态度。］
Обраща́ться к... （обраще́ние к...)
［向……接洽,向……请求。］
Обраща́юсь к организа́ции за по́мощью...
［我向组织请求帮助……］
Обраще́ние ко всем трудя́щимся.
［告全体劳动者书。］
Присоединя́ться к... （присоедине́ние к...)
［归并……,赞成……］
Присоединя́юсь к ва́шему мне́нию.
［我赞成您的意见。］
Привыка́ть к... （привы́чка к...)［习惯于……］
Привы́к к зде́шнему кли́мату.
［习惯于这里的气候。］
Принадлежа́ть к... （принадле́жность к...)
［是……的一份子。］
Това́рищ *принадлежи́т к юнна́тской организа́ции*. ［（这个)同学是少年自然科学研究组的一份子。］
Он *принадлежи́т к лу́чшим ученика́м* шко́лы. ［他是校里高材生之一。］ |

	注：当 *принадлежа́ть* 作"属于"解时，不用前置词 *к*。 例如：Эта кни́га *принадлежи́т бра́ту.* [这本书属于兄弟。]
2）快到……之时；	Приду́ *к трём часа́м.* [我在三点之前来。] *К ве́черу* зако́нчу рабо́ту. [我到傍晚结束工作。] *К ию́лю* мы должны́ верну́ться. [我们应该在七月之前（指六月底）归来。] „Марты́шка *к ста́рости* слаба́ глаза́ми ста́ла. . . "[猴子接近老年眼光变得弱了……]（克雷洛夫）
3）其他意义。	*К ча́ю*, *к за́втраку.* [用茶时，用早餐时。] *К за́втраку* нам да́ли кака́о. [用早餐时给我们（预备了）可可。] *К сожале́нию.* . . [可惜……] В кни́ге, *к сожале́нию*, мно́го опеча́ток. [书里可惜有许多排错的地方。] *К сча́стью.* . . [幸亏……] Чемода́н с остальны́ми веща́ми, *к сча́стью*, оста́лся цел. [幸亏盛着其余东西的那只皮箱完整无缺。] *К несча́стью.* . . [不幸……] *К несча́стью*, вчера́ здесь был большо́й пожа́р. [这里昨天不幸发生大火。] *К лицу́.* . . [合适……] Это вам *не к лицу́.* [这对您不合适。] *К вопро́су о.* . . [论……问题。]（常用于文章的题目里。） К вопро́су о здравоохране́нии. [论保健问题。] . . . . „Но́чью мы подъе́хали *к ма́ленькой ста́нции.* " [夜里我们来到了一个小站。]（莱蒙托夫） „Кто́-то спуска́лся *к исто́чнику.* " [有人向源泉走下去。]（莱蒙托夫） „Плуто́вка *к де́реву* на цы́почках подхо́дит. . . " [骗子用脚尖向一棵树走去……]（克雷洛夫） „Ягнёнок в жа́ркий день зашёл *к ручью́* напи́ться. . . " [小羊在一个大热天走到溪边去饮水……]（克雷洛夫） „Гусе́й крикли́вых карава́н тяну́лся *к ю́гу.* . . " [一群咕咕叫的雁向南方飞去……]（普希金）

„Во́рон к во́рону лети́т,

Во́рон во́рону кричи́т..."

[乌鸦飞向乌鸦,

乌鸦向乌鸦叫喊……](普希金)

„Будь наш, привы́кни к на́шей до́ле,

Бродя́щей бе́дности и во́ле..."

[你做我们的人吧,来过惯我们的命运,

流浪的贫穷和自由吧……](普希金)

„К кра́сну со́лнцу, наконе́ц,

Обрати́лся молоде́д."

[最后,好汉去向红太阳求助。](普希金)

„Ре́ки стремя́тся к мо́рю, желе́зо стремя́тся к магни́ту, тра́вы стремя́тся к со́лнцу. Пти́цы стремя́тся на юг. А лю́ди стремя́тся к сча́стью. Они́ стремя́тся к пра́вде, сердца́ их стремя́тся к дру́жбе, мы́сли стремя́тся к тебе́..."

[河流向往海洋,铁向往磁石,草向往太阳。鸟儿向往南方。而人们却向往幸福,他们向往真理,他们的心向往友谊,思想向往你……](江布尔)

Вели́кий Ста́лин — люби́мый вождь и учи́тель наро́дов — вёл нас к счастли́вому и све́тлому бу́дущему всего́ челове́чества — к коммуни́зму.

[伟大的斯大林——各民族的亲爱领袖和导师——引导我们走向全人类幸福和光明的未来——走向共产主义。]

Коммунисти́ческое отноше́ние к труду́ как к общенаро́дному де́лу, как к перве́йшей обя́занности пе́ред социалисти́ческим о́бществом — свято́й долг ка́ждого сове́тского челове́ка.

[把劳动看作全民的事业、看作对社会主义社会的首要责任的共产主义态度,是每一个苏维埃人的神圣责任。]

„В на́шей стране́ коммуни́зм воодушевля́ет к вдохнове́нному труду́, к геро́ической борьбе́ за ро́дину, к высо́кому иде́йному тво́рчеству..."

[在我们的国家里,共产主义鼓舞我们去从事兴奋的劳动,去为祖国作英雄主义的斗争,去从事崇高的思想创造……](莫洛托夫)

(续表)

благодаря́ [依靠,由于]	*Благодаря́ по́мощи* това́рища я зако́нчил рабо́ту в срок. [依靠同志的帮助,我如期完成了工作。] *Благодаря́ хоро́шей пого́де* экску́рсия была́ о́чень уда́чной. [由于好天气游览非常顺利。] *Благодаря́ весе́нним дождя́м* урожа́й был прекра́сный. [由于春雨收成很好。] Наро́ды СССР могли́ подня́ться на высо́кий у́ровень национа́льно-госуда́рственного разви́тия то́лько *благодаря́ му́дрой ле́нинско-ста́линской национа́льной поли́тике.* [苏联各民族能够达到民族国家发展的高度水平,完全是依靠列宁—斯大林的英明民族政策。]
согла́сно [根据,按照]	*Согла́сно постановле́нию* прави́тельства от... [根据×月×日政府的决定。] *Согла́сно статье́* Конститу́ции... [根据宪法第××条。] *Согла́сно распоряже́нию* дире́ктора... [根据经理的命令。] *Согла́сно резолю́ции суда́...*[根据法院的决定……] *Согла́сно директи́вам...*[根据指令……] „Се́рдце би́лось *согла́сно всей му́зыке* тишины́.“ [心按着静寂的全部音乐跳动。](普里斯文) 注:在公文里前置词 согла́сно 之后常用第二格,但是在文学里应该用第三格。
навстре́чу [迎向]	Чле́ны экспеди́ции шли *навстре́чу всем опа́сностям.* [探险队队员们去冒各种危险。] „Уж на равни́не, по холма́м Грохо́чут пу́шки. Дым багро́вый Клуба́ми всхо́дит к небеса́м Навстре́чу у́тренним луча́м...“ [在平原上,在小山间 大炮轰隆隆地响着。 暗红色的烟一圈圈地升入天空 迎着曙光……](普希金)
напереко́р [反对]	Он всё де́лает *напереко́р мне.* [他做一切来跟我作对。]
вопреки́	*Вопреки́ сове́ту* врача́ он встал с посте́ли.

[违反,不顾]	[违反医生的劝告他起了床。] 　　*Вопреки́ всем тру́дностям экспеди́ция вы́полнила* зада́ние.［不顾一切困难探险队完成了任务。］ 　　*Вопреки́ закóну...*［违反法律……］ 　　*Вопреки́ вóле и интерéсам...*［违反意志和利益……］ .... 　　„*Вопреки́ предсказáнию моегó спу́тника, погóда прояснúлась...* "［和我的旅伴的预言相反,天气晴朗了……］(莱蒙托夫) 　　„*Рассу́дку вопреки́, наперекóр стихúям...* " 　　［违反理性,违反自然……］(格里波耶陀夫) 　　注:Вопреки́通常是用来表示反对一个人的意志或者表示必须克服的困难,所以不能说:"Вопреки́ дождю́ я пошёл гуля́ть."而应该说:"Несмотря́ на дóждь я пошёл гуля́ть." ［我冒雨出去散步。］
Ⅱ.与第三格和别格连用的前置词: по 与第三格连用时的意义: 1.a)沿着一定的东西行动;	Шёл *по у́лице, по бульвáру, по бéрегу* реки́. ［沿着街道,沿着林荫路,沿着河岸走。］ Бродúл *по лéсу.* ［沿着树林漫步。］ Éхал *по равнúне.* ［沿着平原走。］ Слёзы теку́т *по щекáм.* ［眼泪沿着面颊流。］ Золоты́е пóлосы протяну́лись *по нéбу.* ［金色的线条沿着天空伸展。］ .... 　　„*Ту́ча пó небу* идёт. 　　*Бóчка пó морю* плывёт...* " 　　［乌云在天空行走, 　　木桶在海洋漂浮……］(普希金) 　　„*По нúве прохожу́ я у́зкою межóй...* " 　　［我在田里沿着狭狭的畦道走着……］(马依柯夫) 　　"*Цыгáны шу́мною толпóй по Бессарáбии* кочу́ют... 　　"［一大群热闹的茨冈沿着比萨拉比游荡……］(普希金) 　　"*По дорóге зúмней, ску́чной,* 　　*Трóйка бóрзая бежúт...* " 　　［沿着冬天的,冷静的道路, 　　飞快的三驾马车在疾行……］(普希金) 　　„*Дождя́ отшумéвшего кáпли*

(续表)

	Тихо́нько *по ли́стьям* текли́. " [刚停的雨的水滴 慢慢地沿着树叶子流着。](普希金) 注：在古文里 по 常常跟第六格代词连用，来表示沿着一定的东西运动。例如： „Лже́ц ни оди́н у нас *по нём* пройти́ не сме́ет..." [在我们这里没有一个撒谎者敢走过它(指桥)……](克雷洛夫) „И путь *по нём* широ́кий шёл..." [广阔的道路沿着它(所指不明)伸展……](普希金)
6) 向着一定的东西打；	Уда́рил *по столу́*, *по руке́*. [击桌子,打手。] Уда́рил вожжо́й *по ло́шади*. [用缰绳打马。] До́ждь бараба́нит *по кры́ше*. [雨打着屋顶。] .... „Когда́ я впусти́л его́ в избу́, он хло́пнул меня́ *по плечу́*..."[当我让他走进屋子里的时候,他在我的肩上拍了一下……](高尔基) „Кот сильне́е вы́гнул спи́ну, зашипе́л и уда́рил Кашта́нку ла́пой *по голове́*..." [猫更用劲地弓起了背,咝咝地叫着并且用脚爪敲打卡施坦卡的头……](契诃夫) "Путеводи́тель наш ... постуча́л па́лкой *по стволу́* де́рева и мо́лча кру́то сверну́л на тропу́". [我们的向导……用棒敲着树干,并且默不作声地突然弯到一条小路上去。](高尔基) „Глу́хо бьют *по воде́* спи́цы колёс парохо́дов ..., где́-то бьёт мо́лот *по желе́зу*, зауны́вно тя́нется пе́сня..."[轮船的轮辐重浊地打着水……,在某处锤子打着铁,歌声悲惨地拖长着……](高尔基) „Кру́пные ка́пли дождя́ ре́зко застуча́ли и зашлёпали *по ли́стьям*..."[大滴的雨珠开始猛烈地打着和拍着树叶……](屠格涅夫)
2. 行动的地方： a) 整个范围之内；	Прика́з *по шко́ле*, *по институ́ту*, *по всей стране́*. [给学校的命令,给专科学校的命令,给全国的命令。] *По всему́ Сове́тскому Сою́зу* прозвуча́л при́зыв: „Вперёд,

（续表）

	к но́вым побе́дам！" ［在整个苏维埃联盟到处都响着号召："前进，走向新的胜利！"］
6）在各个不同的地方；	*По фа́брикам, по заво́дам, по всем учрежде́ниям устра́ивались ми́тинги.* ［在各个工厂里，在所有的机关里都在举行大会。］ 注：也可以说：На фа́бриках, на заво́дах, во всех учрежде́ниях устра́ивались ми́тинги.
в）从一点到另一点；	*Хожу́ по магази́нам, покупа́ю кни́ги.* ［我从一个铺子到一个铺子买书。］ *Коми́ссия ходи́ла по фа́брикам и заво́дам.* ［委员会一家一家地巡查工厂。］ 注意：在这种场合不能说：*На фа́бриках.*
3．行动的规定时间（回答 когда́?）；	*До́ктор принима́ет по вто́рникам и суббо́там.* ［医生每逢星期二和星期六门诊。］ *Рабо́таю по вечера́м, иногда́ по ноча́м.* ［我在晚上工作，有时在夜里工作。］ 注意：不可以说：„По дня́м."
4．原因；	Пропусти́ть заня́тия *по боле́зни, по уважи́тельной причи́не.* ［因为生病，因为正当理由而缺课。］ Сде́лал э́то *по глу́пости, по неосторо́жности, по небре́жности.* ［由于愚笨，由于轻率，由于疏忽而作了这个。］
5．职业，专长；	*Специали́ст по матема́тике, по фи́зике, по исто́рии.* ［数学专家，物理专家，历史专家。］ *Прекра́сная рабо́та по геогра́фии.* ［地理学方面的杰作。］ Он то́карь *по мета́ллу.* ［他是一个金属镟工。］ *Соревнова́ние по футбо́лу, по лы́жам.* ［足球比赛，滑雪比赛。］ Общество *по распростране́нию* полити́ческих и нау́чных зна́ний. ［政治知识和科学知识普及协会。］ Нам нужны́ тепе́рь большевики́-специали́сты *по мета́ллу, по тексти́лю, по то́пливу, по хи́мии, по се́льскому хозя́йству, по тра́нспорту, по торго́вле, по бухгалте́рии* и т. д.

（续表）

6. 根据，按照；	［我们现在需要专长金属、纺织、燃料、化学、农业、运输、贸易、会计等的布尔什维克。］ Рабо́таем *по пла́ну*. ［我们按照计划工作。］ По́езд отхо́дит *по расписа́нию*. ［火车按照时刻表开行。］ Фнльм „Пётр Ⅰ" сде́лан *по рома́ну* А. Толсто́го. ［"彼得大帝"一片是根据 А. 托尔斯泰的小说摄制的。］ .... „Мы избира́ли себе́ труд *по призва́нию*, профе́ссию *по душе́*, подру́гу *по се́рдцу*. . ." ［我们给自己根据才干选择劳动，根据气质选择职业，根据心意选择女朋友……］（戈尔巴朵夫） *По оде́жде* встреча́ют, *по уму́* провожа́ют. ［谚：根据衣衫迎人，根据智慧送人，意即在迎接人的时候只能作外表的观察，只有在送人的时候才能知道这个人的真面目。］ 常用词句：*по прика́зу*［根据命令］，*по сообще́нию*［根据报导］，*по све́дениям*［根据消息］，*по мне́нию*［照……意见］，*по преда́нию*［根据传说］，*по слу́хам*［根据传闻］。
7. 顺着，循着；	Мы плы́ли *по тече́нию*. ［我们顺流游泳。］ Па́рус шёл *по ве́тру*. ［帆船顺风而行。］ Охо́тник шёл *по следа́м* зве́ря. ［猎人循着野兽的足迹走。］ *По но́вому*, социалисти́ческому пути́ пошло́ разви́тие се́льского хозя́йства. ［农业循着新的、社会主义的道路发展。］ Все наро́ды СССР плечо́ к плечу́ уве́ренно и твёрдо иду́т *по пути́* к коммуни́зму. ［苏联所有民族肩与肩地，充满信心地和（意志）坚决地循着向共产主义的道路行进。］
8. 指明亲属或关系；	Ро́дственник *по ма́тери*, *по отцу́*. ［母系亲戚，父系亲戚。］ Това́рищ *по шко́ле*. ［同学。］ Челове́к, бли́зкий мне *по убежде́ниям*. ［在信仰上跟我接近的人。］
9. 分配一件东西；	Да́йте нам, пожа́луйста, *по карандашу́* и *по тетра́ди*. ［请给我们每人一支铅笔和一本簿子。］

(续表)

	На пра́зднике ка́ждый из ученико́в получи́л *по кни́ге.* [在节日每个学生得到一本书。]
	Ка́ждый получи́л *по ме́сяцу о́тпуска.* [每个人获得一个月的假期。]
	....
	„Хотя́ *по зёрнышку* бедня́жкам вы снеси́те, Хоть *по соло́минке* к их гнёздышку приткни́те...“ [即使您带给那些可怜的小东西每个一粒谷子, 即使您给它们的每个小巢黏上一根稻草……](克雷洛夫)
10. 通过,使用。	*По по́чте, по телегра́фу, по телефо́ну.* [通过邮局、通过电报、通过电话。]
	Пошлю́ де́ньги *по по́чте* и́ли *по телегра́фу.* [我通过邮局或电报汇款,意即:邮汇或电汇。]
	Говори́л *по телефо́ну.* [通电话。]
	注: по 与第四格连用请看表23,与第六格连用请看表26。

§8. 第四格的用法
[Употребле́ние вини́тельного падежа́]

第四格的用法分二大类:A)与动词连用;Б)与前置词连用。

A. 第四格与动词连用 [Употребле́ние вини́тельного падежа́ с глаго́лами]

表 22

Ⅰ. 用作及物动词的直接补语 [прямо́е дополне́ние]:	Чита́ю *газе́ту.* [我读报。]
	Получи́л *письмо́.* [收到了信。]
	Стро́им *фа́брики, заво́ды...* [我们建造工厂……]
	Беззаве́тно лю́бим *свою́ ро́дину.* [我们无限热爱自己的祖国。]
	„Вы чита́йте, чита́йте *ру́сскую литерату́ру* как мо́жно бо́льше, всё чита́йте!... *Лу́чшая литерату́ра в ми́ре...* “[你

（续表）

们读,尽量读俄罗斯文学,一切都读吧! ……世界上最好的
文学……](高尔基)

　„Люби́те кни́гу...“[爱书吧……](高尔基)

　„Он *ро́щи* полюби́л густы́е,

　Уедине́нье, тишину́,

　И ночь, и звёзды, и луну́...“

　[他爱稠密的灌木林、

　孤独、静寂、

　夜、星和月亮……](普希金)

　Благодарю́ вас, благодарю́ тебя́, благодарю́ това́рищей,
сестру́ и т. д. [我感谢您,我感谢你,我感谢同志们,我感谢
姊姊等等。]

　注意: 在 *благода́рен, благода́рны* 等词之后用第三格。例
如:

　Я благода́рен вам, тебе́, това́рищам, сестре́.

　Поздравля́ю вас, тебя́, това́рищей, сестру́ и т. д.

　[我恭喜您,你,同志们,姊姊等等。]

　Ча́сто вспомина́ю весёлую ю́ность, на́шу дру́жбу...

　[我常常回忆快乐的青年时代,我们的友谊……]

　„Бойцы́ вспомина́ют мину́вшие дни

　И би́твы, где вме́сте руби́лись они́.“

　[战士们回忆着过去的日子

　和他们一起搏斗过的战役。](普希金)

Ⅱ. 与动词连用来表明一段时间或空间,一定的重量或价值。	*Всю зи́му стоя́ла тёплая пого́да.* [整个冬天天气和暖。] *Рабо́тал весь день.* [工作了一整天。] *Бу́ду ме́сяц на пра́ктике.* [我将实习一个月。] *Всё ле́то проживу́ в дере́вне.* [整个夏天我将在乡下过。] *Провёл неде́лю на ю́ге.* [在南方过了一星期。] *Шли бой всю о́сень и всю зи́му.* [整个秋天和冬天进行着战斗。] *Всю доро́гу шли мо́лча.* [一路上默默地走着。] *Я прошёл киломе́тр.* [我走了一公里。] *Учени́к писа́л час.* [男学生写了一小时。] *Учени́ца учи́лась год.* [女学生学了一年。] *Ры́ба ве́сит фунт.* [鱼重一俄磅。] *Кни́га сто́ит рубль.* [书值一个卢布。]

（续表）

	Почто́вый бланк *сто́ит копе́йку.* ［明信片值一戈比。］ Пода́рок *сто́ит со́тню.*［礼物值百金。］

Б. 第四格与前置词连用 ［Употребле́ние вини́тельного падежа́ с предло́гами］

表 23

| Ⅰ. 只与第四格连用的前置词：
про
［关于］ | Учи́тель расска́зывал *про Го́рького.*［教师讲关于高尔基。］
Он рассказа́л мне всё *про себя.*［他对我讲了关于自己的一切。］
．．．．．．．．．．．．．．．．．．．．．．．．．．．．．．．．．．．．．．
„Ох ты гой еси́, царь Ива́н Васи́льевич!
Про тебя́ на́шу пе́сню сложи́ли мы,
Про твово́ люби́мого опри́чника
Да *про сме́лого купца́, про Кала́шникова...*"
［啊,万岁,沙皇伊凡·华西里维奇!
关于你,关于你那心爱的亲卫士,
关于勇敢的商人,关于卡拉施尼柯夫,
我们编成了我们的这首歌……］（莱蒙托夫）
„Я смотрю́ на его́ весёлое лицо́ и вспомина́ю ба́бушкины ска́зки *про Ива́на-царе́вича, про Ива́нушку-дурачка́*".［我望着他那愉快的脸,同时想起祖母关于伊凡王子,关于伊凡傻瓜的故事。］（高尔基）
„Стари́к расска́зывал бесконе́чные исто́рии *про охо́ту, про абре́ков, про беззабо́тное удало́е житьё...*"［老人讲着关于打猎、关于流浪汉、关于无忧无虑的大胆生活的讲不完的故事……］
注: 除了 про 之外还可以用前置词 о,不过在 о 之后要用第六格。 |
| сквозь
［通过］ | *Сквозь тума́н и ту́чи* на́ши самолёты насто́йчиво пробива́ются вперёд.［我们的飞机穿过雾和乌云顽强地向前推进。］
Сквозь сыру́ю мглу ту́скло свети́ли огни́.
［透过潮湿的暮色模糊地闪着灯火。］ |

(续表)

	Сквозь крышу протека́ла вода́. [水漏过屋顶。] ....
	„*Сквозь волни́стые тума́ны* пробира́ется луна́...“ [月光透过波浪似的雾气……](普希金) „И ба́шни за́мков на скала́х Смотре́ли гро́зно *сквозь тума́ны*...“ [绝壁上的城堡的尖塔 严峻地透过雾气望着……](莱蒙托夫) „Я бы́стро отдёрнул занесённую но́гу и, *сквозь едва́ прозра́чный су́мрак но́чи*, увида́л далеко́ под собо́ю огро́мную равни́ну.“ [我很快地缩回举起来的一只脚, 透过苍茫的夜色, 看到自己脚下远方的一大块平原。](屠格涅夫) „Áлый подусве́т ложи́лся *сквозь у́зкие о́кна* в потемне́вшую ко́мнату.“[暗红的暮色通过狭狭的窗户,射入暗下来的房间。](屠格涅夫) „Ме́сяц смо́трит *сквозь се́тку ветве́й*...“ [月光漏过树枝的网……](尼基金) „*Сквозь кусты́* гляде́л вече́рний луч...“ [暮色透过灌木……](莱蒙托夫) „Он уви́дел её голо́вку *сквозь золоту́ю се́тку колосьев*...“ [他透过穗的金色网看到了她的头……](屠格涅夫) „*Сквозь стекля́нную дверь* видна́ была́ ко́мната...“[通过玻璃门看见一个房间……](契诃夫) „В неда́вно раскалённом во́здухе *сквозь ночну́ю све́жесть* чу́вствовалась ещё теплота́...“ [在不久之前酷热的空气里,通过夜的清凉,还感觉得到暖热……](屠格涅夫) Прошёл *сквозь ого́нь, во́ду и ме́дные тру́бы*. [经过火、水和铜喇叭,意即:饱经风霜。] Смотре́ть *сквозь па́льцы*. [无视,置之不理。] Смех *сквозь слёзы*. [含泪的笑。]
че́рез (чрез) 基本意义: 1. 通过,穿过(一段空间);	Перешёл *че́рез у́лицу*. [穿过街道。] Постро́или мост *че́рез ре́ку*. [造了一座跨过江的桥。] *Че́рез ручей* ну́жно бы́ло переправля́ться вброд.

	［必须涉水通过小溪。］ *Че́рез вра́жеские пози́ции* партиза́ны пробира́лись ле́сом. ［游击队员通过树林越过敌人的阵地。］ *Че́рез доро́гу* был протя́нут про́вод. ［电线横过道路。］ Еле заме́тная тропи́нка вела́ *че́рез почти́ непроходи́мую чащу́.* ［依稀可辨的小路通过几乎无法越过的密林。］ Партиза́ны бесшу́мно прошли́ *че́рез лес.* ［游击队员默默无声地通过树林。］ Кровь просочи́лась *че́рез ма́рлю* (сквозь ма́рлю.) ［血透过纱布淌着。］ Прое́хали *че́рез Москву́.* ［路过莫斯科。］ Войска́ прошли́ *че́рез Краснодо́н.* ［军队通过克拉斯诺顿。］
2. 经过(一段时间)； 3. 通过(人或东西)。	Приду́ *че́рез час.* ［我过一小时来。］ Уро́к ко́нчится *че́рез пять мину́т.* ［过五分钟下课。］ *Че́рез год* уе́ду на пра́ктику. ［过一年我去实习。］ *Че́рез ка́ждые де́сять мину́т* разве́дка остана́вливалась. ［每过十分钟侦察队就停下来。］ Он переда́л мне письмо́ *че́рез сестру́.* ［他通过姊姊交给我一封信。］ Допро́с пле́нных вёлся *че́рез перево́дчика.* ［对俘房的审问通过翻译进行。］ Объявле́ния бы́ли сде́ланы *че́рез газе́ту.* ［广告通过报纸而传布。］ „Вон, ви́дишь ли *че́рез ре́ку* тот мо́ст, Куда́ нам путь лежи́т?..." ［哪，你看到那座横跨河上、 我们的路通向的桥吗？……］(克雷洛夫) „Там в облака́х пе́ред наро́дом *Че́рез леса́, че́рез моря́* Колду́н несёт богатыря́..." ［在人群面前的云端里 魔法家带着勇士 飞过森林，飞过海洋……］(普希金) В реко́рдно коро́ткий срок *че́рез непроходи́мые леса́* и

（续表）

	болóта, чéрез скáлы и гóры был пролóжен Беломóрско-Балти́йский канáл. ［在空前的短时期里,通过无法逾越的树林和池沼,通过断崖和群山,开成了白海—波罗的海间的运河。］ „Услы́шал он удáры топорá и чéрез мину́ту треск повали́вшегося дéрева...“ ［他听到斧头的斫击声,过了一分钟又听到一棵倒下来的树的断裂声……］(屠格涅夫) „И перевóзчик беззабóтный Егó за гри́венник охóтно Чрез вóлны стрáшные везёт...“ ［无所顾忌的舟子为了十个戈比 高高兴兴地把他摇过惊涛骇浪……］(普希金) Нáдо пройти́ чéрез всё, чéрез все трýдности. ［必须经过一切,经过一切困难。］
Ⅱ. 与第四格和别格连用的前置词。 в 基本意义: 1. 说明地方(回答: кудá?)	Иду́ в теáтр. ［我到戏院去。］ Éду в дерéвню. ［我到乡下去。］ „Волк нóчью, дýмая залéзть в овчáрню, попáл на псáрню.“［夜里,狼想爬进羊舍里去,(可是却)落入狗舍里去了。］(克雷洛夫) „Голóдная кумá-лисá залéзла в сад...“［饥饿的狐狸亲家爬进了花园……］(克雷洛夫) „... Да лéбедь рвётся в облакá, Рак пя́тится назáд, а щýка тя́нет в вóду...“ ［……天鹅冲入云霄, 大虾向后倒退,而梭鱼则拖入水中……］(克雷洛夫) „Мы зары́лись в сéно и заснýли...“［我们爬进干草堆里,睡着了……］(普希金) „Я стáл почти́ кáждый дéнь проси́ть бáбушку: „Пойдём в лес!“.［我开始差不多天天请求外祖母:“我们到树林里去吧!”］(高尔基) “Ступáй себé в си́нее мóре

（续表）

	Гуля́й там себе́ на просто́ре…“ ［跑到蓝色的海里去， 在那边自由自在地玩吧……］（普希金） „Пти́чка *в да́льние стра́ны,* *В тёплый край, за си́не мо́ре* *Улета́ет до весны́…*“ ［春天之前小鸟飞到遥远的国度， 飞到温暖的地方， 飞到蓝色海洋的那边……］（普希金）
2．说明时间： a）在一定的时间 （回答：когда́?）;	Собра́ние бу́дет *в сре́ду, в семь часо́в ве́чера.* ［会议将在星期三晚上七点钟举行。］ *В э́ту мину́ту* он вошёл в ко́мнату. ［在这一分钟里，他走进了房间。］ *В де́нь 1 Ма́я* бу́дет больша́я демонстра́ция. ［在五一节那天将有一次大游行。］ Охо́та была́ *в се́рый па́смурный день.* ［打猎在一个灰暗的阴天举行。］ Уны́ло во́ет ве́тер *в дождли́вую холо́дную о́сень.* ［在下雨的寒冷的秋天里，风阴郁地呼啸着。］ .... „*В тот год* осе́нняя пого́да Стоя́ла до́лго на дворе́…“ ［那一年，秋天的天气在户外耽得很长久……］（普希金） „Одна́жды, *в студёную зи́мнюю по́ру,* Я и́з лесу вы́шел…“ ［有一次，在一个严寒的冬天，我从树林里出来……］（聂 克拉索夫） 注：在用来说明年份或月份时，要用第六格，例如： „Снег вы́пал то́лько *в январе́“.* ［雪只有在 1 月里下过。］（普希金） Това́рищ прие́хал *в 1947 году́.* ［同志是在 1947 来来的。］
6）在一定的期限 里。	Сде́лал рабо́ту *в день, в неде́лю, в ме́сяц, в год.* ［在一天之内，在一星期之内，在一个月之内，在一年之 内把工作做完。］

（续表）

	В одну́ мину́ту сбежа́лись все. [在一分钟里全都聚集起来了。]
на 基本意义： 1. 说明地方（回答：куда́?）	Иду́ *на собра́ние.* [我去开会。] Ле́том пое́ду и́ли *на Кавка́з,* и́ли в Кры́м. [夏天我不是到高加索去，就是到克里米亚去。] Я положи́л кни́гу *на стол.* [我把书放在桌子上。]
2. 说明期限（回答：на како́е вре́мя?）；	Уе́ду в дере́вню *на неде́лю.* [我将到乡下去一个星期。] Взял рабо́ту *на ле́то.* [接受了夏天做的工作。]
3. 为了（用作 для 的意思）；	*На э́ту рабо́ту* ну́жно 10 дне́й. [（为了）这件工作需要十天。] *На постро́йку* до́ма истра́чено полмиллио́на. [为了建造房屋花费五十万。] *На подгото́вку* к экспеди́ции ушло́ 2 ме́сяца. [在准备进行探险上花了两个月。]
4. 用来说明差别；	Това́рищ *на го́лову* вы́ше меня́. [同志比我高一个头。] Они́ прие́хали *на неде́лю* ра́ньше. [他们早一星期来到。] Моя́ ко́мната бо́льше ва́шей *на оди́н квадра́тный метр.* [我的房间比您的房间大一方公尺。]
5. 与 походи́ть, похо́ж, похо́дит [像]等词连用。	Ребёнок *похо́ж на отца́.* [婴孩像父亲。] „Мы побежа́ли наве́рх одева́ться так, что́бы как мо́жно бо́лее *походи́ть на охо́тников...*" [我们跑上楼去用心打扮，以便尽量扮得像打猎的人……] （托尔斯泰）
за 基本意义： 1. 说明地方（回答：куда́?）；	Со́лнце спря́талось *за ту́чи.* [太阳躲到云里去了。] Кита́йская делега́ция уе́хала *за грани́цу.* [中国代表团出国去了。] Моя́ сестра́ уе́хала *за го́род.* [我的姊姊到城外去了。] „Со́лнце скры́лось *за небольшу́ю оси́новую ро́щу...*" [太阳隐到一片不大的白杨林里去了。]（屠格涅夫）
2. 说明期限；	*За э́ту зи́му* я мно́го раз быва́л в теа́тре.

	[这个冬天我到戏院去过好多次。] *За э́тот год я ни ра́зу не́ был в дере́вне.* [今年我一次也没有到乡下去过。] *За го́ды ста́линских пятиле́ток широко́ разви́лась на́ша тяжёлая промы́шленность.* [在斯大林五年计划的年头里, 我们的重工业广泛地发展了。] *За го́ды социалисти́ческого строи́тельства вы́росли ка́дры специали́стов из рабо́чих.* [在社会主义建设的年头里, 从工人中产生了专家干部。] *За после́днее вре́мя я прочита́л мно́го книг.* [在最近一个时期里我读了许多书。] Бо́ремся *за выполне́ние* пла́на, *за дисципли́ну* (борьба́ *за выполне́ние* пла́на, *за дисципли́ну*). [我们为完成计划而斗争, 为维持纪律而斗争。] Боро́ться *за свобо́ду* и *незави́симость* свое́й страны́. [为祖国的自由和独立奋斗。] Голосова́ть *за резолю́цию, за предложе́ние...* [投票赞成提案, 赞成建议……] Вы́сказаться *за предложе́ние.* [表示赞成建议。] ⋯⋯⋯⋯⋯⋯⋯⋯⋯⋯⋯⋯⋯⋯⋯⋯⋯⋯
3. 为了, 争取, 赞成, 拥护;	„Уж посто́им мы голово́ю *За ро́дину свою́*!" [我们将用头颅来保卫自己的祖国!](莱蒙托夫) „Как оди́н челове́к, весь сове́тский наро́д *За свобо́дную ро́дину* вста́нет!" [全体苏联人民像一个人似的 起来保卫自由的祖国!](库马奇) Свое́й успе́шной борьбо́й *за постро́ение коммуни́зма* сове́тский наро́д откры́л но́вую э́ру в исто́рии челове́чества. [苏联人民以争取建立共产主义的顺利斗争, 打开了人类历史上的一个新时代。] Патриоти́ческий долг молоды́х специали́стов — идти́ в пе́рвых ряда́х сла́вных борцо́в *за техни́ческий прогре́сс, за досро́чное выполне́ние* послево́енной ста́линской пятиле́тки, *за но́вые побе́ды* коммуни́зма! [青年专家们的爱国义务, 是要加入争取技术进步、争取

（续表）

	提前完成战后斯大林五年计划、争取共产主义的新胜利的光荣斗士们的前列！]
4. 由于；	Товáрищ получúл прéмию *за удáрную рабóту*. [同志由于突击工作而获得奖金。] Мнóгие тьíсячи совéтских слýжащих *за самоотвéрженный труд* на блáго рóдины награжденьí орденáми и медáлями Совéтского Сою́за. [千万苏联职工由于造福祖国的忘我劳动,获得苏联的勋章和奖章。]
5. 因为……而表示感激；	Спасúбо *за кнúгу, за письмó, за привéт*. [谢谢(赠)书,谢谢来信,谢谢问候。] Благодарю́ *за внимáние*. [感谢关心。] Спасúбо Стáлину *за счастлúвое дéтство*. [为幸福的童年,谢谢斯大林。] „Но так и быть: простúмся дрýжно, О ю́ность лёгкая моя́! Благодарю́ *за наслаждéнья,* *За грусть, за мúлые мучéнья,* *За шум, за бýри, за пирьí,* *За все, за все твой дарьí. . .* " [就这样:我们友好地告别吧, 呵,我轻快的少年时期! 我感激你,为了享乐, 为了忧郁,为了可爱的苦痛, 为了吵嚷,为了风波,为了宴会, 为了一切,为了你一切的赐予……](普希金)
6. 代替；	Сдéлай э́то *за меня́*. [代我做这件事。] Прошý получúть дéньги *за меня́*. [请代我领钱。] Он говорúт *за мэ́ра*. [他代表市长说话。] Он телéрь *за дирéктора заврда*. [他现在代理厂长。]
7. 代价为；	Я купúл э́ту рýчку *за дéсять рублéй*. [我以十卢布的代价买了这枝钢笔。] Ни *за какúе дéньги* не продáм. [无论多少钱我都不卖。]
8. 着手,开始；	*Приня́ться за рабóту*. [着手工作。] *Взя́ться за дéло*. [动手做事。] *Сесть за кнúгу*. [坐下来开始看书。]

	„Примúсь за прóмысел любóй: Желéзо куй, иль пéсни пой И сёла обходú с медвéдем.“ [去着手任何行业: 打铁,或者唱歌, 和牵着熊到乡下去变把戏。](普希金) „Зубáстой щýке в мысль пришлó *За кóшачье принáться ремеслó…*“ [牙齿锐利的梭鱼想去从事猫的行业……](克雷洛夫)
9. 抓住,握住(与 брать,хватáть, держáть 等动词连用);	Брать *зá руку*. [拉手。] Держáться за *перúла*. [抓住栏杆。] Дёрнуть двéрь за *рýчку*. [握住门的把手。] Он схватúл собáку за *хвост*. [他抓住狗的尾巴。]
под(пóдо) 基本意义: 1. 说明地方(回答:кудá?);	Положú ковёр *под стол*. [把地毯铺在桌子底下。] Я положúл письмó *под кнúгу*. [我把信放在书底下。] Я пришёл *под обглóданный кýстик* и стал глядéть кругóм. [我来到一棵光秃秃的灌木下,开始向周围瞭望。]
2. 用作;	Эту кóмнату отвелú *под библиотéку*, а ту *под читáльный зал*. [这个房间用作藏书室,那个房间用作阅览室。] Эту зéмлю отвелú *под огорóды*, а ту под *пáшню*. [这块地用来作菜园,那块地用来作耕地。] Этот стакáн я возьмý *под молокó, под сметáну*. (= Этот стакáн я возьмý *для молокá, для сметáны*.) [这只玻璃杯我拿来盛牛奶,盛酸奶油。]
3. 在……前夜(= наканýне),靠近;	*Под нóвый гóд* мы устрóили ёлку. [在新年前夜我们举行了一次枞树晚会。] *Под выходнóй день* я всегдá уезжáю за гóрод. [在假日前夜我总是到城外去。] Емý *под пятьдесáт лет*. [他靠近五十岁。] *Под вéчер* он возвратúлся. [傍晚他归来了。]
4. 伴随着,在…… 伴奏之下,模仿;	Мы шлú *под мýзыку*. [我们在音乐声中走着。] Каштáнка вúла *под мýзыку*. [卡施坦卡随着音乐吠叫。] Он поёт *под Шаляпина*. [他模仿夏里亚宾唱着。] Товáрищ закóнчил свою речь *под аплодисмéнты*. [同志在鼓掌声中结束自己的演说。]

（续表）

5. 以……作抵押;	*Под весёлые раскáты* грóма зашумéл лúвень. ［在欢乐的雷鸣声中骤雨哗啦啦啦地响了起来。］ Прия́тно засыпáть *под шум дождя́*. ［在雨声中入睡很快乐。］ Я задремáл *под тúхое журчáнье* ручейкá. ［我在静静的流水声中入睡了。］ Он дал дéньги *под недвúжимое имýщество*. ［他以不动产作抵押放款。］ 特殊用语：Отдáть *под суд*. ［控告,起诉。］
по 基本意义： 　1. 用在分配一件 以上的东西;	Дáйте всéм *по три* карандашá и *по пять* тетрáдей. ［给大家每个人三枝铅笔和五本练习簿。］ Кáждый получúл *по два мéсяца* óтпуска. ［每个人获得两个月的假期。］ 注：1. 在只分配一件东西时用第三格。例如： Кáждый получúл *по мéсяцу* óтпуска. ［每个人获得一个月的假期。］ 　2. 在分配一件以上的东西时, 词尾为 ь 的数词（пять, шесть, семь 等）也可以用第三格。例如：дáйте всéм по пятú, шестú и т. д. тетрáдей. 但不能说„по трём“,„по четырём“等等。
2. 用在说明价格;	Прошý четы́ре билéта *по двáдцать* копéек. ［请给我四张二十戈比的票子。］ 注意：在一张时要用 за. (одúн билéт *за двáдцать*［一张二十戈比的票。］)
3. 用在说明期限;	Отпуск *по сентя́брь*. ［到九月为止的假期。］ Получúл óтпуск *по деся́тое* ию́ля. ［获得了 7 月 10 日为止的假期。］ Отчёт *по пя́тое* áвгуста. ［到 8 月 5 日为止的报告。］
4. 用在说明某种 程度;	Вошёл в вóду *по шéю*. ［没入水中到头颈的地方。］ *По гóрло*. ［极多,连到极度。］ Рабóты *по гóрло*. ［工作极多。］ Зáнят *по гóрло*. ［忙到极顶。］ Влюблён *пó уши*. ［爱到极点。］
	.... „Шелковúстая, с выспевáющими семенáми травá былá

	почти *по пояс* на заливно́м ме́сте. . .“
	[带有成熟种子的丝般的草,在积水的地方差不多有齐腰高……](托尔斯泰)
	„И се́рый ры́царь мой,
	Обла́скан *по уши* кумо́й,
	Пошёл без у́жина домо́й.“
	[我的灰色骑士(指狼),
	听饱了亲家(指狐狸)的甘言蜜语,
	饭也不吃就回家去了。](克雷洛夫)
	„Cосе́душка, я сыт *по го́рло*.“[好邻居,我吃得饱极了。](克雷洛夫)
	„Жура́вль сво́й нос *по ше́ю*
	Засу́нул во́лку в пасть. . .“
	[鹤把自己的嘴巴一直到脖子
	伸入狼的咽喉……](克雷洛夫)
	„Че́рез мгнове́нье мы стоя́ли в воде́ *по го́рло*. . .“
	[一霎时之后我们就站在水深达喉咙的地方……](屠格涅夫)
5. 在俗语中用来说明目的(与 за 的意义相同,不过 за 之后要用第五格)。	Пошёл *по́ воду*, *по грибы́*, *по я́годы* (= пошёл за водо́й, за гриба́ми, за я́годами.)[出去汲水,采蘑菇,采浆果。]
	Спустя́ ле́то *по мали́ну* в лес не хо́дят.
	[谚:过了夏天就不到树林里去采野莓,意即:过了一定的时间了,太晚了。]
	„Го́рничная и куха́рка пошли́ *по я́годы*.“
	[女佣和厨娘采浆果去了。](契诃夫)
с(со)	
1. 用在说明相等的大小;	Я́блоко *с кула́к*. [拳头大的苹果。]
	Вы́пал гра́д *с кури́ное яйцо́*. [下了鸡蛋大的冰雹。]
	Ма́льчик *с па́льчик*. [一指长的孩子。](此语多用在童话中。)
	Огуре́ц *с го́ру*. [山一样大的黄瓜。]
	„Пове́ришь ли? Ну, пра́во, был он *с го́ру*. . .“
	[你相信吗? 哎,真的,它像山一样大……](克雷洛夫)
	„Бесспо́рно, огуре́ц и *с дом величино́й*
	Дико́винка, коль э́то справедли́во. . .“
	[不容争辩,像房子一样大的黄瓜

(续表)

2. 用在说明大约 的时间。 o(об) [碰到]	也是奇事,假如这是真实的话……](克雷洛夫) Пробыл в дерéвне *с мéсяц.* (= почтú мéсяц 或 óколо *мéсяца*). [在乡下勾留了一个月光景。] Удáрился *об стол.* [撞了桌子。](但不能说:удáрился о товáрища 只能说:столкнýлся с товáрищем. [跟同志相 撞,冲突。]) Лóдка удáрилась *о кáмень.* [小船撞了石头。] Парохóд разбúлся *о скáлы.* [轮船在岩石上撞碎了。] Вóлны плескáлись *о бортá* парохóда. [波浪溅着船舷。] Льдúны трýтся *о бортá* парохóда. [冰块擦着船舷。] Оскóлки снарядов звóнко шлёпали *о крышу.* [炮弹的碎片哗啦啦地打在屋顶上。] Пáлец *о пáлец* не удáрит. [谚:手指不碰手指,意即:一 丝一毫的工作也不做。] Как горóхом *об стéну.* [谚:好比把豆掷在墙上,意即毫 无反应,相当于"对牛弹琴"。] Что емý ни объясняй — ничегó не понимáет: как горóхом *об стéну.* [不论向他解释什么,他什么也不懂:好 比把豆掷在墙上。] „Мартышка тут с досáды и с печáли *О кáмень так хватúла* их, Что тóлько брызги засверкáли. " [猴子这时由于懊恼和伤心, 拿它们(眼镜)那么重重地向石头掷去, 弄得只剩玻璃碎片闪闪发亮。](克雷洛夫) „*Дробясь о мрáчные скáлы,* Шумúт и пéнятся валы…" [浪涛碰着阴暗的岩壁碰个粉碎, 喧闹着和起着浪花……](普希金) „Не смéют, чтó ли, командúры Чужúе *изорвáть* мундúры *О рýсские штыкú?* " [难道指挥官们竟不敢用俄罗斯人的刺刀 去戳破外国人的军服吗?](莱蒙托夫) „Мóре глýхо рокотáло, и вóлны *бúлись о бéрег* бéшено и

（续表）

	гне́вно..." [海重浊地啸着, 波浪疯狂地、愤怒地击着海岸⋯⋯]（高尔基） „Со скре́жетом *ударя́ли о ка́мень* мостово́й ко́ваные копы́та..." [钉过铁的马蹄嚓嚓地打着大路上的石头⋯⋯]（Н. 奥斯特罗夫斯基） 注：前置词 o 更与第六格连用（参看表26）。

§9. 第五格的用法
[Употребле́ние твори́тельного падежа́]

第五格的用法分二大类：A）与动词、名词或动名词连用；Б）与前置词连用。

A. 第五格与动词、名词或动名词连用 [Употребле́ние твори́тельного падежа́ с глаго́лами, существи́тельными и́ли отглаго́льными существи́тельными]

表 24

I . 用来表示某种行为的工具或手段：	Пишу́ *ме́лом, карандашо́м, ру́чкой.* [我用粉笔、铅笔、钢笔写。] Вытира́ю *тря́пкой.* [我用抹布揩干。] Ре́жу *ножо́м, но́жницами.* [我用刀切，用剪刀剪。] Рублю́ *топоро́м.* [我用斧头砍。] Разма́хиваю *рука́ми.* [我挥动双手。] ⋯⋯⋯⋯⋯⋯⋯⋯⋯⋯⋯⋯⋯⋯⋯⋯⋯⋯ „Стари́к лови́л *не́водом* ры́бу, Стару́ха пря́ла свою́ пря́жу." [老头儿用网打鱼，

（续表）

	老太婆纺她的纱。](普希金) „Медве́дь хва́ть дру́га ка́мнем в лоб.“[熊拿石头向朋友的前额掷去。](克雷洛夫) „Он ушёл неохо́тно, тяжело́ ша́ркая нога́ми.“[他不情愿地去了,沉重地拖着脚步。](高尔基) Паха́ть — не рука́ми маха́ть.[谚:耕田不是挥挥手的事情,意即:不是轻而易举的。]
Ⅱ.用来表示行为的情况: 1.行动的道路;	Éхать по́лем, ле́сом, мо́рем(= по по́лю, по ле́су, по мо́рю).[走田野,走森林,走海路。] Идти́ бе́регом(= по бе́регу).沿着岸走。 Како́й доро́гой мне идти́?[我应该走哪一条路?] Доро́га шла густы́м дубо́вым ле́сом.[道路沿着稠密的橡树林伸展。] За́яц вы́скочил и́з лесу и побежа́л по́лем.[兔子从树林里窜出来,沿着田野奔跑。] .... „По ни́ве прохожу́ я у́зкою межо́й, Поро́сшей ка́шкою и це́пкой лебедо́й.“ [我沿着狭狭的田界,茂盛的翘摇 和缠人的荆棘走过田地。](马依柯夫) „Вы бы ле́сом шли, ле́сом идти́ прохла́дно...“ [您最好走树林,走树林凉快……](高尔基) „Я возвраща́лся домо́й пусты́ми переу́лками стани́ц...“ [我打村里荒凉的小道回家……](莱蒙托夫)
2.行为的时间;	Рабо́тать ноча́ми (= по ноча́м).[做夜工。] 注:有时说:рабо́тать вечера́ми[在晚上工作],рабо́тать утра́ми[在早晨工作],但最好说:рабо́тать по вечера́м, по утра́м. 不可以说:„рабо́тать дня́ми“或„рабо́тать по дня́м.“但可以说„рабо́тать це́лыми дня́ми“或„по це́лым дня́м“[整天工作。] Ра́нним у́тром уходи́ть в по́ле.[清早到田里去。] Возвраща́ться по́здней но́чью.[深夜归来。] „Тёмной осе́нней но́чью пришло́сь мне е́хать по незнако́мой доро́ге...“[在一个黑暗的秋夜,我不得不走一条陌生的路……](屠格涅夫)

（续表）

3. 行为的状态 （回答：как? каки́м о́бразом?）;	*Говори́ть шо́потом.*［耳语。］ *Говори́ть гро́мким го́лосом.*［高声说。］ *Говори́ть ти́хим го́лосом.*［低声说。］ *Широ́кой полосо́й тя́нутся поля́.*［田野像一条宽阔的带子似地伸展着。］ *И фронт и тыл жи́ли напряжённой боево́й жи́знью.*［不论前线和后方都在过着紧张的战斗生活。］ *Поги́б сме́ртью хра́брых.*［像勇士的死那样阵亡，意思就是：死得像一个勇士。］ .... „*Лу́чше умере́ть геро́ем, чем жи́ть рабо́м!* "［与其生为奴隶，不如死为英雄!］(戈尔巴朵夫) „*Дождь поли́л ручья́ми..*"［雨像小溪似地下着……］(屠格涅夫) „*Утренняя заря́ не пыла́ет пожа́ром: она́ разлива́ется кро́тким румя́нцем..*"［朝霞不像火灾似地燃烧：它像柔和的红晕似地泛滥……］(屠格涅夫) „*Гори́т восто́к зарёю но́вой..*"［东方闪耀着新的朝霞……］(普希金) „*Снега́ горе́ли румя́ным бле́ском..*"［雪闪着纷红的光彩……］(莱蒙托夫) „*Мо́шки толкли́сь столбо́м*".［小蚊麇集得像一条柱子。］ „ *Со́лнце сади́лось: широ́кими, багро́выми полоса́ми разбега́лись его́ после́дние лучи́...* " ［太阳下去了：它的最后几道光芒像宽阔的深红的带子似地散了开来……］(屠格涅夫) „*Амфитеа́тром громоздя́тся го́ры...* "［群山像半圆形剧场似地重叠着……］(莱蒙托夫)
4. 旅行的方式。	*Ехать парохо́дом* (= на парохо́де).［乘轮船。］ *Ехать по́ездом* (= на по́езде).［坐火车。］ *Прилете́ть самолётом* (= на самолёте).［坐飞机。］ 注意：在文学用语里最好还是用 *прилете́л на самолёте; прие́хал на по́езде* 等等。
Ⅲ. 用来表示被动句中的主动者。	*Газе́та прочи́тывается ученика́ми ка́ждый день.*［报纸每天被学生们阅读。］ *Дома́ стро́ятся рабо́чими.*［房子由工人们建造着。］

（续表）

	Поля́ *обраба́тываются колхо́зниками*. ［田地被集体农民们耕种。］ Грани́цы *охраня́ются пограни́чниками*. ［国界由国境守卫兵保卫着。］ Коло́нии *угнета́ются империали́стами*. ［殖民地受着帝国主义的压迫。］ Ро́дина *люби́ма свои́м наро́дом*. ［祖国被自己的人民所爱护。］ Кита́й *освобождён Наро́дно-освободи́тельной а́рмией* Кита́я. ［中国被中国人民解放军解放了。］ Но́вая доро́га *постро́ена рабо́чими*. ［一条新的道路被工人们筑成了。］
Ⅳ. 用来表示无人称句中的主动者。	а) *Водо́й* за́лило луга́ (＝ Вода́ залила́ луга́). ［水浸没了草地。］ *Гра́дом* поби́ло хлеб (＝ Град поби́л хлеб). ［冰雹打坏了谷物。］ *Ве́тром* сорва́ло кры́шу (＝ Ве́тер сорва́л кры́шу). ［风揭去了屋顶。］ б) *Па́хнет цвета́ми.* ［花发着香气。］ *Тя́нет сы́ростью.* ［湿气流散着。］
Ⅴ. 第五格与下述动词连用, 成为复合谓语［составно́е сказу́емое］的一部分： быть［是］ станови́ться［成为］ стать［成为］ оказа́ться［表现为］ каза́ться［看来］ называ́ться［叫作］ назва́ться［叫作］	Он был *студе́нтом*. ［他原是一个大学生。］（也可以说：Он был студе́нт. ） Он стал *инжене́ром*. ［他成了一个工程师。］ Он оказа́лся *прекра́сным рабо́тником*. ［他是一个良好的工作人员。］ Нау́ка в СССР явля́ется *достоя́нием всех трудя́щихся.* (＝ Нау́ка а СССР — достоя́ние всех трудя́щихся.) ［科学在苏联是全体劳动者的财产。］ Этот челове́к ка́жется о́чень *о́пытным и зна́ющим*. ［这个人看来非常有经验和有学问。］ *Бо́ром* называ́ется лес, кото́рый состои́т из одни́х со́сен. ［全部由松树组成的树林叫作松树林。］ Назва́лся *груздём* — полеза́й в ку́зов. ［谚：既然被称为食用蕈, 就得进篮子, 意即：既然做了一种职业, 就得尽自己的责任。］

остава́ться［仍为］ оста́ться［仍为］ де́латься［变为］ сде́латься［变为］ счита́ться［被认为］	Она́ всегда́ *остаётся споко́йной* в мину́ты опа́сности.［她在危险的时刻总是镇静的。］ Он *сде́лался взро́слым челове́ком.* (= ста́л взро́слым).［他变为成人了。］ Сове́тские самолёты и сове́тские мото́ры *счита́ются лу́чшими в ми́ре.*［苏联的飞机和苏联的马达被认为是世界上最优良的。］
явля́ться［是］	Сове́тская страна́ *явля́ется храни́телем* и *све́точем* са́мой высо́кой и по́длинной культу́ры.［苏维埃国家是最高度的和真正的文化之保有者和火炬。］ Сове́тская Армия *явля́ется вели́ким стра́жем* необъя́тных сове́тских грани́ц.［苏军是广大无垠的苏维埃国境的伟大守卫者。］ Свобо́да и демокра́тия сове́тской страны́ заключа́ется в том, что и́менно трудя́щиеся *явля́ются творца́ми но́вой* социалисти́ческой жи́зни, *хозя́евами всех бога́тств* своей страны́.［苏维埃国家的自由和民主在于,劳动者就是新的社会主义生活的创造者,就是本国一切财富的主人。］ ．．． „Пьер *каза́лся расте́рянным* и *смущённым.* "［比尔显得狼狈和惊惶失措。］(托尔斯泰) „Она́ в семье́ свое́й родно́й *Каза́лась де́вочкой чужо́й.* " ［她在自己的家里,却像是别人家的女儿。］(普希金) „Че́рез пять мину́т он переста́л быть го́стем, а *сде́лался сво́им челове́ком* для всех нас. . ."［五分钟之后他就不再是客人,而成了我们大家的自己人了。］(托尔斯泰) „Слепо́й ма́льчик *оказа́лся прекра́сным музыка́нтом.* . ."［盲孩子原来是一个出色的音乐家……］(柯罗连科)
VI. 在某些动词之后必须用第五格： руководи́ть［领导］ управля́ть［管理,驾驶］ кома́ндовать［指挥］ заве́довать［主持］	На́шим *кружко́м руководи́т* преподава́тель.［男教员领导我们的小组。］ Шофёр *управля́ет маши́ной.*［司机驾驶汽车。］ Това́рищ *кома́ндует диви́зией.*［同志指挥一个师。］ Он *заве́дует уче́бной ча́стью.*［他主持教务方面工作。］ Он *распоряжа́ется иму́ществом.*［他管理财产。］

（续表）

распоряди́ться распоряжа́ться [处理，支配]	Учени́к хорошо́ *владе́ет ру́сским языко́м.* [学生通晓俄语。]
облада́ть[具有] владе́ть овладе́ть [具有，掌握，熟悉]	Мы *овладе́ли те́хникой.* [我们掌握了技术。] Лётчики должны́ *облада́ть больши́м споко́йствием.* [飞行员应该具有极大的镇定。]
по́льзоваться [享有]	Това́рищ *по́льзуется дове́рием, влия́нием, любо́вью, авторите́том.* [同志享有信任，势力，敬爱，威信。]
занима́ться заня́ться[从事]	Он *занима́ется спо́ртом.* [他从事运动。] На́до *заня́ться э́тим вопро́сом.* [必须研究这个问题。]
интересова́ться заинтересова́ться [感兴趣，注意]	Ученики́ *интересу́ются ру́сской литерату́рой.* [男学生们对俄国文学感到兴趣。]
увлека́ться увле́чься[迷恋于]	Они́ *увлека́ются свое́й рабо́той.* [他们热衷于自己的工作。] Они́ *увлека́ются интере́сными ле́кциями.* [他们热爱有趣的演讲。]
горди́ться[骄傲]	Мы *горди́мся на́шей Наро́дно-освободи́тельной а́рмией.* [我们以我们的人民解放军自豪。]
любова́ться[欣赏]	*Любу́емся приро́дой.* [我们欣赏自然景色。]
хвали́ться[自夸]	*Ма́льчик хвали́лся свое́й си́лой.* [男孩子吹嘘自己的力气。]
восхища́ться[赞美]	Мы *восхища́емся на́шими геро́ями.* [我们赞美我们的英雄们。]
наслажда́ться[享受]	*Наслажда́емся весе́нним со́лнцем.* [我们享受春天的太阳。] *Наслажда́емся ле́тним о́тдыхом.* [我们享受夏天的休假。]
злоупотребля́ть[滥用]	Нельзя́ *злоупотребля́ть дове́рием.* [不能滥用信任。] Нельзя́ *злоупотребля́ть хоро́шим отноше́нием.* [不能滥用好的关系。]
боле́ть[生病] заболе́ть[病了起来]	*Заболе́л гри́ппом, ти́фом, тяжёлой боле́знью.* [患了感冒、伤寒、重病。]
дорожи́ть[珍重]	Мы должны́ *дорожи́ть дру́жбой ме́жду СССР и Кита́ем.* [我们应该珍重中苏之间的友谊。]
же́ртвовать[牺牲]	Мы мо́жем *же́ртвовать свое́й жи́знью ра́ди ро́дины.* [我们可以为了祖国而牺牲自己的生命。]
заража́ть[传染]	Зимо́й легко́ *зарази́ться гри́ппом.* [冬天容易传染感冒。]

（续表）

пренебрега́ть[轻视]	Он *пренебрега́ет до́брым сове́том.*[他轻视忠告。]
	Н**а́**шими *заво́дами, фа́бриками, стро́йками, колхо́зами руково́дят лю́ди из наро́да...*[从人民中来的人们领导着我们的工厂、建筑工程和集体农庄。]
	Сове́тский наро́д *облада́ет велича́йшими духо́вными це́нностями, огро́мным культу́рным достоя́нием.*[苏联人民拥有最伟大的精神宝物，庞大的文化财产。]
	Мы шли ме́дленно, *наслажда́ясь ти́хим осе́нним днём.*[我们慢慢地走着，享受着一个平静的秋日。]
	„*Я наслажда́юсь дунове́ньем* *В лицо́ мне ве́ющей весны́.*" [我享受那拂着我的脸的春天的气息。]（普希金）
	„*Нева́ обра́тно повлекла́сь,* *свои́м любу́ясь возмуще́ньем...*" [涅瓦河向后倒流，欣赏着自己的叛乱（指泛滥）……]（普希金）
	„*Душо́й овладева́ет* споко́йствие, о про́шлом не хо́чется ду́мать..."[平静支配着灵魂，往事不愿回想……]（契诃夫）
	„Лёв не *нахва́лится усе́рдием друзе́й...*"[狮子不会称赞朋友们的热心……]（克雷洛夫）
	注：由上述各种动词变成的抽象名词，后面也要用第五格。例如：руково́дство ма́ссами[对群众的领导]，управле́ние госуда́рством[对国家的管理]，овладе́ние те́хникой[技术的掌握]，увлече́ние матема́тикой[对数学的热爱]，заинтересо́ванность ру́сской литерату́рой[对俄罗斯文学的兴趣]，наслажде́ние о́тдыхом[休息的享受]，злоупотребле́ние со́лнечными ва́ннами[日光浴的滥用]。但在интере́с之后必须用前置词к和第三格名词。例如：интере́с к хи́мии[对化学的兴趣]。
Ⅶ．第五格与短尾形容词 дово́лен, дово́льна, дово́льны[满意]连用。	Я *дово́лен рабо́той.*[我对工作满意。] Она́ *дово́льна свои́ми успе́хами.*[她满意于自己的成功。] Мы *дово́льны результа́тами рабо́ты.*[我们满意于工作的结果。]
	„Учи́лась Кашта́нка о́чень охо́тно и *была́ дово́льна свои́ми*

(续表)

	успéхами...“[卡施坦卡学习得很起劲,并且对自己的成功感到满意……](契诃夫) „Скучнá мне óттепель; вонь, грязь — веснóй я бóлен... *Сурóвою зимóй я бóлее довóлен...*“ [融雪天气使我感到寂寞;恶臭,污秽——我讨厌春天……我倒比较满意严寒的冬天……](普希金) 注:在全尾形容词 довóльный 之后也用第五格。例如:*Довóльный своими успéхами.*[满意于自己的成功。]
Ⅷ. 第五格与动词连用来表示职务、任命等。	Он *рабóтает библиотéкарем.*[他在当图书馆管理员。](= Он рабóтает *в кáчестве библиотéкаря.*) Онá *рабóтает машинúсткой.*[她在当打字员。](= Онá рабóтает, *как машинúстка.*) Собрáние *вы́брало* тов. Иванóва *председáтелем.*[大会推选伊凡诺夫同志当主席。] Меня *назнáчили руководúтелем* грýппы.[我被任命为小组领导人。]
Ⅸ. 第五格与动词连用,表示行为发生的时间。	Я приéхал сюдá *лéтом.*[我是夏天到这里来的。] Онá пришлá *вéчером.*[她在晚上来了。] Ребёнок проснýлся *нóчью.*[小孩在夜里醒来。] 注:1)表示时间的名词的第五格在文法上通常被当作副词看待,例如:ýтром(早晨),веснóй(春天),лéтом(夏天),óсенью(秋天),зимóй(冬天)等。 2)俄文动词之后若不用前置词而要说明动作的时间,可用名词第四格或第五格,但第四格用来表示动作发生在全部时间里,而第五格则用来表示动作只发生在一部分时间里。举例说明如下: 第四格:Я *рабóтал весь день.*[我整天工作。]表示在整天的时间里都在工作。 第五格:Он *пришёл днём.*[他白天来了。]表示在白天的某一时间里来到的。 第四格:Шли *бой всю óсень и всю зúму.*[整个秋天和冬天进行着战斗。]表示在秋冬两季的全部时间里都在进行着战斗。 第五格:Войнá *началáсь óсенью.*[战争在秋天里开始。]表示战争是在秋天的某一时期里开始的。

（续表）

X．第五格表明度量的方式。	Но́вое шоссе́ *ширино́й* в де́сять ме́тров. [新公路宽十公尺。] Эта река́ *длино́й* в во́семь киломе́тров. [这条河长达八公里。] Этот небоскрёб *вышино́й* в сто ме́тров. [这座摩天楼高达百公尺。] Этот коло́дец *глубино́й* в пятьдеся́т фу́тов. [这口井深五十呎。]
XI．第五格用来表示比较的结果。	Жени́х *го́дом* ста́рше неве́сты. [新郎比新娘大一岁。] (= Жени́х *на́ год* ста́рше неве́сты.) Он *вы́ше* меня́ голово́й. [他比我高出一个头。](= Он вы́ше меня́ *на го́лову*.) Эта река́ *одни́м ме́тром* ши́ре той. [这条河比那条河宽一公尺。](= Эта река́ *на оди́н ме́тр* ши́ре той.) 注：这种用法在现代俄语里比较少见。

Б．第五格与前置词连用　[Употребле́ние твори́тельного падежа́ с предло́гами]

表25

I．只与第五格连用的前置词： над（на́до） [在……之上]	*Над Москво́й* во вре́мя демонстра́ции лета́ли самолёты. [检阅时飞机在莫斯科上空飞翔。] Со́лнце поднима́лось *над го́родом*. [太阳升到城市上空。] *Над реко́й* тума́н сгусти́лся. [雾气凝集在河上。] Ли́стья шуме́ли *над мое́й голово́й*. [树叶子在我头上索索地响。] .... „Облака́ бегу́т *над мо́рем*“... [云朵在海洋上空飞跑……] (亚瑞柯夫) „Ве́село сия́ет ме́сяц *над село́м*...“ [月亮在乡村上空快

（续表）

	乐地闪耀……］［尼基金］ 　„Па́хнет се́ном *над луга́ми*...“［草地上发出一股干草气味……］（马伊柯夫） 　„Я́стреб пролете́л высоко́ *над да́льним ле́сом*.“ ［鹰在远方树林的上空高高地飞过。］（托尔斯泰） 　„Не ве́тер бушу́ет *над бо́ром*, Не с гóр побежа́ли ручьи́, Моро́з-воево́да дозо́ром Обхо́дит владе́нья свои́“. ［不是风在松树林上怒号， 不是溪水从山上滚下来， 是严寒司令在巡视他的领土。］（聂克拉索夫） 　„*Над Нево́ю* ре́зво вью́тся Фла́ги пёстрые судо́в...“ ［在涅瓦河上轻快地飘扬着 船上的花花绿绿的旗子……］（普希金） 　„Летя́т *над мра́чными леса́ми*, Летя́т *над ди́кими гора́ми*, Летя́т *над бе́здною морско́й*...“ ［飞翔在阴郁的森林之上， 飞翔在荒野的群山之上， 飞翔在无底的海洋之上……］（普希金） 　„Утки лете́ли *над сжа́тыми поля́ми, над пожелте́вшими леса́ми и над дере́внями*...“ ［野鸭飞翔在收割过了的田地上，飞翔在变成黄色的树林上，飞翔在村庄之上……］（迦尔洵）
пе́ред（пе́редо） пред（пре́до） 基本意义： 　1）在（某种空间）前面； 　2）在（某种时间）之前；	*Пе́ред* шко́лой тени́стый ма́ленький сад. ［在学校前面有一座绿荫蔽天的小花园。］ *Пе́ред* о́кнами цветы́.［窗户前面有花。］ *Пе́ред* заседа́нием зайду́ к тебе́. ［在开会之前我将到你的地方去。］ *Пе́ред* рассве́том начала́сь гроза́. ［在黎明之前雷雨开始了。］

3）对,面临。	*Перед нáми стоя́т больши́е задáчи.* ［我们面前摆着重大的任务。］ *Отвéтственность перед нарóдом.*［对人民的责任。］ *Обя́занность перед óбществом.*［对社会的义务。］ *Долг перед нарóдом, перед социалисти́ческим госудáрством.* ［对人民,对社会主义国家的责任。］ *У Лéнина и Стáлина должны́ учи́ться совéтские лю́ди, чтóбы с чéстью выполня́ть свóй долг перед нарóдом, перед социалисти́ческим госудáрством.* ［苏维埃人们应该向列宁和斯大林学习,以便忠实地执行自己对人民、对社会主义国家的责任。］ *Не отступáть перед трýдностями.* ［不要在困难之前后退。］ *Сохраня́ть спокóйствие перед лицóм опáсности.* ［在面临危险时必须保持镇静。］ .... 1）„*Киби́тка останови́лась перед деревя́нным дóмиком. . .*" ［蓬马车在一所木头小房子前面停了下来……］（普希金） 1）„*Люблю́ песчáный косогóр,* 　　*Перед избýшкой две ряби́ны,* 　　*Кали́тку, слóманный забóр,* 　　*На нéбе сéренькие тýчи,* 　　*Перед гумнóм солóмы кýчи* 　　*Да пруд под тéнью ив густы́х —* 　　*Раздóлье ýток молоды́х.*" 　　［我爱陡峭的砂岸, 　　小舍之前的两棵山梨, 　　栅门,破败的矮墙, 　　天上的灰色的云, 　　打谷场之前的稿草堆, 　　浓密的柳树荫下的池塘—— 　　小鸭们的自由乐园。］（普希金） 2）„*На холмáх Грýзии лежи́т ночнáя мгла,* 　　*Шуми́т Арáгва прéдо мнóю.*" 　　［在格鲁吉亚的小山上笼罩着夜的黑暗, 　　阿拉格伐河在我的面前喧闹。］（普希金）

（续表）

	3）„Стáрый Тарáс дýмал о дáвнем: *перед ним* проходúла егó мóлодость. " ［老塔拉斯想着很久以前的事：他的青春在他的面前过去。］（果戈理） 4）*Перед молодыми совéтскими специалúстами* широкó открыта дорóга к свобóдному трудý н твóрчеству. ［在年轻的苏联专家面前，广大地打开了走向自由劳动和创造的道路。］
Ⅱ．与第五格和别格连用的前置词。 с 基本意义： 1）跟；	Разговáриваю *с преподавáтелем*. ［我跟教员谈话。］ Спóрю *с товáрищем*. ［我跟同志吵嘴。］ Отправляюсь *с брáтом* на охóту. ［我跟兄弟出去打猎。］
2）带着，具有；	Отправился на охóту *с ружьём*. ［带着枪出去打猎。］ Он человéк *с прекрáсным харáктером*. ［他是一个具有优美性格的人。］
3）跟……（作对），意义等于 прóтив［反对］；	Борóться *с врагóм* (＝борóться *прóтив врагá*.) ［跟敌人斗争。］ Бóрются нáши хрáбрые сóколы *с ковáрным врагóм*. ［我们勇敢的鹰跟狡猾的敌人战斗着。］ Борóться *с трýдностями*. ［跟困难斗争。］
4）动作的方式，伴随另外一种动作的动作；	Он сказáл это *с улыбкой*. ［他笑嘻嘻地说了这个。］ Читáю газéту *с большúм внимáнием*. ［我非常留神地看报。］ *С удовóльствием* сдéлаю это. ［我很愿意做成这件事。］ Грачú *с крúком* кружúли над дерéвней. ［白嘴鸦嘎嘎地叫着在村子上空回旋。］ Собáки *с лáем* выбежали нам навстрéчу. ［狗汪汪地叫着跑出来迎接我们。］
5）跟……（同一时间）；	Птúцы просыпáются *с зарёю*. ［鸟儿们跟朝霞一起醒来。］ Встаю *с восхóдом* сóлнца. ［我跟日出同时起身。］

(续表)

| 6) 用在祝贺辞中。 | Поздравля́ю *с но́вым го́дом*! ［恭贺新禧！］
С но́вым го́дом! ［祝新禧！］
С но́вым сча́стьем! ［祝你新的幸福！］
Поздравля́ю *с сы́ном, с до́чкой*.
［恭贺弄璋之喜，恭贺弄瓦之喜。］
Поздравля́ю *с оконча́нием* шко́лы.［敬贺毕业。］
Поздравля́ю *с блестя́щими успе́хами*.
［敬贺辉煌的成功。］
....
1）„*С свое́й волчи́хою голо́дной*
　　Выхо́дит на доро́гу волк...“
　［雄狼带着自己饥饿的雌狼，跑到大路上去……］（普希金）
2）„Бегу́т: ино́й *с дубьём*,
　　Ино́й *с ружьём*...
　　《Огня́》— крича́т:《Огня́》—
　　Пришли́ *с огнём*...“
　［人们跑着：有人拿着橡木棍,
　有人拿着枪……
　"拿灯来！"人们叫道："拿灯来！"
　有人拿着灯来了……］（克雷洛夫）
2）„Пришёл не́вод *с траво́й морско́ю*...“
　［上来一个带有海草的网……］（普希金）
　„Пришёл не́вод *с одно́ю ры́бкой*,
　　С не просто́ю ры́бкой, золото́ю...“
　［上来带有一条鱼的网，——
　不是条普通的鱼,而是条金鱼……］（普希金）
2）Тепе́рь в каре́льских леса́х вы́росли благоустро́енные лесны́е посёлки *с прекра́сными дома́ми, клуба́ми, шко́лами, больни́цами, столо́выми, магази́нами*.
　［现在在卡莱里亚的森林里,建立了具有漂亮的房屋、俱乐部、学校、医院、食堂和商店的设备完善的森林乡村。］
4）„Лесо́в таи́нственная сень
　　С печа́льным шу́мом обнажа́лась...“
　［树林的神秘的天幕
　带着悲哀的喧闹声脱落着（指落叶）……］（普希金） |

（续表）

	4）Сове́тские лю́ди *с досто́инством и го́рдостью* но́сят зва́ние граждани́на Сове́тского Сою́за. ［苏维埃人怀着尊严和自豪享有苏联公民的称号。］ 5）„*С заре́ю у́тки с лягу́шкой* сно́ва пусти́лись в путь...“ ［天一亮，鸭子们跟青蛙重又起程……］（迦尔洵） 注：前置词 с 又与第二格和第四格连用（请参看表18和表23）。
за 基本意义： 1）在……之后，在……之外，在……的那一边（回答：где?）；	Пальто́ *за две́рью*.［门后的大衣。］ Сад *за до́мом*.［房子之后的花园。］ Со́лнце скры́лось *за ле́сом*. ［太阳在树林后面隐没了。］ Пе́сня раздаётся *за реко́й*. ［歌声在河的那一边传出。］ Живу́ *за го́родом*.［我住在城外。］ .... „В селе́ *за реко́ю* поту́х огонёк...“ ［隔河乡村里的火星熄灭了……］（普希金） „Спой мне пе́сню, как сини́ца Ти́хо *за́ морем* жила́...“ ［给我唱一首歌吧， 像静静地居住在海的那一边的山雀一样……］（普希金）
2）为了某种目的而行动；	Иду́ *за хле́бом*.［我去买面包。］ Побежа́л *за до́ктором*.［跑去请医生。］ Пришёл *за ша́хматами*.［我来下象棋。］ Пошёл в магази́н *за кни́гой*.［到店里买书去。］ Тигр охо́тился *за оле́нем*.［老虎猎鹿去了。］ „Покры́та бе́лою чадро́й, Княжна́ Тама́ра молода́я К Ара́гве хо́дит *за водо́й*...“ ［蒙着白色的面幕， 年轻的塔玛拉公主 走向阿拉格伐河去汲水……］（莱蒙托夫）
3）追随；	„Так *за слоно́м* толпы́ зева́к ходи́ли...“ ［一群群吃饱饭不做事的人们就这样跟着象走……］（克

（续表）

	雷洛夫）
	注：要确定 за 的意义是第二种还是第三种,只有从上下文里去研究。例如：побежáл за товáрищем. 可能是［跑去喊一个同志来或陪一个同志］,也可能是［随着一个同志跑去。］
4）在……时候;	Прочитáл газéту *за зáвтраком.* ［在吃早饭的时候看完报。］ *За рабóтой* он всегдá сосредотóчен. ［在工作的时候,他总是全神贯注的。］ *За рабóтой* не замечáешь врéмени. ［在工作的时候你不觉得时间（的过去）。］ *За чáем* говорúли о литератýре. ［在喝茶的时候谈论着文学。］
5）表示从事一种工作;	Сидúт *за урóками* цéлыми дня́ми. ［整天坐着做功课。］ Провожý вечерá *за чтéнием.* ［我把晚上的时间消磨在阅读上。］ Сидúт *за кнúгой.*［坐着看书。］ Я егó всегдá застаю́ *за рабóтой.* ［我总是发现他在工作。］
6）由于,为了。	*За неимéнием...*［由于缺乏……］ *За отсýтствием...*［为了没有……］ *За пóздним врéменем...*［因为时间晚……］ 特殊用语：Побéда *за нáми!*［胜利是属于我们的。］
под 基本意义： 1）在……下面, 附近（回答：где?）	Мя́ч *под столóм.*［桌子下的皮球。］ Зáяц *под кустóм.*［灌木下的兔子。］ Самолёты *под облакáми.*［云下的飞机。］ Рекá сверкáет *под горóю.*［河在山下闪闪发光。］ Живём *под Москвóй.*［我们住在莫斯科城郊。］ Упóрные, жестóкие бои́ происходúли *под Москвóй* и *Ленингрáдом.* ［在莫斯科和列宁格勒附近,曾经发生顽强的、酷烈的战斗。］ 　注：当 под 与城市［гóрод］或城市名称连用时,它的意义是：

（续表）

	“附近”或“郊外”。
	„Захрусте́ли *под нога́ми* сухи́е сосно́вые ши́шки, наруша́я ва́жную тишину́...“ ［干松实在脚底下沙沙响,打破着严肃的静寂⋯⋯］(高尔基)
	„...И пря́чется в саду́ мали́новая сли́ва *Под те́нью сла́достной* зелёного листка́...“ ［⋯⋯深红色的李子躲藏在花园里 绿叶子的惬意的阴影下⋯⋯］(莱蒙托夫)
2）盛着,装着,盖着；	По́ле *под пшени́цей*.［种着小麦的田地(小麦田)。］
	По́ле *под ро́жью*.［种着黑麦的田地(黑麦田)。］
	Ба́нка *под варе́ньем*.［盛着果酱的罐。］
	Амба́р *под хле́бом*.［藏着谷类的仓(谷仓)。］
3）在⋯⋯下面,在⋯⋯中；	*Под дождём*［在雨中］, *под со́лнцем*［在阳光下］, *под я́сным не́бом*.［在明朗的天空下］⋯⋯
	⋯⋯⋯⋯⋯⋯⋯⋯⋯⋯⋯⋯⋯⋯⋯⋯⋯⋯⋯⋯⋯⋯
	„Па́шка шёл с ма́терью *под дождём*...“ ［巴斯卡跟母亲一起在雨中走着⋯⋯］(契诃夫)
	„Ты знал ли ди́кий край *под зно́йными луча́ми*?...“［你可知道一个在酷热的阳光下的荒野地方吗？⋯⋯］(莱蒙托夫)
	Под обстре́лом.［在枪林弹雨下。］
	Мы до́лго находи́лись *под обстре́лом*. ［我们长久地处在炮火的扫射下。］
4）用在说明领导的用语里。	*Под руково́дством*［在⋯⋯领导下］, *под води́тельством*［在⋯⋯领导下］, *под зна́менем*［在⋯⋯旗帜下］。
	⋯⋯⋯⋯⋯⋯⋯⋯⋯⋯⋯⋯⋯⋯⋯⋯⋯⋯⋯⋯⋯⋯
	Пу́ть, про́йденный *под руково́дством* большеви́стской па́ртии, *под испы́танным зна́менем* Ле́нина, *под му́дрым води́тельством* вели́кого Ста́лина, говори́т о том, что социали́зм и демокра́тия непобеди́мы. ［在布尔什维克党领导下、在饱经考验的列宁的旗帜下、在伟大的斯大林英明领导下所经历的道路,说明社会主义和民主是无敌的。］
	Под му́дрым води́тельством това́рища Ста́лина сове́тские лю́ди реша́ют истори́ческие зада́чи послевое́нной пятиле́тки. ［在斯大林同志的英明领导下,苏维埃人们解决战后五年

	计划的历史性任务。]
	Мы сча́стливы жи́ть и труди́ться *под зна́менем* па́ртии Ле́нина — Ста́лина, *под со́лнцем* Ста́линской Конститу́ции. [我们在列宁——斯大林党的旗帜下，在斯大林宪法的太阳下生活和劳动是幸福的。]
	Под зна́менем социалисти́ческого соревнова́ния сове́тский наро́д соверша́л бесприме́рные трудовы́е по́двиги в го́ды Вели́кой Оте́чественной войны́. [在社会主义竞赛的旗帜下，苏联人民在伟大卫国战争的年代里完成空前的劳动业迹。]
ме́жду（меж） 基本意义：	
1）在……和……之间（空间）；	Сто́л стои́т *ме́жду окно́м и две́рью*. [桌子放在窗户和门之间。] Река́ течёт *ме́жду гора́ми*. [河在群山之间流着。] Пряма́я ли́ния — кратча́йшее расстоя́ние *ме́жду двумя́ то́чками*. [直线是两点之间最短的距离。] *Ме́жду Ленингра́дом н Москво́й* 649 киломе́тров. [列宁格勒和莫斯科之间的距离是六百四十九公里。]
2）在……和……之间（时间）；	*Ме́жду 1941 и 1946 года́ми* во всём ми́ре происходи́ли вели́кие собы́тия. [在 1941 到 1946 年之间全世界曾经发生几桩重大的事件。] Я пойду́ к дире́ктору *ме́жду уро́ками* — *ме́жду пе́рвым и вторы́м*. [我将在两课之间——第一课和第二课之间到校长那里去。]
3）在一群人之间；	*Ме́жду рабо́чими* мно́го стаха́новцев. [在工人们之中有许多斯达哈诺夫分子。] Карандаши́, тетра́ди раздели́ли *ме́жду ученика́ми*. [在学生们之间分发铅笔、练习簿。] Он жи́л *ме́жду на́ми*. [他住在我们之间。]
4）说明相互之间的关系；	Догово́р *ме́жду двумя́ стра́нами*. [两国之间的条约。] Война́ *ме́жду Кита́ем и Япо́нией*. [中日战争。] Дру́жба *ме́жду наро́дами* СССР. [苏联各民族之间的友谊。] Хоро́шие отноше́ния *ме́жду това́рищами*. [同志之间的良好关系。]

(续表)

5) 用来指示差别。	*Méжду сестрóй и брáтом* большáя рáзница в харáктерах. [在姊姊和弟弟之间存在着巨大的性格上的差别。] 特殊用语：Пýсть э́то остáнется *между нáми*.［这件事不足为外人道。] Я сдéлаю э́то *между дéлом*. ［我会在工作时做好这件事的。］ .... 1) „Снача́ла шли по доро́ге *между ствола́ми* мо́щных со́сен..." [起初沿着大松树树干之间的道路走着……](高尔基) 1) „По траве́ *между чёрными теня́ми* протяну́лись я́ркие поло́сы све́та." [草地上一条条明亮的光带伸展在黑影之间。](契诃夫) 1) „Лишь ко́е-где *между куста́ми* выдава́лись кро́хотные поля́нки..."[只有在灌木之间的某些地方,现出一小方一小方的空地……](屠格涅夫) 1) „Чуть ветеро́к там ды́шит *меж листа́ми*..." [微风在那边叶子之间轻轻地喘着气……](茹柯夫斯基) 1) „*Между колёсами* теле́г, Полузаве́шенных ковра́ми, Гори́т ого́нь..." [在半盖着地毡的车轮中间,灯火点着……](普希金) 4) „Шли два прия́теля вече́рнею поро́й и де́льный разгово́р вели́ *между собо́й*."[两个朋友在黄昏时分走着,互相谈着事情。](克雷洛夫) 5) „*Между на́ми* нет никако́й ра́зницы."[在我们之间没有任何分别。](屠格涅夫) 注：前置词 *между*（*меж*）还和第二格连用,请参看表18。

§10. 第六格的用法
［Употребле́ние предло́жного падежа́］

第六格只与前置词连用,所以称为前置格［предло́жный паде́ж］。

表 26

I . 只与第六格 连用的前置词： при 基本意义： 1）在某一时期里；	*При цари́зме...* [在沙皇统治时代……] *При фаши́зме...* [在法西斯统治时代……] *При капитали́зме...* [在资本主义时代……] *При Петре́ Пе́рвом...* [在彼得大帝时代……] *При жи́зни Пу́шкина...* [普希金在世的时候……] *При заня́тии* го́рода бы́ло захва́чено мно́го трофе́ев. [在占领城市的时候夺获了许多战利品。]
2）在……附近， 在……旁边，附设在；	Огоро́д *при до́ме.* [房子旁边有一个菜园。] *При университе́те* хоро́шая столо́вая. [大学附设一所 很好的食堂。] *При вхо́де* стои́т часово́й. [在入口处站着一个哨兵。] Го́род *при реке́.* [河畔的城市。] Ясли *при заво́де.* [工厂附设的托儿所。]

3）在某种情况下。	*При жела́нии* [在愿望下]，*при свиде́телях* [证人在场]，
	при стара́нии [在……努力之下]，*при уча́стии* [在……参
	加下]，*при по́мощи* [在……帮助下]。
	．．．．．．．．．．．．．．．．．．．．．．．．．．．．．．．．．．
	  „*При свида́нии* по́сле до́лгой разлу́ки, как э́то всегда́
	быва́ет, разгово́р до́лго не мо́г установи́ться.“ [在久别之
	后重逢，也像通常所发生的那样，谈话好久无法停止。] (托
	尔斯泰)
	  „*При ка́ждом ша́ге* вперёд ме́стность изменя́лась.“ [每
	前进一步，地方 (的景色) 都在改变着。] (托尔斯泰)
	  „Чу́ден Днепр *при ти́хой пого́де*!...“
	  [在晴朗的天气德涅泊河是美丽的！……] (高尔基)
	  „Кто *при звезда́х* и *при луне́*
	  Так по́здно е́дет на коне́?...“ [谁在星光和月光下那么
	晚在骑马？……] (普希金)
	  „*При све́те* со́лнца далеко́ и я́сно станови́лись видны́
	предме́ты, то́чно покры́тые ла́ком.“
	  [在阳光下老远就清清楚楚地看得见各种东西，仿佛 (那
	些东西) 涂着油漆似的。] (托尔斯泰)
	  „Спой, све́тик, не стыди́сь! Что
	  е́жели, сестри́ца,

（续表）

	При красоте́ тако́й и петь ты масте́рица, Ведь ты б у нас была́ царь-пти́ца! " [唱吧，宝贝，别怕难为情！ 要是你，好姊妹，这么美丽而 又能唱歌的话， 你真可以在我们的地方做鸟中之王！]（克雷洛夫） На́шему молодо́му поколе́нию, вы́росшему *при сове́тской вла́сти*, да́же тру́дно предста́вить жизнь ино́й, чем жизнь свобо́дного сове́тского челове́ка. [在苏维埃政权下成长的我们的年轻一代，甚至很难想像在一个自由的苏维埃人生活之外的别种生活。]
II．与第六格和别格连用的前置词。 　　　　на 基本意义： 　1）在，在……之上（回答：где?）； 　2）在……时间之内，在某时某地； 　3）在某种动作中发生一件什么事； 　4）某种行为的对象、状态和性质等；	Гуля́ть *на бульва́ре*. [在林荫道上散步。] Сиде́ть *на сту́ле*. [坐在椅子上。] Брат рабо́тает *на заво́де*. [哥哥在厂里工作。] *На столе́* стои́т стака́н. [桌上放着一只玻璃杯。] „*На не́бе* га́снут облака́. "[白云在天上消失。]（玖特契夫） *На э́тих дня́х*. [在这些日子里。] *На бу́дущей неде́ле*. [在下星期里。] *На восьмо́м ме́сяце* бере́менности. [在怀孕的第八个月里。] Сиде́ть *на заседа́нии*. [在会上坐着（即坐着开会）。] *На приёме* у врача́. [在医生的地方门诊。] *На рабо́те*. [在工作时。] Искры га́снут *на лету́*. [火星在飞翔中熄灭。] *На бегу́*. [在奔跑中。] *На всём скаку́*. [在疾驰中。] *На нём* лежа́ла больша́я отве́тственность. [重大的责任在他的身上。] Весь дом *на мои́х рука́х*. [全家由我负担。] Вся её любо́вь сосредото́чилась *на ребёнке*. [她的全部爱集中在孩子的身上。] Боле́знь сказа́лась *на его́ похо́дке*. [从他的步伐上看出他的病来。]

(续表)

5) 表明支持物和作底子的东西;	*Коля́ска на рессо́рах.* [弹簧的马车。]
	Матра́ц на пружи́нах. [弹簧的垫褥。]
	Челове́к на костыля́х. [扶着拐杖的人。]
	Пальто́ на ва́те. [棉的大衣。]
	Обувь на двойно́й подо́шве. [二重底的鞋子。]
	Шу́ба на бе́личьем меху́. [灰鼠皮的大衣。]
6) 表明完成某种行为的工具、手段等;	*Е́хать на парохо́де.* [坐轮船。]
	Е́хать на лошадя́х. [骑马。]
	Игра́ть на билья́рде. [打弹子。]
	Игра́ть на роя́ле. [弹钢琴。]
	Изъясня́ться на францу́зском языке́. [用法语解释。]
	Ру́копись на неме́цком языке́. [用德文写的手稿。]
	Жа́рить на ма́сле. [用油煎。]
7) 表明处于某种状态、地位、活动等;	*Находи́ться на излече́нии.* [在治疗中。]
	Стоя́ть на стра́же. [值岗。]
	Состоя́ть на иждиве́нии. [受赡养。]
	На положе́нии дру́га. [处在朋友的地位。]
	Э́то на мое́й отве́тственности. [这由我来负责。]
	„*Чтоб служи́ла мне ры́бка золота́я и была́ бы у меня́ на посы́лках.* " [但愿金鱼为我服务,并且供我差遣。] (普希金)
в (во) 基本意义:	
1) 在, 在……之内;(回答: где?)	*В столе́.* [在桌子里。]*В я́щике.* [在箱子里。]*В войска́х.* [在军队里。]*В наро́де.* [在民间。]*В прези́диуме.* [在主席团里。]*В ма́ссах.* [在群众之中。]
	В Москве́. [在莫斯科。]*В Крыму́.* [在克里米亚。]
	В саду́. [在花园里。]*В поля́х.* [在田野里。]
	Ле́том я был в дере́вне. [夏天我在乡下。]
	В его́ слова́х слы́шалась угро́за. [在他的话里听得出威胁(的口气)。]
	Находи́ть удово́льствие в разгово́рах. [在谈话里求得满足。]
	В э́том де́ле ма́ло то́лку. [在这件事里意义很少。]
	....
	„*В степи́* бы́ло ти́хо, па́смурно. " [在草原里很静,很阴

(续表)

	郁。](契诃夫) „*В ро́ще зву́чно щёлкал солове́й*...“[夜莺在灌木丛里嘹亮地鸣啭……](屠格涅夫) „*Везде́ рабо́та: на гора́х, в доли́нах, ро́щах и луга́х*...“[到处都是工作：在山上，在盆地里，在灌木林里，在草地上……](茹柯夫斯基)
2）在 某 一 时 间（年、月、世 纪、小时）；	Това́рищ прие́хал *в 1947 году́*. [同志是在 1947 年来的。] *В а́вгусте* я уе́ду на пра́ктику. [我将在八月里去实习。] Побе́да Октя́брьской револю́ции и созда́ние Кита́йской Наро́дной Респу́блики явля́ются двумя́ больши́ми собы́тиями *в двадца́том ве́ке*. [十月革命的胜利和中华人民共和国的成立是 20 世纪里的两件大事。] Я приду́ *в деся́том часу́*. [我在九点到十点之间来。]
3）在生命的某一阶段；	*В де́тстве*. [在童年时代。]*В ю́ности*. [在少年时代。] *В мо́лодости*. [在青年时代。] *В ста́рости*. [在老年时代。] „*В де́тстве* у меня́ не́ было де́тства.“[在童年时代我不曾有过童年。](契诃夫)
4）处于某种状态中；	Состоя́ть *в бра́ке*. [结过婚。] Он слу́жит *в до́лжности секретаря́*. [他担任秘书之职。] Быть *в дру́жбе*. [处于友好状态。] Все ру́ки *в черни́лах*. [两手都是墨水。] Стена́ *в тре́щинах*. [墙壁满布裂缝。] Боксёр *в лёгком ве́се*. [轻级拳击家。] Рису́нок *в кра́сках*. [彩色画。] Он был *в ле́тнем костю́ме*. [他穿着夏衣。] Граждани́н *в мехово́й ша́пке*. [戴着皮帽的公民。] Дра́ма *в стиха́х*. [诗剧。]
5）处于某种精神状态之中；	*В печа́ли*[在忧愁中]，*в го́ре*[在悲哀中]，*в гне́ве*[在愤怒中]，*в восто́рге*[在狂喜中]。 Я *в восто́рге* от карти́ны. [我因为影片而快乐。] Она́ была́ *в большо́м го́ре*. [她处于重大的悲哀中。]
6）表明由几部分组成或做成几份；	Дра́ма *в пяти́ де́йствиях*. [五幕剧。] Кни́га *в двух частя́х*. [分上下两部的书。]

7）表明距离；	Переписа́ть *в трёх экземпля́рах*. [抄写三份。] Вокза́л *в двух киломе́трах* от го́рода. [车站离城市两公里。] При́стань *в пяти́ ми́лях* от гости́ницы. [码头离旅馆五哩。注：英里旧作哩。]
8）与次第数词连用来表示次序。	*Во-пе́рвых* [第一]，*во-вторы́х* [第二]，*в-тре́тьих* [第三]，*в-восьмы́х* [第八]，*в-двадца́тых* [第二十。] 注：1）在 в 和次第数词之间必须加一短画。 2）в 和次第数词组成的词在俄文文法上当作副词看待。
о（об，обо） 基本意义： 1）关于，论；	Слу́шали докла́ды *о Пу́шкине* и *Го́голе*. [听了关于普希金和果戈理的报告。] Говори́ли *о литерату́ре*. [谈论文学。] Прочита́л кни́гу *об Аме́рике*. [看了一本关于美国的书。] „Ска́зка *о рыбаке́* и *ры́бке*“ Пу́шкина. [普希金的"关于渔夫和金鱼的故事"。] Во всех газе́тах пи́шут *о на́шем строи́тельстве*. [所有报纸都写关于我们的建设。] Подписа́ние догово́ра *о дру́жбе*, *сою́зе* и *взаимопо́мощи* ме́жду Кита́ем и СССР яви́лось больши́м собы́тием в 1950 году́. [中苏友好同盟互助条约的签订是 1950 年的一件大事。] .... „Слу́х *обо мне* пройдёт по всей Руси́ вели́кой...“ [我的声名将传遍整个伟大的俄罗斯……]（普希金） „От кра́я до кра́я, по го́рным верши́нам, Где во́льный орёл соверша́ет полёт, *О Ста́лине му́дром*, *родно́м* и *люби́мом* Прекра́сную пе́сню слага́ет наро́д.“ [从边境到边境，在自由之鹰飞翔的山巅，人民编成一首漂亮的歌，关于英明、亲近和可爱的斯大林。]（俄罗斯歌）
2）具有，带有；	Стол *о трёх но́жках*. [三只脚的桌子。] Дом *о семи́ этажа́х*. [七层楼的房屋。] Змей *о трёх голова́х*. [三头蛇。]

（续表）

	Пáлка *о двýх концáх.*［有两个头的棍子。］
	Что ты, *о двух головáх,* чтó-ли?［你算什么,有两个头还是怎的?］
3）接近某一时间,或某一时间里,（只用在古文里）。	*О Рождествé* былá у нас пирýшка.［在耶诞节时我们曾经举行一场小的宴会。］（克雷洛夫）
	Там *о зарé* прихлы́нут вóлны на брег песчáный и пустóй.［那边在黎明时分浪潮滚向空空的砂岸。］（普希金）
	О сю пóру（＝дó сих пóр.）［直到此刻。］
по 基本意义: 1）在……之后（＝после）;	*По окончáнии* срéдней шкóлы поступлю́ в университéт.［中学毕业之后我将进大学。］
	По приéзде в дерéвню я не получи́л от тебя́ ни слóва.［在来到乡下之后,我没有收到过你的片言只字。］
	По истечéнии срóка.［在满期之后。］
	По рассмотрéнии дéла.［在审查案件之后。］
	注:当前置词 по 的意义等于 после 时,它的后面只能用动名词（动词变成的名词）［отглагóльные существи́тельные］。
2）与 скучáть［思念］,тосковáть［怀念］等词连用。	Я скучáю *по вáс,* тоскýю *по вáс.*［我思念你,我怀念你。］
	注:1）当 скучáть,тосковáть 等词与 по 连用,而在 по 之后为代词时,该代词必须用第六格;若在 по 之后为名词,则可用第六格或第三格,例如:*тосковáть по товáрищу* 或 *тосковáть по товáрище*［怀念同志］;*скучáю по дóму* 或 *скучáю по дóме*［我思念家］。不过,在文学语里最好还是用第三格。
	2）по 与第三格连用请参看表 21,与第四格连用请参看表 23。

§11. 常用前置词接格表
[Предло́ги и не́которые наибо́лее употреби́тельные предло́жные слова́ в сочета́нии с падежа́ми]

表 27

格	前 置 词		
	接一格的	接二格的	接三格的
第二格	без, близ, вдоль, вме́сто, вне, внутри́, во́зле, вокру́г, для, до, из, из-за́, и́з-под, кро́ме, круго́м, ми́мо, накану́не, о́коло, от, по́сле, посреди́, про́тив, ра́ди, среди́, у	ме́жду（меж）（难得与第二格连用）	c
第三格	к, благодаря́, вопреки́, подо́бно, согла́сно, напереко́р, навстре́чу		по
第四格	про, сквозь, че́рез	в, на, за, под, о（об）	c, по
第五格	над, пе́ред	за, под, ме́жду（меж）	c
第六格	при	в, на, о（об）	по

注：有许多词本身并非前置词，但它们的作用却相当于前置词，例如：*во вре́мя* [在……时]（во вре́мя уро́ка [在上课时]；во вре́мя кани́кул [在假期里]；во вре́мя войны́ [在战时]）；*в тече́ние* [在……时期里]（в тече́ние го́да [在一年之内]）；*в продолже́ние* [在……期间里]（в продолже́ние всего́ уче́бного го́да [在整个学年里]）；*всле́дствие* [由于]（всле́дствие недоста́точной организо́ванности [由于组织性不够]）；*ввиду́* [由于]（ввиду́ необходи́мости [由于必要]，ввиду́ осложне́нй [由于复杂化]）；*в си́лу* [由于]（в си́лу необходи́мости [由于必要]）；*по ме́ре* [根据]（по ме́ре на́добности [根据必要]，по ме́ре разви́тия [根据发展]）；*несмотря́ на* [不顾]（несмотря́ на тру́дности [不顾困难]，несмотря́ на запреще́ние [不顾禁止]，несмотря́ на дождь [不顾下雨]）。

§12. 与几种格连用的常用前置词

[Предло́ги, употребля́ющиеся с не́сколькими падежа́ми]

表28

格	第二格	第三格	第四格	第五格	第六格
в			1. 地方（回答 куда́?）Иду́ в теа́тр. [我到戏院里去。] 2. 时间（回答 когда́?）Собра́ние в семь часо́в. [七点钟的会议。] Уе́ду в э́ту ночь. [我今夜走。] 3. 完成期限，Сде́лаю в оди́н день. [我会在一天之内做成。]		1. 地方（回答 где?）Был в теа́тре. [在戏院里。] 2. 时间（回答 когда́? 说明月份和年份。）Уе́ду в а́вгусте. [我在八月里走。] Уе́ду в э́том году́. [我在今年走。]

（续表）

格	第二格	第三格	第四格	第五格	第六格
на			1. 地方（回答 *куда*?）*Иду на фабрику.* [我到工厂里去。] 2. 期限（回答 *на какое время*?）*Взял работу на всё лето.* [接受了整个夏天的工作。] 3. 为（意义等于 *для*）*На эту работу нужно 5 дней.* [需要花五天时间来完成这件工作。] 4. 说明比较下来的差别 *Моя комната больше твоей на метр.* [我的房间比你的大一公尺。]		1. 地方（回答 *где*?）*Работаю на фабрике.* [我在厂里工作。]

（续表）

格	第二格	第三格	第四格	第五格	第六格
3a			1. 地方(回答куда?) Повéсьте пальтó за дверь. [把大衣挂在门后。] 2. 期限（回答 за какóе врéмя?) За э́тот год я мнóгое сдéлал. [在这一年里我做了许多工作。] 3. 斗争的目的。 Мы бóремся за коммунúзм. [我们为共产主义而斗争。] 4. 原因（回答 за что? почемý?) Получúл прéмию за удáрную рабóту. [由于突击工作而得奖。] 5. 代替,花费。 Сегóдня рабóтаю за товáрища Ивáнова. [今天我代替伊凡诺夫同志工作。] Купúл кнúгу за три рубля́. [花三个卢布买了一本书。]	1. 地方（回答 где?）Пальтó за двéрью. [挂在门后的大衣。] 2. 行动的目的。Идý за хлéбом. [我去买面包。]	

（续表）

格	第二格	第三格	第四格	第五格	第六格
под			1. 地方（回答 *кудá?*）Брóсил мяч *под стол.* [把球抛到了桌下。] 2. 时间（意义等于 *наканýне*）。*Под выходнóй день я уезжáю на дáчу.* [在假日前夜我到别墅里去。] 3. 用作。*Эту кóмнату отвелú под библиотéку.* [这个房间用作图书馆。]	1. 地方（回答 *где?*）Мяч *под столóм.* [桌子底下的皮球。]	
с	1. 地方（回答 *откýда?*）Взял книгу *со столá.* [从桌子上拿了书。] *Пришёл с собрáния.* [从开会的地方来。] 2. 期限（回答 с какóго врéмени?）*Нáчал рабóту с óсени.* [从秋天开始工作。] 3. 原因。*Он заболéл с гóря.* [他因悲哀而病了。]		1. 大概的时间。*Прóбыл в дерéвне с мéсяц.* [在乡下耽了一个月光景。] 2. 大概的大小。*Огурéц с гóру.* [山一样大的黄瓜。]（见克雷洛夫的寓言）。	1. 跟……一起。*Рабóтал с товáрищем.* [跟同志一起工作。] 2. 跟……斗争（意义等于 *прóтив*）。*Бóремся с трýдностями.* [我们跟困难作斗争。]	

（续表）

格	第二格	第三格	第四格	第五格	第六格
по		1. 行动的地方（回答 где?） По фабрикам, по заводам, по всем учреждéниям обсуждáли проéкт Стáлинской Конститýции. [在各种工厂和所有的机关里都在讨论斯大林宪法草案。] 2. 沿着。 Шёл по ýлице. [沿着街道走。] 3. 时间。 По утрáм [每逢早晨], по вечерáм [每逢晚上], по ночáм [每逢夜里]。 4. 职业。 Он рабóтает по механике. [他在做机械方面的工作。] 5. 分配东西，每人一件。 Дáйте нам по я́блоку. [给我们每人一只苹果吧。] 6. 根据。 Рабóтаем по плáну. [我们根据计划工作。]	1. 到某一期限为止。 Пробýду в дерéвне по 5-е сентября́. [我将在乡下住到九月五日。] 2. 达到的程度。 Вошёл в вóду по пóяс. [浸入腰部深的水里。] 3. 分配东西，每人一件以上。 Дáйте нам пó два я́блока. [给我们每人两只苹果吧。]		1. 之后（意义等于 пócле）。 По окончáнии шкóлы поéду в дерéвню. [毕业之后我将到乡下去。]

§13. 前置词 в — из 和 на — с 的相当用法

[**Нéкоторые слýчаи употреблéния предлóгов в и на и употреблéние соотносúтельных с нúми предлóгов из и с**]

前置词 в,на 和 из,с 用来表示地方时,в 和 из 作为一组,на 和 с 作为另一组;也就是说在用 в 的场合,应该用 из,而不能用 с;而在用 на 的场合,应该用 с,而不能用 из。

表 29

Рабóтаю 我……工作。		Пришёл……来。	
в музéе 在博物院	но: на фáбрике 在工厂	из музéя 从博物院	но: с фáбрики
в контóре 在办公处	на завóде 在工厂	из контóры	с завóда
в амбулатóрии 在诊疗所	на пóчте 在邮局	из амбулатóрии	с пóчты
в мастерскóй 在工场	на телегрáфе 在电报局	из мастерскóй	с телегрáфа
в магазúне 在商店	на вокзáле 在火车站	из магазúна	с вокзáла
Был 在		Пришёл	
	на собрáнии 大会上		с собрáния
	на заседáнии 会上		с заседáния
	на урóке 课上		с урóка
	на фрóнте 前线		с фрóнта
Учýсь 我……学习		Пришёл	
в шкóле 在学校里		из шкóлы	
в институ́те 在学院里	на математúческом факультéте 在数学系	Перешёл из институ́та в университéт	с пéрвого на вторóй курс

（续表）

Жил 住……		Прие́хал...	
в Крыму́ 在克里米亚	на Кавка́зе 在高加索	из Кры́ма 从克里米亚	но: с Кавка́за
в Белору́ссии 在白俄罗斯	на Украи́не 在乌克兰	из Белору́ссии	с Украи́ны
в Сиби́ри 在西伯利亚	на Ура́ле 在乌拉尔	из Сиби́ри	с Ура́ла
	на Да́льнем Восто́ке 在远东		с Да́льнего Восто́ка
Еду 我去休假 в о́тпуск		Верну́лся 休假回来 из о́тпуска	
Иду́ 我……去		Пришёл	
в теа́тр 到戏院里	на конце́рт 到音乐会上去	из теа́тра	с конце́рта
Живу́ 我住……		Пришёл	
в переу́лке 在胡同里	но: на пло́щади Восста́ния 在起义广场 иа у́лице Го́рького 在高尔基街	из переу́лка	но: с пло́щади с у́лицы

注：1. в — из 和 на — с 两组前置词的应用，只能根据习惯来决定，没有严格的规律可以遵循。但一般说来，有屋顶的地方大半用 в — из，没有屋顶的地方大半用 на — с。

2. 在表明乘用交通工具时，通常用前置词 на：е́ду на по́езде［我乘火车］, на трамва́е［乘电车］, на авто́бусе［乘公共汽车］, на метро́［乘地道车］, лечу́ на самолёте［坐飞机］，但也可以说 в по́езде, в трамва́е, в метро́ 等。

3. 在вы́йти 之后用 из, 在сойти́ 之后用 с：Вы́шел из трамва́я, сошёл с трамва́я［下电车］。

4. По́езд идёт *в Москву́*［火车开到莫斯科去。］По́езд идёт *на Москву́*［火车向莫斯科的方向驶去。］

5. из — в 与 с — на 的用法，在成语里表示得特别清楚：и́зо дня в день［天天，每天］, из ме́сяца в ме́сяц［月月，每月］, из го́да в год［年年，每年］; со дня на́ день［逐日，一两天里］, с ча́су на час［随时，时时刻刻］, с мину́ты на мину́ту［一两分钟里］。

§14. 格和前置词所表示的基本意义
[Основны́е значе́ния, выража́емые падежа́ми с предло́гами]

俄文格和前置词所表示的基本意义分五大类:(一)地方,(二)方向,(三)时间,(四)原因,(五)目的。

表 30

1)地方:	В шко́ле[在学校里],на столе́[在桌子上](第六格);в шко́лу [到学校里去],на стол[放在桌上](第四格);за ле́сом[在树林后面],под кусто́м[在灌木下](第五格);за лес[(走到)树林后面],под куст[(走到)灌木下](第四格);над го́родом[在城市上空],пе́ред зда́нием[在建筑物前面](第五格);че́рез мост[过桥](第四格);из го́рода[从城里],от бе́рега[从河岸],у стола́[在桌旁],о́коло ле́са[树林附近],с кры́ши[从屋顶],ми́мо до́ма[经过房子旁边],вдоль реки́[沿着河],до шко́лы[到学校](第二格);по у́лице[沿着街道](第三格);при до́ме[附设在屋旁](第六格)。 „Ме́лкие пти́цы щебета́ли и и́зредка перелета́ли с де́рева на де́рево."[小小的鸟儿唧唧喳喳地叫着,偶然从一棵树飞到另一棵树上去。] „В степи́, за реко́й, по доро́гам — везде́ бы́ло пу́сто..."[在草原上,在河的对面,在所有的道路上——到处都是空的……](托尔斯泰) „Мы вы́шли из ро́щи, спусти́лись с холма́..." [我们出了灌木林,走下小山……](屠格涅夫) „Я взгляну́л в окно́;на безо́блачном не́бе разгора́лись звёзды..." [我向窗口望了一眼;在无云的天空里燃烧着星星……](高尔基) Во ржи́ крича́т перепела́, в мали́нниках над ручья́ми сви́щут соловьи́; че́рез доро́гу перебежи́т куропа́тка, за́яц метнётся и́з-под куста́;глухо́й те́терев шара́хнется в сыро́м бору́..."[鹌鹑在黑麦里叫着,夜莺在小溪之上的覆盆子里鸣啭;一只鹧鸪穿过道路,一头野兔从一株灌木下冲出来;一只听觉不灵的松鸡在潮湿的松树林里窜来窜去……](屠格涅夫) „Ми́мо бесконе́чных обо́зов, ми́мо постоя́лых дворо́в, че́рез необозри́мые поля́, от одного́ села́ до друго́го, вдоль зелёных конопля́ников — до́лго, до́лго е́дете вы..."[经过没有尽头的车辆的行列,经过歇脚的客店,穿过一望无际的田野,从一个村到另一个

（续表）

2）方向： 3）时间：	村,沿着绿色的大麻田——您长久地,长久地走着……](屠格涅夫) *K* това́рищу[向着同志],*к* реке́[向着河](第三格)。 *По́сле* уро́ка[下课后](第二格);*че́рез* де́нь[隔一天](第四格); *с* утра́[从早晨](第二格);*с* утра́ *до* ве́чера[从早到晚](第二格); *пе́ред* ве́чером[黄昏之前](第五格);*пе́ред* восхо́дом со́лнца[日出 之前](第五格);*в* суббо́ту[在星期六](第四格);*в* два часа́[在两 点钟](第四格);*в* ию́ле[在七月里](第六格)。 注：前置词 че́рез 用来表示一段用分、小时、星期、月和年计算的时 间：*че́рез* пять мину́т[过了五分钟],*че́рез* три часа́[过了三小时], *че́рез* пять лет[过了五年]等。而前置词 по́сле 则用来表示在一定的 时间之后：Я приду́ *по́сле* двух часо́в.[我在两点钟之后来。]这句话跟 Я приду́ *че́рез* два часа́.[我过两个钟头来。]不同。
4）原因：	*Из-за* дождя́[由于下雨],*из-за* шу́ма[由于吵闹];*от* жары́[由 于热],*от* волне́ния[由于激动],*от* оби́ды[由于委屈];*с* похва́л [由于称赞],*с* ра́дости[由于快乐],*со* зло́сти[由于怀恨](第二 格);*по* рассе́янности[由于疏忽],*по* глу́пости[由于愚笨],*по* боле́зни[由于疾病](第三格);*из* ре́вности[由于嫉妒],*из* любви́ [由于爱](第二格)。 注：1. 在说明外来的原因时通常用下列的前置词：1）из-за(*Из-за* дождя́ не состоя́лась экску́рсия.[游览因雨而没有举行。]*Из-за* шу́ма не мог засну́ть.[由于吵闹而睡不着。]*Из-за* тебя́ у меня́ неприя́тности.[我为你而烦恼。]);2）от（Всё вы́сохло *от* со́лнца. [一切都由于太阳而干燥了。]Я заболе́л *от* потрясе́ния.[我由于震动 而病了。]Растрепа́лись во́лосы *от* ве́тра.[头发因风而散乱了。]*От* жары́ разболе́лась голова́.[由于热而头痛。]);3）с（*С* похва́л вскружи́лась голова́.[由于称赞而头晕。]У меня́ *с* похме́лья голова́ боли́т.[我由于酒醉而头痛。]）。 有时候一种前置词可以用另一种前置词来代替,例如：*От* похва́л вскружи́лась голова́.(*от* 代替 *с*);*От* шу́ма не мог засну́ть.(*от* 代替 *из-за*) 2. 在说明主辞[субъе́кт]本身所引起的原因时通常可用前置词 по。 （Сде́лал э́то *по* рассе́янности, *по* небре́жности, *по* глу́пости, *по* невнима́тельности.[由于疏忽,由于不小心,由于愚笨,由于大意而作 了这个。]）此外,更可用在下列的语句里：Пропусти́л заня́тия *по* боле́зни, *по* уважи́тельной причи́не.[由于生病,由于正当理由而缺 课。]Причи́на 只能与前置词 по 连用而成 *по причи́не*[由于……缘故]。 3. 在说明由于主辞的某种感情、体验、情况时,通常用下列的前置

（续表）

	词：1）из(*из* ре́вности［由于嫉妒］,*из* любви́［由于爱］,*из* ве́жливости［由于客气］);（2）с(*с* ра́дости［由于快乐］,*с* го́ря［由于悲哀］,*со* стра́ху［由于恐惧］));3）от (*от* го́ря［由于悲哀］,*от* оби́ды［由于委屈］,*от* возмуще́ния［由于愤慨］。*От* волне́ния не мог говори́ть.［由于激动而说不出话来。］) 注意：前置词 из 作原因解用得比较少。
5）目的：	Бо́ремся *за* ми́р.［我们为和平而奋斗。］Голосу́ем *за* кандида́тов КПК.［我们投中国共产党候选人的票。］Выступа́ем *за* его́ предложе́ние.［我们赞成他的建议。］（第四格） Идём *за* кни́гами, *за* пи́сьмами. 我们去拿书,去拿信。（第五格）

§15. 常用动词之后的用格表
［Спи́сок ча́сто употребля́ющихся глаго́лов с указа́нием падежа́ по́сле них］

表 31

1	благодари́ть［感谢］ ………………	кого́	что?	(4)
2	боя́ться［害怕］	кого́?	чего́?	(2)
3	владе́ть, овладе́ть［拥有］ ………	кем?	чем?	(5)
4	восхища́ться［钦佩,赞美］ ………	кем?	чем?	(5)
5	вспомина́ть［回忆］ ……………	кого́?	что?	(4)
6	встреча́ть［遇见］ ……………	кого́?	что?	(4)
7	горди́ться［骄傲］ ……………	кем?	чем?	(5)
8	добива́ться［获得］ ……………	кого́?	чего́?	(2)
9	дорожи́ть［珍重］ ……………	кем?	чем?	(5)
10	достига́ть［达到］ ……………		чего́?	(2)
11	жа́ждать［渴望］ ……………		чего́?	(2)
12	жела́ть［愿意］ ……………		чего́?	(2)
13	же́ртвовать［牺牲］ ……………	кем?	чем?	(5)
14	заболе́ть［患病］ ……………		чем?	(5)
15	заве́довать［管理］ ……………		чем?	(5)
16	зави́довать［羡慕］ ……………	кому́?	чему́?	(3)

（续表）

17	занима́ться[从事] ·················	кем?	чем?	(5)
18	заража́ть[传染] ···················		чем?	(5)
19	злоупотребля́ть[滥用] ···········		чем?	(5)
20	избега́ть 避免 ····················	кого́?	чего́?	(2)
21	изумля́ться[惊奇] ·················	кому́?	чему́?	(3)
22	интересова́ться[感兴趣] ·········	кем?	чем?	(5)
23	каза́ться[看来像] ·················	кем?	чем?	(5)
24	каса́ться[牵涉] ···················	кого́?	чего́?	(2)
25	кля́сться[立誓] ···················		чем?	(5)
26	кома́ндовать[指挥] ···············	кем?	чем?	(5)
27	лиша́ться[丧失] ···················	кого́?	чего́?	(2)
28	меша́ть（препя́тствовать）[妨碍]········	кому́?	чему́?	(3)
29	называ́ться[叫做] ·················	кем?	чем?	(5)
30	облада́ть[拥有] ···················		чем?	(5)
31	отста́ивать[保卫] ·················	кого́?	что?	(4)
32	подража́ть[摹仿] ·················	кому́?	чему́?	(3)
33	по́льзоваться[享有] ···············		чем?	(5)
34	посвяща́ть[贡献] ·················	кому́?	чему́?	(3)
35	пренебрега́ть[蔑视] ··············	кем?	чем?	(5)
36	преодолева́ть[克服] ··············		что?	(4)
37	препя́тствовать[妨碍] ············	кому́?	чему́?	(3)
38	проти́виться[反对] ················	кому́?	чему́?	(3)
39	пуга́ться[害怕] ···················	кого́?	чего́?	(2)
40	ра́доваться[快乐] ·················	кому́?	чему́?	(3)
41	руководи́ть[领导] ·················	кем?	чем?	(5)
42	сочу́вствовать[同情] ··············	кому́?	чему́?	(3)
43	станови́ться（ста́ть）[成为] ········	кем?	чем?	(5)
44	стесня́ться[害羞] ·················	кого́?	чего́?	(2)
45	стыди́ться[怕羞] ··················	кого́?	чего́?	(2)
46	тре́бовать[要求] ··················	кого́?	чего́?	(2)
47	увлека́ться[迷恋] ·················	кем?	чем?	(5)
48	уделя́ть внима́ние[注意] ···········	кому́?	чему́?	(3)

（续表）

49	удивля́ться[惊奇] ……………	кому?	чему?	(3)
50	управля́ть[管理] ……………	кем?	чем?	(5)
51	хвали́ться[夸张] ……………	кем?	чем?	(5)
52	хоте́ть[要] ……………………		чего?	(2)
53	явля́ться[是] ………………	кем?	чем?	(5)

§16. 与前置词 на, в 连用的动词
[Глаго́лы, тре́бующие предло́гов на, в]

前置词并不含有空间的意义[предло́ги не вно́сят простра́нственных значе́ний]

表 32

动词 + на + 第四格名词（或代词）	
1. *Влия́ть*[影响]*на кого? на что?* *Повлия́ть на кого? на что?* *Ока́зывать влия́ние на кого? на что?*	(*на това́рища* [同志]，*на аудито́рию*[听众]，*на здоро́вье* [健康]，*на настрое́ние*[情绪])
2. *Возлага́ть отве́тственность*[把责任交给]*на кого?* *Возложи́ть отве́тственность на кого?* *Возлага́ть наде́жды*[寄希望于]*на кого? на что?* *Возложи́ть наде́жды на кого? на что?*	(*на руководи́теля*[领导者]) (*на молодёжь*[青年])
3. *Ворча́ть*[唠叨]*на кого?* *Поворча́ть на кого?*	
4. *Дари́ть на па́мять.*[赠作纪念。]	(Брат *подари́л мне на па́мять кни́гу.*[哥哥赠我一本书作纪念。])
5. *Жа́ловаться*[控诉, 诉苦]*на кого? на что?* *Пожа́ловаться на кого? на что?*	(*на челове́ка*[控诉一个人]，*на боль*[诉说病痛之苦]，*на непра́вильные де́йствия*[控诉不正当的行为])

（续表）

6. *Клеветáть*[诽谤] на когó? *Наклеветáть* на когó?	（但在 *оклеветáть*[诽谤]之后 不用 на，而成 *оклеветáть когó*?）
7. *Кричáть*[吆喝] на когó? *Накричáть* на когó?	
8. *Надéяться*[希望] на когó? на что? *Понадéяться* на когó? на что?	（ *на товáрища*［同志］, *на* *пóмощь*［帮助］, *на успéх*［成 功］, *на улучшéние*［改善］）
9. *Обращáть внимáние*[注意] на когó? на что? *Обратúть внимáние* на когó? на что?	
10. *Опирáться*［依靠］на когó? на что? *Оперéться* на когó? на что?	（ *на мáссы*［群众］, *на фáкты* ［事实］）
11. *Покушáться*[侵害]，[谋害] на когó? на что? *Сдéлать покушéние* на когó? на что?	（ *на человéка*［谋害一个人］, *на* *жизнь*［谋害生命］）
12. *Полагáться*［依赖］на когó? на что? *Положúться* на когó? на что?	（ *на товáрища*［同志］, *на* *погóду*［天气］）
13. *Посягáть*［侵犯］на что? *Посягнýть* на что?	（ *на правá*［权利］, *на чужóе* *имýщество*［别人的财产］）
14. *Походúть*［像］на когó? на что? *Быть похóжим* на когó? на что?	（ *на отцá*［像父亲］, *на сестрý* ［像姊姊］, *это ни на что не* *похóже.*［这什么也不像。］）
15. *Производúть впечатлéние*[使……产生印象] на когó? *Произвестú впечатлéние* на когó?	（ *на слýшателей*［听众］, *на* *зрúтелей*［观众］, *на* *аудитóрию*［听众］）
16. *Решáться*［决定］на что? *Решúться* на что?	（ *на разговóр*［谈话］, *на* *поéздку*［旅行］）
17. *Рассчúтывать*［巴望］на когó? на что? （注：Рассчúтывать 作巴望解时，没有完成式。完成式 рассчитáть 具有别种意义，在应用时没有前置词 на：Я плóхо рассчитáл своё врéмя.［我对自己的时间计算不正确。］）	（ *на поддéржку*［支援］, *на* *хорóший зáработок*［丰厚的薪金］, *на свобóдное врéмя*［空闲的时间］）
18. *Соглашáться*［同意］на что? *Согласúться* на что? （注：还可用 соглашáться, согласúться——с кем? с чем?）	（ *на рабóту*［工作］, *на определён-* *ные услóвия*［一定的条件］。）
19. *Сердúться*［生气］на когó? на что?	（ *на брáта*［兄弟］, *на* *товáрища*［同志］）

(续表)

动词 + на + 第六格名词(或代词)	
1. *Игра́ть*[演奏,玩] на чём?	(*на скри́пке*[提琴], *на рояле* [钢琴],但有时在 игра́ть 之后用 в 和第四格: *игра́ть в ку́клы.*[玩洋娃娃。]*в ша́хматы*[奕象棋], *в футбо́л* [踢足球])
2. *Наста́ивать*[坚持] на чём? *Настоя́ть* на чём?	(*на реше́нии*[决议], *на вы́езде* [出发], *на своём*[自己的意见])
3. *Осно́вываться*[根据] на чём? (注:Осно́вываться 作"根据"解时,没有完成式。)	(*на прове́ренных да́нных*[可靠的资料], *на фа́ктах*[事实])

动词 + в + 第四格名词(或代词)		
		附　注
1. *Ве́рить*[相信, 信仰] в кого́? во что?	(*в него́*[他], *в неё*[她]; *в побе́ду*[胜利], *в бу́дущее*[未来], *в свои́ си́лы*[自己的力量])	另种意义: *ве́рить* [信任] кому́? (*това́рищу*[同志], *врачу́*[医生]等)。但在 уве́рен[相信] 之后用 в чём? (уве́рен в нём[相信他], в побе́де [相信胜利]。)
2. *Игра́ть*[玩] во что?	(*в ша́хматы*[象棋], *в мяч* [皮球], *в футбо́л*[足球])	
3. *Обраща́ться*[变为] во что? *Обрати́ться* во что?	„Облачко *обрати́лось* в бе́лую ту́чу."[一小朵云片变成为一大块白云。] Он весь *обрати́лся* в слух. [他聚精会神地听着。]	*Обрати́ться* в бе́гство. [逃跑]。
4. *Превраща́ться*[变成] в кого́? во что? *Преврати́ться* в кого́? во что?	Сове́тский Сою́з *преврати́лся* в могу́чую индустриа́льную держа́ву. [苏联变成了一个强大的工业国。]	

(续表)

动词 + в + 第六格名词(或代词)		
1. *Нужда́ться*[需要] в чём?	(*в по́мощи*[帮助], *в под-де́ржке*[支持], *в ухо́де*[照顾], *в са́мом необходи́мом*[最需要的东西].)	
2. *Одержа́ть побе́ду*[取得胜利]в чём?	(*в борьбе́*[在斗争中], *в спо́ре*[在争论中], *в соревнова́нии*[在竞赛中].)	
3. *Отдава́ть (себе́) отчёт*[自豪] в чём?	(*в свои́х посту́пках*[自己的行为], *в свои́х слова́х*[自己的话].)	
4. *Отчи́тываться*[报告] в чём? *Отчита́ться* в чём?	(*в свое́й рабо́те*[自己的工作], *в расхо́дах*[支出], *в выполне́нии пла́на*[计划的执行].)	
5. *Разочаро́вываться* в ком? в чём? [(对谁,对什么)失望] *Разочарова́ться* в ком? в чём?	(*в челове́ке*[对人], *в рабо́те*[对工作], *в наде́ждах*[对希望], *в жи́зни*[对生活], *в дру́ге*[对朋友].)	但在 Очаро́вываться [迷惑] 之后却用 чем. *Очаро́вываться* чем? *Очарова́ться* чем?
6. *Соревнова́ться*[竞赛] в чём?	(*в рабо́те*[工作], *в игре́*[游戏], *в бе́ге*[赛跑], *в прыжка́х*[跳远,跳高].)	
7. *Сомнева́ться*[怀疑] в чём?	(*в зна́ниях*[知识], *в спосо́бностях*[能力], *в че́стности челове́ка*[人的诚实].)	
8. *Упрека́ть*[非难] в чём? *Упрекну́ть* в чём?	(*в бесхозя́йственности*[浪费现象], *в отста́лости*[落后], *в жа́дности*[贪婪].)	
9. *Убежда́ться*[相信] в чём? *Убеди́ться* в чём?	(*в необходи́мости*[必要性], *в неизбе́жности*[无可避免性], *в правоте́ де́ла*[事情的正确性].)	
10. *Уча́ствовать*[参加] в чём?	(*в вы́борах*[选举], *в голосова́нии*[投票], *в рабо́те*[工作].)	特殊用语: *принима́ть уча́стие в ком?*[帮助谁,协助谁.]

第三章 形 容 词

[ПРИЛАГАТЕЛЬНОЕ]

§17. 形容词概说
[Кра́ткие замеча́ния о прилага́тельном]

1. 形容词在句子中可以用作定语[определе́ние]，也可以用作谓语[сказу́емое]。形容词必须在性、数、格方面跟名词一致，例如：Я взял в библиоте́ке *интере́сную кни́гу.*[我在图书馆里借了一本有趣的书。]

2. 俄文形容词分两类：а）性质形容词[ка́чественное прилага́тельное]——例如：кра́сный[红色的]，большо́й[大的]，краси́вый[美丽的]；б）关系形容词[относи́тельное прилага́тельное]——例如：деревя́нный[木的]，желе́зный[铁的]；отцо́вский[父亲的]，се́стрин[姊妹的]；у́тренний[早晨的]，апре́льский[四月的]。

3. 俄文性质形容词分全尾[по́лные прилага́тельные]和短尾[кра́ткие прилага́тельные]两种形式。全尾形容词如 *краси́вый ма́льчик*[漂亮的男孩子]，*краси́вая де́вочка*[漂亮的女孩子]，*краси́вое дитя́*[漂亮的孩子]；

短尾形容词如 мáльчик *красúв*[男孩子是漂亮的]，дéвочка *красúва*[女孩子是漂亮的]，дитя́ *красúво*[孩子是漂亮的。]

4. 全尾形容词通常用作定语，但也可用作谓语。用作定语的如：*Слáвное мéсто э́та долúна!*[这个盆地是一个可爱的地方!]，用作谓语的如：Сегóдня день *я́сный*, *тúхий!*[今天晴朗、无风!]短尾形容词多用作谓语，例如：Как вóздух *чист!*[空气多清洁!]Как *я́сен* небосклóн![地平线多清楚!]

5. 作定语用的形容词通常在名词之前（*Прекрáсное апрéльское сóлнце* сúльно грéло.[美丽的四月的太阳强烈地闪耀着。]）；作谓语用的形容词通常在名词之后（Шоссé бы́ло *сýхо.*[公路是干的。]）。

6. 短尾形容词在现代俄文里只有以-ов,-ин 为词尾、并表示属性的方才变格（отцóв[父亲的]，бáбушкин[祖母的]，Вáнин[Вáня 的]），不过它们的变格跟全尾形容词的方式不同（请参看表39）。短尾形容词各格的形式只有在古俄文里可以遇到。

7. 全尾形容词有时可变为名词，例如：*Больнóй* пошёл к дóктору.[病人跑去看医生。]有一部分形容词已经完全变成名词，例如：рабóчий[工人]，портнóй[裁缝]，столóвая[餐室]；这些形容词并不按性变化，但却照形容词的方式变格。

§18. 全尾形容词的变格
[Склонéние пóлных прилагáтельных]

全尾形容词依其变格的方法可以分为三种：

Ⅰ. 词尾为-ЫЙ(-ОЙ,-ИЙ)-АЯ,-ОЕ,-ЫЕ(-ИЕ)

Ⅱ. 词尾为-ИЙ,-ЯЯ(-АЯ),-ЕЕ,-ИЕ

Ⅲ. 词尾为-ИЙ,-ЬЯ,-ЬЕ,-ЬИ

A. 三种全尾形容词的举例 [Три ви́да по́лных прилага́тельных]

表 33

	单　　数			复数
	阳性	阴性	中性	
Ⅰ. a）普通重音不在词尾的：-ЫЙ, -АЯ,-ОЕ,-ЫЕ	кра́сный[红色的]	кра́сная	кра́сное	кра́сные
	ста́рый[老的]	ста́рая	ста́рое	ста́рые
	краси́вый[美丽的]	краси́вая	краси́вое	краси́вые
	суро́вый[严厉的]	суро́вая	суро́вое	суро́вые
б）重音在词尾的：-ОЙ,-АЯ,-ОЕ, -ЫЕ	молодо́й[年轻的]	молода́я	молодо́е	молоды́е
	большо́й[大的]	больша́я	большо́е	больши́е
	сухо́й[干的]	суха́я	сухо́е	сухи́е
	больно́й[有病的]	больна́я	больно́е	больны́е
	плохо́й[坏的]	плоха́я	плохо́е	плохи́е
в）词尾前有 Г, К,Х, 而重音不在词尾的： -ИЙ, -АЯ,-ОЕ,-ЫЕ	стро́гий[严格的]	стро́гая	стро́гое	стро́гие
	высо́кий[高的]	высо́кая	высо́кое	высо́кие
	коро́ткий[短的]	коро́ткая	коро́ткое	коро́ткие
	ти́хий[平静的]	ти́хая	ти́хое	ти́хие
Ⅱ. a）普通的：-ИЙ, -ЯЯ,-ЕЕ,-ИЕ	ле́тний[夏季的]	ле́тняя	ле́тнее	ле́тние
	у́тренний[早晨的]	у́тренняя	у́треннее	у́тренние
	вече́рний[晚上的]	вече́рняя	вече́рнее	вече́рние
	си́ний[青色的]	си́няя	си́нее	си́ние
	сре́дний[中等的]	сре́дняя	сре́днее	сре́дние
б）词尾前有 Ж, Ч,Ш,Щ,而重音不在词尾的：-ИЙ, -АЯ,-ЕЕ,-ИЕ	похо́жий[相似的]	похо́жая	похо́жее	похо́жие
	горя́чий[热的]	горя́чая	горя́чее	горя́чие
	хоро́ший[好的]	хоро́шая	хоро́шее	хоро́шие

（续表）

	单　数			复数
	阳性	阴性	中性	
Ⅲ. 词尾中有 ь 而表示属性的:-ИЙ,-ЬЯ,-ЬЕ,-ЬИ	во́лчий[狼的] ли́сий[狐狸的] медве́жий[熊的] поме́щичий[地主的] бы́чий[公牛的] ры́бий[鱼的]	во́лчья ли́сья медве́жья поме́щичья бы́чья ры́бья	во́лчье ли́сье медве́жье поме́щичье бы́чье ры́бье	во́лчьи ли́сьи медве́жьи поме́щичьи бы́чьи ры́бьи

Б. 第一种形容词的变格　　[Склоне́ние по́лных прилага́тельных пе́рвого ви́да]

表 34

格	a) 普通重音不在词尾的: -ЫЙ,-АЯ,-ОЕ,-ЫЕ			
	单　数			复数
	阳性	阴性	中性	
第一格	кра́сный[红色的]	кра́сная	кра́сное	кра́сные
第二格	кра́сного	кра́сной	кра́сного	кра́сных
第三格	кра́сному	кра́сной	кра́сному	кра́сным
第四格	{ кра́сный кра́сного	кра́сную	кра́сное	{ кра́сные кра́сных
第五格	кра́сным	кра́сной(ою)	кра́сным	кра́сными
第六格	кра́сном	кра́сной	кра́сном	кра́сных

注：1) 形容词阳性和中性的第二格，以及阳性的第四格词尾 го 读作 во，例如 кра́сного 读作 кра́сново。

2) 单数阳性和复数的第四格有二种形式：一种与第一格相同，另一种与第二格相同；当形容词之后的名词为有生物时，形容词的第四格与第二格相同；当形容词之后的名词为无生物时，形容词的第四格与第一格相同。

（续表）

	单 数			复数
格	6）重音在词尾的：-ОЙ，-АЯ，-ОЕ，-ЫЕ			
	阳性	阴性	中性	
第一格	молодóй[年轻的]	молодáя	молодóе	молодые
第二格	молодóго	молодóй	молодóго	молодых
第三格	молодóму	молодóй	молодóму	молодым
第四格	⎰молодóй ⎱молодóго	молодýю	молодóе	⎰молодые ⎱молодых
第五格	молодым	молодóй（óю）	молодым	молодыми
第六格	молодóм	молодóй	молодóм	молодых

	单 数			复数
格	в）词尾前有 Г，К，Х，而重音不在词尾的：-ИЙ，-АЯ，-ОЕ，-ЫЕ			
	阳性	阴性	中性	
第一格	высóкий[高的]	высóкая	высóкое	высóкие
第二格	высóкого	высóкой	высóкого	высóких
第三格	высóкому	высóкой	высóкому	высóким
第四格	⎰высóкий ⎱высóкого	высóкую	высóкое	⎰высóкие ⎱высóких
第五格	высóким	высóкой（ою）	высóким	высóкими
第六格	высóком	высóкой	высóком	высóких

注：如词尾前有 г，к，х 时，则在 г，к，х 之后 ы 由 и 来代替。

B. 第二种形容词的变格　[Склонéние пóлных прилагáтельных вторóго вúда]

表35

	单 数			复数
格	а）普通的：-ИЙ，-ЯЯ，-ЕЕ，-ИЕ			
	阳性	阴性	中性	
第一格	лéтний[夏季的]	лéтняя	лéтнее	лéтние

（续表）

格	单 数			复数
	阳性	阴性	中性	
第二格	ле́тнего	ле́тней	ле́тнего	ле́тних
第三格	ле́тнему	ле́тней	ле́тнему	ле́тним
第四格	{ ле́тний { ле́тнего	ле́тнюю	ле́тнее	{ ле́тние { ле́тних
第五格	ле́тним	ле́тней（-ею）	ле́тним	ле́тними
第六格	ле́тнем	ле́тней	ле́тнем	ле́тних

6）词尾前有 Ж,Ч,Ш,Щ,而重音不在词尾的：-ИЙ,-АЯ,-ЕЕ,-ИЕ

格	单 数			复数
	阳性	阴性	中性	
第一格	похо́жий［相似的］	похо́жая	похо́жее	похо́жие
第二格	похо́жего	похо́жей	похо́жего	похо́жих
第三格	похо́жему	похо́жей	похо́жему	похо́жим
第四格	{ похо́жий { похо́жего	похо́жую	похо́жее	{ похо́жие { похо́жих
第五格	похо́жим	похо́жей（-ею）	похо́жим	похо́жими
第六格	похо́жем	похо́жей	похо́жем	похо́жих

Г. 第三种形容词的变格 ［Склоне́ние по́лных прилага́тельных тре́тьего ви́да］

表 36

词尾中有 Ь 而表示属性的：-ИЙ,-ЬЯ,ЬЕ,-ЬИ				
格	单 数			复数
	阳性	阴性	中性	
第一格	во́лчий［狼的］	во́лчья	во́лчье	во́лчьи
第二格	во́лчьего	во́лчьей	во́лчьего	во́лчьих
第三格	во́лчьему	во́лчьей	во́лчьему	во́лчьим

（续表）

格	单　数			复数
	阳性	阴性	中性	
第四格	{во́лчий во́лчьего	во́лчью	во́лчье	{во́лчьи во́лчьих
第五格	во́лчьим	во́лчьей(ею)	во́лчьим	во́лчьими
第六格	во́лчьем	во́лчьей	во́лчьем	во́лчьих

§19. 短尾形容词
[Кра́ткие прилага́тельные]

A. 短尾性质形容词举例　[Кра́ткие прилага́тельные ка́чественные]

表37

全尾形容词		短尾形容词			
单数	复数(三性共)	单数			复数(三性共)
阳性		阳性			
ста́рый[老的] споко́йный[安静的] больно́й[有病的] плохо́й[坏的] коро́ткий[短的] могу́чий[强大的]	ста́рые	стар споко́ен бо́лен плох коро́ток могу́ч	无 词 尾		стары́
阴性	споко́йные	阴性			споко́йны
ста́рая споко́йная больна́я плоха́я коро́ткая могу́чая	больны́е плохи́е	стара́ споко́йна больна́ плоха́ коротка́ могу́ча	-а	больны́ пло́хи	-ы -и

(续表)

全尾形容词		短尾形容词		
单数	复数(三性共)	单数	复数(三性共)	
中性		中性		
стáрое		старó		
спокóйное	корóткие	спокóйно	корóткú	
больнóе		больнó	-o	
плохóе		плóхо		
корóткое	могýчие	кóротко	могýчи	
могýчее		могýче	-e	

注：1. 性质形容词［кáчественные прилагáтельные］有全尾与短尾两种形式（стáрый，стар）。关系形容词［относи́тельные прилагáтельные］只有全尾一种（деревя́нный，вóлчий）。

2. 短尾形容词只应用于由硬子音或啸音子音结尾的形容词（широ́к，могýч，хорóш），极少应用由软子音结尾的形容词（синь，си́ня，си́не，си́ни）。

3. 形容词全尾前面有二个子音并列（或一个子音与ь并列，或一个子音与й并列）时，其短尾单数阳性有时在此二个子音（或一个子音与ь并列，或一个子音与й并列）之间插入-e-或-o-（больнóй — бóлен；спокóйный — спокóен；интерéсный — интерéсен；корóткий — корóток）。

Б. 短尾性质形容词的应用 ［Употреблéние крáткого кáчественного прилагáтельного］

表38

1. 短尾形容词在现代文学语里只用作谓语。 在复合谓语［составнóе сказýемое］里连系辞［свя́зка］（был，бýдет，будь，бы́л бы）应用在过去时，将来时，命令式和假定式里；现在时的连系辞（есть）是不用的。	Докла́д интерéсен［报告是有趣的］；докла́д был интерéсен；докла́д бýдет интерéсен；докла́д был бы интерéсен. „Весна́, весна́! Как вóздух чист! Как я́сен небосклóн！［春天，春天！空气多干净！地平线多清楚！］（巴拉端斯基） „Хорóши лéтние тумáнные дни."［夏天有雾的日子真好。］（屠格涅夫） „Уж и впря́мь была́ цари́ца： Высока́, стройна́, бела́, И умóм и всéм взяла́; Но затó гордá, ломли́ва, Своенрáва и ревни́ва... "

（续表）

	[的确曾经有过一位女皇： 又高，又苗条，又洁白 聪明智慧什么都有； 但因此却骄傲，做作， 顽固任性，容易嫉妒……]（普希金） „... Оно́ Со́ку спе́лого полно́, Так *свежо́* и так *души́сто*, Так *румя́но*, *золоти́сто*, Бу́дто мёдом налило́сь! " [……它（苹果）充满成熟的液汁， 那么新鲜，那么芳香， 那么红喷喷，黄澄澄， 仿佛里面充满了蜜汁！]（普希金） 注：短尾形容词 *согла́сен*[同意]，*рад*[高兴]，*до́лжен*[应该]没有意义完全相同的全尾形容词。 常用的客气语：*Будь добр, будь добра́, бу́дьте до́бры*（或 *добры́*，— *Бу́дьте до́бры, переда́йте това́рищу кни́гу*. [费神把书转交给同志。]）；*будь любе́зен, будь любе́зна, бу́дьме любе́зны*，（*Бу́дьме так любе́зны, позвони́те мне по телефо́ну*. [劳驾您打一个电话给我。]）。
2. 在现代俄语里短尾形容词并不用作定语[опреде-ле́ние]；只有在民歌、历史诗、诗歌和少数特殊用语里例外。	*Кра́сно со́лнышко* [鲜艳的太阳]，*кра́сну со́лнышку*；[*кра́сна де́вица* [漂亮的姑娘]，*кра́сну де́вццу*；*удал* до́брый мо́лодец [勇敢善良的英雄]，*удалу́ до́бру мо́лодцу*. „Пти́чка в да́льние стра́ны В тёплый край, *за си́не мо́ре* Улета́ет до весны́. " [小鸟飞到遥远的国度，飞到温暖的地方， 飞过蓝色的海洋，直到春天……]（普希金） „У воро́т стоя́т у тесо́вых *Кра́сны де́вушки* да молоду́шки. " [在薄板钉成的门旁站着漂亮的姑娘和新妇。]（莱蒙托夫）

（续表）

	„Не встреча́ет его́ *молода́ жена́*, Не накры́т дубо́вый стол бе́лой ска́тертью. “ ［年轻的妻子没有迎接他， 橡木的桌子没有铺上白台布。］（莱蒙托夫） „Госуда́рь ты мой, *кра́сно со́лнышко*, Иль убе́й меня́, и́ли вы́слушай. “ ［你，我的皇上，光明的太阳， 你不是把我杀死，就是听我的谏言。］（莱蒙托夫） „Я скажу́ вам, бра́тцы любе́зные, Что *лиха́ беда́* со мно́ю приключи́лася ... “ ［我告诉你们，可亲的弟兄们， 我遭了重大的灾殃啦……］（莱蒙托夫） 特殊用语：*По бе́лу све́ту*［天下］ *От ма́ла до вели́ка*［老老少少］ *На бо́су но́гу*［赤脚］

B. 表示属性的短尾形容词的变格 ［Склоне́ние прилага́тельных на -ин, -ов, обознача́ющих принадле́жность］

表 39

	a) 词尾为-ин 的			
格	单 数			复数
	阳性	阴性	中性	
第一格	Ма́шин［Ма́ша 的］	Ма́шина	Ма́шино	Ма́шины
第二格	Ма́шина	Ма́шиной	Ма́шина	Ма́шиных
第三格	Ма́шину	Ма́шиной	Ма́шину	Ма́шиным
第四格	｛Ма́шин Ма́шина	Ма́шину	Ма́шино	｛Ма́шины Ма́шиных
第五格	Ма́шиным	Ма́шиной	Ма́шиным	Ма́шиными
第六格	Ма́шином	Ма́шиной	Ма́шином	Ма́шиных

(续表)

格	6) 词尾为-ов 的			
	单 数			复数
	阳性	阴性	中性	
第一格	отцо́в [父亲的]	отцо́ва	отцо́во	отцо́вы
第二格	отцо́ва	отцо́вой	отцо́ва	отцо́вых
第三格	отцо́ву	отцо́вой	отцо́ву	отцо́вым
第四格	отцо́в отцо́ва	отцо́ву	отцо́во	отцо́вы отцо́вых
第五格	отцо́вым	отцо́вой	отцо́вым	отцо́выми
第六格	отцо́вом	отцо́вой	отцо́вом	отцо́вых

注:1. 在现代俄文里,短尾形容词只有以-ин,-ов 为词尾并表示属性的方才变格。这种短尾形容词大多由人名形成:Ма́шин [Ма́ша 的], Ва́нин [Ва́ня 的], Са́шин [Са́ша 的]等。

2. 这种短尾形容词有些格照形容词的方式变格,有些格照名词的方式变格(好像以-ов,-ин 结尾的姓)。

3. 这种短尾形容词用名词词尾的各格计有:阳性和中性的单数第一格、第二格和第三格(Ма́шин брат, Ма́шино письмо́, Ма́шина брата, Ма́шину бра́ту; отцо́в брат, отцо́во письмо́, отцо́ва брата, отцо́ву бра́ту);阴性的单数第一格和第四格(Ма́шина сестра́, Ма́шину сестру́; отцо́ва сестра́, отцо́ву сестру́);复数的第一格和第四格(与第一格相同的)(Ма́шины пи́сьма, отцо́вы кни́гн)。

其余各格都用形容词词尾(Мы говори́м о Ма́шино. м бра́те, о Ма́шиной сестре́ 等)。

§20. 形容词与名词的一致
[Согласова́ние прилага́тельного с существи́тельным]

表 40

格	单 数		复数
	阳性与中性	阴性	
第一格	*Сове́тский Сою́з*[苏维埃联盟。] *Сове́тское прави́тельство*[苏维埃政府。]	*Могу́чая индустриа́льная держа́ва.* [强大的工业国。]	*Вы́росли мо́щные индустриа́льные гига́нты в разли́чных райо́нах Сове́тского Сою́за.*[在苏联的各种地区里出现了庞大的工业企业。]

(续表)

	单　数		复数
	阳性与中性	阴性	
第二格	Шко́ла воспи́тывает молоды́х специали́стов в ду́хе *пла́менного сове́тского патриоти́зма.* [学校本着热烈的苏维埃爱国主义的精神培养青年专家。]	Из рядо́в *сове́тской молодёжи* вы́росли кру́пные учёные. [从苏维埃青年群中成长卓越的学者。]	Одии́м из са́мых замеча́тельных успе́хов явля́ется созда́ние огро́мной а́рмии *сове́тских специали́стов.* [建立一支苏维埃专家的大军是最杰出的成就之一。]
第三格	По *но́вому, социалисти́ческому пути́* пошло́ разви́тие се́льского хозя́йства. [农业的发展沿着新的社会主义的道路进行。]	Молоды́е специали́сты разъезжа́ются по всей на́шей *необъя́тной стране́.* [青年专家分散在我们整个广大无垠的国家。]	Широ́кие возмо́жности даны́ *молоды́м сове́тским специали́стам.* [广大的机会提供给青年苏联专家们。]
第四格	В *сла́вное вре́мя* живёт на́ша мололёжь! [我们的青年生活在一个美好的时代！]	Молоды́е специали́сты дви́гают вперёд *сове́тскую нау́ку и те́хнику,* развива́ют *сове́тскую культу́ру.* [青年专家推进苏维埃的科学和技术，发展苏维埃的文化。]	Патриоти́ческий долг молодёжи — идти́ в пе́рвых ряда́х за *но́вые побе́ды коммуни́зма.* [青年的爱国责任是走在争取共产主义新胜利的前列。]
第五格	Пе́ред *молоды́м сове́тским специали́стом* широко́ откры́та доро́га к свобо́дному труду́ и тво́рчеству. [在苏联青年专家面前广阔地打开了通向自由劳动和创作的道路。]	Со *стра́стной большеви́стской насто́йчивостью* молодёжь начала́ револю́цио́нный похо́д в нау́ку. [青年怀着热烈的布尔什维克的毅力开始向科学作革命的进军。]	Сове́тская вы́сшая шко́ла вооружи́ла специали́стов *глубо́кими специа́льными зна́ниями.* [苏联的高等学校用高深的专门知识来武装专家。]

（续表）

		单　　数		复数
		阳性与中性	阴性	
第六格		*О социалисти́ческом строи́тельстве* мы слага́ем пе́сни.［我们编关于社会主义建设的歌。］	Па́сынками в свое́й *со́бственной стране́* чу́вствовали себя́ молоды́е специали́сты до револю́ции.［革命之前青年专家在自己的国家里觉得自己好像是在做养子。］	Парти́йные и комсомо́льские организа́ции проявля́ют осо́бую забо́ту о *молоды́х специали́стах*.［党和青年团组织对青年专家表现深切的关心。］

注：1. 形容词在性、数与格上总是与有关的名词一致的。形容词在复数时不分性。

　2. 只有在数词 два, три, четы́ре + 形容词 + 名词的句式中，形容词与名词不一致，例如：два кра́сных карандаша́［二支红铅笔］, четы́ре ма́леньких ма́льчика［四个男孩子］, три молоды́х де́рева（三棵小树）。

§ 21. 形容词的三级 [Стéпени сравнéния прилагáтельных]

表 41

原来级 全尾形容词	短尾形容词	比较级 接尾部	比较级	注	最高级	最高级 接尾部	最高级 接头部 наи-	最高级 接头部 самый
красивый[美丽的]	красив	-ее	красивее	在词干不改变的场合用-ее	красивейший			самый красивый
красный[红色的]	красен		краснее		краснейший			самый красный
добрый[善良的]	добр		добрее		добрейший			самый добрый
тенистый[多阴的]	тенист		тенистее					самый тенистый
старый[老的]	стар		старее		старейший (член общества[会员])			самый старый
высокий[高的]	высок	-е	выше		высочайший	-ейш- -айш- -ш-		самый высокий
низкий[低的]	низок		ниже	с—ш(除去接尾部-ок)	высший(совет[苏维埃]) низший			самый низкий
узкий[狭的]	узок		уже	з—ж				самый узкий
тихий[静的]	тих		тише	х—ш				самый тихий
сухой[干的]	сух		суше					самый сухой
крепкий[坚固的]	крепок		крепче	к—ч 在词干改变的场合用-е	крепчайший			самый крепкий
громкий[高声的]	громок		громче	г—ж				самый громкий
дорогой[亲爱的]	дорог		дороже					самый дорогой
крутой[陡峻的]	крут		круче	д—ж				самый крутой
молодой[年轻的]	молод		моложе					самый молодой
густой[浓厚的]	густ		гуще	ст—щ	густейший			самый густой
простой[简单的]	прост		проще		простейший			самый простой
толстый[肥胖的]	толст		толще					самый толстый
хороший[好的]	хорош		лучше		лучший		наилучший	самый хороший
плохой[坏的]	плох		хуже	特种形成方式	худший		наихудший	самый плохой
								самый худший
большой[大的]	велик		больше		величайший (учёный[学者], гений[天才])			самый большой
великий[伟大的]								самый великий
маленький[小的]	мал		меньше					самый маленький
малый[小的]								

§22. 比较级与最高级的形成和应用
[Образова́ние и употребле́ние сравни́тельной и превосхо́дной сте́пени]

1. 只有性质形容词可以形成比较级和最高级。
2. 比较级和最高级由形容词的词干形成。
3. 比较级不变格,而最高级则像普通全尾形容词一样变格。

比较级
[Сравни́тельная сте́пень]

1. 比较级的形成[Образова́ние сравни́тельной сте́пени]

形容词的比较级通常用接尾部-ee(ста́рый — старе́е); 当形容词词干的子音改变时, 比较级的接尾部用-e (сухо́й — су́ше; дорого́й — доро́же)。

一部分形容词不能用含有接尾部-ee 或-e 的比较级。它们的比较级就由形容词的原来级之前另加一个 бо́лее 或 ме́нее 而成 (бо́лее го́рький, ме́нее го́рький)。一切性质形容词都可以用这种方式来形成比较级。

2. 比较级的应用[Употребле́ние сравни́тельной сте́пени]

像 сильне́е, вы́ше 这一类比较级在性、数和格上完全不改变,并且常常用作谓语的一部分(Э́тот дом *краси́вее.* [这座房子漂亮些。] Э́та ко́мната *бо́льше.* [这个房间大一些。])。比较级在句子中还可以用作定语。(Он получи́л ко́мнату *бо́льше мое́й.* [他得到了一个比我大的房间。])。

3．比较级与格的用法［Употребле́ние падежа́ при сравни́тельной сте́пени］

假使在句子中比较两种东西而没有连接词 чем，那么被比较的那个名词用第二格（Москва́ бо́льше *Ленингра́да*.［莫斯科比列宁格勒大。］）；但在有连接词 чем 时，用第一格（Москва́ бо́льше, чем *Ленцнгра́д*. ）。

假使形容词的比较级由 бо́лее 或 ме́нее 形成，那么，在句子中必须用连接词 чем（Это бо́лее краси́вый дом, *чем тот*.［这是比那座更漂亮的房子。］）

最高级
［Превосхо́дная сте́пень］

1．最高级的形成［Образова́ние превосхо́дной сте́пени］

最高级的形成有三种方式：

а）在啸音子音（ж,ч,ш,щ）之后加接尾部-айш-（высоча́йший），在其他场合用-ейш-（краси́вейший）；

б）加接头部 наи-（наилу́чший, наиху́дший）；

в）在形容词原来级和最高级之前加一代词 са́мый（са́мый краси́вый, са́мый лу́чший）。

2．最高级的应用［Употребле́ние превосхо́дной сте́цени］

а）形容词加 са́мый 而形成的最高级是最常用的一种（са́мый краси́вый, са́мый лу́чший）。任何性质形容词都可以用这种方式来形成最高级。

б）只有少数形容词用由接尾部-ейш-, -айш-形成的最高级（важне́йший вопро́с на́шей совреме́нности［我们现代最重要的问题］，

старе́йший член о́бщества[最老的会员]，широча́йшие наро́дные ма́ссы[最广大的人民群众]）。

в）加接头部 наи-而形成的最高级在现代口语里难得遇到，这种形式（наилу́чший，наикраси́вейший）通常用来表示品质达到极顶的程度。

г）一部分形容词绝对不能用接尾部-ейш-，-айш-和接头部 наи-来形成最高级。

д）Лу́чший，ху́дший，ни́зший 等词在现代俄语里可以用作比较级，也可以用作最高级。例如：Ивано́в — *лу́чший учени́к в кла́ссе.*［伊凡诺夫是一级里最好的学生。］（最高级）；Ивано́в — *лу́чший учени́к, чем Петро́в.*［伊凡诺夫是比彼得罗夫更好的学生。］（比较级）。Они́ живу́т в *лу́чших усло́виях, чем ра́ньше.*［他们生活在比从前更好的环境里。］（比较级）。在从前，加接尾部-ейш-，-айш-，-ш-的形容词可以作为最高级，也可以作为比较级。

注：1. 在某些场合最高级失去自己原来的意义，例如：дальне́йшая рабо́та［以后的工作］，в ближа́йшем вре́мени［在不久的将来］。

2. 某些形容词具有二种形式不同的最高级，二者的用法也并不完全相同。例如：высо́кий［高］的二种最高级为высоча́йший 与вы́сший；высоча́йший 通常用来形容具体东西的高度（высоча́йшее де́рево［最高的一棵树］），вы́сший 则用来形容事物或职位的重要（вы́сший сове́т［最高苏维埃］，вы́сшая сте́пень［最高级］）。

第四章 代 词

[МЕСТОИМЕНИЕ]

§23. 代词概说

[Кра́ткие замеча́ния о местоиме́нии]

1. 代词的作用有三种：a) 代替名词，б) 代替形容词，в) 代替数词，举例如下：

a) 代替代词——По у́лице бы́стро мча́лся *автомоби́ль*. На углу́ *он* поверну́л нале́во. [一辆汽车在街上疾驰，它在街角向左转弯。] 这里代词 он 代替名词 автомоби́ль。

б) 代替形容词——Над ла́герем пронёсся *стра́шный* урага́н. *Тако́й* урага́н мо́жет быть то́лько в гора́х. [营幕上空吹过可怕的飓风。这样的飓风只有山上才可能有。] 这里代词 тако́й 代替形容词 стра́шный。

в) 代替数词——В девя́том кла́ссе *три́дцать* ученико́в. *Сто́лько* же ученико́в и в деся́том кла́ссе. [在九年级里有三十个男学生。在十年级里也有这么些男学生。] 这里代词 сто́лько 代替数词 три́дцать。

2. 俄文代词一部分按性别变化,另外一部分并不按性别变化。

不按性别变化的代词计有:第一位和第二位的人称代词(я,ты),指己代词себя,疑问代词кто? что?,关系代词 кто, что,以及由 кто,что 组成的不定代词和否定代词(кто́-то, что́-то, кто́-нибудь, что́-нибудь, не́кто, не́что, никто́, ничто́ 等)。

3. 跟人称代词 я,ты 有关的词(形容词、形动词、代词、数词和过去式动词)的性别,按照 я,ты 所代表的名词的实际性别决定。例如:Я сказа́л, я сказа́ла; со мной пе́рвым, со мной пе́рвой; обрати́лись к тебе́ самому́, к тебе́ само́й。

4. 疑问代词 кто?,以及由 кто 组成的不定代词和否定代词,不论代表的是男性或女性,一律当作阳性看待(Кто прие́хал? [谁来了?]Кто-то пришёл. [有人来了。]可以指男性或女性。)

5. 疑问代词 что? 以及由 что 组成的不定代词和否定代词,一律当作中性看待,例如:Что́-то виднёлось вдали́. [在远方看到有一件东西。]Что дви́галось по доро́ге? [什么在路上移动?]

6. 根据性别改变的代词,在句子中可以用作形容语,也可以用作谓语(与形容词相同)。

§24. 代词的种类
[Разря́ды местоиме́ний]

代词按其意义可分为下列九种:

1. 人称代词[ли́чные местоиме́ния]:第一位:я,мы,第二位:ты,вы,第三位:он,она́,оно́,они́。

2. 指己代词[возврáтное местоимéние]：指己代词 себя 用来代替人称代词（除第一格之外），当主词的动作对自己而发生时，себя 可以应用在所有三个不同的位上，例如：

а) Я недооцени́л *себя*.［我对（我）自己估计不足。］这里指己代词 *себя* 用来代替人称代词 *меня*。

б) Ты недооцени́л *себя*.［你对（你）自己估计不足。］这里指己代词 *себя* 用来代替人称代词 *тебя*。

в) Он недооцени́л *себя*.［他对自己估计不足。］这里指己代词 *себя* 用来代替人称代词 *его*。

3. 物主代词[притяжáтельные местоимéния]：мой，твой，наш，ваш，свой。物主代词用来表示属性：мой，наш——第一位；твой，ваш——第二位；его，её，их——第三位。物主代词 свой［自己的］可以应用在所有三个不同的位上，例如：

а) Я взял *свой* каранда́ш.［我拿了（我）自己的铅笔。］

б) Ты взял *свой* каранда́ш.［你拿了（你）自己的铅笔。］

в) Он взял *свой* каранда́ш.［他拿了（他）自己的铅笔。］

Брат взял *свой* каранда́ш.［兄弟拿了（他）自己的铅笔。］

4. 指示代词[указáтельные местоимéния]：э́тот［这个］，тот［那个］，такóй［这样的］，стóлько［这么些］。指示代词 э́тот（э́та，э́то，э́ти）通常指近的东西，тот（та，то，те）指远的东西，такóй（такáя，такóе，таки́е）指性质，стóлько 指数量。

5. 形容代词[определи́тельные местоимéния]：весь［整个］，цéлый［整个］，вся́кий［一切］，любóй［任何一个］，сам［自己］，сáмый［同一的］，инóй［另外一个］。

6. 疑问代词［вопроси́тельные местоиме́ния］: кто?［谁?］что? ［什么?］какóй?［怎样的?］котóрый?［第几?］чей?［谁的?］скóлько? ［多少?］

7. 关系代词［относи́тельные местоиме́ния］: 与疑问代词相同, 不过并不用来表示疑问, 而是用来连接句子。例如: *Кто о себé кричи́т всем безумóлку, в том, вéрно, мáло тóлку.*［谁无休止地向一切人吹嘘自己, 那个人大概没有什么道理。］(克雷洛夫)

8. 否定代词［отрица́тельные местоиме́ния］: никтó［谁也不］, ничтó ［什么也不］, никакóй［无论怎样的……也不］, ничéй［无论谁的……也不］, нéкого［没有谁］, нéчего［没有什么］。否定代词是由疑问代词加上小品词［части́цы］ни、не 而形成, 它的用处是表示否定(*Никтó* не приходи́л.［谁也没有来过。］*Нéчего бы́ло дéлать.*［没有什么要做。］)。

9. 不定代词［неопределённые местоиме́ния］:

а) нéкто［某人］, нéчто［某物, 某事］, нéкоторый［某一个］, нéкий ［某一个］, нéсколько［几个］;

б) ктó-то［某人］, чтó-то［某物, 某事］, чéй-то［某人的］, какóй-то ［某种］;

в) ктó-либо［任何人］, чтó-либо［无论什么］, чéй-либо［无论谁的］, какóй-либо［无论怎样的］, котóрый-либо［无论第几个］;

г) ктó-нибудь［任何人］, чтó-нибудь［无论什么］, чéй-нибудь［无论谁的］, какóй-нибудь［无论怎样的］, котóрый-нибудь［无论第几个］;

д) кóе-ктó［某人］, кóе-что［某些事物］, кóе-какóй［某个］。

不定代词是由疑问代词加上小品词 не-, -то, -ли́бо, -нибудь 或 кóе- 而形成, 它的用处是代表不定的对象［предмéт］或征象［при́знак］。

§25. 代词的变格与应用
[Склоне́ние и употребле́ние местоиме́ний]

A. 人称代词的变格　[Склоне́ние ли́чных местоиме́ний]

表 42

单　数					
格	第一位	第二位	第三位		
			阳性	中性	阴性
第一格	я[我]	ты[你]	он[他]	оно́[它]	она́[她]
第二格	меня́	тебя́	его́(у него́)	его́(у него́)	её(у неё)
第三格	мне	тебе́	ему́(к нему́)	ему́(к нему́)	ей(к ней)
第四格	меня́	тебя́	его́(на него́)	его́(на него́)	её(на неё)
第五格	мно́й(-о́ю)	тобо́й(-о́ю)	им(с ним)	им(с ним)	ей,е́ю(с ней, с не́ю)
第六格	обо мне́	о тебе́	о нём	о нём	о ней

复　数			
	第一位	第二位	第三位
第一格	мы[我们]	вы[你们,您]	они́[他们,它们,她们]
第二格	нас	вас	их(у них)
第三格	нам	вам	им(к ним)
第四格	нас	вас	их(на них)
第五格	на́ми	ва́ми	и́ми(с ни́ми)
第六格	о нас	о вас	о них

　　注: 1. 人称代词 он, она́, оно́, они́ 除第一格之外,在与前置词连用时,词首必须加一"н"(Я пошёл *к нему*. [我上他的地方去。] Я наде́юсь *на неё*. [我寄希望于她。])。但物主代词 его́, её, их 即使在前置词之后也不加 н(Я пошёл *к его сестре́*. [我上他妹妹那儿去。])。
　　2. 代词 вы 有两种意义: a) ты[你]的复数——你们,б) ты 的客气形式——您。

Б. 指己代词的变格与应用 [Склонéние и употреблéние возврáтного местоимéния]

表43

格	单数与复数	举 例
第一格	没有	
第二格	себя	Я нашёл у себя на столé запúску. [我在自己的桌上找到了字条。]
第三格	себé	Я купúл себé кнúгу. [我给自己买了一本书。]
第四格	себя	Онá винúла себя. [她责备自己。]
第五格	собóй(-ою)	Захватú с собóй докумéнты. [把文件随身带去。]
第六格	о себé	Онú перестáли дýмать о себé. [他们不再为自己考虑。]

注:指己代词 себя 的变格与 ты 的变格相同,不过 себя 没有第一格。

В. 物主代词的变格 [Склонéние притяжáтельных местоимéний]

表44

格	单 数			复 数
	阳性	中性	阴性	三性共
第一格	наш[我们的]	нáше	нáша	нáши
第二格	нáшего		нáшей	нáших
第三格	нáшему		нáшей	нáшим
第四格	{ наш / нáшего }	нáше	нáшу	{ нáши / нáших }
第五格	нáшим		нáшей	нáшими
第六格	о нáшем		о нáшей	о нáших

格	单 数			复 数
	阳性	中性	阴性	三性共
第一格	мой[我的]	моё	моя	мои
第二格	моегó		моéй	моúх
第三格	моемý		моéй	моúм
第四格	{ мой / моегó }	моё	мою	{ мои / моúх }
第五格	моúм		моéй	моúми
第六格	о моём		о моéй	о моúх

注:1) твой, свой 的变格法与 мой 相同。
2) ваш 的变格法与 наш 相同。

Г. 物主代词 свой 的应用　[Употребле́ние притяжа́тельного местоиме́ния свой]

表 45

Я конча́ю		[我做完(我)自己的工作。]	物主代词 *свой* 用来表示对象是属于行为的人物；在这种意义时只用第二——第六各格。请注意以下二句的差别：
Ты конча́ешь		[你做完(你)自己的工作。]	1）„Поручи́ ему́ посла́ть телегра́мму *своему́ бра́ту*.
Он конча́ет	*свою́* рабо́ту.	[他做完(他)自己的工作。]	"[你叫他去发一通电报给他自己的兄弟。]2）„Поручи́ ему́
Она́ конча́ет		[她做完(她)自己的工作。]	посла́ть телегра́мму *твоему́ бра́ту*. "[你叫他去发一通电
Мы конча́ем		[我们做完(我们)自己的工作。]	报给你的兄弟。]
Вы конча́ете		[你们做完(你们)自己的工作。]	*свой* 的第一格具有另外一种意义：Э́то *свой* челове́к.［这是
Они́ конча́ют		[他们做完(他们)自己的工作。]	自家人。]

Д. 物主代词 его́, её, их 的应用　[Употребле́ние притяжа́тельных местоиме́ний его́, её, их]

表 46

Я зна́ю *его́* бра́та, *его́* бра́тьев, *её* бра́та, *её* бра́тьев, *их* бра́та, *их* бра́тьев. [我认识他的兄弟，他的兄弟们，她的兄弟，她的兄弟们，他们的兄弟，他们的兄弟们。]	物主代词 *его́, её, их* 并不按格和数而改变，并且在前置词之后不加 н。
Я пошёл к *его́* бра́ту, к *его́* бра́тьям, к *её* бра́ту, к *её* бра́тьям, к *их* бра́ту, к *их* бра́тьям. [我上他的兄弟那儿去，他的兄弟们那儿去，她的兄弟那儿去，她的兄弟们那儿去，他们的兄弟那儿去，他们的兄弟们那儿去。]	Я был у *его́ бра́та*. [我在他的兄弟那儿。]（这里前置词 у 只跟名词 *бра́та* 发生关系：был у *бра́та*,
Я встре́тился с *его́* бра́том, с *его́* бра́тьями, с *её* бра́том, с *её* бра́тьями, с *их* бра́том, с *их* бра́тьями. [我遇到他的兄弟，他的兄弟们，她的兄弟，她的兄弟们，他们的兄弟，他们的兄弟们。]	был у *его́ бра́та*.） 人称代词 его́, её, их 等在前置词之后
Я говори́л о *его́* бра́те, о *его́* бра́тьях, о *её* бра́те, о *её* бра́тьях, об *их* бра́те, об *их* бра́тьях. [我谈到他的兄弟，他的兄弟们，她的兄弟，她的兄弟们，他们的兄弟，他们的兄弟们。]	就必须加 н。Я был у *него́*. [我在他那儿。]

E. 指示代词的变格 [Склонéние указáтельных местоимéний]

表47

ЭТОТ

格	单数			复数
	阳性	阴性	中性	三性共
第一格	э́тот[这个]	э́та	э́то	э́ти
第二格	э́того	э́той	э́того	э́тих
第三格	э́тому	э́той	э́тому	э́тим
第四格	{ э́тот / э́того }	э́ту	э́то	{ э́ти / э́тих }
第五格	э́тим	э́той(-ою)	э́тим	э́тими
第六格	э́том	э́той	э́том	э́тих

СЕЙ

格	单数			复数
	阳性	阴性	中性	三性共
第一格	сей[这个]	сия	сиé	сий
第二格	сего́	сей(сéю)	сегó	сих
第三格	семý	сей	семý	сим
第四格	{ сей / сего́ }	сию́	сиé	{ сий / сих }
第五格	сим	сих	сим	сѝми
第六格	сем(сём)	сих	сем(сём)	сих

ТОТ

格	单数			复数
	阳性	阴性	中性	三性共
第一格	тот[那个]	та	то	те
第二格	того́	той	тогó	тех
第三格	томý	той	томý	тем
第四格	{ тот / того́ }	ту	то	{ те / тех }
第五格	тем	той(тóю)	тем	тéми
第六格	том	той	том	тех

СТОЛЬКО

格	不分数，不分性
第一格	стóлько[这么些]
第二格	стóльких
第三格	стóльким
第四格	{ стóлько / стóльких }
第五格	стóлькими
第六格	стóльких

注

1) 在第一格 стóлько 之后名词用复数第二格，在其他各格之后，像形容词一样必须跟名词一致(стóлько брáтьев, стóлько столóв, стóльким столáм...)。

2) скóлько, нéсколько 的变格法与 стóлько 相同。

Ж. 形容代词的变格　[Склоне́ние определи́тельных местоиме́ний]

表 48

	Сам[自己]			Са́мый[同样的]		
	单数		复数三性共	单数		复数三性共
	阳性与中性	阴性		阳性与中性	阴性	
第一格	сам, само́	сама́	са́ми	самый, са́мое	са́мая	са́мые
第二格	самого́	само́й	сами́х	са́мого	са́мой	са́мых
第三格	самому́	само́й	сами́м	са́мому	са́мой	са́мым
第四格	{ сам / самого́ } само́	само́ё	{ са́ми / сами́х }	{ са́мый / са́мого } са́мое	са́мую	{ са́мые / са́мых }
第五格	сами́м	само́й	сами́ми	са́мым	са́мой	са́мыми
第六格	(о)само́м	(о)само́й	(о)сами́х	(о)са́мом	(о)са́мой	(о)са́мых

注：1）сам 与 са́мый 两词单数的某几格词形完全相同，不过重音不同，сам 的重音差不多都在词尾，而 са́мый 的重音则大都在词首。

2）тот же са́мый, та же са́мая 等的变格法是把 тот, та, то, те 与 са́мый, са́мая, са́мое, са́мые 各自按照本身的变格法同时实行变格（тому́ же са́мому, той же са́мой 等）。

	Весь[整个]		
格	单数		复数三性共
	阳性与中性	阴性	
第一格	весь　　　всё	вся	все
第二格	всего́	всей	всех
第三格	всему́	всей	всем
第四格	{ весь / всего́ } всё	всю	{ все / всех }
第五格	всем	всей(-е́ю)	все́ми
第六格	обо всём	обо всей	обо всех

注：形容代词 це́лый[整个], вся́кий[一切], любо́й[任何一个], ино́й[另外一个]的变格法与同种词尾的形容词的变格法一样。

3. 形容代词 сам 与 са́мый 的应用　［**Употребле́ние определи́тельных местоиме́ний сам и са́мый**］

表49

		单数		复数
		阳性(与中性)	阴性	
		сам	*сама́*	*са́ми*
第一格		он пришёл *сам*［他自己来了。］	она́ пришла́ *сама́*	они́ пришли́ *са́ми*
第二格	Ещё нет	его́ *самого́*［他自己还没有来。］	её *само́й*	их *сами́х*
		самого́ руководи́теля［领导者自己还没有来。］	*само́й* руководи́тельницы	*сами́х* руководи́телей
第三格	Я переда́л письмо́	ему́ *самому́*［我把信交给他自己。］	ей *само́й*	им *сами́м*
		самому́ руководи́телю［我把信交给领导者自己。］	*само́й* руководи́тельнице	*само́й* руководи́телям
第四格	Я ви́дел	его́ *самого́*［我看到他自己。］	её *само́е*	их *сами́х*
		самого́ руководи́теля［我看到领导者自己。］	*само́е* руководи́тельницу	*сами́х* руководи́телей
第五格	Я говори́л	с ним *сами́м*［我跟他自己谈话。］	с ней *само́й*	с ни́ми *сами́ми*
		с *сами́м* руководи́телем［我跟领导者自己谈话。］	с *само́й* руководи́тельницей	с *сами́ми* руководи́телями
第六格	Мы говори́ли	о нём *само́м*［我们谈起他本人。］	о ней *само́й*	о них *сами́х*
		о *само́м* руководи́теле［我们谈起领导者本人。］	о *само́й* руководи́тельнице	о *сами́х* руководи́телях

(续表)

		单数		复数
		阳性(与中性)	阴性	
		cа́мый, *cа́мое*	*cа́мая*	*cа́мые*
第一格	Э́то	*cа́мый лу́чший учени́к* [这是最优秀的学生] *cа́мое* интере́сное зада́ние [这是一项最有趣的任务。]	*cа́мая лу́чшая* учени́ца	*cа́мые лу́чшие* ученики́
第二格	Cего́дня нет	*cа́мого лу́чшего ученика́* [今天最优秀的学生没有来。]	*cа́мой лу́чшей* учени́цы	*cа́мых лу́чших* ученико́в
第三格	Мы да́ли пре́мию	*cа́мому лу́чшему* ученику́ [我们把奖金赠给最优秀的学生。]	*cа́мой лу́чшей* учени́це	*cа́мым лу́чшим* ученика́м
第四格	Мы премирова́ли	*cа́мого лу́чшего* ученика́ [我们奖赏最优秀的学生。]	*cа́мую лу́чшую* учени́цу	*cа́мых лу́чших* ученико́в
	Я получи́л	*cа́мое* интере́сное зада́ние [我接到了一项最有趣的任务。]		*cа́мые* интере́сные зада́ния
第五格	Мы бесе́довали	с *cа́мым лу́чшим* ученико́м [我们跟最优秀的学生谈话。]	с *cа́мой лу́чшей* учени́цей	с *cа́мыми лу́чшими* ученика́ми
第六格	Мы говори́ли	о *cа́мом лу́чшем* ученике́ [我们谈起最优秀的学生。]	о *cа́мой лу́чшей* учени́це	о *cа́мых лу́чших* ученика́х

И. 代词 кто，что，никто́，ничто́，не́кого，не́чего 的变格 ［Склоне́ние местоиме́ний кто，что，никто́，ничто́，не́кого，не́чего］

表 50

第一格	кто	что	никто́	ничто́	—	—
第二格	кого́	чего́	никого́	ничего́	не́кого	не́чего
第三格	кому́	чему́	никому́	ничему́	не́кому	не́чему
第四格	кого́	что	никого́	ничто́	не́кого	не́чего
第五格	кем	чем	нике́м	ниче́м	не́кем	не́чем
第六格	о ко́м	о чём	ни о ко́м	ни о чём	не́ о ком	не́ о чём

К. 代词 чей 的变格 ［Склоне́ние местоиме́ния чей］

表 51

格	单数		复数
	阳性与中性	阴性	（三性共）
第一格	чей[谁的] чьё	чья	чьи
第二格	чьего́	чьей	чьих
第三格	чьему́	чьей	чьим
第四格	｛ чей / чьего́ ｝ чьё	чью	｛ чьи / чьих ｝
第五格	чьим	чьей(-е́ю)	чьи́ми
第六格	о чьём	о чьей	о чьих

　　注：代词 чей，чья，чьё，чьи，ниче́й，ничья́，ничьё，ничьи́ 的变格与形容词 во́лчий，во́лчья，во́лчье，во́лчьи 相同。

Л. 代词 кой 和 некий 的变格 ［Склонéние местоимéний кой и нéкий］

表 52

	кой[哪个]			нéкий[某一个]		
	单数		复数 （三性共）	单数		复数 （三性共）
	阳性与中性	阴性		阳性与中性	阴性	
第一格	кой кóе	кóя	кóи	нéкий нéкое	нéкая	нéкии
第二格	кóего	кóей	кóих	нéкоего	нéкоей （нéкой）	нéкоих （нéких）
第三格	кóему	кóей	кóим	нéкоему	нéкоей （нéкой）	нéкоим （нéким）
第四格	⎰кой ⎱кóего кóе	кóю	⎰кóи ⎱кóих	⎰нéкий ⎱нéкоего нéкое	нéкую	同1或2
第五格	кóим	кóей （кóею）	кóими	нéкоим （нéким）	нéкоей（ею） （нéкой（ею））	нéкоими （нéкими）
第六格	о кóем	о кóей	о кóих	о нéкоем	о нéкоей （нéкой）	о нéкоих （нéких）

М. 否定代词与不定代词的变格 ［Склонéние отрицáтельных и неопределённых местоимéний］

1. 否定代词 никтó, ничтó, нéкого, нéчего 的变格与 кто, что 相同, 可参看表50。

2. 否定代词 никакóй 的变格与 какóй 相同, 而 какóй 的变格则与普通词尾为-óй 的形容词相同。

3. 否定代词 ничéй 的变格与 чей 相同, 可参看表51。

4. 不定代词 нéкто, нéчто, нéкоторый, нéсколько; ктó-то, чтó-то, чéй-то, какóй-то; ктó-либо, чтó-либо, чéй-либо, какóй-либо, котóрый-либо; ктó-нибудь, чтó-нибудь, чéй-нибудь, какóй-нибудь, котóрый-

нибудь；кóе-кто，кóе-что，кóе-какóй 的变格只变其代词的一部分，附加的小品词 не-，-то，-лѝбо，-нибýдь，кое-不变。

5. 否定代词和不定代词中的 кóе-кто，кóе-что 跟前置词连用时，前置词必须插在小品词之后：ни к комý，кóе к комý，ни с кем，ни у когó。

H. 否定代词与不定代词的应用 ［Употреблéние отрицáтельных и неопределённых местоимéний］

表 53

I. 否定代词［отрицáтельные местоимéния］		
нéкого	第二格 нéкого：只与前置词连用。 Мне *нé у кого* бы́ло попросѝть объяснéния.［我没有人可以请求解释（没有人可给我作解释）。］ У негó нет блѝзких，емý *нé от кого* получáть пѝсьма.［他没有亲人，他没有任何人的信可以收到（没有人会寄信给他）。］ В выходнóй день все студéнты ушлѝ и пóвару бы́ло *нé для кого* готóвить обéд.［放假那天所有的学生都走了，厨师不用为什么人做饭。］ 第三格 нéкому： Ей *нéкому* бы́ло рассказáть про э́тот слýчай.［关于这件事她没有人可以讲。］ Емý *нéкому* рассказáть о своём тяжёлом положéнии.［关于自己的艰苦处境，他没有人可以诉说。］ Все мои друзья́ живýт в э́том гóроде，мне *нéкому* посылáть пѝсьма.［我所有的朋友都住在本市，我没有什么人的信可寄。］ „И скýчно，и грýстно，и *нéкому* рýку подáть в минýту душéвной невзгóды.“［我寂寞，我悲伤，我没有一个人可以在心灵苦痛的时刻向他求助。］（莱蒙托夫） *нé к кому*： У меня́ нет друзéй в Пекѝне，мне *нé к кому* пойтѝ в гóсти.［在北京我没有朋友，我没有地方去做客。］	否定代词 нéкого 没有第一格，不定代词 нéкто 只用第一格，这两个词是完全没有关系的。

（续表）

	Дóктор совéтовал мне пожи́ть в дерéвне, но мне *нé к кому* туда́ поéхать.［医生劝我在乡下住一时,但是那边我没有谁那里可以去。］ 第四格 *нéкого*： Когда́ я заболéл, мне *нéкого* бы́ло посла́ть за дóктором.［当我生病时,我没有人可以差去请医生。］ Я не понима́ю э́того слóва и мне *нéкого* спроси́ть.［我不明白这个词的意思,而我又没有人可问。］ 第五格 *нéкем*： Ма́стер сегóдня не пришёл и егó *нéкем* бы́ло замени́ть.［工长今天没有来,也没有人可以代替他。］ *нé с кем*： Мне *нé с кем* бы́ло посовéтоваться, как реши́ть э́тот вопрóс.［我没有人可以商量怎样解决这个问题。］ Ей бы́ло ску́чно, так как *нé с кем* бы́ло поигра́ть в ша́хматы.［她感到寂寞,因为没有人跟她下象棋。］ Секретаря́ нé было в райкóме и приéхавшему *нé с кем* бы́ло говори́ть по дéлу.［书记不在区委,来人没有人可以谈事情。］ *нé за кем*： В дерéвне нé было дóктора и *нé за кем* бы́ло посла́ть, когда́ заболéл мой друг.［乡下没有医生,当我的朋友生病时,就没有人可请。］ *нé о ком*： У неё нет детéй и ей *нé о ком* забóтиться.［她没有孩子,她没有人要照顾。］ У негó дóма нет роди́телей, поэ́тому ему́ *нé о ком* беспокóиться.［他家里没有父母,所以他没有人要记挂。］	
нéчего	第二格 *нéчего*（只与前置词连用）： Здорóвому человéку *нé для чегó* принима́ть лека́рство.［健康人用不着服药。］ Этот вопрóс ужé решён, нам *нé для чегó* бóльше говори́ть о нём.［这个问题已经决定了,我们毋需再去谈它。］ У учени́цы нé было учéбника и ей *нé с чего* было	否定代词 нéчего 没有第一格,不定代词 нéчто 只用第一格和第四格,这两个词也不能混错。

переписа́ть упражне́ние.［女学生没有教科书，她没有书可以抄写练习。］ 第三格 *не́чему*： *Не́чему* удивля́ться, что они́ хорошо́ зна́ют ру́сский язы́к.［他们精通俄语是不足为奇的。］ *не́ к чему*： *Не́ к чему* туда́ идти́, там никого́ нет.［用不到上那儿去，那边一个人也没有。］ Вам *не́ к чему* учи́ть слова́, кото́рые ещё не объясни́л преподава́тель.［你们用不到去学那些教员还没有解释过的词。］ 第四格 *не́чего*： Это о́чень про́сто, *не́чего* до́лго ду́мать об э́том.［这个很简单，没有什么值得长久地去想它的。］ Мне *не́чего* вам бо́льше сказа́ть, я всё уже́ сказа́л.［我没有什么再要对您说的了，我已经全都说过了。］ 第五格 *не́чем*： Бе́дным лю́дям *не́чем* накорми́ть свои́х дете́й.［穷人没有东西喂自己的孩子。］ Мне *не́чем* писа́ть, у меня́ нет ни ру́чки, ни карандаша́.［我没有东西可写，我既没有钢笔，又没有铅笔。］ *не́ с чем*： У меня́ нет ни дождевика́, ни зо́нтика и *не́ с чем* бы́ло вы́йти во вре́мя дождя́ на у́лицу.［我既没有雨衣，又没有雨伞，在雨天到街上去没有东西（雨具）可带。］ Когда́ нет де́нег, то *не́ с чем* идти́ в универма́г.［没有钱的时候就只好空手到百货公司去。］ 第六格 *не́ о чём*： У нас нет ничего́ но́вого, мне *не́ о чём* вам писа́ть.［我们这儿毫无新闻，我没有什么可以写信告诉您的。］ Вам *не́ о чём* беспоко́иться, всё бу́дет на лад.［您用不到着急，一切都会上轨道的。］ *не́ в чём*： У нас нет ва́нны и нам *не́ в чём* купа́ться.［我们没有澡盆，我们没有东西洗澡。］	Не́ для чего́ 在意义上等于 не ну́жно.

(续表)

	У ни́щего нет жили́ща и ему́ *не в чём* жить.［乞丐没有住所,他没有地方居住。］	
	не на чём:	
	Мы ещё не купи́ли крова́тей и нам пока́ *не на чём* спать.［我们还没有买床,我们暂时没有地方睡觉。］	
	У нас нет бума́ги и нам *не на чём* писа́ть.［我们没有纸,我们没有东西可以写字。］	否定代词
никто́	*Никто́* не зна́ет того́ челове́ка.［谁也不认识那个人。］	никто́ 的意义
	Никого́ нет до́ма.［家里一个人也没有。］	是 ни оди́и
	Эту кни́гу я *никому́* не дам.［这本书我谁也不给。］	(челове́к),后
	Об э́том де́ле она́ *ни с кем* не говори́ла.［关于这件事她跟谁也没有讲过。］	面必定有 нет 或 не。
	Он *ни о ком* не спра́шивал.［他谁也没有问起。］	Ничто́ 之后
ничто́	*Ничто́* не тро́гало его́.［什么东西也不曾感动他。］	也要跟 не 或
	„Из *ничего́* не вы́йдет *ничего́*.“［谚:无中不能生有。］	нет。这个词的第四格是不
	Я *ничего́* не име́ю про́тив.［我完全不反对。］	用的。
	Он *ничему́* не удивля́ется.［他对什么也不感惊奇。］	
	Сего́дня он *ничем* не за́нят.［他今天没有事。］	
	Лежи́ споко́йно и *ни о чём* не ду́май.［静静地躺着,什么也不要想。］	
никако́й	*Никако́й* до́ктор здесь не помо́жет.［这里不论怎样的医生都没有办法。］	
никака́я	У больно́го уже́ нет *никако́й* наде́жды.［病人已经没有任何希望。］	
никако́е		
никаки́е	„Про́тив отца́ у меня́ *не́* было *никако́го* дурно́го чу́вства.“［我不曾有过任何反对父亲的坏感情。］(屠格涅夫)	
	Пе́ред на́ми нет *никаки́х* затрудне́ний.［我们面前没有任何困难。］	
ниче́й	*Ниче́й* сове́т мне не ну́жен.［不论谁的劝告我都不需要。］	
ничья́		
ничьё	Эта земля́ ме́жду око́пами была́ *ничья́*.［这块战壕之间的土地是不属于任何人的。］	
ничьи́	Тре́тья па́ртия была́ *ничья́*.［第三盘不分胜败。］	

(续表)

	Ничьё вмеша́тельство не могло́ уже́ спасти́ положе́ние. [任何人的干涉已经不能挽救局势。] Бро́шенное во вре́мя отступле́ния иму́щество бы́ло *ничьё*. [在撤退时所抛下的财物是不属于任何人的。] *Ничьи́* хло́поты не могли́ измени́ть реше́ния суда́. [不论什么人的奔走都不能改变法庭的决定。] В пусто́м по́рту кача́лись *ничьи́* кора́бли. [几条没有人的船在空空的港里摇荡。]	
II. 不定代词[неопределённые местоиме́ния]		
не́кто	Подошёл *не́кто* в ке́пке. [走拢来一个戴便帽的人。] „Жил *не́кто*, челове́к безро́дный, одино́кий. “[住着一个人,一个无亲无故的、孤独的人。](克雷洛夫)	Не́кто 的意义是 не́кий челове́к,这个词只用第一格。
не́что	„На плеча́х у него́ висе́ло *не́что*, напомина́вшее собо́ю пиджа́к. “ [他的肩上挂着一样好像上衣的东西。](高尔基)	Не́что 的意义等于 что-то,这个词只用第一格和第四格。
не́который не́которая не́которое не́которые	„Она́ *не́которое* вре́мя не поднима́ла глаз. “[她不抬起眼睛来有一会工夫。](屠格涅夫) *Не́которые* дере́вья засо́хли. [有一部分树干枯了。] *Не́котрые* лю́ди боя́тся грозы́. [有些人怕雷雨。] О *не́которых* лю́дях говоря́т хорошо́, а о други́х пло́хо. [关于有些人说得好,关于另外一些人说得坏。]	复数 не́которые 用得最多。
не́кий не́кая не́кое не́кие	„Ра́ньше, обы́чно, рабо́чие са́ми шли на заво́ды, на фа́брики, — был, ста́ло быть, *не́кий* самотёк в э́том де́ле. “[从前,工人照例都是自动跑到工厂里来,所以当时在这件事情上是有过某种自流性。](斯大林) „Поро́ю мне каза́лось, что погружа́юсь в *не́кую* глубину́. “[有时我觉得我在沉入某个深渊里去。](高尔基)	
не́сколько	*Не́сколько* солда́т врага́ бы́ло уби́то. [几个敌兵被打死了。] Артилле́рия откры́ла ого́нь по *не́скольким* гру́ппам врага́. [炮兵向几群敌人开火。]	Не́сколько 还可以用作副词。

（续表）

	Oнá прошептáла *нéсколько* невня́тных слов. [她低声地说了几个含糊不清的字句。]	附有小品词 -то 的代词（ктó-то, чтó-то, чéй-то, какóй-то）用在知道有人或事物存在, 但不知道究竟是何人、何事、何物的场合。
	Разбóйник был пóйман *нéсколькими* милиционéрами. [强盗被几个民警捉住了。]	
	О *нéскольких* герóях, котóрые защити́ли селó, жи́тели дóлго пóмнили. [居民们长久地记着几个守卫村落的英雄。]	
ктó-то	*Ктó-то* удари́л меня́ по спинé. [有人在我的背上打了一下。]	
	„*Ктó-то* увéренным движéнием толкну́л кали́тку.“ [有人用很有把握的动作推开了木栅门。]（巴夫连柯）	
	В э́той кóмнате *ктó-то* кури́л. [这个房间有人吸过烟。]	
	Там *ктó-то* пришёл. [那里有人来了。]	
	Я у *когó-то* ви́дел э́ту кни́гу. [我在不知什么人的地方看到过这本书。]	例如：Там ктó-то пришёл. 句子的意思是知道那里确实有人来了, 但却不知道来的究竟是什么人。
	Онá *комý-то* подари́ла свою́ ру́чку. [她把自己的钢笔送给不知什么人了。]	
	Я ви́дел товáрища: он стоя́л и с *кéм-то* разговáривал. [我看到同志: 他站着在跟人家谈话。]	
	Когдá я вошёл в кóмнату, они́ о *кóм-то* разговáривали. [当我走进房间里去的时候, 他们正在谈论一个（我所不知道的）人。]	
чтó-то	„*Чтó-то* вдруг мéлькнуло... шóрох... ти́ше.“ [不知什么东西忽然闪过……沙沙声……静些了。]（普希金）	
	„У меня́ есть *чтó-то* рáдостное, что я разберу́, когдá остáнусь однá.“ [我觉得有一种说不出的快乐, 等到我一个人时, 我要来研究一下（究竟是什么使我快乐的。）]（托尔斯泰）	
	Емý *чегó-то* нехватáет. [他缺乏一些什么东西。]	
	Он *чтó-то* переводи́л с англи́йского. [他从英文翻译些东西。]	
	Онá *чтó-то* сказáла мне, но я забы́л что. [她告诉了我一些话, 可是我忘记是什么话了。]	

чéй-то
чья́-то
чьё-то
чьи́-то
	Ты *чéм-то* недовóлен?［你是不是有些不满意?］
	Дéти спóрят о *чём-то*.［孩子们在争论些什么。］
	Чéй-то чемодáн остáлся в вагóне.［不知什么人的手提箱遗留在车厢里。］
	У *чьегó-то* мáльчика тóже былá такáя болéзнь.［不知谁的男孩子也生过这种病。］
	  По *чьемý-то* аэроплáну артиллéрия откры́ла огóнь.［炮兵向不知谁的一架飞机开火。］
	  Артиллери́сты сби́ли *чáй-то* аэроплáн.［炮兵打下了一架不知谁(驾驶)的飞机。］
	  Революционéр был уби́т *чьи́м-то* вы́стрелом.［革命家不知被谁开枪打死了。］
	  Поблизости от нас в *чьём-то* дóме случи́лся пожáр.［在离我们不远的不知谁的房子里失了火。］
	  Чья́-то тетрáдь лежи́т на столé.
	［不知谁的练习本放在桌子上。］
	  У меня́ не хватáет *чьéй-то* тетрáди.
	［我少了一本不知谁的练习本。］
	  По однóй *чьéй-то* тетрáди я узнáл, что вы э́то прáвило пóняли.［根据不知谁的一本练习簿，我知道你们已经懂得这个规则了。］
	  В столé я нашёл *чью́-то* тетрáдь.
	［我在桌子抽屉里找到了一本不知谁的练习簿。］
	  Учи́тель вы́шел из клáсса с *чьéй-то* тетрáдью.［教师拿着不知谁的练习簿走出教室。］
	  В *чьéй-то* тетрáди тóже былá такáя оши́бка.［在不知谁的练习簿里也有这样的错误。］
	  Чьё-то пальтó виси́т на вéшалке.
	［不知谁的大衣挂在衣架上。］
	  „ *Чьи́-то* осторóжные, скользя́щие по кáмню шаги́ будорáжнли собáк на краю́ селéния. "［不知谁的留神地在石板上滑过的脚步声，惊动了村庄边上的狗。］(巴夫连柯)

котóрый-то котóрая-то	*Котóрый-то* раз я говорю́ тебé об э́том.［我记不清第几次对你说这件事了。］

（续表）

которое-то которые-то	*Кото́рая-то* из балери́н примадо́нна. [跳巴蕾舞的舞女中的某一个是头牌。]	
	В *кото́рую-то* кни́гу я положи́л запи́ску, но не по́мню. [我把条子夹在某一本书里,但是记不清(哪一本)了。]	
	С *кото́рым-то* из прие́хавших делега́тов я вчера́ разгова́ривал. [昨天我跟到来的代表中的某一个讲过话。]	
	В *кото́ром-то* уро́ке э́ти слова́ уже́ бы́ли. [在不知哪一课里这些词已经有过。]	
како́й-то кака́я-то како́е-то каки́е-то	Вас спра́шивал *како́й-то* мужчи́на и оста́вил вам *каку́ю-то* кни́гу. [有一个(我不认识的)男人来问过您,而且给您留下一本(我不知书名的)书。]	
	Сего́дня идёт *кака́я-то* карти́на, но я не зна́ю кака́я. [今天在上映一部影片,但是我不知道叫什么。]	
	Вчера́ я съел *како́е-то* ку́шанье и тепе́рь у меня́ боли́т живо́т. [昨天我吃了些什么东西,现在我有些肚子痛。]	
	Наконе́ц они́ пришли́ к *како́му-то* реше́нию. [最后他们作出了一种决定。]	
	Он писа́л *каки́м-то* ста́рым перо́м. [他用一只旧的笔头写字。]	
	С *каки́м-то* шалопа́ем дру́жбу ведёт. [跟一个无赖汉交朋友。]	
	Они́ разгова́ривали о *како́м-то* де́ле. [他们谈着一件事。]	
	Сейча́с она́ рабо́тает на *како́й-то* но́вой фа́брике. [现在她在一个新的工厂里工作。]	
кто́-нибудь	*Кто́-нибудь* пришёл? [有什么人来了没有?]	带 小 品 词 -нибудь 的 代 词和副词具有 下面几个一般 性的特点:
	Вам *кто́-нибудь* говори́л об э́том? [这件事有什么人对您说起过没有?]	
	Е́сли у вас нет словаря́, то займи́те его́ у кого́-нибудь. [如果您没有字典,那么不论向谁借用一下。]	1. 主要用
	Да́йте э́ти конфе́ты кому́-нибудь из ребя́т. [把这些	

	糖果给了孩子们中的任何一个吧。]	在疑问句和命令句里。
	Вызови́те *кого́-нибудь* из слу́жащих.	2. 在肯定
	［您叫职员中的不论哪一个来。]	句里用未
	Вы вчера́ ходи́ли в кино́ оди́н и́ли с *ке́м-нибудь*?	来时。
	［昨天您去看电影，一个人去还是跟什么人一起去?]	带 小 品 词
	Я расскажу́ вам о *ко́м-нибудь* из мои́х друзе́й, е́сли вы хоти́те.	-либо 的 代 词 和副词, 它们
	［如果您要，我给您讲讲我朋友中的随便哪一个。]	的意义和用法
	Я навещу́ *кого́-нибудь* за́втра.	跟带小品词
	［明天我要去访问访问什么人(还没有决定什么人)。]	-нибудь 的 相 同, 不过-либо
	Е́сли *кто́-нибудь* придёт, то попроси́те его́ подожда́ть. ［要是有什么人来(不论什么人), 那么您就请他等一等。]	只用在书本里, 口头讲话是不用的。
	Когда́ *кто́-нибудь* бо́лен, то ему́ на́до пойти́ к до́ктору. ［不论什么人生病, 他就得去看医生。]	
	Пусть *кто́-нибудь* вы́трет доску́.	
	［让不论哪一个擦一擦黑板。]	
	Скажи́, чтобы *кто́-нибудь* пришёл.	
	［你去说一声, 叫不论什么人来一趟。]	
что́-нибудь	*Что́-нибудь* случи́лось на у́лице?	
	［街上有没有出什么事情(任何事情)?]。	
	У вас *что́-нибудь* боли́т? ［您有什么不舒服(任何毛病)?]	
	Нет ли *чего́-нибудь* вы́пить?	
	［没有什么(任何东西)可以喝的吗?]	
	Да́йте мне *что́-нибудь* почита́ть.	
	［给我不论什么(书刊)读读。]	
	Вы ему́ *что́-нибудь* говори́ли обо мне? ［关于我您有没有对他说过什么(任何话)?]	
	Скажи́ мне *что́-нибудь*. ［告诉我不论什么事情。]	
	Сего́дня мы бу́дем игра́ть во *что́-нибудь*. ［今天我们将玩玩什么(不论什么)。]	
	Вы сего́дня *че́м-нибудь* недово́льны? ［您今天有没有什么(任何事情)不高兴?]	
	Европе́йцы лю́бят пить чай с *че́м-нибудь* сла́дким.	

(续表)

	[欧洲人喝茶喜欢放一些什么(任何种)甜的东西。]
	Расскажи́те мне о *чём-нибудь* интере́сном. [给我讲一些什么有趣的东西(任何有趣的东西)。]
	Е́сли *что́-нибудь* случи́тся с ним, то вы позови́те меня́. [要是他出了什么事(任何事),您来喊我。]
	Когда́ он говори́т *что́-нибудь*, то все смею́тся. [他不论说什么,大家全都笑。]
како́й-нибудь кака́я-нибудь како́е-нибудь каки́е-нибудь	Е́сли *како́й-нибудь* учени́к де́лает шум в кла́ссе, то ему́ говоря́т: „не шуми́те!" [如果有什么学生(不论哪一个学生)在教室里吵闹,那么大家就要对他说:"别吵!"]
	Есть ли у вас *кака́я-нибудь* интере́сная кни́га? [您有没有任何有趣的书?]
	Спроси́те у *како́го-нибудь* ру́сского, что зна́чит э́то сло́во. [您去问不论哪一个俄罗斯人,这个词什么意思。]
	Отда́йте э́ти ста́рые ве́щи *како́му-нибудь* бе́дному челове́ку. [把这些旧东西送给不论哪一个穷人吧。]
	Пошли́те скоре́е *како́го-нибудь* челове́ка за до́ктором. [赶快派不论什么人去请医生。]
	Возьми́те *каку́ю-нибудь* тетра́дь и пиши́те в ней э́то упражне́ние. [拿一本不论怎样的练习簿,把这个练习写上去。]
	Мо́жно ли реши́ть э́ту зада́чу *каки́м-нибудь* други́м спо́собом? [可不可以用任何别的方法来做这个习题?]
	Расскажи́те нам о *како́м-нибудь* геро́е-доброво́льце! [给我们讲讲不论哪一个志愿军英雄的故事吧!]
	Е́сли *каки́е-нибудь* това́рищи не бу́дут согла́сны с мои́м мне́нием, то дава́йте обсу́дим э́тот вопро́с. [如果不论哪几个同志不同意我的意见,那么就让我们来讨论这个问题。]
	Е́сли вы недово́льны *каки́ми-нибудь* поря́дками, то скажи́те об э́том нача́льнику. [如果你们不满意什么规则(不论哪几条规则)的话,那么告诉主任好了。]
	Мо́жно ли написа́ть э́ту фра́зу *каки́ми-нибудь*

	други́ми слова́ми？［可不可以用任何别的词来写这个句子？］ Когда́ *каки́е-нибудь* слова́ вам непоня́тны, то спроси́те у учи́теля.［你们有什么词（不论怎样的词）不懂，可以问老师。］	
чéй-нибудь чья́-нибудь чьё-нибудь чьи́-нибудь	Да́йте мне *чéй-нибудь* слова́рь！ ［给我一本不论谁的词典！］ Идёт дождь, возьми́те *чéй-нибудь* зóнтик.［天下雨了，您拿一把不论谁的雨伞去吧。］ Не ви́дели ли вы *чьéй-нибудь* шля́пы？［您没有看到任何人的帽子吗？］ Когда́ вы берёте *чью́-нибудь* вещь, то на́до её возврати́ть.［要是您拿了什么人（任何人）的东西，您必须把它归还。］ Хóлодно, я возьму́ *чьё-нибудь* пальтó и пойду́ за поку́пкой.［天很冷，我借用一下不论哪一个的大衣去买东西。］ Не наде́ли ли вы *чьи́-нибудь* боти́нки？［您没有穿过任何人的鞋子吗？］ Éсли я не успéю провéрить *чьи́-нибудь* тетра́ди, то я принесу́ их за́втра.［如果我来不及改什么人的练习簿，那么我明天把它们拿来。］	
котóрый- нибудь котóрая- нибудь котóрое- нибудь котóрые- нибудь	Я купи́л мнóго лотерéйных билéтов, *котóрый-нибудь* да вы́играет. ［我买了许多奖券，但愿其中任何一张中奖。］ *Котóрый-нибудь* из них говори́т по-ру́сски？［他们之中有一个（不论哪一个）说俄国话的吗？］ *Котóрая-нибудь* из кома́нд бу́дет пéрвой.［其中的一队（不知道是哪一队）将获得冠军。］ Мы возьмём *котóрую-нибудь* из кварти́р.［我们租不论哪一幢住宅。］	
кóе-кто	*Кóе-кто* ужé доéхал до мéста. ［有几个人已经到达目的地。］ *Кóе-кто* из вас поéдет на лéтние кани́кулы в дерéвню.［你们之中的有几个到乡下去过暑假。］ *Кóе-когó* нехвата́ет.［少了几个人。］	在 кóе-кто，кóе-что，кóе-какой 跟前置词连用时，前置词通常都插

(续表)

кóе-что	Сегóдня в нáшем клáссе *кóе-кого* нé было на урóке. [今天我们班里有几个人没有来上课。] Я слы́шал *кóе от кого* (*от кóе-кого*). [我从某几个人的地方听到。] Начáльник велéл *кóе-кому* из бойцóв принести́ ру́жья. [队长命令战士中的几个去把枪拿来。] Он говори́л *кóе с кем* из товáрищей об экзáмене. [他跟同志中的某几个谈考试。] Давáйте поговори́м *кóе о ком*! [让我们来谈谈某几个人!] Пéсле ожесточённых у́личных боёв *кóе-что* уцелéло. [在酷烈的巷战之后,有一点什么(不足道的东西)保留了下来。] *Кóе без чего* (*без кóе-чего*) нельзя́ обойти́сь. [没有一点什么东西是不行的。] Вам нáдо ещё *кóе-чему* поучи́ться. [您还得学些什么。] Мне ну́жно вам *кóе-что* сказáть. [我有些话(不多的话,不重要的话)必须对您说。] Вчерá в магази́не он купи́л *кóе-что*. [昨天他在铺子里买了些什么东西(不多的东西,不太值钱的东西)。] Если вы узнáете *кóе-что* об э́том человéке, то срóчно нам сообщи́те. [如果您打听到关于这个人的一点什么消息,那么马上通知我们。] Нам нéкогда, нáдо ещё *кóе о чём* поговори́ть. [我们没有工夫,我们还得谈一点什么。]	在 кое 和 кто (что, какóй) 之间。
кóе-какóй кóе-какáя кóе-какóе кóе-каки́е	*Кóе-какóй* материáл для доклáда у меня́ ужé есть. [报告的材料我已经有了一些。] В нóвой кварти́ре *кóе-какáя* мéбель имéется. [在新的住所里有一些家具(不多的,不讲究的。)] Дáйте *кóе-какóе* бельё бéдной старýхе. [您给穷老太婆一些内衣吧。] *Кóе-каки́е* свéдения о нём имéются. [关于他有一些消息。]	

（续表）

| | *Кóе-какúм* из ученикóв я ужé дал задáния. [我已经给了某一个学生课题。]

Кóе-какýю пóльзу от этого дéла мы имéем. [从这件事上我们多少有些好处。]

Кóе-какúх ребя́т я ужé повидáл. [某几个人我已经看到过了。]

С *кóе-какúми* егó дóводами мóжно согласúться. [他的某些结论是可以同意的。] | |

第五章　数　　词
［ЧИСЛИТЕЛЬНОЕ］

§26.　数词概说
［Кра́ткие замеча́ния о числи́тельном］

1. 数词分三种：а）指量数词［коли́чественные числи́тельные］（*оди́н*，*два*，*три*，*пятна́дцать* 等），б）次第数词［поря́дковые числи́тельные］（*пе́рвый*，*второ́й* 等）和 в）集合数词［собира́тельные числи́тельные］（*дво́е*，*тро́е*，*че́тверо* 等）。

2. 集合数词只用于下列场合：

а）说明指人物的阳性名词的数目（中性名词 *дитя́* 是特例）：*тро́е* студе́нтов［三个学生］，*пя́теро* рабо́чих［五个工人］，*дво́е* дете́й［两个孩子］，*се́меро* ма́льчиков［七个男孩子］（不可以说 дво́е волко́в），但在文学语里偶然可以遇到集合数词与表明小动物的名词连用，例如："„Волча́та, все тро́е, кре́пко спа́ли.“［三头小狼全都熟睡着。］（契诃夫）

集合数词用来指人时可以在句子中独立应用，而毋需再加名词，例如：

Тро́е стоя́ли на углу́（或 *тро́е стоя́ло* на углу́）.［三个人站在转角处。］Я ви́дел *двои́х*, пото́м ещё *трои́х.*［我看到两个人,后来又看到三个人。］„ Нас бы́ло *дво́е* — брат и я.“［我们是两个人——哥哥和我。］（普希金）„ Все *че́тверо* выхо́дят вме́сте.“［四个人全都一同出去。］（普希金）*Се́меро* одного́ не ждут.［七个人不等候一个人,意即:少数必须服从多数。］

6）与只有复数的名词连用: *тро́е но́жниц*［三把剪刀］, *че́тверо часо́в*［四只表］, *дво́е брюк*［两条裤子］等。

в）说明"成双","成对"名词的数目: *дво́е ту́фель*［两只鞋子］, *тро́е сапо́г*［三只靴子］等。

3. 俄文数词也要变格。

指量数词有自己特殊的变格法,这种变格法跟其他各种词类的变格法不同。

次第数词的变格法,不论单数或复数,都与形容词的变格法相同。

集合数词的第二至第六格,与形容词复数的变格法相同。

4. 俄文数词的用格必须与跟它们相连的名词一致,但第一格和跟第一格相同的第四格不在此列。Он пое́хал на экску́рсию *с двумя́ това́рищами.*［他跟两个同志一起出去游览。］Он рассказа́л мне *о трёх свои́х това́рищах.*［他讲给我听关于他自己的三个同志。］名词在第一格数词 оди́н, одна́, одно́ 之后用单数第一格,在 одни́ 之后用复数第一格,在 два, две, три, четы́ре 之后用单数第二格,在 пять, шесть, семь... 之后用复数第二格。

5. 指量数词通常没有单数、复数、阳性、阴性、中性的分别,除了以下的几个特例之外: оди́н（阳性）, одна́（阴性）, одно́（中性）, два, о́ба（阳性与中性）, две, о́бе（阴性）, полтора́［一个半］（阳性和中性）, полторы́（阴性）。

6. 同时具有单数和复数的数词有：

оди́н , одна́ , одно́［一］— одни́

ты́сяча［千］— ты́сячи

миллио́н［百万］— миллио́ны

миллиа́рд［十亿］— миллиа́рды

§27. 指量数词与次第数词　［Коли́чественные и поря́дковые числи́тельные］

表 54

	指量数词	次第数词
1	оди́н(阳), одна́(阴), одно́(中)	пе́рвый, -ая, -ое
2	два(阳,中), две(阴)	второ́й, -а́я, -о́е
3	три(以下不分性)	тре́тий, -ья, -ье
4	четы́ре	четвёртый
5	пять	пя́тый
6	шесть	шесто́й
7	семь	седьмо́й
8	во́семь	восьмо́й
9	де́вять	девя́тый
10	де́сять	деся́тый
11	оди́ннадцать	оди́ннадцатый
12	двена́дцать	двена́дцатый
13	трина́дцать	трина́дцатый
14	четы́рнадцать	четы́рнадцатый
15	пятна́дцать	пятна́дцатый
16	шестна́дцать	шестна́дцатый
17	семна́дцать	семна́дцатый
18	восемна́дцать	восемна́дцатый
19	девятна́дцать	девятна́дцатый
20	два́дцать	двадца́тый
21	два́дцать оди́н	два́дцать пе́рвый

（续表）

指量数词	次第数词
22　два́дцать два	два́дцать второ́й
23　два́дцать три	два́дцать тре́тий
30　три́дцать	тридца́тый
31　три́дцать оди́н	три́дцать пе́рвый
40　со́рок	сороково́й
50　пятьдеся́т	пятидеся́тый
60　шестьдеся́т	шестидеся́тый
70　се́мьдесят	семидеся́тый
80　во́семьдесят	восьмидеся́тый
90　девяно́сто	девяно́стый
100　сто	со́тый
101　сто оди́н	сто пе́рвый
102　сто два	сто второ́й
111　сто оди́ннадцать	сто оди́ннадцатый
125　сто два́дцать пять	сто два́дцать пя́тый
190　сто девяно́сто	сто девяно́стый
200　две́сти	двухсо́тый
300　три́ста	трёхсо́тый
400　четы́реста	четырёхсотый
500　пятьсо́т	пятисо́тый
600　шестьсо́т	шестисо́тый
700　семьсо́т	семисо́тый
800　восемьсо́т	восьмисо́тый
900　девятьсо́т	девятисо́тый
1000　ты́сяча	ты́сячный
1951　ты́сяча девятьсо́т пятьдеся́т оди́и	ты́сяча девятьсо́т пятьдеся́т пе́рвый
2000　две ты́сячи	двухты́сячный
3000　три ты́сячи	трёхты́сячный
4000　четы́ре ты́сячи	четырёхты́сячный
5000　пять ты́сяч	пятиты́сячный
10,000　де́сять ты́сяч	десятиты́сячный
20,000　два́дцать ты́сяч	двадцатиты́сячный
40,000　со́рок ты́сяч	сорокаты́сячный

(续表)

指量数词		次第数词
100,000	сто ты́сяч	стоты́сячный
200,000	две́сти ты́сяч	двухсотты́сячный
900,000	девятьсо́т ты́сяч	девятисотты́сячный
1,000,000	миллио́н	миллио́нный
2,000,000	два миллио́на	двухмиллио́нный
5,000,000	пять миллио́нов	пятимиллио́нный
1,000,000,000	миллиа́рд	миллна́рдный

注：ты́сяча（阴性），миллио́н，миллиа́рд（阳性）的变格与词尾相当的名词的变格一样。在 ты́сяча，миллио́н，миллиа́рд 之后名词总是用复数第二格：Нам привезли́ *ты́сячу книг.*［给我们带来了一千本书。］Расстоя́ние измеря́ется *ты́сячами киломе́тров.*［距离以数千公里计。］

§28. 集合数词
［**Собира́тельные числи́тельные**］

表 55

дво́е, о́ба, о́бе	［二］
тро́е	［三］
че́тверо	［四］
пя́теро	［五］
ше́стеро	［六］
се́меро	［七］
во́сьмеро	［八］
де́вятеро	［九］
де́сятеро	［十］

注：十以上的集合数词通常是不用的。

§29. 数词的变格与应用
[Склонéние и употреблéние числи́тельных]

I . оди́н, однá, однó

表 56

	单数		复数 (三性共)
	阳性与中性	阴性	
第一格	оди́н　　однó	однá	одни́
第二格	одногó	однóй	одни́х
第三格	одномý	однóй	одни́м
第四格	⎰ оди́н　　однó ⎱ одногó	одну́	⎰ одни́ ⎱ одни́х
第五格	одни́м	однóй(-óю)	одни́ми
第六格	об однóм	об однóй	об одни́х

注：复数 одни́, одни́х, одни́м 的用处为：

а）意义等于 тóлько［只有］：На собрáнии бы́ли *одни́* жéнщины. (= На собрáнии бы́ли тóлько жéнщины.)［会上只有妇女。］

б）表示"一批"：Я взял сначáла *одни́* кни́ги, потóм други́е.［我先拿了一批书，后来又拿了另一批。］

в）用在那些只有复数的名词之前：Я купи́л *одни́* часы́ и *одни́* нóжницы.［我买了一只表和一把剪刀。］

II . два(阳,中), две(阴), три, четы́ре

第一格	два　　две		три	четы́ре
第二格	двух		трёх	четырёх
第三格	двум		трём	четырём
第四格	⎰ два　　⎰ две ⎱ двух　⎱ двух		⎰ три ⎱ трёх	⎰ четы́ре ⎱ четырёх
第五格	двумя́		тремя́	четырьмя́
第六格	о двух		о трёх	о четырёх

注：два(阳性,中性)和 две(阴性)在性方面的差别,只存在于第一格和跟第一格相同的第四格,其余各格阳、中、阴三性都相同。

Ⅲ. пять, во́семь, пятьдеся́т, пятьсо́т

第一格	пять	во́семь	пятьдеся́т	пятьсо́т
第二格	пяти́	восьми́	пяти́десяти	пятисо́т
第三格	пяти́	восьми́	пяти́десяти	пятиста́м
第四格	пять	во́семь	пятьдеся́т	пятьсо́т
第五格	пятью́	восьмью́(восемью́)	пятью́десятью	пятьюста́ми
第六格	о пяти́ о восьми́		о пяти́десяти	о пятиста́х
注	1. 从 пять 到 два́дцать 以及 три́дцать 都按照 пять 的方式变格,也就是说,与以 ь 为词尾的阴性名词的变格法相同(пло́щадь[广场])。		2. 按照 пятьдеся́т 的方式变格的,还有 шестьдеся́т, се́мьдесят, во́семьдесят。在变格时,这些数词的两个组成部分要同时变。	3. 按照 пятьсо́т 的方式变格的,还有 шестьсо́т, семьсо́т, восемьсо́т, девятьсо́т。在变格时,这些数词的两个组成部分要同时变。

Ⅳ. о́ба(阳,中), о́бе(阴), дво́е, тро́е, че́тверо

第一格	о́ба	обе	дво́е	тро́е	че́тверо
第二格	обо́их	обе́их	двои́х	трои́х	четверы́х
第三格	обо́им	обе́им	двои́м	трои́м	четверы́м
第四格	⎰о́ба ⎱обо́их	⎰о́бе ⎱обе́их	⎰дво́е ⎱двои́х	⎰тро́е ⎱трои́х	⎰че́тверо ⎱четверы́х
第五格	обо́ими	обе́ими	двои́ми	трои́ми	четверы́ми
第六格	об обо́их	об обе́их	о двои́х	о трои́х	о четверы́х

注: 1. о́ба, дво́е, тро́е 的变格法完全相同。
2. пя́теро, ше́стеро, се́меро 的变格仿照 че́тверо。

Ⅴ. со́рок, сто, полтора́(阳,中), полторы́(阴)

			阳性和中性	阴性
第一格	со́рок	сто	полтора́	полторы́
第二格	сорока́	ста	полу́тора	
第三格	сорока́	ста	полу́тора	
第四格	со́рок	сто	полтора́	полторы́
第五格	сорока́	ста	полу́тора	
第六格	о сорока́	о ста	о полу́тора	

注: 1. со́рок, сто, полтора́, полторы́ 等数词的第二,第三,第五,第六各格都完全相同。
2. девяно́сто 的变格仿照 сто。

Ⅵ. двести, триста, четыреста

第一格	двести	триста	четыреста
第二格	двухсот	трёхсот	четырёхсот
第三格	двумстам	трёмстам	четырёмстам
第四格	двести	триста	четыреста
第五格	двумястами	тремястами	четырьмястами
第六格	о двухстах	о трёхстах	о четырёхстах

Ⅶ. тысяча, миллион, миллиард

第一格	тысяча	тысячи	миллион	миллионы	миллиард	миллиарды
第二格	тысячи	тысяч	миллиона	миллионов	миллиарда	миллиардов
第三格	тысяче	тысячам	миллиону	миллионам	миллиарде	миллиардам
第四格	тысячу	тысячи	миллион	миллионы	миллиард	миллиарды
第五格	тысячей	тысячами	миллионом	миллионами	миллиардом	миллиардами
第六格	о тысяче	о тысячах	о миллионе	о миллионах	о миллиарде	о миллиардах

§30. 数词之后格的用法
[Употребле́ние падеже́й по́сле числи́тельных]

表 57

I．假使数词为第一格或与第一格相同的第四格，那么： 1）在 оди́н, одна́, одно́ 之后，以及在复合数词末一词 оди́н, одна́, одно́ 之后，	名词和形容词都用单数第一格或第四格。	Коми́ссия прове́рила *шестьдеся́т оди́н социалисти́ческий догово́р*. ［委员会审查了六十一份社会主义合同。］ На на́шем заво́де *два́дцать одна́ уда́рная брига́да*. ［在我们的厂里有二十一个突击队。］ За год я получи́л *три́дцать одно́ письмо́*. ［在一年之间我收到了三十一封信。］
2）在 два, две, три, четы́ре 之后，或者在末一词为 два, две, три, четы́ре 的复合数词之后，以及在 о́ба, о́бе, полтора́, полторы́ 之后，	名词用单数第二格，形容词用复数第二格。 但形容词也可以用第一格和与第一格相同的第四格。	Да́йте мне, пожа́луйста *два больши́х я́блока и две ма́леньких гру́ши*. ［请给我两只大苹果和两只小梨子。］ Да́йте, пожа́луйста, *три́дцать два си́них карандаша́ и со́рок четы́ре ма́леньких блокно́та*. ［请给我三十二支蓝铅笔和四十四本小的记事册。］ Я возьму́ *о́ба географи́ческих а́тласа*. ［我两本地图都买。］ *Полтора́ после́дних ме́сяца* я хорошо́ рабо́тал. ［最近一个半月来我工作得很好。］ По геогра́фии мы изучи́ли *две больши́е страны́*. ［我们根据地理研究两大国家。］ 注意： 1 год, 2 го́да, 3 го́да, 4 го́да, 5 лет, 6 лет... 2 часа́, 3 часа́, 4 часа́, 5 часо́в, 6 часо́в...

（续表）

3）在所有其他数词之后，	名词和形容词都用复数第二格。	К нам прие́хало *де́сять но́вых това́рищей.* [我们的地方来了十个新同志。] Мы организова́ли *пять уда́рных брига́д.* [我们组织了五个突击队。] Постро́ено *три́дцать семь но́вых фа́брик.* [建造了三十七座新工厂。]
II．假使数词不是第一格或与第一格相同的第四格，那么，数词的数和格必须与有关的名词一致。		Пре́мия бу́дет дана́ *трём лу́чшим уда́рникам.* [奖金将发给三个最优秀的突击队员。] Вчера́ я встре́тился *с пятью́ това́рищами.* [昨天我遇到了五个同志。]

注：1）在分数 полови́на，треть，че́тверть 之后永远用单数第二格，例如：Я прочита́л *полови́ну кни́ги.*［我看了半本书。］

2）在 ты́сяча，миллио́н，миллиа́рд 之后永远用复数第二格，例如：К нам привезли́ *ты́сячу книг.*［给我们带来了一千本书。］На постро́йку истра́тили о́коло четырёх *миллио́нов рубле́й.*［在建筑上花去了近四百万卢布。］

§31．次第数词的应用
［**Употребле́ние поря́дковых числи́тельных**］

1．次第数词的变格法与形容词的变格法相同。例如：数词 пе́рвый 与形容词 кра́сный 的变格法相同。

2．在次第数词变格时，假使这个数词是由几个独立的部分组成的（所谓复合数词［составно́е числи́тельное］），那么，只要变最后的一部分就可以了。例如：В ты́сяча девятьсо́т *пя́том* году́［在 1905 年］只要把 пя́тый 变成 пя́том（第六格）就可以了。

3．次第数词除了通常用来表示次序之外，还有下列几种用处：

a）用作分数［дробь］的分母。例如：одна́ *пя́тая*［1/5］，две *пя́тых*

[2/5] , пять *восьмых*[5/8] 。

6）用来表示钟点。例如：че́тверть *пе́рвого*[十二点一刻] , 10 мину́т *пя́того*[四点十分]（次第数词用阳性第二格）。

в）用来表示日期。例如：*Седьмо́го ию́ля* я уе́ду. [我将在7月7日走。] *Пе́рвого сентября́* начина́ются заня́тия. [9月1日开学。]（月份和日期都用第二格）

第六章 动 词
[ГЛАГОЛ]

§32. 动词概说
[Кра́ткие замеча́ния о глаго́ле]

1. 在俄文里动词分及物动词[перехо́дные глаго́лы]和不及物动词[неперехо́дные глаго́лы]两大类。及物动词的后面没有前置词,但需要一个第四格的直接补语[пря́мое дополне́ние],例如:чита́ть кни́гу[读书],организова́ть кружо́к[组织小组],объясни́ть сло́во[解释词儿]。不及物动词没有直接补语,例如:стоя́ть[站],бе́гать[跑],встреча́ться[遇见]。

2. 有许多动词的词尾带有-ся(或-сь),例如:умыва́ться[盥洗],труди́ться[劳动],находи́ться[位于],боро́ться[斗争],смерка́ться[昏暗起来]。凡词尾带有-ся(或-сь)的动词都是不及物动词。一部分词尾带有-ся(或-сь)的动词表示动作加在行动者自己的身上,例如:умыва́ться[洗(自己)],одева́ться[(给自己)穿衣服]。(参看表82)

3. 俄文动词分四种不同的式［наклонéния］：а）不定式
［неопределённое наклонéние］;б）叙述式［изъяви́тельное наклонéние］;
в）命令式［повели́тельное наклонéние］;г）假定式［усло́вное и́ли
сослага́тельное наклонéние］。不定式是动词的原来形式,没有任何变
化。叙述式按时间的不同可分为：а）现在时［настоя́щее врéмя］;б）过
去时［прошéдшее врéмя］;в）未来时［бу́дущее врéмя］三种。动词的现
在时和未来时都有数［чи́сла］和位［ли́ца］的变化。动词的过去时有数
的变化,单数又分阳性［мужско́й род］,阴性［жéнский род］和中性
［срéдний род］三种;但是动词的过去时并没有位的变化。例如：он
чита́л［他读］,она́ чита́ла［她读］,дитя́ чита́ло［孩子读］,они́ чита́ли［他
们读］。

4. 无人称动词［безли́чные глаго́лы］没有主语,也没有位、性和数的
变化。（参看表83）

5. 俄文动词的基本特点,就是具有两种不同的体［ви́ды］：未完成
体［несоверше́нный вид］和完成体［соверше́нный вид］。

完成体动词表示一种完成的行为,表示行为已经进行到底。完成体
动词只有过去时和未来时,没有现在时。完成体过去时：Я *прочита́л*
э́ту кни́гу［我看了这本书］——表示我已经把这本书从头到底都看完
了。Я *написа́л* письмó［我写了信］——表示信已经写成了。Я *изучи́л*
ру́сский язы́к［我学会了俄文］——表示我已经知道俄文了。Мы *спéли*
гимн［我们唱了国歌］——表示我们已经把国歌唱完了。Я *чита́л*
кни́гу［我看过书］,Я *писа́л* письмó［我写过信］,Я *изуча́л* ру́сский язы́к
［我学过俄文］,Мы *пéли* гимн［我们唱过国歌］——这些句子只表示行
为是在过去发生的,但不知道行为有没有进行到底。Чита́л, писа́л,

изучáл, пéли 这些都是未完成体动词。

完成体未来时: Я *прочитáю* кнúгу[我将看完书]——表示书将被看到底。Я *напишý* письмó[我将写完信]——表示信将要写成。Я *бýду читáть*[我将看书], Я *бýду писáть* письмó[我将写信]——表示行为将在未来发生, 但不知道是否将进行到底, 也就是说: 书可能并不被看完, 而信也可能并不被写成。

某些完成体动词不仅表示行为的完成, 而且更表示行为只发生一次, 而且可能在一霎间就结束了。这种动词叫做一回体或一次体[однокрáтный вид], 例如: Он *толкнýл* стул[他推了一下椅子], Он *махнýл* рукóй[他挥了一下手]表示行为都只有一次。但 Он толкáл стул[他推椅子], Он махáл рукóй[他挥着手]则表示行为或者是长久的, 或者重复几次。Толкáл, махáл 是未完成体动词。

未完成体动词仅仅表示行为本身, 表示过程, 而并不指明行为本身有没有完成。

此外, 某些未完成体动词更表示行为发生许多次, 表示行为的重复性。这种动词叫做多回体或多次体[многокрáтный вид], 例如: хáживал[行走(许多次)]。多回体动词在谈话里和现代文学语中已经难得使用了。

副词 всегдá[永远], чáсто[时常], мнóго раз[多次], обычно[通常], обыкновéнно[平常]在跟动词连用时表示行为的重复性或时间的没有限制性, 因此它们只能跟未完成体动词一起使用。

未完成体动词常常是基本的[основные], 而完成体动词则是派生的[произвóдные]。

未完成体动词加上接头部[пристáвки]或改变接尾部[сýффикс]可

以形成完成体动词,例如:писа́ть — написа́ть, толка́ть — толкну́ть;完成体动词插入接尾部或掉换接尾部可以形成未完成体动词,例如:овладе́ть — овладева́ть[掌握], перестро́ить — перестра́ивать[改造], изучи́ть — изуча́ть[学习]。

每个动词——基本的和派生的——都是独立的,都有动词所具的各种形式——不定式、叙述式、命令式、假定式和各种时等。

未完成体动词有三个时[времена́]——现在时,过去时和未来时(чита́ю, чита́л, бу́ду чита́ть),而完成体动词则只有两个时——过去时和未来时(прочита́л, прочита́ю),现在时在完成体动词里是没有的。

在俄文里未来时有两种形式:复未来时[бу́дущее сло́жное]和单未来时[бу́дущее просто́е]。

未完成体动词的未来时称为复未来时,它是由助动词[вспомога́тельный глаго́л]的未来时和不定式组成的:Я бу́ду изуча́ть, Он бу́дет чита́ть。

完成体动词的未来时称为单未来时:Я прочита́ю, Я изучу́。单未来时的词尾[оконча́ние]和未完成体动词现在时的词尾相同(прочита́ю, чита́ю)。

未完成体未来时:Мы бу́дем стро́ить дом[我们将建造房屋], Мы бу́дем изуча́ть язы́к[我们将学习语言]——表示我们将做这些工作,但并没有指明这些工作是不是将被完成。完成体未来时:Мы постро́им дом[我们将造成房屋], Мы изу́чим язы́к[我们将学会语言]——表示房屋将被造成,语言将被学会。

§33. 动词的体
[Вйды глагóла]

A. 未完成体加接头部构成完成体 [Образовáние глагóлов совершéнного вйда при пóмощи пристáвок]

表 58

Ⅰ. 接头部只表示完成性,而并不改变辞的原来意义。

未完成体	完成体	接头部	说明
стрóить[建造] Рабóчие *стрóили* дом. [工人们建造房屋。]	*пострóить* Рабóчие *пострóили* дом.[工人们造成了房屋。]	по-	*Пострóили* дом 表示房屋已经造成。 *Стрóили* дом 只指出建造这件工作是在过去进行的。
читáть[读] Я *читáл* кнйгу.[我读书。]	*прочитáть* Я *прочитáл* кнйгу.[我读完了书。]	про-	*Прочитáл* кнйгу表示全书已经读完了。 *Читáл* кнйгу 只指出读书这件行为是在过去进行的。
писáть[写] Товáрищ *писáл* письмó.[同志写信。]	*написáть* Товáрищ *написáл* письмó.[同志写成了信。]	на-	*Написáл* письмó表示信已写成。 *Писáл* письмó 并没有说出信已经写成还是没有写成。
дéлать[作] Я вчерá *дéлал* доклáд на собрáнии.[昨天我在会上作报告。] *петь*[唱] Мы *пéли* пéсню.[我们唱歌。]	*сдéлать* Я вчерá *сдéлал* доклáд на собрáнии.[昨天我在会上作了一个报告。] *спеть* Мы *спéли* гимн.[我们唱了国歌。]	с-	*Сдéлал* доклáд 表示报告已经作完了。 *Спéли* гимн 表示已经把整首国歌唱到底了。

(续表)

未完成体	完成体	接头部	说明
крéпнуть［变得强壮］	*окрéпнуть* Дéти за лéто хорошó *окрéпли.* ［孩子们过了一个夏天变得强壮多了。］	о-	Дéти *окрéпли* 表示已经变得强壮了。
глóхнуть［变聋］ *слéпнуть*［变瞎］	*оглóхнуть* *ослéпнуть* Больнóй *оглóх, ослéп.* ［病人耳聋了,眼瞎了。］		
делúть［分］ Онú *делúли* хлеб на рáвные чáсти.［他们平分面包。］ *будúть* Я дóлго *будúл* товáрища.［我长久地唤同志醒来。］	*разделúть* Онú *разделúли* хлеб на рáвные чáсти.［他们平分了面包。］ *разбудúть* Наконéц, я *разбудúл* егó.［最后,我把他唤醒了。］	раз-	*Разделúли* хлеб 分的工作已经完毕。 *Делúли* хлеб 并未说出是否已经分完毕。

Ⅱ. 接头部除了表示完成性外,更表示动词在时间上的限制性。

a) 接头部 по-接在某些动词上,表示行为的时间不长。

未完成体	完成体	接头部	说明
читáть［读］	*почитáть*	по-	*Почитáл* 表示读了一会儿又停止了。
рабóтать［工作］	*порабóтать*		*Порабóтал* 表示工作了一会儿就中止了。
гуля́ть［散步］	*погуля́ть* Вчерá я *порабóтал, почитáл,* потóм *погуля́л.*［昨天我做了一会工作,看了一会书,然后又去散了一会步。］		*Погуля́л* 表示散步的时间不长。

6）接头部 за-, по-接在某些动词上，表示行为的开始。

未完成体	完成体	接头部	说明
петь［唱］ Мы *пéли* гимн. ［我们唱国歌。］	*запéть* Все срáзу *запéли* гимн. ［全都一下子唱起国歌来了。］	за-	*запéли* 开始唱了。
шумéть［沙沙发响］ Лес *шумéл*.［树林沙沙地发响。］	*зашумéть* Лес вдруг *зашумéл*.［树林突然沙沙地响了起来。］		*зашумéл* 开始沙沙地发响。
говорúть［说］ Он *говорúл* дóлго.［他说话很长久。］	*заговорúть* Он неожúданно *заговорúл*.［他出其不意地说了起来。］		*заговорúл* 开始说话。
плáкать［哭］ Ребёнок *плáкал*.［孩子在哭。］	*заплáкать* Ребёнок *заплáкал*.［孩子哭了起来。］		*заплáкал* 开始哭。
ходúть［走］ Товáрищ *ходúл* по кóмнате.［同志在房间里走来走去。］	*заходúть* Товáрищ *заходúл* по кóмнате.［同志在房间里开始走来走去。］		*заходúл* 开始走。
летéть［飞］ Самолёт *летéл*.［飞机飞。］	*полетéть* Самолёт *полетéл*.［飞机起飞了。］	по-	*полетéл* 起飞。

„Орлáта *засвистáли* и *запищáли* ещё жáлобнее. Тогдá орёл вдруг сам грóмко *закричáл*, распрáвил крúлья и тяжелó *полетéл* к мóрю...“

［雏鹰开始尖声地鸣叫，并且更加哀怨地叽叽起来，于是老鹰自己就突然高声地叫了起来，展开了翅膀，使劲地向海洋飞去了……］（托尔斯泰）

„Лес *зазвенéл*, *застонáл*, *затрещáл*,

Зáяц *послýшал* и вон *побежáл*...“

［树林开始鸣响，呻吟，破裂，

野兔一听到就逃跑了……］（聂克拉索夫）

Ⅲ. 接头部除了表示完成性外,更赋予动词以空间和其他方面的意义。

未完成体	完成体	接头部
идти́[走]	*войти́*[走进] Учи́тель *вошёл* в класс. [教师走进了教室。]	в-（во-）
	вы́йти[走出] Учи́тель *вы́шел* из кла́сса. [教师走出了教室。]	вы-
	уйти́[去] Бра́та нет до́ма; он *ушёл*. [兄弟不在家;他走了。]	у-
	дойти́[走到] Я *дошёл* до шко́лы в 10 мину́т. [我在十分钟里走到了学校。]	до-
	отойти́[走开] Учени́к *отошёл* от доски́. [男生离开了黑板。]	от-（ото-）
	сойти́[走下] Докла́дчик *сошёл* с трибу́ны. [报告员走下了讲台。]	с-（со-）
	прийти́[走来] Ко мне *пришёл* това́рищ. [一个同志来到了我的地方。]	при-
	зайти́（*за кем*）[走去带人] Он *зашёл* за мной. [他来把我带去了。]	за-
	перейти́[走过] Мы *перешли́* ре́чку вброд. [我们涉水过了小溪。]	пере-
писа́ть[写]	*списа́ть*[抄写,抄袭] Учени́к хорошо́ *списа́л* упражне́ние. [学生把练习很好地抄写了。]	с-
	дописа́ть[写完] *Дописа́л* рабо́ту до конца́. [把作品写完了。]	до-
	вы́писать[摘录] *Вы́писал* цита́ты из статьи́. [把引文从文章里摘录下来。]	вы-
	вписа́ть[记入] *Вписа́л* не́сколько пропу́щенных слов. [记入了几个漏掉的词。]	в-
	переписа́ть[誊写] Я *переписа́л* рабо́ту. [我把作品誊写一遍。]	пере-
	приписа́ть[添写]	

（续表）

未完成体	完成体	接头部
	Приписа́л не́сколько слов к письму́. [在信尾添写了几个词。] *записа́ть*[记录]	при-
	Хорошо́ *записа́л* ле́кцию за профе́ссором. [很好地记录了教授的讲义。] *исписа́ть*[写满]	за-
	Исписа́л весь лист бума́ги.[写满了整张纸头。] *подписа́ть*[签字]	из-（ис-）
	Учи́тель *подписа́л* рабо́ты ученико́в. [教师在学生们的作业上签了字。] *надписа́ть*[题字]	под-
	Това́рищ подари́л мне кни́гу и *надписа́л* её. [同志送了我一本书并且在书上题了字。] *прописа́ть*[开方]	над-
	До́ктор *прописа́л* лека́рство.[医生开了药方。] *описа́ть*[描写]	про-
	Поэ́т худо́жественно *описа́л* степь. [诗人用艺术的笔法描写了草原。] *расписа́ть*[描画]	о-
	Худо́жник *расписа́л* сте́ну клу́ба. [画家描画了俱乐部的墙壁。]	раз-（рас-）

注：1. 未完成体动词加上接头部，通常就成为完成体动词。

2. в-、вы-、от-、до-、из-、у-、с-、за-、под-、над-、о-、пере-、при-、раз-等接头部接在各种不同的动词上，就产生各种不同的意义，而形成新词。（在辞典中因加接头部而产生新意义的动词，是作为一个新词而独立编排的。）

3. 同一个接头部接在不同的动词上，可以使词产生不同的意义，例如：*перебежа́ть у́лицу*[穿过马路]；*перечита́ть* письмо́[把信再读一遍]；*перестро́ить* дом[翻造房屋]；*перестара́лся*[过分努力]；*переломáл* игру́шки[把玩具完全毁坏]；*переночева́л* в лесу́[在树林里过了一整夜]。

4. 上述接头部中的一部分跟某些动词接合，只表示行为的彻底完成性，而并不补充其他意义，例如：*вы́лечить* больно́го[医好了病人]，*вы́учить* стихи́[念熟了诗]。

Б. 个别接头部的意义 ［Значе́ния отде́льных приста́вок］

表 59

接头部	接头部所表示的意义	动　词
в-（во-）	1）行为的方向朝里 2）行为的紧张性，专心致志	1）влете́ть（в окно́）［飞入窗内］ войти́（в ко́мнату）［走进房间里］ 2）всма́триваться（в карти́ну）［细看图画］ вду́маться（в рабо́ту）［考虑工作］
вз-，вс-	1）行为的方向朝上 2）行为的紧张性 3）行为进行到底，做完	1）взлете́ть（на верх горы́）［飞上山顶］ вски́нуть（вверх что́-либо）на ло́шадь［把东西抛上马背］ 2）взволнова́ться（от неожи́данности）［由于意外而深深激动］ вскри́кнуть（от бо́ли）［痛得大叫一声］ 3）вспаха́ть（по́ле）［耕完田］ вскорми́ть（ребёнка）［把孩子养大］
вы-	1）行为的方向朝外 2）行为进行到底，做完 3）带-ся 的动词，意义同 2 行为进行到底，做完	1）вы́бежать（из ко́мнаты）［从房间里跑出去］ вы́йти（из до́ма）［从家里出去］ 2）вы́учить（урок）［学会功课］ вы́полнить（план）［完成计划］ 3）вы́учиться［学会］
до-		дописа́ть（письмо́）［写完信］ дойти́（до шко́лы）［走到学校］
за-	1）行为开始 2）行为进行到底，做完 3）行为达到极度，过分 4）带-ся 的动词，意义同 3 5）行为时间很短	1）запе́ть（唱了起来），задрожа́ть［抖了起来］ 2）запере́ть（ко́мнату）［锁上房间］ закры́ть（окно́）［关上窗］ заплати́ть（долг）［付清债］ 3）закорми́ть（кого́-либо）［使人吃得过饱］ 4）зарабо́таться［工作过度］ 5）забежа́ть（к това́рищу）［路过到同志那儿去］ зае́хать（в дере́вню）［路过乡村］ загляну́ть（к сестре́）［对姊妹看了一眼］

(续表)

接头部	接头部所表示的意义	动　词
из-, ис-	1）行为的方向从里到外 2）行为达到全面,达到各方面	1）изгоня́ть（отку́да-либо）[从……驱逐出去] 2）изучи́ть（ру́сский язы́к）[研究俄语] 　иззя́бнуть[全身冻僵] 　изъе́здить（страну́）[跑遍全国] 　исписа́ть（лист бума́ги）[写满整张纸头]
на-	1）行为的方向在对象的表面,上面 2）行为进行到底,做完 3）随便做做,不是一本正经地做 4）带-ся 的动词,表示行为达到足够的程度	1）накле́ить（ма́рку）[贴上邮票] 　накры́ть（стол）[摆台子,开饭] 2）нарисова́ть（карти́ну）[画好图画] 　написа́ть（сочине́ние）[写完作品] 3）напева́ть（что-либо）[哼些什么] 　наигра́ть（что-либо на како́м-ли́бо инструме́нте） 　[漫不经心地演奏些什么] 4）нае́сться[吃饱] 　наговори́ться[说个够] 　набе́гаться[跑得精疲力尽]
над-	1）增添,添接 2）行为没有做完,只加于一部分或表面	1）надстро́ить（эта́ж）[添筑一层] 　надвяза́ть（верёвку）[接上绳子] 2）надпили́ть（де́рево）[锯开木头的一部分] 　надруби́ть（де́рево）[劈开木头的一端] 　надкуси́ть（я́блоко）[咬一口苹果]
о-(об-)	1）行为遍于全面和周围,或者及于几个对象 2）行为进行到底 3）否定	1）окружи́ть（врага́）[包围敌人] 　осмотре́ть（маши́ну）[检查机器] 　окра́сить（ко́мнату）[漆房间] 　окле́ить（сте́ну）[表糊墙壁] 　одари́ть（всех дете́й пода́рками）[分赠所有的孩子们礼物] 2）озелени́ть（у́лицу）[绿化街道] 　обруби́ть（де́рево）[砍掉一棵树] 3）ослу́шаться（кого́-либо）[不服从什么人]
от-	1）离开,脱离,使离去的行为	1）отбро́сить（что́-либо）[抛去什么东西] 　отпра́вить（кого́-либо и́ли что́-либо） 　[派遣什么人或寄去什么东西] 　откле́ить（что́-либо）[撕下]

(续表)

接头部	接头部所表示的意义	动词
пере-	2）行为做到完毕 3）带-ся的动词，意义同1或2 1）通过,穿过 2）重复性的行为,重新改做 3）超过,胜过 4）行为普遍及于许多对象 5）一分为二,平分 6）相互的行为 7）过一段时间	2）отдежу́рить［值班完毕］ отрабо́тать［做完工］ 3）отпра́виться［出发,动身］ относи́ться（ве́тром）［被风吹去］ отрабо́таться［做完工］ 1）переплы́ть（ре́ку）［渡河］ перешагну́ть（ручей）［跨过小溪］ перенести́（че́рез что́-нибудь）［搬过］ 2）переписа́ть（сочине́ние）［誊写作品］ переде́лать（рабо́ту）［改作著作］ 3）перевы́полнить（план）［超额完成计划］ переси́лить（врага́）［克服敌人］ 4）перечита́ть（все кни́ги）［读遍所有的书］ перепе́ть（все пе́сни）［唱遍所有的歌］ 5）переруби́ть（де́рево）［砍断一棵树］ перепили́ть（до́ску）［锯断一块板］ 6）переговори́ть（с ке́м-нибудь）［跟人谈判］ перекли́каться（с ке́м-нибудь）［呼应］ 7）переночева́ть［过夜］ перезимова́ть［过冬］
по-	1）行为的开始 2）动词的完成体 3）行为的时间很短	1）поползти́［爬行起来］ побежа́ть［起跑］ пойти́［走了］ 2）побели́ть（потоло́к）［刷白天花板］ покра́сить（сте́ну）［漆墙壁］ пообе́дать［吃过中饭］ 3）погуля́ть［散一会步］ погляде́ть［瞧一瞧］
под-	1）行为的方向自下而上,或者在什么东西下面进行的 2）接近,迫近	1）подложи́ть（что́-либо）［把……垫在下面］ подчеркну́ть（что́-либо）［在字句下加重点］ подве́сить（что́-либо）［挂上］ 2）подходи́ть（к столу́）［走近桌子］ подъе́хать（к шко́ле）［坐车行近学校］

(续表)

接头部	接头部所表示的意义	动　词
при-	3）增添,添加	подойти́（к учи́телю）[走到教师的身边] 3）подли́ть（что́-либо）[添上,添加] подсы́пать（что́-либо）[加撒,加放] подмеша́ть（что́-либо）[掺杂]
	4）轻微的行为	4）подкра́сить（немно́го）[稍微漆一漆] подлечи́ться（немно́го）[医疗得比前好一点] подзакуси́ть（немно́го）[吃一点点东西]
	5）秘密的行为	5）подслу́шать（тихо́нько）[偷听] подсказа́ть（незаме́тно）[提示] подкра́сться（незаме́тно）[悄悄走近]
	1）行为达到目的,到	1）прие́хать[来到] прибежа́ть[跑到] прискака́ть[骑马跑来] прибы́ть[抵达]
	2）添加,补上	2）пристро́ить[添造] приде́лать[装上] припеча́тать[补印]
	3）行为没有做完,稍微做一点	3）приоткры́ть（окно́）[稍微开一些窗] притвори́ть（дверь）[门关上一半] приле́чь[躺一躺]
про-	4）行为加在一个对象上	4）придави́ть（что́-либо）[压紧] прижа́ть（кого́-либо,что́-либо）[压迫,紧压]
	1）行为全部完成	1）прочита́ть（кни́гу）[看完书] прослу́шать（докла́д）[听完报告] пропе́ть（пе́сню）[唱完歌] просмотре́ть（карти́ну）[看完一张影片] пронумерова́ть（страни́цы в кни́ге）[打上书里的页码] проспа́ться[睡醒]
	2）行为及于整个对象	2）прогре́ть（что́-либо）[使什么东西整个暖热] просоли́ть（что́-либо）[使什么东西全部盐渍]
	3）穿过,通过	3）проже́чь[烧穿] проби́ть（отве́рстие）[打一个孔] проруби́ть（окно́）[打穿窗子]

（续表）

接头部	接头部所表示的意义	动　词
	4）在旁边经过	4）проéхать（мѝмо дерéвни）[在村子旁边经过]
		пробежáть（мѝмо шкóлы）[跑过学校]
	5）表示丧失和损失的行为	5）прожѝть（срéдства）[花完金钱]
		проигрáть（игрý，в шáхматы）[输去游戏，在象棋赛中输去]
раз-（рас-）	1）行为的方向遍于四面八方	1）разбросáть（чтó-либо）[抛散]
		разбросáться[散开]
		разойтѝсь[走散]
		разъéхаться[散去]
	2）分成几个部分	2）разбѝть（чтó-либо）[打碎]
		разбѝться[打碎]
		разорвáть（чтó-либо）[撕破]
		разорвáться[裂开]
		разложѝть（чтó-либо）[分解]
		раскрошѝть（чтó-либо）[捻碎]
	3）完全停止，结束，行为进行到极点	3）разлюбѝть[不再爱，厌倦]
		разобрáться[拆开，拆卸]
		расхвалѝть[极度称赞]
		разобѝдеть[极度欺侮]
	4）行为越做越起劲	4）разговорѝться[谈得起劲起来]
		распéться[唱得响起来]
		расплясáться[舞得有劲起来]
		раскричáться[喊得响起来]
с-（со-）	1）自上而下	1）сходѝть（с горы́）[下山]
		сбрóсить（чтó-либо вниз）[抛下]
		сбежáть（с лéстницы）[跑下楼]
	2）除去表面的一部分	2）срéзать（с коры́ нарóст）[削去树皮上的瘤]
		скосѝть（травý）[割草]
		сбрить（вóлосы）[剃头]
	3）从四面八方集中于一点	3）сблѝзиться[接近]
		съéхаться[会集]
		собрáться[集合]
		соединѝться[联合]
	4）完成体	4）сдéлать（чтó-либо）[做成]

（续表）

接头部	接头部所表示的意义	动　　词
y-	1）离去 2）行为的结束	1）улете́ть［飞去］ 　уе́хать［离开］ 　унести́［带走］ 2）уговори́ть［劝说］ 　успоко́ить［安慰］ 　уве́рить［使……相信］

B. 加接尾部构成动词的体　［Образова́ние ви́дов глаго́ла при по́мощи су́ффиксов］

Ⅰ．带接尾部-ива-,-ыва-的动词［Глаго́лы с су́ффиксами -ива-,-ыва-］

表 60

未完成体	完成体	未完成体	接尾部
стро́ить［造］	*достро́ить*［造成］ Вчера́ рабо́чие *достро́или* дом.［昨天工人们造成了房屋。］	*достра́ивать* Вчера́ рабо́чие ещё *достра́ивали* дом.［昨天工人们还在建造房屋。］	-ива-
	перестро́ить［翻造］ Э́тот дом *перестро́или*.［这座房屋翻造过了。］	*перестра́ивать* Э́тот дом *перестра́ивали* три ра́за.［这座房屋曾经翻造三次。］	
	надстро́ить［加造上层］ В Москве́ *надстро́или* мно́го домо́в.［在莫斯科许多房子都在上面加造了几层。］	*надстра́ивать* Всё ле́то в Москве́ *надстра́ивали* дома́.［整个夏天莫斯科在加造房屋的上层。］	
писа́ть［写］	*переписа́ть*［抄写］ Я *переписа́л* рабо́ту.［我把作品抄写了。］	*перепи́сывать* Я не́сколько раз *перепи́сывал* рабо́ту.［我把作品抄写好几次。］	-ыва-

（续表）

未完成体	完成体	未完成体	接尾部
читáть［读］	*дописáть*［写完］ Я *дописáл* письмó и вложи́л в конвéрт. ［我写完了信并把它放入信封里。］ *подписáть*［签字］ Он *подписáл* все бумáги. ［他在所有的文件上都签了字。］ *дочитáть*［读完］ Я как раз *дочитáл* газéту, когдá он вошёл.［当他进来的时候，我正巧读完报纸。］ *перечитáть*［重读］ Я вчерá *перечитáл* твоё письмó.［我昨天把你的来信重新读了一遍。］	*допи́сывать* Я *допи́сывал* письмó, когдá он вошёл в кóмнату.［当他走进房间的时候，我正在写信。］ *подпи́сывать* Он всегдá *подпи́сывал* все бумáги.［他总是在所有的文件上签字。］ *дочи́тывать* Я *дочи́тывал* газéту, когдá он вошёл.［当他进来的时候，我正在读报。］ *перечи́тывать* Я чáсто *перечи́тывал* твоё письмó.［我常常反复阅读你的来信。］	

注：1. 未完成体动词加上接头部，就形成完成体动词。这种完成体动词若再加上接尾部-ива-,-ыва-,可以再形成为未完成体动词。但如果接头部只表示行为的完成性，而并不改变词的基本意义，那么，像这一类完成体动词就不能再加接尾部而形成为未完成体动词(*сдéлывать*，*напи́сывать* 像这样的词是没有的)。

2. 含有-ива-,-ыва-接尾部的动词总是未完成体。

3. 在没有接头部的动词里，有时也含有接尾部-ива-,-ыва-,例如：*лáвливать*［捕捉］(„Мы *лáвливали* и ершéй"［我们还捕捉鲈鱼］(克雷洛夫))，*хáживать*［走］。这种动词表示行为重复多次，就是所谓"多回体"。从现代语的眼光看来，"多回体"大部分都是古语，但在19世纪的俄国文学里却常常可以遇到，例如：„Я *ви́дывал* частéнько, что ры́льце у тебя́ в пуху́..."［我常常看到你的脸上沾着鸡毛……(出于克雷洛夫寓言，意即：我常常听到你的丑闻。)］

„... Тáня дáле;
Старýшка ей: „А вот ками́н;
Здесь бáрин *си́живал* оди́н,
Здесь с ним *обéдывал* зимóю
Покóйный Лéнский, наш сосéд..."
［……塔尼雅继续走过去；
老太婆向她解释道："这是火炉；
这里老爷常常一个人坐着，

这里,已故的伦斯基,我们的邻居,
在冬天常常跟他一起用午饭……"](普希金)

„Кто не проклина́л станцио́нных смотри́телей, кто с ни́ми не бра́нивался...“[谁没有咒骂过驿站长,谁没有跟他们吵过嘴……](普希金)

Ⅱ. 带接尾部-ну-的动词[Глаго́лы с су́уффиком -ну-]

表61

未完成体	完成体	接尾部	说明
исчеза́ть[消失] Со́лнце постепе́нно *исчеза́ло.*[太阳在渐渐地隐没下去。]	*исче́знуть* Наконе́ц, оно́ совсе́м *исче́зло.*[最后,它完全隐没了。]		Со́лнце *исчеза́ло* 表示还可以看得见。 Со́лнце *исче́зло* 表示已经看不见了。
достига́ть[达到] Мы уже́ *достига́ли* верху́шки горы́, как пошёл дождь.[当下雨的时候,我们已经快要达到山顶了。]	*дости́гнуть* Мы уже́ *дости́гли* верху́шки горы́, как пошёл дождь.[当下雨的时候,我们已经达到山顶了。] На́ша страна́ *дости́гла* огро́мных успе́хов.[我们的国家获得了重大的成就。]		Уже́ *достига́ли* верху́шки 已经快要达到山顶了。 Уже́ *дости́гли* верху́шки 已经在山顶上了。 Страна́ *дости́гла* успе́хов 成就已经到手了。
мелька́ть[闪耀] Вдали́ *мелька́ли* огоньки́.[远处闪耀着火星。]	*мелькну́ть* Вдали́ *мелькну́л* огонёк.[远处有一颗火星闪了一闪。]	-ну-	*Мелька́ли* огоньки́ 不断地闪耀着。 *Мелькну́л* огонёк 只闪了一闪。
толка́ть[推] Ма́льчик *толка́л* стол.[男孩子推桌子。]	*толкну́ть* Ма́льчик *толкну́л* стол.[男孩子推了一下桌子。]		*Толка́л* стол 推的行为重复几次。 *Толкну́л* стол 只推了一下。
маха́ть[挥] Он *маха́л* руко́й на проща́нье.[他挥手告别。]	*махну́ть* Он *махну́л* руко́й.[他挥了一挥手。]		*Маха́л* руко́й 挥动几次。 *Махну́л* руко́й 挥了一次。

（续表）

未完成体	完成体	接尾部	说明
кричáть［啼哭］ Ребёнок *кричáл*, не переставáя.［孩子不停地啼哭着。］	*крúкнуть* Ребёнок *крúкнул* и замóлк.［孩子哭了一声就静默了。］		Кричáл 行为不受时间的限制。 Крúкнул 只哭了一声。

注：1. 大多数含有接尾部-ну-的动词是完成体动词。

2. 含有接尾部-ну-的完成体动词：а）表示行为的完成性，表示行为的结果已经产生（исчéзнуть, достúгнуть）；б）表示行为的一回性，表示行为只发生一次，或者只发生于极短暂的时间（толкнýть, махнýть, крúкнуть）。

3. 某些未完成体动词也含有接尾部-ну-，例如：вя́нуть［凋谢］, вя́знуть［陷入］, сóхнуть［干燥］, мóкнуть［潮湿］, гúбнуть［灭亡］, крéпнуть［巩固］, мёрзнуть［冻结］, зя́бнуть［冻僵］, глóхнуть［耳聋］。这种动词大多表示行为在渐渐地深入化。所有这些动词加上接头部就形成完成体：завя́нуть, увя́нуть, увя́знуть, засóхнуть, вы́мокнуть, погúбнуть, окрéпнуть, замёрзнуть, оглóхнуть。另外有些未完成体动词在意义上是跟它们相同的：увядáть, увязáть, засыхáть, вымокáть, погибáть, замерзáть。

Ⅲ. 带接尾部-ва-的动词［Глагóлы с сýффиксом -ва-］

表 62

完成体	未完成体	接尾部
дать［给］ Он *дал* мне кнúгу.［他给了我一本书。］	*давáть* Он *давáл* мне всегдá кнúги.［他总是送书给我。］	
создáть［建立］ Мы *создáли* тяжёлую промы́шленность.［我们建立了重工业。］	*создавáть* Мы *создавáли* тяжёлую промы́шленность в течéние ря́да лет.［我们在过去几年里建立重工业。］	
осознáть［认识］ Он *осознáл* свои́ оши́бки.［他认识了自己的错误。］	*осознавáть* Он дóлго не *осознавáл* свои́х оши́бок.［他长时期地不曾认识自己的错误。］	
признáть［承认］	*признавáть*	

（续表）

完成体	未完成体	接尾部
позна́ть[认识] *встáть*[起身] *Встал* ра́но у́тром.［清早就起身了。］	*познавáть* *вставáть* Я всегдá *вставáл* ра́но у́тром.［我总是在清早起身。］	-ва-
застáть[碰到] Не *застáл* до́ма никого́.［在家里没有碰到任何人。］	*заставáть* Я обы́чно *заставáл* всех до́ма.［我通常总碰到所有的人都在家里。］	
преодолéть[克服] Мы *преодолéли* все препя́тствия.［我们克服了一切阻碍。］	*преодолевáть* Мы с трудо́м *преодолевáли* препя́тствия.［我们吃力地克服着阻碍。］	
овладéть[掌握] Мы уже́ *овладéли* те́хникой.［我们已经掌握了技术。］	*овладевáть* Мы постепéнно *овладевáли* те́хникой.［我们渐渐地掌握技术。］	
добúться[取得] Мы *добúлись* успéхов.［我们取得了成就。］	*добивáться* Мы упо́рно *добивáлись* успéхов.［我们在顽强地争取成就。］	
забы́ть[忘记] Я *забы́л* сего́дня каранда́ш.［今天我忘记了（带）铅笔。］	*забывáть* Я всегдá *забывáл* каранда́ш.［我老是忘记（带）铅笔。］	
откры́ть[开] Собра́ние *откры́ли* в 8 часо́в.［会议在八点钟召开了。］	*открывáть* Собра́ние всегдá *открывáли* во́время.［会议总是准时召开。］	
покры́ть[笼罩] Утром густо́й тума́н *покры́л* поля́.［早晨浓雾笼罩了田野。］	*покрывáть* По утра́м густо́й тума́н *покрывáл* поля́.［每天早晨浓雾笼罩田野。］	

注：1. 某些完成体动词（дать，забы́ть 等）加上接尾部-ва-，就成为未完成体动词（давáть，забывáть 等）。接尾部-ва-总是接在母音字母之后的。

2. 含有接尾部-ва-的动词通常都是未完成体，即使再加上接头部也仍旧是未完成体，例如：передавáть[转交]，продавáть[卖出]，отдавáть[归还]，выдавáть[捐献]。相当的完成体动词为：передáть，продáть，отдáть，вы́дать。

3. 动词быть，бывáть 是未完成体，它们的完成体是побы́ть，побывáть：Я хочý *побывáть* в дерéвне.［我要到乡下去。］Я хочý *побы́ть* в дерéвне с мéсяц.［我要在乡下住一个月光景。］

4. 凡是词根[ко́рень]为-да-,-зна-,-ста-的动词（признáть — признавáть，отдáть — отдавáть，пристáть — приставáть）都归于这一类，这些未完成体动词变位时的特点：现在词没有接尾部-ва-（отдаёшь，признаёшь，пристаёшь，встаёшь 等）。

Ⅳ. 带接尾部-и-,-а-的动词[Глаго́лы с су́ффиксами -и-,-а-]

表 63

完成体	接尾部	未完成体	接尾部
изучи́ть[学习] Мы уже́ *изучи́ли* дре́внюю исто́рию. [我们已经把古代史学完了。]		*изуча́ть* Мы *изуча́ли* дре́внюю исто́рию в 5-м кла́ссе. [我们在五年级里曾经学过古代史。]	
получи́ть[收] Сего́дня я *получи́л* письмо́. [今天我收到了一封信。]		*получа́ть* Ле́том я ча́сто *получа́л* пи́сьма. [夏天我常常收到来信。]	
реши́ть[解决] Наконе́ц, они́ *реши́ли* э́тот вопро́с. [最后,他们解决了这个问题。]	-и-	*реша́ть* Они́ до́лго *реша́ли* э́тот вопро́с. [他们好久地解决着这个问题。]	-а-(-я-)
ко́нчить[完毕] Сего́дня они́ *ко́нчили* рабо́ту в 7 часо́в. [今天他们在七点钟做完了工作。]		*конча́ть* Они́ обы́чно *конча́ли* рабо́ту в 6 часо́в. [他们通常在六点钟做完工作。]	
вы́полнить[完成] Мы *вы́полнили* план. [我们完成了计划。]		*выполня́ть* Мы *выполня́ли* план ка́ждый год. [我们每年完成计划。]	
прове́рить[检查] Коми́ссия в три дня *прове́рила* соцобяза́тельства. [委员会在三天之中就把社会主义义务检查完了。]		*проверя́ть* Коми́ссия три дня *проверя́ла* соцобяза́тельства. [委员会检查社会主义义务三天。]	

注:1. 在两个意义相同的动词中,凡带有接尾部-и-的是完成体,带有接尾部-а-的是未完成体。

2. 动词 купи́ть[买]是完成体,покупа́ть 是未完成体(注意:未完成体不仅改变接尾部,而且还加上了接头部 по-)。

Он *купи́л* кни́ги.[他买了书。]Я его́ ви́дел в магази́не, где он *покупа́л* кни́ги. [我在铺子里看到他,他在那里买书。]

3. 在这类动词里,也有连词干(оснóва)子音一起改变的:

отвéтить — отвечáть[回答]

защити́ть — защища́ть[保护]

проводи́ть — провожáть[伴送]

победи́ть — побеждáть[战胜]

пусти́ть — пускáть[放]

обнови́ть — обновля́ть[革新]

прости́ть — прощáть[饶恕]

4. 在这类动词中,有一部分的完成体和未完成体不仅接尾部不同,而且重音的地位也不同,完成体的重音在词根,未完成体的重音在接尾部:

кóнчить — кончáть

брóсить — бросáть

отвéтить — отвечáть

Г. 词根和词干改变的完成体和未完成体动词 [Глагóлы с изменéниями в кóрне и в оснóве]

表 64

未完成体	完成体
А.	
избирáть, выбирáть[选举]	*избрáть, вы́брать*
Собрáние *выбирáло* прези́диум 10 мину́т. [大会选举主席团达十分钟。]	Собрáние *вы́брало* в прези́диум трёх товáрищей. [大会选出了三位同志为主席团。]
созывáть[召开]	*созвáть*
призывáть[号召]	*призвáть*
засыпáть[睡去]	*заснýть*
поднимáть[提高]	*поднять*
На фáбрике с кáждым днём всё вы́ше *поднимáли* производи́тельность трудá. [工厂里(人们)每天不断地提高着劳动生产率。]	На фáбрике *пóдняли* производи́тельность трудá. [工厂里(人们)提高了劳动生产率。]
понимáть[了解]	*понять*
начинáть[开始]	*начáть*
Мы всегдá *начинáли* рабóту в 9 часóв. [我们总是在九点钟开始工作。]	Вчерá мы *нáчали* рабóту в 8 часóв. [昨天我们在八点钟就开始工作了。]

（续表）

未完成体	完成体
Б. *помогáть*［帮助］ Он всегдá *помогáл* мне.［他总是帮助我。］	*помóчь* Он *помóг* мне сегóдня закóнчить рабóту.［他今天帮助我做完工作。］
предостерегáть［警告］ Я егó не раз *предостерегáл* от опáсности.［我曾经不止一次地警告他要当心危险。］	*предостерéчь* Я егó *предостерёг* от опáсности.［我警告了他要当心危险。］
привлекáть［吸引］ *приобретáть*［获得］ Он всегдá *приобретáл* рéдкие кнúги.［他经常获得稀有的书籍。］	*привлéчь* *приобрестú* Сегóдня он *приобрёл* рéдкую кнúгу.［今天他获得了一本稀有的书。］
пропадáть［迷失］ *спасáть*［拯救］ Он не раз *спасáл* утопáющих.［他曾经不止一次地拯救落水者。］	*пропáсть* *спастú* Он *спáс* утопáющего.［他拯救了一个落水者。］
В. *ложúться*［睡觉］ Лéтом я *ложúлся* спать в 10 часóв.［夏天里我在十点钟睡觉。］	*лечь* Сегóдня я *лёг* в 12 часóв.［今天我在十二点钟睡觉。］
садúться［下沉］ Сóлнце мéдленно *садúлось*.［太阳慢慢地沉下去。］	*сесть* Сóлнце *сéло*.［太阳落山了。］
становúться［成为］	*стать*

Д. 动词体变时词根母音的变换　［Свóдная таблúца возмóжных чередовáний глáсных в кóрне при видовы́х изменéниях］

表 65

变换的母音	完成体	未完成体	附注
о — а	опоздáть［迟到］ вскочúть［跳跃］ вздрóгнуть［战栗］ осмотрéть［视察］	опáздывать вскáкивать вздрáгивать осмáтривать	在含有接尾部 -ыва-，-ива-的未完成体里，重音在词根的 а 上。

（续表）

变换的母音	完成体	未完成体	附注
	изложи́ть［叙述］ предложи́ть［提议］ приложи́ть［运用］ косну́ться［关联］ прикосну́ться［接触］	излага́ть предлага́ть прилага́ть каса́ться прикаса́ться	词根： лож — лаг кос — кас
е — и	собра́ть — соберу́［收集］ вы́брать — вы́беру［挑选］ разобра́ть — разберу́［区别］ удра́ть — удеру́［逃走］	собира́ть выбира́ть разбира́ть удира́ть	词根： бр — бер — бир др — дер — дир
	расстели́ть［铺开］ разостла́ть постели́ть［铺上］ постла́ть	расстила́ть постила́ть	词根： стл — стел — стил
	стере́ть — сотру́［擦去］ умере́ть — умру́［死］ запере́ть — запру́［锁］	стира́ть умира́ть запира́ть	词根： тр — тер — тир мр — мер — мир пр — пер — пир
	зажéчь — зажгу́ — зажёг［点燃］ поджéчь — подожгу́［放火］	зажига́ть поджига́ть	词根： жег — жг — жиг
о — ы я — им а — ин	вздохну́ть［叹息］ поня́ть［了解］ нача́ть［开始］	вздыха́ть понима́ть начина́ть	词根： дох — дых ня — ним ча — чин

注：某些动词的未完成体和完成体的差别只表现在重音上，例如：рассыпа́ть［散布］（未完成体），рассы́пать（完成体）；отреза́ть［切断］（未完成体），отре́зать（完成体）；засыпа́ть，засы́пать［撒］不仅表现在不定式里，而且更表现在不定式所产生的各种形式里，例如：„Снег *засыпа́л* меня́ и Саве́льича.“［雪撒在我和萨维里奇的身上。］（普希金）Снег *засы́пал* нас.［雪撒了我们一身。］这些动词在未完成体现在时和完成体未来时上的差别大多不止限于重音：рассыпа́ю，отреза́ю，засыпа́ю（未完成体现在时）— рассы́плю，отре́жу，засы́плю（完成体未来时）。

E. 未完成体和完成体词形完全不同的动词 〔Выраже́ние разли́чия в ви́дах ра́зными слова́ми〕

表 66

未完成体	完成体
говори́ть〔说〕	*сказа́ть*
Он *говори́л* два часа́.〔他说话有两个钟头。〕	За два часа́ он *сказа́л* всё.〔在两个钟头之中他把一切都说了出来。〕
брать〔取〕	*взять*
Я всегда́ *брал* кни́ги в э́той библиоте́ке.〔我总是在这个图书馆里借书。〕	Сего́дня я *взял* сочине́ния Пу́шкина.〔今天我借了普希金的文集。〕
класть〔储存〕	*положи́ть*
Часть зарпла́ты я *бу́ду* ежеме́сячно *класть* в сберка́ссу.〔我将每个月把薪水的一部分存在储蓄银行里。〕	За́втра я *положу́* в сберка́ссу часть зарпла́ты.〔明天我将把一部分薪水存到储蓄银行里去。〕
лови́ть〔捕捉〕	*пойма́ть*
Стари́к ка́ждый день *лови́л* не́водом ры́бу.〔老头儿每天用网打鱼。〕	Я сего́дня *пойма́л* золоту́ю ры́бку.〔我今天捕到了一尾金鱼。〕

Ж. 几个在体方面具有特点的动词 〔Замеча́ния об осо́бенностях видовы́х значе́ний не́которых глаго́лов〕

表 67

преоблада́ть〔占优势〕 зна́чить〔意味〕 отрица́ть〔否定〕 утвержда́ть〔肯定〕 **未完成体** повествова́ть〔讲述〕 полага́ть〔认为〕 угнета́ть〔压迫〕 прису́тствовать〔出席〕 отсу́тствовать〔缺席〕 уча́ствовать〔参加〕	这几个动词没有在意义上跟它们相当的完成体。 注意：1. 动词 утвержда́ть 作"任命，批准"解时，有完成体——утверди́ть（утвержда́ть в до́лжности, утверди́ть в до́лжности〔任命〕），作"肯定"解时，没有完成体。（Я э́то сме́ло утвержда́ю。〔这点我大胆肯定。〕） 　2. 动词 полага́ть 作"认为"解时，没有完成体（Я полага́ю, что...〔我认为……〕）。但由这个动词而派生出来的 предполага́ть〔假定〕（未完成体）却有完成体 предположи́ть。 　3. 动词 уча́ствовать 没有完成体，但可以说 принима́ть уча́стие（未完成体）和 приня́ть уча́стие（完成体）。

(续表)

стать[开始] очути́ться[处于] ри́нуться[冲] } 完成体 хлы́нуть[涌出]	这几个动词没有相当的未完成体。
веле́ть[吩咐]，жени́ть[成婚]，жени́ться[娶]，конфискова́ть[没收]，испо́льзовать[利用]，обеща́ть[答应]，образова́ть[形成]，организова́ть[组织]，сочета́ть[结合]，телеграфи́ровать[打电报。] 　　注：在现代语言里，上列动词中的一部分可以加接尾部-ыва-，-ива-而成未完成体（организо́вывать，образо́вывать）。 　　为了要强调完成体的意义起见，一部分动词可以加接头部： соорганизова́ть， пообеща́ть， пожени́ть， пожени́ться。	这几个动词可以作为完成体用，也可以作为未完成体用。要决定究竟是完成体还是未完成体，必须参看上下文，例如：Я телеграфи́рую.[我打电报。]可能是未完成体的现在时，也可能是完成体的未来时，要看上下文才能决定。 　　Он всегда́ выполня́ет всё, что обеща́ет.[他答应的他永远全都做到。]（未完成体） 　　Сего́дня он обеща́л мне прийти́ к 8 часа́м.[今天他答应了我在八点钟来。]（完成体）

3. 词干不同的未完成体和完成体动词　[Глаго́лы движе́ния с ра́зными осно́вами в несоверше́нном и соверше́нном ви́дах]

表 68

未完成体	完成体	
носи́ть[带，穿] 　выноси́ть[拿出去] 　относи́ть[拿去] 　приноси́ть[拿来] 　переноси́ть[转递] 　　　　и т. д. нести́ ──────→	вы́нести, отнести́, принести́, перенести́ и т. д.	动词носи́ть, води́ть, вози́ть, ходи́ть, лета́ть, бе́гать, по́лзать 和 动词 нести́, вести́, везти́, идти́, лете́ть, бежа́ть, ползти́ 都是未完成体。它们之间的差别在于： 　1. 动词 носи́ть, води́ть, ходи́ть 等表示经常发生的行为，例如：

（续表）

未完成体	完成体	
води́ть[带领] доводи́ть[带到] отводи́ть[带往] приводи́ть[带来] переводи́ть[搬移] 　　　　и т. д.		Почтальо́н *но́сит* по́чту. [邮递员送邮件。] Пти́цы *лета́ют*.[鸟飞。] Зме́и *по́лзают*.[蛇爬行。] 或者重复多次和在不同的 时间、不同的方向所进行的 行为：
вести́ ──────────→	вы́вести, довести́, отвести́, привести́, перевести́　и т. д.	Учи́тель *во́дит* нас ча́сто на экску́рсии.[教师常常带 我们出去游览。]
вози́ть[运送] довози́ть[运到] вывози́ть[输出] ввози́ть[输入] привози́ть[运来] перевози́ть[转运] 　　　　и т. д.		Челове́к *хо́дит* по ко́мнате. [人在房间里走来走去。] Де́ти *бе́гают* во дворе́. [孩子们在院子里奔跑。] Самолёты *лета́ют* над Москво́й.[飞机在莫斯科上 空飞翔。]
везти́ ──────────→	вы́везти, ввезти́, привезти́, перевезти́ 　　　　и т. д.	2. 动词 нести́, вести́, везти́, идти́ 等表示行为只发 生一次和发生在一个方
ходи́ть[走] уходи́ть[去] приходи́ть[来] выходи́ть[出去] переходи́ть[走过] 　　　　и т. д.		向里： Смотри́, почтальо́н *несёт* по́чту.[瞧，邮递员在送邮 件。]
идти́ ──────────→ лета́ть[飞] вылета́ть[飞出] прилета́ть[飞来] улета́ть[飞去] 　　　　и т. д.	вы́йти, уйти́, прийти́, перейти́ 　　　　и т. д.	Сего́дня я *иду́* в теа́тр. [今天我去看戏。] Самолёт *лети́т* на по́люс.[飞机飞到北极去。] Сюда́ *бежи́т* ма́льчик. [男孩子向这里跑来。]
лете́ть ──────────→	вы́лететь, прилете́ть, улете́ть　и т. д.	
бе́гать[跑] убега́ть[跑去]		

（续表）

未完成体	完成体	
прибега́ть［跑来］ выбега́ть［跑出］ 　　　　и т. д. бежа́ть ————————→	вы́бежать, убежа́ть, прибежа́ть　и т. д.	
по́лзать［爬］ выполза́ть［爬出］ приполза́ть［爬来］ уполза́ть［爬去］ 　　　　и т. д. ползти́ ————————→	вы́ползти, приползти́, уползти́ 　　　　и т. д.	
е́здить［乘］ въезжа́ть［乘……进入］ уезжа́ть［乘……离开］ выезжа́ть［乘……出去］ приезжа́ть［乘……来］ переезжа́ть［乘……经过］ е́хать ————————→	въе́хать, вы́ехать, уе́хать,　приехать, перее́хать　и т. д.	

注：1. 第一组动词 носи́ть，води́ть，вози́ть，ходи́ть 等加接头部仍为未完成体，假如这些接头部加于词的意义只是空间方面的，例如：выходи́ть из ко́мнаты［从房间里出去］，входи́ть в ко́мнату［走进房间］，уходи́ть и́з дому［从家里出去］，переходи́ть у́лицу［穿过街道。］

2. 假如接头部指示时间的关系（行为的开始或持续相当时间），那么上述动词加接头部就成为完成体，例如：a）Он в волне́нии заходи́л, забе́гал по ко́мнате.［他由于激动在房间里走了起来，跑了起来。］这里 заходи́л，забе́гал 都是完成体动词。但是，在下面的那种句子里，动词是未完成体：Он ко мне ча́сто заходи́л, забега́л ле́том.［他在夏天常常走到，跑到我的地方。］值得注意的是 забегал 一词的重音：完成体 забе́гал 重音在词根，未完成体 забега́л 重音在接尾部。

б）Я походи́л по ко́мнате и присе́л.［我在房间里走了一会儿就坐了下来。］Он полета́л над го́родом и опусти́лся.［它在城市上空飞了一会儿就着陆了。］这里 походи́л 和 полета́л 都是完成体动词。

3. 假如接头部指示行为的完成性，那么上述动词加接头部也成为完成体：сходи́ть куда́-нибудь и верну́ться［到某处去了一次回来了］——动词 сходи́ть 是完成体，但 сходи́ть отку́да-нибудь（с горы́, с ле́стницы）［从某处（从山上，从楼梯）下来］却是未完成体；исходи́л всё по́ле［走遍整个田野］，избе́гал весь сад［跑遍整个花园］都是完成体动词，因为它们表示行为普及于全面,表示行为进行到底,同时 избегáл 的重音在词根。

注意:未完成体动词 избегáл 的重音在接尾部,它的意义也完全不同: Он избегáл людéй.[他逃避人们。]

4. 假如动词用作转义词[в перенóсном значéнии],那么加接头部也成为完成体: выходить больнóго[医愈病人];заносить плáтье, изнаси́ть пла́тье[穿破衣服]。

5. 第二组动词 нести́, внести́, везти́, идти́ 等加接头部,一定成为完成体动词。这些动词若加接头部 вы-,那么重音就一定在这个接头部上(вы́нести, вы́везти, вы́бежать 等)。

6. 动词 éздить(未完成体)加接头部时要变为 езжáть(приезжáть, выезжáть 等)。 Езжáть,不加接头部在现代俄语里是难得用的。

И. 未完成体和完成体动词用法示例　[Употреблéние глагóлов несовершéнного и совершéнного ви́дов в свя́зном тéксте]

表 69

未完成体	完成体
„Грозá *надвигáлась.* Впереди́ огрóмная лилóвая тýча мéдленно *поднимáлаеь* из-за лéсу;нáдо мной и мне навстрéчу *несли́сь* дли́нные сéрые облакá, раки́ты тревóжно *шевели́лись* и *лепетáли...*" [雷雨快要到来。 前面一大片紫色的云慢吞吞地从树林后面升起来;一长条一长条的灰云在我的上空迎着我飞翔,绢柳不安地抖动着,呢喃着……](屠格涅夫) „*Приводи́ли* обыкновéнно новичкá к двéри э́той кóмнаты, нечáянно *вта́лкивали* егó к медвéдю, двéри *запирáлись*, и несчáстную жéртву *оставля́ли* наединé с космáтым пусты́ником. Бéдный гость, с обóрванной полóю и до крóви оцара́панный, скóро *оты́скивал* безопáсный ýгол, но принуждён был иногдá цéлых три часá *стоя́ть*, прижа́вшись к стенé, и *ви́деть*, как разъярённый зверь в двух шага́х от негó *ревéл, пры́гал, станови́лся* на дыбы́,	„Си́льный вéтер внезáпно *загудéл* в вышинé, дерéвья *забушевáли*, крýпные кáпли дождя́ рéзко *застучáли*, *зашлёпали* по ли́стьям, *сверкнýла* мóлния, и грозá *разрази́лась.*" [强烈的风突然在高处呼啸起来,树木开始飒啦啦地发响,大滴的雨珠开始猛烈地打着,拍着叶子,闪电亮了一亮,雷雨暴发了。](屠格涅夫) „Францýз *не смути́лся, не побежáл*, а ждал нападéния. Медвéдь *прибли́жился.* Дефóрж *вы́нул* из карма́на ма́ленький пистолéт, *вложи́л* егó в ýхо голóдному звéрю и *вы́стрелил.* Медвéдь *повали́лся.* Всё *сбежáлось.* Двéри *отвори́лись.* Кири́ла Петрóвич *вошёл*, изумлённый развя́зкою своéй шу́тки..." [法国人并不狼狈,也不奔跑,而等待着袭击。熊逼近了。笛福日从口袋里掏出一支小小的手枪来,把它伸入饥饿的野兽的耳朵里,开了一枪。熊

未完成体	完成体
рва́лся и *си́лился* до него́ дотяну́ться. " [人们通常总是把新来的客人领到这个房间的门口,出其不意地把他撞向熊的地方,然后把门锁上,他们把不幸的牺牲者单独跟毛茸茸的隐士留在一起。可怜的客人衣服的边缘被撕破,身体被抓得出血,不久他就找寻一个安全的角落,不过有时他不得不把身体贴紧墙壁,整整站上三个钟头,并且看着这头离他只有两步的、激怒的野兽怎样吼叫着,跳跃着,站在后脚上,挣扎着,竭力要扑到他。](普希金)	倒了下来。 　全都跑了拢来。门打开了。 　被自己把戏的结局弄得非常尴尬的基里拉·彼得罗维奇走了进去……] (普希金) 　注:*прибли́жился* 是 *прибли́зился* 的古体。
„*Ме́жду* колёсами теле́г, Полузаве́шенных ковра́ми, *Гори́т* ого́нь; семья́ круго́м *Гото́вит* у́жин; в чи́стом по́ле *Пасу́тся* ко́ни; за шатро́м Ручно́й медве́дь *лежи́т* на во́ле…" [好些车轮中间, 一半盖着毡毯, 点上灯;一家人 围着预备晚饭。 他们的马在干净的田地上放着, 篷帐后面一只熊开了锁链躺着……] (普希金)	„И по реке́, стыдли́во сине́вшей из-под реде́ющего тума́на, *полили́сь* сперва́ а́лые, потом кра́сные, золоты́е пото́ки молодо́го, горя́чего све́та…" [在蒙着稀薄雾气的羞答答地发蓝的河上,倾泻出起初是深红色的、后来是红色的、金黄色的年轻、热烈的光芒……](屠格涅夫)
„ *Был* ве́чер. Не́бо *ме́ркло*. Во́ды *Струи́лись* ти́хо. Жук *жужжа́л*. Уж *расходи́лись* хорово́ды; Уж за реко́й, дымя́сь, *пыла́л* Ого́нь рыба́чий…" [晚上。天空在闪闪发光。 河水在静静地流。甲虫在嗡嗡地叫。 舞会已经在散场; 隔河渔火已经在冒烟,发亮……] (普希金)	Всё *зашевели́лось*, *просну́лось*, *запе́ло*, *зашуме́ло*, *заговори́ло*. Всю́ду лучи́стыми алма́зами *зарде́лись* кру́пные ка́пли росы́; мне навстре́чу, чи́стые и я́сные, сло́вно то́же обмы́тые у́тренней прохла́дой, *пронесли́сь* зву́ки ко́локола, и вдруг — ми́мо меня́ *промча́лся* отдохну́вший табу́н…" [全都微微地动了起来,醒来了,唱起歌来了,喧闹起来了,说起话来了。大滴的露珠到处像光芒四射的宝石似地闪出了红光;迎面传来干净的和清脆的、仿佛也被早晨的清凉洗过似的钟声,忽然——在我的身边跑过了一群睡好觉的马……](屠格涅夫)

К. 未完成体和完成体动词词形式比较表 [Сравнительная таблица форм глаголов несовершённого и совершённого видов]

表 70

	未完成体		完成体	
不定式	стро́ить [建造]	изуча́ть [研究]	постро́ить	изучи́ть
现在时	я стро́ю ты стро́ишь он, она́, оно́ стро́ит мы стро́им вы стро́ите ой стро́ят	изуча́ю изуча́ешь изуча́ет изуча́ем изуча́ете изуча́ют	没有现在时	
过去时	я, ты, он стро́ил я, ты, она́ стро́ила оно́ стро́ило мы вы } стро́или они́	изуча́л изуча́ла изуча́ло изуча́ли	постро́ил постро́ила постро́ило постро́или	изучи́л изучи́ла изучи́ло изучи́ли
未来时	я бу́ду стро́ить ты бу́дешь стро́ить он, она́, оно́ бу́дет стро́ить мы бу́дем стро́ить вы бу́дете стро́ить они́ бу́дут стро́ить	бу́ду изуча́ть бу́дешь изуча́ть бу́дет изуча́ть бу́дем изуча́ть бу́дете изуча́ть бу́дут изуча́ть	я постро́ю ты постро́ишь он, она́, оно́ постро́ят мы постро́им вы постро́ите они́ постро́ят	изучу́ изучи́шь изучи́т изучи́м изучи́те изуча́т
假定式	я, ты, он стро́ил бы я, ты, она́ стро́ила бы оно́ стро́ило бы мы, вы, они́ стро́или бы	изуча́л бы изуча́ла бы изуча́ло бы изуча́ли бы	постро́ил бы постро́ила бы постро́ило бы постро́или бы	изучи́л бы изучи́ла бы изучи́ло бы изучи́ли бы
命令式	строй стро́йте	изуча́й изуча́йте	постро́й постро́йте	изучи́ изучи́те

§ 34. 动词的变位
[Спряжéние глагóлов]

A. 动词 быть 的变位 [Спряжéние глагóла быть]

表 71

现在时	过去时	未来时
	я, ты, он был я, ты, онá былá онó бы́ло мы ⎫ вы ⎬ бы́ли они́ ⎭	я бýду ты бýдешь он, онá, онó бýдет мы бýдем вы бýдете они́ бýдут
假定式	был бы, былá бы, бы́ло бы, бы́ли бы	
命令式	будь, бýдьте	

注: 动词 быть 的现在时通常是不用的。

Б. 动词 есть, суть 的用法 [Употреблéние глагóла есть, суть]

1. Есть 是动词 быть 现在时单数第三人称的古形式。

表 72

Империали́зм *есть* послéдний этáп капитали́зма. [帝国主义是资本主义的最后阶段。] У меня́ *есть* брáтья и сёстры. [我有兄弟姐妹。] Сегóдня у меня́ *есть* врéмя пойти́ в теáтр. [今天我有时间去看戏。]	在现代俄语里 есть 用作: a) 科学定义中复合谓语的连系词; б) 表示"有"的意思(不分单数或复数)。
Он член пáртии. [他是党员。]	复合谓语中的连系词 есть 现在时通常是不用的。

2. Суть 是动词 быть 现在时复数第三人称的古形式。Суть 只有偶然在古典文学作品里可以遇到。„Сии столь оклеветанные смотрители вообще *суть* люди мирные, от природы услужливые, склонные к общежитию…" [这些如此受诽谤的驿站长,大体都是些和平的、生来勤勉的、爱好过共同生活的人……] (普希金)

B. 动词的不定式　[Неопределённая форма]

表 73

-ть	-ти	-чь
изуча́ть[学习]	нести́[拿]	бере́чь[爱惜]
рабо́тать[工作]	идти́[走]	стере́чь[看守]
говори́ть[说话]	расти́[生长]	вовле́чь[吸引]
стро́ить[建造]	спасти́[拯救]	толо́чь[捣碎]
смотре́ть[看]	вести́[进行]	лечь[躺]
ви́деть[见]	везти́[运送]	мочь[能够]
тяну́ть[拖拉]	найти́[找寻]	печь[烘]
поги́бнуть[灭亡]	пойти́[去]	

-ть	-ти	-чь
用在母音之后	用在子音和 й 之后	用在母音之后
重音没有固定位置	重音在最后一个音节	重音在最后一个音节

注:1. -ть 主要用在母音之后,但也可以用在子音 с,з 之后,例如:сесть[坐],счесть[计算],влезть[爬入],проче́сть[读];-ти 用在子音和 й 之后;-чь 用在母音之后。

2. 假如动词的结尾为-ти 或-чь,重音在最后一个音节。但含有接头部 вы-的动词例外,因为重音在接头部(вы́нести, вы́везти, вы́печь)。

3. 根据不定式词干形成的有动词的过去时(чита́л),过去时的自动形动词和被动形动词[действи́тельное и страда́тельное прича́стие проше́дшего вре́мени](чита́вший, прочи́танный, взя́тый)和完成体副动词[дееприча́стие соверше́нного ви́да](прочита́в, взяв)。

Г. 现在时 ［Настоя́щее вре́мя］

表 74

第一类变位法			第二类变位法		
идти́[走]	рабо́тать[工作]	词尾	стуча́ть[敲]	стро́ить[造]	词尾
я иду́	рабо́таю	-у,-ю	стучу́	стро́ю	-у,-ю
ты идёшь	рабо́таешь	-ёшь,-ешь	стучи́шь	стро́ишь	-ишь
он она́ }идёт оно́	рабо́тает	-ёт,-ет	стучи́т	стро́ит	-ит
мы идём	рабо́таем	-ём,-ем	стучи́м	стро́им	-им
вы идёте	рабо́таете	-ёте,-ете	стучи́те	стро́ите	-ите
они́ иду́т	рабо́тают	-ут,-ют	стуча́т	стро́ят	-ат,-ят

注：1. 动词在现在时有独立的词干，这种词干不是由其他动词形式按一定规则形成的，因此在学习俄文动词时，不仅要记住不定式，而且更要记住现在时。不定式词干相同的动词，可以有不同词干的现在时，例如：писа́ть — пишу́, чита́ть — чита́ю; лить — лью, гнить — гнию́。现在时的单数第一位和第二位可以有不同的词干（иду́, идёшь），但单数第三位和复数第一、第二、第三各位都要根据单数第二位的词干形成（лю́бишь — лю́бит — лю́бим 等）。

2. 根据动词现在时词干而形成的计有：命令式（изуча́й），现在时自动形动词和被动形动词［прича́стия действи́тельное и страда́тельное настоя́щего вре́мени］（изуча́ющий, изуча́емый）和未完成体副动词［дееприча́стие несоверше́нного ви́да］（изуча́я）。

3. 动词按照人称词尾［ли́чные оконча́ния］分为两类：第一类变位法动词［глаго́лы I спряже́ния］（词尾为-у(-ю),-ешь,-ет,-ем,-ете,-ут(-ют)或-ёшь,-ёт,-ём,-ёте）和第二类变位法动词［глаго́лы II спряже́ния］（词尾为-у(-ю),-ишь,-ит,-им,-ите,-ат(ят)）。

4. 除了按照第一类变位法和第二类变位法而变位的动词之外，还有不按照上述二种变位法变位的不规则动词［непра́вильные глаго́лы］（请参看表84）。某些不规则动词一部分按照第一类变位法变位，一部分按照第二类变位法变位，例如：хоте́ть, бежа́ть：

хоте́ть[要]		бежа́ть[跑]	
я хочу́	мы хоти́м	я бегу́	мы бежи́м
ты хо́чешь	вы хоти́те	ты бежи́шь	вы бежи́те
он она́ }хо́чет оно́	они́ хотя́т	он она́ }бежи́т оно́	они́ бегу́т

Д. 重音不在人称词尾上的动词 ［Глаго́лы с безуда́рными ли́чными оконча́ниями］

表 75

假如重音不在人称词尾上,那么只要根据不定式就可以决定一个动词属于哪一类变位法(第一类或第二类)	
属于第一类变位法的动词	属于第二类变位法的动词
1）词尾为-ить 的动词只有一个：брить［修面］(бре́ешь, бре́ют)	1）凡是词尾为-ить 的动词： стро́ить［建造］(стро́ю, стро́ишь, стро́ят) ходи́ть［走］(хожу́, хо́дишь, хо́дят) бели́ть［漂白］(белю́, бе́лишь, бе́лят)
2）凡是词尾为-еть 的动词： красне́ть［变红］(красне́ю, красне́ешь, красне́ют) беле́ть［变白］(беле́ю, беле́ешь, беле́ют)	2）六个词尾为-еть 的动词： смотре́ть［看］(смотрю́, смо́тришь, смо́трят) ви́деть［见］(ви́жу, ви́дишь, ви́дят) терпе́ть［忍受］(терплю́, те́рпишь, те́рпят) оби́деть［侮辱］(оби́жу, оби́дишь, оби́дят) верте́ть［旋转］(верчу́, ве́ртишь, ве́ртят) зави́сеть［依赖］(зави́шу, зави́сишь, зави́сят) 和在它们之前加接头部的一切动词—— посмотре́ть, уви́деть, вы́терпеть и т. д.
3）凡是词尾为-ать 的动词： отвеча́ть［回答］(отвеча́ю, отвеча́ешь, отвеча́ют) лома́ть［折断］(лома́ю, лома́ешь, лома́ют)	3）四个词尾为-ать 的动词： дыша́ть［呼吸］(дышу́, ды́шишь, ды́шат) слы́шать［听到］(слы́шу, слы́шишь, слы́шат) держа́ть［握住］(держу́, де́ржишь, де́ржат) гна́ть［驱逐］(гоню́, го́нишь, го́нят) 和在它们之前加接头部的一切动词—— подыша́ть, услы́шать, вы́держать, согна́ть и др.
所有其他动词属第一类变位法	

E. 过去时 ［Прошéдшее врéмя］

表 76

未完成体		完成体		
я, ты, он изучáл	стрóил	изучúл	пострóил	л
я, ты, онá изучáла	стрóила	изучúла	пострóила	л-а
онó изучáло	стрóило	изучúло	пострóило	л-о
мы вы ⎰ изучáли они ⎱	стрóили	изучúли	пострóили	л-и
不定式：изучáть［学习］ стрóить［建造］		изучúть	пострóить	

　　注：1. 动词过去时由不定式词干加接尾部-л 而成（рабóтать — рабóтал, мыть — мыл）。
　　2. 动词过去时有性的变化（он рабóтал, онá рабóтала, онó рабóтало），有数的变化（мы рабóтали），但没有位的变化。
　　3. 未完成体动词过去时只表示行为是在过去发生的（Я изучáл［我曾经学习］, Я стрóил［我曾经建造］）；完成体动词过去时表示行为已经进行完毕（Я пострóил сарáй.［我造好了一座仓库。］; Я изучúл материáл.［我研究完了材料。］）。

Ж. 过去时形成上的几个特点 ［Нéкогорые осóбенности в образовáнии прошéдшего врéмени］

表 77

1. 词尾为-сти 的动词	2. 词尾为-чь 的动词	3. 词尾为-нуть 的动词
不定式		
нестú, везтú, грестú, вестú, плестú	мочь, печь, стерéчь	погúбнуть, исчéзнуть, ослéпнуть
过去时		
я, ты, он нёс, вёз, грёб, вёл, плёл	мог, пёк, стерёг	погúб, исчéз, ослéп

（续表）

1. 词尾为-сти 的动词	2. 词尾为-чь 的动词	3. 词尾为-нуть 的动词
过去时		
я，ты，она́ несла́，везла́，гребла́，вела́，плела́	могла́，пекла́，стерегла́	поги́бла，исче́зла，осле́пла
оно́ несло́，везло́，гребло́，вело́，плело́	могло́，пекло́，стерегло́	поги́бло，исче́зло，осле́пло
мы вы они́ } несли́，везли́，гребли́，вели́，плели́	могли́，пекли́，стерегли́	поги́бли，исче́зли，осле́пли

注：1. 凡是不定式词尾为-сти 而现在时词干的末尾没有 д，т 的动词（нести́ — несу́，везти́ — везу́），它的过去时单数阳性就没有接尾部-л，而以子音接尾：нести́ — несу́ — нёс，везти́ — везу́ — вёз。

假如动词不定式的词尾为-сти，而现在时词干的末尾有 д，т，那么，过去时的接尾部-л 保留，但直接接在词干的母音之后。例如：вести́ — веду́ — вёл，плести́ — плету́ — плёл。

2. 词尾为-чь 的动词（бере́чь，печь），过去时单数阳性用-г，-к 结尾（берёг，пёк），阴性用-гла，-кла，中性用-гло，-кло，复数用-гли，-кли。

3. 某些含有接尾部-ну 的动词，过去时没有这个接尾部：поги́бнуть — поги́б，исче́знуть — исче́з。过去时省去接尾部-ну 的动词主要是未完成体：со́хнуть — сох，мёрзнуть — мёрз，кре́пнуть — креп；含有接尾部-ну-的完成体动词，它的过去时通常是保留这个接尾部的：кри́кнуть — кри́кнул，толкну́ть — толкну́л。只有极少数例外：а）тяну́ть — тяну́л（未完成体），б）исче́знуть — исче́з（完成体）。

在不定式里含有-ере-的动词（умере́ть，запере́ть，тере́ть），过去时阳性词尾没有-л（у́мер，за́пер，тёр）。

3. 未来时 ［Бу́дущее вре́мя］

表 78

未完成体	完成体
я бу́ду чита́ть	прочита́ю
ты бу́дешь чита́ть	прочита́ешь
он，она́，оно́ бу́дет чита́ть	прочита́ет
мы бу́дем чита́ть	прочита́ем
вы бу́дете чита́ть	прочита́ете
они́ бу́дут чита́ть	прочита́ют

（续表）

未完成体	完成体	
я бу́ду изуча́ть，выполня́ть	изучу́	вы́полню
ты бу́дешь изуча́ть，выполня́ть	изу́чишь	вы́полнишь
он она́ } бу́дет изуча́ть，выполня́ть оно́	изу́чит	вы́полнит
мы бу́дем изуча́ть，выполня́ть	изу́чим	вы́полним
вы бу́дете изуча́ть，выполня́ть	изу́чите	вы́полните
они́ бу́дут изуча́ть，выполня́ть	изу́чат	вы́полнят

注：1. 未完成体未来时是由助动词 бу́ду，бу́дешь，бу́дет，бу́дем，бу́дете，бу́дут 加动词的不定式而成。 2. 未完成体未来时表示某一行为将要发生：Я *бу́ду чита́ть* кни́гу［我将念书］，Я *бу́ду изуча́ть* ру́сский язы́к［我将学习俄语］，Я *бу́ду писа́ть* письмо́［我将写信］。	1. 完成体未来时根据完成体不定式而形成，它的人称词尾与未完成体现在时的人称词尾相同。 2. 完成体未来时表示行为将要进行到底（Я *прочита́ю* э́ту кни́гу［我将读完这本书］，Я *напишу́* письмо́［我将写完信］）或者行为将要开始（Я *запою́*［我将要开始唱］，Я *закричу́*［我将要开始喊］）。

§35. 假定式
［Усло́вное наклоне́ние］

表 79

未完成体	完成体
я，ты，он стро́ил бы，изуча́л бы	постро́ил бы，изучи́л бы
я，ты，она́ стро́ила бы，изуча́ла бы	постро́ила бы，изучи́ла бы
оно́ стро́ило бы，изуча́ло бы	постро́ило бы，изучи́ло бы
мы вы } стро́или бы，изуча́ли бы они́	постро́или бы，изучи́ли бы

注：假定式是由过去时加小品词［части́ца］бы 而形成。

（续表）

假定式的应用 ［Употребле́ние усло́вного наклоне́ния］	
а）在某种条件下具有可能的：	Е́сли бы у меня́ бы́ло вре́мя сего́дня, я пошёл бы в теа́тр. ［假如今天我有时间，我就去看戏。］
б）表示建议或愿望：	Сего́дня я не могу́, но за́втра я с удово́льствием пошёл бы в теа́тр.［今天我不能，不过明天我很愿意去看戏。］ Скоре́й бы пришло́ ле́то! ［夏天快些来吧！］
в）表示请求或非强迫性的命令：	Пошёл бы ты гуля́ть! ［你还是出去散散步吧！］ Почита́л бы ты кни́гу! ［你还是去读书吧！］

注意：1）小品词 бы 并非一定要放在动词之后，它可以插在句子的各种地方，例如可以说：Я с удово́льствием пошёл *бы* в теа́тр，也可以说：Я *бы* с удово́льствием пошёл в теа́тр.

2）如果假定式用在复合句子［сло́жное предложе́ние］里，那么小品词 бы 必须同时用在主句［гла́вное предложе́ние］和副句［прида́точное предложе́ние］里：Е́сли *бы* у меня́ бы́ло вре́мя, я пошёл *бы* в теа́тр.

§36. 命令式
［Повели́тельное наклоне́ние］

表 80

-и	-й	-ь
单数（ты）		
иди́ изучи́ говори́ исче́зни	рабо́тай изуча́й организу́й выполня́й	вста́нь пригото́вь брось режь

(续表)

复数（вы）		
иди́те	рабо́тайте	вста́ньте
изучи́те	изуча́йте	пригото́вьте
говори́те	организу́йте	бро́сьте
исче́зните	выполня́йте	ре́жьте

注：1. 命令式一部分是根据未完成体动词现在时的词干形成：идти — идёшь — иди；рабо́тать — рабо́таешь — рабо́тай；ре́зать — ре́жешь — режь 等；一部分是根据完成体动词未来时的词干形成：изучи́ть — изу́чишь — изучи；бро́сить — бро́сишь — брось；пригото́вить — пригото́вишь — пригото́вь 等。

2. 命令式的复数只要在单数之后加上词尾-те 就成：иди — иди́те，изуча́й — изуча́йте，встань — вста́ньте 等。

-и	-й	-ь
а）凡动词的现在时或未来时单数第一位人称词尾之前是子音而重音在词尾，命令式的词尾用-и：иду́ — иди́，изучу́ — изучи，говорю́ — говори́。 假使在这些动词之前加接头部 вы-而重音在接头部，命令式的词尾仍用-и：вы́йди，вы́учи，вы́скажи。 б）凡动词的现在时或未来时单数第一位人称词尾之前是子音-н，而在-н之前为另一子音，命令式的词尾用-и：дости́гну — дости́гни，исче́зну — исче́зни，све́ргну — све́ргни	б）凡动词单数第一位的词尾为-ю，而在-ю 之前为另一母音，命令式的词尾用-й：рабо́таю — рабо́тай，изуча́ю — изуча́й，организу́ю — организу́й，выполня́ю — выполня́й，броса́ю — броса́й в）凡单音节动词而不定式的词干中有 и，命令式的词尾用-й：пить — пей，лить — лей，шить — шей，бить — бей 加接头部者亦同（вы́пей，вы́лей）。	凡动词单数第一位的人称词尾之前为子音，词尾为-у，-ю 而重音不在词尾者，命令式的词尾用-ь：вста́ну — встань，ре́жу — режь，бро́шу — брось，пригото́влю — пригото́вь，ся́ду — сядь

§37. 带有-ся 的动词
[Глаго́лы на -ся]

表 81

不定式	未完成体			完成体
	занима́ться[往事]	учи́ться[学习]		доби́ться[达到]
现在时	я занима́юсь / -ю-сь ты занима́ешься / -ешь-ся он, она́, оно́ занима́ется / -ет-ся мы занима́емся / -ем-ся вы занима́етесь / -ете-сь они́ занима́ются / -ют-ся	учу́сь / -у-сь у́чишься / -ишь-ся у́чится / -ит-ся у́чимся / -им-ся у́читесь / -ите-сь у́чатся / -ат-ся		没有现在时
过去时	я, ты, он занима́лся я, ты, она́ занима́лась оно́ занима́лось мы вы } занима́лись они́	учи́лся учи́лась учи́лись		доби́лся доби́лась доби́лись
未来时	я бу́ду занима́ться ты бу́дешь занима́ться он, она́, оно́ бу́дет занима́ться мы бу́дем занима́ться вы бу́дете занима́ться они́ бу́дут занима́ться	бу́ду учи́ться бу́дешь учи́ться бу́дет учи́ться бу́дем учи́ться бу́дете учи́ться бу́дут учи́ться		добью́сь / -ю-сь добьёшься / -ёшь-ся добьётся / -ёт-ся добьёмся / -ём-ся добьётесь / -ёте-сь добью́тся / -ют-ся
假定式	я, ты, он занима́лся бы я, ты, она́ занима́лась бы оно́ занима́лось бы мы вы } занима́лись бы они́	учи́лся бы учи́лась бы учи́лось бы учи́лись бы		доби́лся бы доби́лась бы доби́лось бы доби́лись бы
命令式	занима́йся занима́йтесь	учи́сь учи́тесь		добе́йся добе́йтесь

注：1）带有-ся 的动词也像不带-ся 的动词一样，具有各种变化；不过-ся 总是放在词尾之后。

2）子音之后用-ся(занима́ешься, учи́лся 等)；母音之后用-сь(занима́юсь, занима́лась 等)。

§38. 带有-ся 的动词的意义
[Значе́ние глаго́лов на -ся]

表 82

1. -ся 表示 себя́: 行为加于行为者自己。	одева́ться (одева́ть себя́)[给自己穿衣服] умыва́ться (умыва́ть себя́)[给自己洗脸] причёсываться(причёсывать себя́)[给自己梳头] сдава́ться(сдава́ть себя́) [投降]	Если враг не *сда́ётся*, его́ уничтожа́ют.[假如敌人不投降，就消灭他。]
2. -ся 表示两个或两个以上的主体互相之间发生的行为。	боро́ться[斗争] встре́титься[相遇] совеща́ться[商量] ссо́риться[吵嘴]	Бойцы́ *встре́тились* с партиза́нами в лесу́.[战士们跟游击队员们在树林里相遇了。]
3. -ся 用来做成及物动词的被动式。	стро́иться[被建造] управля́ться[被管理] угнета́ться[被压迫] эксплоати́роваться[被剥削]	Коло́нии *угнета́ются* империали́стами (自动式: Империали́сты *угнета́ют* коло́нии).[殖民地受帝国主义者的压迫。] Рабо́чие *эксплоати́руются* капитали́стами (自动式: Капитали́сты *эксплоати́руют* рабо́чих).[工人受资本家的剥削。] Грани́цы СССР *охраня́ются* Сове́тской Армией(自动式: Сове́тская Армия *охраня́ет* грани́цы СССР).[苏联的国界由苏军守卫着。]
4. 加-ся之后形成意义完全不同的新词。	доби́ть[打死] — доби́ться [获得]	Мы *доби́ли* врага́.[我们打死了敌人。] Мы *доби́лись* успе́хов.[我们获得了成就。]

(续表)

	находи́ть［发现］—находи́ться［处于］	В э́той ме́стности всегда́ *нахо́дят* мно́го зо́лота.［这个地方常常发现许多金子。］ Мы *нахо́димся* на верши́не горы́.［我们处于山顶上。］
5. 某些动词必须带有-ся, 没有-ся 是不用的。	труди́ться［劳动］ распоряжа́ться［命令］ наде́яться［希望］ боя́ться［害怕］ горди́ться［骄傲］ смея́ться［笑］ улыба́ться［微笑］ случи́ться［发生］ очути́ться［来到］ наслажда́ться［享受］	Мы не *бои́мся* тру́дностей.［我们不怕困难。］ Мы *наде́емся* на успе́х.［我们希望成功。］ Мы *наслажда́емся* жи́знью.［我们享受生活。］

6. -ся 用在无人称动词［безли́чные глаго́лы］里。(а) 类没有-ся 的动词也可以使用;б) 类没有-ся 的动词是不用的。)	a) хо́чется［要］
	   ду́мается［想］
	б) ка́жется［看来］
	   нездоро́вится［生病］
	   смерка́ется［天晚］
		Мне *хо́чется* рабо́тать.［我要工作。］
		
		Зимо́й *смерка́ется* ра́но.［冬天天黑得早。］

注: 1) -ся 原是指己代名词 себя́ 第四格的古体简写,不过后来-ся 跟动词连写成为一个词而保留原来那种指己的意义(见1。)

2) 凡是带有-ся 的动词都是不及物动词。

3) 只有及物动词加-ся 可以形成被动式。

注意: 在俄语里被动式的表达不仅限于及物动词加上小品词-ся (Грани́цы *защища́ются*, *защища́лись*, *бу́дут защища́ться* Сове́тской А́рмией),而且更可以利用被动形动词［страда́тельное прича́стие］(Грани́цы *защищены́*, *бы́ли защищены́*, *бу́дут защищены́* Сове́тской А́рмией)。

加小品词-ся 而形成的被动式主要是未完成体动词(*угнета́ться*, *охраня́ться*, *стро́иться*),利用被动形动词而形成的被动式主要是完成体动词(*постро́ен*, *прочи́тан*, *взят*),例如: Мост *постро́ен*.［桥造成了。］Кни́га *прочи́тана*.［书读完了。］Соцобяза́тельства *взя́ты* на́ми и *вы́полнены*.［社会主义义务为我们所接受和完成。］

§39. 无人称动词
[Безли́чные глаго́лы]

无人称动词的所有各时（现在时,过去时,未来时）只用单数第三位,而且过去时只用中性。

表 83

现在时		过去时	未来时	
смерка́ется[天黑] света́ет[天亮] вечере́ет[天晚] сквози́т[吹穿堂风] моро́зит[冰冻] па́рит[天气闷热]		смерка́лось света́ло вечере́ло сквози́ло моро́зило пари́ло	бу́дет смерка́ться бу́дет света́ть бу́дет вечере́ть бу́дет сквози́ть бу́дет моро́зить бу́дет пари́ть	1. 这些无人称动词表示跟任何人或任何事物没有关系的现象。它们通常表示自然现象。
与第三格连用 мне тебе́ ему́, ей нам, вам това́рищу това́рищам и т. д.	нездоро́вится[生病] хо́чется[要] удаётся[达到] ду́мается[想] ка́жется[看来] сни́тся[做梦] не спи́тся[失眠]	нездоро́вилось хоте́лось удало́сь удава́лось ду́малось каза́лось сни́лось не спало́сь	бу́дет нездоро́виться бу́дет хоте́ться уда́стся бу́дет удава́ться бу́дет ду́маться бу́дет каза́ться бу́дет сни́ться не бу́дет спа́ться	2. 这些无人称动词表示某人所处的境况。 这些动词通常跟第三格连用,一部分跟第四格连用。
与第四格连用 меня́ тебя́ его́, её нас вас их това́рища това́рищей и т. д.	тошни́т[感到恶心] му́тит[感到恶心] лихора́дит[发寒热] зноби́т[发冷]	тошни́ло мути́ло лихора́дило зноби́ло	бу́дет тошни́ть бу́дет мути́ть бу́дет лихора́дить бу́дет зноби́ть	

§40. 不规则动词变位表
[Спряжéние непрáвильных глагóлов]

表 84

不定式	未完成体现在时或完成体未来时	过去时
Бдéть[小心]	(第一位不用) бдишь, бдят	
бежáть[跑]	бегý, бежúшь, бегýт	
берéчь[爱惜]	берегý, бережёшь, берегýт	берёг, береглá
бить[打]	бью, бьёшь, бьют	
бичевáть[鞭挞]	бичýю, бичýешь, бичýют	
блевáть[呕吐]	блюю, блюёшь, блюют	
блестéть(блестú) [发光]	блещý, блестúшь, блестя́т 或 блещý, блéщешь, блéщут	
блистáть[突出]	блистáю, блистáешь, блистáют	
блюстú[遵守]	блюдý, блюдёшь, блюдýт	блюл
богатéть[发财]	богатéю, богатéешь, богатéют	
болéть①[生病]	{ болéю, болéешь, болéют 只用: болúт, боля́т	болéл, болéла, болéло, болéли
бормотáть[喃喃]	бормочý, бормóчешь, бормóчут	
брать[拿]	берý, берёшь, берýт	
бренчáть[作叮当声]	бренчý, бренчúшь, бренчáт	
брестú[漫步]	бредý, бредёшь, бредýт	брёл, брелá
брехáть[吠叫]	брешý, брéшешь, брéшут	
брить[修面]	брéю, брéешь, брéют	
быть(будь)[是]	{ 现在时]есмь, есú, есть, есмы́, естé, суть [未来时]бýду, бýдешь, бýдет, бýдем, бýдете, бýдут.	

---

① 命令式是不用的。

不定式	未完成体现在时或完成体未来时	过去时
брызгать[飞溅]	брызжу, брызжешь, брызжут	
брюзжать[唠叨]	брюзжу, брюзжишь, брюзжат	
Вбить С(вбей)[钉入]	вобью, вобьёшь, вобьют	
ввить С(ввей)[织入]	вовью, вовьёшь, вовьют	
велеть[吩咐]	велю, велишь, велят	
верещать[唧唧叫]	верещу, верещишь, верещат	
вечереть[天黑]	只用: вечереет	вечерело
везти[运送]	везу, везёшь, везут	вёз, везла
вести[带领]	веду, ведёшь, ведут	вёл, вела
вжать С[压入]	вожму, вожмёшь, вожмут	
вжечь С[烧入]	вожгу, вожжёшь, вожгут	вжёг, вожгла
взбить С(взбей)[打松]	взобью, взобьёшь, взобьют	
взогнать С[赶上]	взгоню, взгонишь, взгонят	
взорвать С[爆炸]	взорву, взорвёшь, взорвут	
взъесться С[叱骂]	只用: взъестся	взъелся, взъелась
взыскать С[征收]	взыщу, взыщешь, взыщут	взъелись
взять С[拿]	возьму, возьмёшь, возьмут	
видеть[看见]	вижу, видишь, видят	
видывать[常见]		只用: видывал, видывала, видывало, видывали
визжать[尖声地叫]	визжу, визжишь, визжат	
вить[织]	вью, вьёшь, вьют	
влечь[拖拉, 吸引]	влеку, влечёшь, влекут	влёк, влекла
влить С(влей)[注入]	волью, вольёшь, вольют	
влиять[影响]	влияю, влияешь, влияют	
вмять С[压入]	вомну, вомнёшь, вомнут	
внять С[听取]		只用: внял, вняла, вняли

（续表）

不定式	未完成体现在时或完成体未来时	过去时
вобра́ть С[吸收]	вберу́, вберёшь, вберу́т	
воева́ть[作战]	вою́ю, вою́ешь, вою́ют	
вогна́ть С[赶入]	вгоню́, вго́нишь, вго́нят	
возврати́ть С(возврати́)[归还]	возвращу́, возврати́шь возвратя́т	
возже́чь С[点火]	возжгу́, возжёшь, возжгу́т	возжёт, возжгла́
возмути́ть С(возмути́)[使……愤怒]	возмущу́, возмути́шь, возмутя́т	
воло́чь[拉]	волоку́, волочёшь, волоку́т	воло́к, волокла́
восста́ть С(восста́нь)[起义]	восста́ну, восста́нешь, восста́нут	
ворча́ть[叽哩咕噜]	ворчу́, ворчи́шь, ворча́т	
воспрети́ть С(воспрети́)[禁止]	воспрещу́, воспрети́шь воспретя́т	
восприня́ть С[领会]	восприму́, воспри́мешь, воспри́мут	
восстава́ть[起义]	восстаю́, восстаёшь, восстаю́т	
восхити́ть С(восхити́)[引起狂欢]	восхищу́, восхити́шь, восхитя́т	
впрячь С[套马]	впрягу́, впряжёшь, впрягу́т	впрёг, впрегла́
врачева́ть[医治]	врачу́ю, врачу́ешь, врачу́ют	
встава́ть (встава́й)[起身]	встаю́, встаёшь, встаю́т	
встать С(встань)[起身]	вста́ну, вста́нешь, вста́нут	
втере́ть С[擦上]	вотру́, вотрёшь, вотру́т	втёр, втёрла
выдава́ть (выдава́й)[交出]	выдаю́, выдаёшь, выдаю́т	
вы́дать С[交出]	вы́дам, вы́дашь, вы́даст, вы́дадим, вы́дадите, вы́дадут	
вы́йти С[走出]	вы́йду, вы́йдешь, вы́йдут	вы́шел, вы́шла

(续表)

不定式	未完成体现在时或完成体未来时	过去时
вы́казать С[显出]	вы́кажу, вы́кажешь, вы́кажут	
выть[咆哮]	во́ю, во́ешь, во́ют	
вяза́ть[缚住]	вяжу́, вя́жешь, вя́жут	
Галде́ть[喧闹]	(第一位不用), галди́шь, галдя́т	
глода́ть[啃]	гложу́, гло́жешь, гло́жут	
гло́хнуть[耳聋]	гло́хну, гло́хнешь, гло́хнут	
гляде́ть(гляди́)[瞧]	гляжу́, гляди́шь, глядя́т	
гнать[赶]	гоню́, го́нишь, го́нят	
гнести́[压迫]	гнету́, гнетёшь, гнету́т	
гнить[腐烂]	гнию́, гниёшь, гнию́т	
гогота́ть[鹅叫, 呵呵大笑]	гогочу́, гого́чешь, гого́чут	
горева́ть[悲哀]	горю́ю, горю́ешь, горю́ют	
графи́ть(графи́)[画表格]	графлю́, графи́шь, графя́т	
греме́ть(греми́)[打雷]	гремлю́, греми́шь, гремя́т	
грести́[划船]	гребу́, гребёшь, гребу́т	грёб, гребла́
греть[发热]	гре́ю, гре́ешь, гре́ют	
грохота́ть[轰隆隆响]	грохочу́, грохо́чешь, грохо́чут	
грызть[咬]	грызу́, грызёшь, грызу́т	грыз, гры́зла
Дава́ть(дава́й)[给]	даю́, даёшь, даю́т	
дать С[给]	дам, дашь, даст, дади́м, дади́те, даду́т	
держа́ть[握住]	держу́, де́ржишь, де́ржат	
деть С(день)[放]	де́ну, де́нешь, де́нут	
доказа́ть С[证明]	докажу́, дока́жешь, дока́жут	
доня́ть С[缠扰]	дойму́, доймёшь, дойму́т	

（续表）

不定式	未完成体现在时或完成体未来时	过去时
достава́ть（достава́й）[得到]	достаю́, достаёшь, достаю́т	
доста́ть С（доста́нь）[得到]	доста́ну, доста́нешь, доста́нут	
дости́чь С[达到]	дости́гну, дости́гнешь, дости́гнут	дости́г, дости́гла
драть[剥]	деру́, дерёшь, деру́т	
дрема́ть[瞌睡]	дремлю́, дре́млешь, дре́млют	
дрожа́ть[发抖]	дрожу́, дрожи́шь, дрожа́т	
дыша́ть[呼吸]	дышу́, ды́шишь, ды́шат	
Еда́ть[吃]		只用：еда́л, еда́ла, еда́ли
е́здить（е́зди）[乘……行]	е́зжу, е́здишь, е́здят	
есть（ешь）[吃]	ем, ешь, ест, еди́м, еди́те, едя́т	ел
е́хать（поезжа́й）[乘……行]	е́ду, е́дешь, е́дут	
Жа́ждать[渴望]	жа́жду, жа́ждешь, жа́ждут	
жать[压紧]	жму, жмёшь, жмут	
жать[收割]	жну, жнёшь, жнут	
ждать[等待]	жду, ждёшь, ждут	
жева́ть[咀嚼]	жую́, жуёшь, жую́т	
желте́ть[变成黄色]	желте́ю, желте́ешь, желте́ют	
жечь[烧]	жгу, жжёшь, жгут	жёг, жгла
жире́ть[发胖]	жире́ю, жире́ешь, жире́ют	
жить[居住]	живу́, живёшь, живу́т	
жрать[狼吞虎咽]	жру, жрёшь, жрут	
жужжа́ть[嗡嗡嗡嗡地叫]	жужжу́, жужжи́шь, жужжа́т	
журча́ть[作潺潺声]	журчу́, журчи́шь, журча́т	

不定式	未完成体现在时或完成体未来时	过去时
Забры́згать C[溅]	забры́згаю, забры́згаешь, забры́згают	
задава́ть（задава́й）[提出]	задаю́, задаёшь, задаю́т	
зада́ть C[提出]	зада́м, зада́шь, зада́ст, задади́м, задади́те, зададу́т	
зайти́ C[走]	зайду́, зайдёшь, зайду́т	зашёл, зашла́
заказа́ть C[定货]	закажу́, зака́жешь, зака́жут	
замере́ть C[呆住]	замру́, замрёшь, замру́т	за́мер, замерла́
замести́ C[盖上]	замету́, заметёшь, замету́т	замёл, замела́
заня́ть C[占据]	займу́, займёшь, займу́т	
запере́ть C[锁住]	запру́, запрёшь, запру́т	за́пер, заперла́
запрети́ть C(запрети́)[禁止]	запрещу́, запрети́шь, запретя́т	
запря́чь C[套马]	запрягу́, запряжёшь, запрягу́т	запря́г, запрягла́
засти́чь C[遇到]	засти́гну, засти́гнешь, засти́гнут	засти́г, засти́гла
застря́ть C[陷入]	застря́ну, застря́нешь, застря́нут	
зате́ять C[动手]	зате́ю, зате́ешь, зате́ют	
зача́ть C[怀孕]	зачну́, зачнёшь, зачну́т	
заче́сть C[把……算作]	зачту́, зачтёшь, зачту́т	зачёл, зачла́
зашиби́ть C[伤害]	зашибу́, зашибёшь, зашибу́т	заши́б, заши́бла
защити́ть C(защити́)[保护]	защищу́, защити́шь, защитя́т	
звать[称呼]	зову́, зовёшь, зову́т	
звене́ть[鸣响]	звеню́, звени́шь, звеня́т	
звуча́ть[发响]	звучу́, звучи́шь, звуча́т	
знава́ть[知道]		只用：знава́л, знава́ла, знава́ли
зноби́ть[发冷]	只用：зноби́т	зноби́ло

（续表）

不定式	未完成体现在时或完成体未来时	过去时
зреть［看］	зрю，зришь，зрят	
Изби́ть С［殴打］	изобью́，изобьёшь，изобью́т	
изврати́ть с（изврати́）［曲解］	извращу́，изврати́шь，изгратя́т	
изже́чь С［烧光］	изожгу́，изожжёшь，изожгу́т	изжёт，изожгла́
изли́ть С（излей）［流露出］	изолью́，изольёшь，изолью́т	
измя́ть С［弄皱］	изомну́，изомнёшь，изомну́т	
изобрести́ С［发明］	изобрету́，изобретёшь，изобрету́т	изобрёл，изобрела́
изъя́ть С［取消］	изыму́，изы́мешь，изыму́т	изъя́л，изъя́ла，изъя́ли
иска́ть［找寻］	ищу́，и́щешь，и́щут	
истере́ть С［磨碎］	изотру́，изотрёшь，изотру́т	истёр，истёрла
исче́знуть С［消失］	исчезну́，исче́знешь，исче́знут	исче́з，исче́зла
идти́［走］	иду́，идёшь，иду́т	шёл，шла
Каза́ться［好像］	кажу́сь，ка́жешься，ка́жутся	
класть［放］	кладу́，кладёшь，кладу́т	клал，клала́
кле́ить［贴］	кле́ю，кле́ишь，кле́ят	
клокота́ть［沸腾］	клокочу́，клоко́чешь，клоко́чут	
клясть［诅咒］	кляну́，клянёшь，кляну́т	клял，кляла́
колеба́ть［动摇］	коле́блю，коле́блешь，коле́блют	
колыха́ть［摆动］	колыха́ю，колыха́ешь，колыха́ют（колы́шу，колы́шешь，колы́шут）	колыха́л
корпе́ть（корпи́）［埋头苦干］	корплю́，корпи́шь，корпя́т	
корчева́ть［根除］	корчу́ю，корчу́ешь，корчу́ют	
красть［偷窃］	краду́，крадёшь，краду́т	крал
Ла́ять［吠］	ла́ю，ла́ешь，ла́ют	

（续表）

不定式	未完成体现在时或完成体未来时	过去时
лга́ть[说谎]	лгу, лжёшь, лгут	
лежа́ть[躺]	лежу́, лежи́шь, лежа́т	
лезть(лезь)[爬]	ле́зу, ле́зешь, ле́зут	лез, ле́зла
лепета́ть[含糊地说话]	лепечу́, лепе́чешь, лепе́чут	
лечь С(ляг)[躺下]	ля́гу, ля́жешь, ля́гут	лёг, легла́
лиза́ть[舐]	лижу́, ли́жешь, ли́жут	
лить[注]	лью, льёшь, льют	
лопота́ть[噜哩噜苏]	лопочу́, лопо́чешь, лопо́чут	
Ма́зать(мажь)[擦]	ма́жу, ма́жешь, ма́жут	
малева́ть[涂绘]	малю́ю, малю́ешь, малю́ют	
маха́ть[挥]	маха́ю, маха́ешь, маха́ют（машу́, ма́шешь, ма́шут）	маха́л
ма́ять[疲劳]	ма́ю, ма́ешь, ма́ют	
мести́[扫]	мету́, метёшь, мету́т	мёл, мела́
мета́ть[缝]	мета́ю, мета́ешь, мета́ют	
мета́ть[投掷]	мечу́, ме́чешь, ме́чут	
моло́ть[磨]	мелю́, ме́лешь, ме́лют	
молча́ть[沉默]	молчу́, молчи́шь, молча́т	
мочь[能够]	могу́, мо́жешь, мо́гут	мог, могла́
мчать[速送]	мчу, мчишь, мчат	
мыть[洗]	мо́ю, мо́ешь, мо́ют	
мыча́ть[牛叫]	мычу́, мычи́шь, мыча́т	
мять[柔软]	мну, мнёшь, мнут	
Наблюсти́[观察]	наблюду́, наблюдёшь, наблюду́т	
надлежа́ть[应该]	只用：надлежи́т	надлежа́л, надлежа́ла, надлежа́ло, надлежа́ли
надое́сть С[厌倦]	надое́м, надое́шь, надое́ст, надоеди́м, надоеди́те, надоедя́т	надое́л

（续表）

不定式	未完成体现在时或完成体未来时	过去时
найти́ C[找到]	найду́, найдёшь, найду́т	нашёл, нашла́
наказа́ть C[惩罚]	накажу́, нака́жешь, нака́жут	
наня́ть C[雇用]	найму́, наймёшь, найму́т	
напря́чь C[紧张]	напрягу́, напряжёшь, напрягу́т	напрёг, напрегла́
наста́ть C[来临]	наста́ну, наста́нешь, наста́нут	
нача́ть C[开始]	начну́, начнёшь, начну́т	
наче́сть C[计算]	начту́, начтёшь, начту́т	начёл, начла́
ненави́деть（ненави́дь）[憎恨]	ненави́жу, ненави́дишь, ненави́дят	
нести́[拿]	несу́, несёшь, несу́т	нёс, несла́
низа́ть[穿线]	нижу́, ни́жешь, ни́жут	
ночева́ть[宿夜]	ночу́ю, ночу́ешь, ночу́ют	
нужда́ться[需要]	нужда́юсь, нужда́ешься, нужда́ются	
ныть[诉苦]	но́ю, но́ешь, но́ют	
Обви́ть C[缠绕]	обовью́, обовьёшь, обовью́т	
оби́деть C（оби́дь）[侮辱]	оби́жу, оби́дишь, оби́дят	
оби́ть C(обе́й)[包钉]	обобью́, обобьёшь, обобью́т	
обле́чь C[盖上]	облеку́, облечёшь, облеку́т	облёк, облекла́
обле́чь C[包围]	обля́гу, обля́жешь, обля́гут	облёг, облегла́
обли́ть C(обле́й)[淋]	оболью́ обольёшь, оболью́т	
обмя́ть C[踏]	обомну́, обомнёшь, обомну́т	
обня́ть C[拥抱]	обниму́, обни́мешь, обни́мут	
обобра́ть C[抢光]	оберу́, оберёшь, оберу́т	
обогна́ть C[追出]	обгоню́, обго́нишь, обго́нят	
обойти́ C[绕过]	обойду́, обойдёшь, обойду́т	обошёл, обошла́
обрати́ть C（обрати́）[变为]	обращу́, обрати́шь, обратя́т	
обрести́ C[找到]	обрету́, обретёшь, обрету́т	обрёл, обрела́

（续表）

不定式	未完成体现在时或完成体未来时	过去时
обче́сть С[诈骗]	обочту́, обочтёшь, обочту́т	обчёл, обочла́
обши́ть С[缝上]	обошью́, обошьёшь, обошью́т	
объя́ть[笼罩]	объе́млю, объе́млешь, объе́млят	объя́л, объяла́
обыска́ть С[搜查]	обыщу́, обы́щешь, обы́щут	
обяза́ть С[责成]	обяжу́, обя́жешь, обя́жут	
оде́ть С（оде́нь）[穿衣]	оде́ну, оде́нешь, оде́нут	
оказа́ть С[给予]	окажу́, ока́жешь, ока́жут	
ора́ть[呐喊]	ору́, орёшь, ору́т	
освои́ть С[精通]	осво́ю, осво́ишь, осво́ят	
осмея́ть С[嘲笑]	осмею́, осмеёшь, осмею́т	
остава́ться（остава́йся）[留下]	остаю́сь, остаёшься, остаю́тся	
отби́ть С（отбе́й）[击退]	отобью́, отобьёшь, отобью́т	
отобра́ть С[拿走]	отберу́, отберёшь, отберу́т	
отозва́ть С[召回]	отзову́, отзовёшь, отзову́т	
отли́ть С（отле́й）[倒出]	отолью́, отольёшь, отолью́т	
отмя́ть С[弄软]	отомну́, отомнёшь, отомну́т	
отня́ть С[抢走]	отниму́, отни́мешь, отни́мут	
отогна́ть С[赶走]	отгоню́, отго́нишь, отго́нят	
отпи́ть С（отпе́й）[啜饮]	отопью́, отопьёшь, отопью́т	
отпря́чь С[解除马具]	отпрягу́, отпряжёшь, отпрягу́т	отпрёг, отпрегла́
отстава́ть（отстава́й）[落后]	отстаю́, отстаёшь, отстаю́т	
отста́ть С（отста́нь）[落后]	отста́ну, отста́нешь, отста́нут	
оттере́ть С[擦去]	ототру́, ототрёшь, ототру́т	оттёр, оттёрла

(续表)

不定式	未完成体现在时或完成体未来时	过去时
ошиби́ться С［犯错误］	ошибу́сь，ошибёшься，ошибу́тся	оши́бся，оши́блась
Пасти́［放牧(家畜)］	пасу́，пасёшь，пасу́т	пас，пасла́
пасть С［倒下］	паду́，падёшь，паду́т	пал，па́ла
паха́ть［耕］	пашу́，па́шешь，па́шут	
пая́ть［焊接］	пая́ю，пая́ешь，пая́ют	
пева́ть［唱］		只用：пева́л，пева́ла，пева́ли
пере́ть［挤］	пру́，прёшь，пру́т	пёр，пёрла
перейти́ С［通过］	перейду́，перейдёшь，перейду́т	перешёл，перешла́
переня́ть С［摹仿］	перейму́，переймёшь，перейму́т	
пестре́ть［呈现五光十色］	пестре́ю，пестре́ешь，пестре́ют	
петь［唱］	пою，поёшь，пою́т	
пива́ть［喝］		只用：пива́л，пивала́，пива́ли
писа́ть［写］	пишу́，пи́шешь，пи́шут	
пить［喝］	пью，пьёшь，пьют	
пища́ть［吱吱叫］	пищу́，пищи́шь，пища́т	
пла́кать(плачь)［哭］	пла́чу，пла́чешь，пла́чут	
плева́ть［吐痰］	плюю，плюёшь，плюют	
плести́［编］	плету́，плетёшь，плету́т	плёл，плела́
плои́ть［卷发］	плою，плои́шь，плоя́т	
плыть［游泳］	плыву́，плывёшь，плыву́т	
пляса́ть［舞蹈］	пляшу́，пля́шешь，пля́шут	
победи́ть С(победи́)［取胜］	第一位不用，победи́шь，победя́т	

不定式	未完成体现在时或完成体未来时	过去时
подби́ть С(подбе́й)[钉上]	подобью́, подобьёшь, подобью́т	
подви́ть С(подве́й)[微卷]	подовью́, подовьёшь, подовью́т	
поджа́ть С[夹紧]	подожму́, подожмёшь, подожму́т	
поджéчь С[点火]	подожгу́, подожжёшь, подожгу́т	поджёг, подожгла́
подли́ть С(подле́й)[淋上]	подолью́, подольёшь, подолью́т	
подмя́ть С[把……压在下面]	подомну́, подомнёшь, подомну́т	
подня́ть С[发动]	подниму́, подни́мешь, подни́мут	
подогна́ть С[催促]	подгоню́, подго́нишь, подго́нят	
подозва́ть С[召来]	подзову́, подзовёшь, подзову́т	
подостла́ть С[垫上]	подстелю́, подсте́лишь, подсте́лят	
подпере́ть С[支持]	подопру́, подопрёшь, подопру́т	подпёр, подпёрла
подтере́ть С[擦净]	подотру́, подотрёшь, подотру́т	подтёр, подтёрла
подши́ть С(подшей)[缝上]	подошью́, подошьёшь, подошью́т	
познава́ть[认识]	познаю́, познаёшь, познаю́т	
пойти́ С[去]	пойду́, пойдёшь, пойду́т	пошёл, пошла́
пои́ть[喂水]	пою́, пои́шь, поя́т	
показа́ть С[显示]	покажу́, пока́жешь, пока́жут	
поко́ить[使安心]	поко́ю, поко́ишь, поко́ят	
ползти́[爬]	ползу́, ползёшь, ползу́т	полз, ползла́
помере́ть С[死]	помру́, помрёшь, помру́т	по́мер, померла́
поня́ть С[明白]	пойму́, поймёшь, пойму́т	
попра́ть С[践踏]		只用: попра́л, попра́ла, попра́ли

(续表)

不定式	未完成体现在时或完成体未来时	过去时
посети́ть С (посети́) [拜访]	посещу́, посети́шь, посетя́т	
пости́чь С [理解]	пости́гну, пости́гнешь, пости́гнут	пости́г, пости́гла
потéть [出汗]	потéю, потéешь, потéют	
пóтчевать [请客]	пóтчую, пóтчуешь, пóтчуют	
похи́тить С (похити́) [窃取]	похищу́, похи́тишь, похи́тят	
поча́ть С [开始]	почну́, почнёшь, почну́т	
почи́ть [安眠]	почи́ю, почи́ешь, почи́ют	
почти́ть С [尊敬]	почту́, почти́шь, почтя́т	
преврати́ть С [改变]	превращу́, преврати́шь, превратя́т	
предпочéсть С [宁 愿]	предпочту́, предпочтёшь, предпочту́т	предпочёл, предпочла́
преть [腐烂]	прéю, прéешь, прéют	
призрéть С [抚养]	призрéю, призрéешь, призрéют	
приня́ть С [接受]	приму́, при́мешь, при́мут	
приобрести́ [获得]	приобрету́, приобретёшь, приобрету́т	приобрёл, приобрела́
причéсть С [加算]	причту́, причтёшь, причту́т	причёл, причла́
продава́ть [出卖]	продаю́, продаёшь, продают	
прозрéть С [恢复视力]	прозрéю, прозрéешь, прозрéют	
пройти́ С [走过]	пройду́, пройдёшь, пройду́т	прошёл, прошла́
просвети́ть С (просвети́) [启发]	просвещу́, просвети́шь, просветя́т	
прочéсть С [读完]	прочту́, прочтёшь, прочту́т	прочёл, прочла́
пыхтéть (пыхти́) [喘 气]	пыхчу́, пыхти́шь, пыхтя́т	
прясть [纺纱]	пряду́, прядёшь, пряду́т	прял, пря́ла
пря́тать (прячь) [藏]	прячу́, пря́чешь, пря́чут	

(续表)

不定式	未完成体现在时或完成体未来时	过去时
Разби́ть С（разбей）[打破]	разобью́, разобьёшь, разобью́т	
разви́ть С（развей）[发展]	разовью́, разовьёшь, разовью́т	
разврати́ть С（разврати́）[使堕落]	развращу́, разврати́шь, развратя́т	
разли́ть С（разлей）[泼]	разолью́, разольёшь, разолью́т	
размя́ть С[捏]	разомну́, разомнёшь, разомну́т	
разня́ть С[拆开]	разниму́, разни́мешь, разни́мут	
разобра́ть С[分析]	разберу́, разберёшь, разберу́т	
разу́ть С[脱鞋子]	разу́ю, разу́ешь, разу́ют	
распря́чь С[卸除马具]	распрягу́, распряжёшь, распрягу́т	распрёг, распрегла́
распя́ть С[钉死于十字架上]	распну́, распнёшь, распну́т	
расти́[生长]	расту́, растёшь, расту́т	рос, росла́
рвать[撕破]	рву, рвёшь, рвут	
рдеть[变红]	рде́ю, рде́ешь, рде́ют	
реве́ть[咆哮]	реву́, ревёшь, реву́т	
ре́зать（режь）[切，截]	ре́жу, ре́жешь, ре́жут	
речь[说话]	реку́, речёшь, реку́т	рёк, рекла́
ржать[马嘶]	ржу, ржёшь, ржут	
рокота́ть[隆隆声]	рокочу́, роко́чешь, роко́чут	
ропта́ть[诉怨]	ропщу́, ро́пщешь, ро́пщут	
рыть[挖掘]	ро́ю, ро́ешь, ро́ют	
рыча́ть[咆哮]	рычу́, рычи́шь, рыча́т	
ряби́ть[长麻子]	只用：ряби́т	ряби́ло
Садни́ть[剧痛]	只用：садни́т	садни́ло

（续表）

不定式	未完成体现在时或完成体未来时	过去时
сбить C(сбей)[击落]	собью, собьёшь, собьют	
свербеть[发痒]	只用: свербит	
сверстать C[拼版]	сверстаю, сверстаешь, сверстают	
свистать[吹口哨]	свищу, свищешь, свищут	
сесть C(сядь)[坐]	сяду, сядешь, сядут	сел, села
сечь[鞭挞]	секу, сечёшь, секут	сёк, секла
сеять[播种]	сею, сеешь, сеют	
сжать C[压紧]	сожму, сожмёшь, сожмут	
сжать C[收割]	сожну, сожнёшь, сожнут	
сжечь C[烧光]	сожгу, сожжёшь, сожгут	сжёг, сожгла
сидеть[坐]	сижу, сидишь, сидят	
сиять[闪耀]	сияю, сияешь, сияют	
сказать C[说]	скажу, скажешь, скажут	
скакать[疾驰]	скачу, скачешь, скачут	
скорбеть(скорби)[哀悼]	скорблю, скорбишь, скорбят	
скрежетать(скрежещи)[切齿]	скрежещу, скрежещешь, скрежещут	
скрести[刮]	скребу, скребёшь, скребут	
скрипеть(скрипи)[轧轧声]	скриплю, скрипишь, скрипят	
слать[派遣]	шлю, шлёшь, шлют	
слить C(слей)[交流]	солью, сольёшь, сольют	
слыть[著称]	слыву, слывёшь, слывут	
слыхать[听见]		只用: слыхал, слыхала, слыхали
слышать[听见]	слышу, слышишь, слышат	
смердеть[发恶臭]	只用: смердит	смердило
смять C[弄皱]	сомну, сомнёшь, сомнут	
снять C[除去]	сниму, снимешь, снимут	

（续表）

不定式	未完成体现在时或完成体未来时	过去时
соблюсти́ С[遵守]	соблюду́, соблюдёшь, соблюду́т	соблю́л, соблюла́, соблюли́
соврати́ть С(соврати́)[勾引]	совращу́, соврати́шь, соврати́т	
согна́ть С[驱逐]	сгоню́, сго́нишь, сго́нят	
сойти́ С[走下]	сойду́, сойдёшь, сойду́т	
сопе́ть(сопи́)[喘息时发鼻音]	соплю́, сопи́шь, сопя́т	
соса́ть[吮吸]	сосу́, сосёшь, сосу́т	
спать(спи)[睡觉]	сплю́, спишь, спят	
стать С(стань)[成为]	ста́ну, ста́нешь, ста́нут	
стере́ть С[擦去]	сотру́, сотрёшь, сотру́т	
стере́чь[守卫]	стерегу́, стережёшь, стерегу́т	стерёг, стерегла́
стла́ть[铺]	стелю́, сте́лешь, сте́лют	
сто́ить[值]	сто́ю, сто́ишь, сто́ят	
стоя́ть[站]	стою́, стои́шь, стоя́т	
стрекота́ть[作唧唧声]	стрекочу́, стреко́чешь, стреко́чут	
стричь[剪发]	стригу́, стрижёшь, стригу́т	стри́г, стри́гла
стро́ить[建造]	стро́ю, стро́ишь, стро́ят	
струи́ть(струи́)[飘流]	струю́, струи́шь, струя́т	
стуча́ть[敲]	стучу́, стучи́шь, стуча́т	
стыть(стынь)[变冷]	сты́ну, сты́нешь, сты́нут	
счесть С[计算]	сочту́, сочтёшь, сочту́т	счёл, сочла́
сшить С(сшей)[缝合]	сошью́, сошьёшь, сошью́т	
съе́хать С(съезжа́й)[驶下]	съе́ду, съе́дешь, съе́дут	

（续表）

不定式	未完成体现在时或完成体未来时	过去时
сы́пать（сыпь）［撒］	сы́плю,сы́плешь,сы́плют	
Таи́ть（таи́）［隐藏］	таю́,таи́шь,таи́т	
та́ять［溶解］	та́ю,та́ешь,та́ют	
тере́ть［擦］	тру,трёшь,трут	тёр,тёрла
терпе́ть（терпи́）［忍耐］	терплю́,те́рпишь,те́рпят	
теса́ть［砍平］	тешу́,те́шешь,те́шут	
течь［流］	теку́,течёшь,теку́т	тёк,текла́
ткать［织］	тку,ткёшь,ткут	
толо́чь［捣碎］	толку́,толчёшь,толку́т	толо́к,толкла́
толсте́ть［发胖］	толсте́ю,толсте́ешь,толсте́ют	
топта́ть［践踏］	топчу́,то́пчешь,то́пчут	
торча́ть［突出］	торчу́,торчи́шь,торча́т	
трепа́ть［梳］	треплю́,тре́плешь,тре́плют	
трепета́ть［发抖］	трепещу́,трепе́щешь,трепе́щут	
треща́ть［发破裂声］	трещу́,трещи́шь,треща́т	
тро́ить［增为三倍］	трою́,тро́ишь,тро́ят	
трясти́［抖动］	трясу́,трясёшь,трясу́т	тряс,трясла́
тушева́ть［描影］	тушу́ю,тушу́ешь,тушу́ют	
Узнава́ть［认识］	узнаю́,узнаёшь,узнаю́т	
узна́ть С［认识］	узна́ю,узна́ешь,узна́ют	
укроти́ть С（укроти́）［驯服］	укрощу́,укроти́шь,укротя́т	
уйти́ С［去］	уйду́,уйдёшь,уйду́т	ушёл,ушла́
умере́ть С［死］	умру́,умрёшь,умру́т	у́мер,умерла́
умы́ть С［洗净］	умо́ю,умо́ешь,умо́ют	
урча́ть［作咕噜声］	урчу́,урчи́шь,урча́т	
устро́ить С［举办］	устро́ю,устро́ишь,устро́ят	
усво́ить С［学会］	усво́ю,усво́ишь,усво́ят	
уче́сть С［考虑］	учту́,учтёшь,учту́т	

（续表）

不定式	未完成体现在时或完成体未来时	过去时
Фальцева́ть[折纸]	фальцу́ю, фальцу́ешь, фальцу́ют	
Хлопота́ть[奔走]	хлопочу́, хлопо́чешь, хлопо́чут	
хоте́ть[要]	хочу́, хо́чешь, хо́чет, хоти́м, хоти́те, хотя́т	
хохота́ть[呵呵大笑]	хохочу́, хохо́чешь, хохо́чут	
храпе́ть（храпи́）[打鼾]	храплю́, храпи́шь, храпя́т	
хрипе́ть（хрипи́）[作沙哑声]	хриплю́, хрипи́шь, хрипя́т	
хрусте́ть（хрусти́）[作沙沙声]	хрущу́, хрусти́шь, хрустя́т	
Цвести́[开花]	цвету́, цветёшь, цвету́т	
Ча́ять[希望]	ча́ю, ча́ешь, ча́ют	
чеса́ть[搔]	чешу́, че́шешь, че́шут	
честь[认为]	чту́, чтёшь, чту́т	чёл, чла́
чтить[尊敬]	чту́, чтишь, чтят	
чу́ять[感觉]	чу́ю, чу́ешь, чу́ют	
Шепта́ть[咕哝]	шепчу́, ше́пчешь, ше́пчут	
шипе́ть（шипи́）[作咝咝声]	шиплю́, шипи́шь, шипя́т	
шить[缝]	шью, шьёшь, шьют	
шуме́ть（шуми́）[喧闹]	шумлю́, шуми́шь, шумя́т	
шурша́ть[作飒飒声]	шуршу́, шурши́шь, шурша́т	
Щекота́ть[发痒]	щекочу́, щеко́чешь, щеко́чут	
щипа́ть[捻]	щиплю́, щи́плешь, щи́плют	

注：1. 本表所列的动词主要是不规则的，但有一部分第一类变位法和第二类变位法的动词，因为具有某些特点，所以也列入作为参考。

2. 动词之后有 C 的是完成体，没有 C 的是未完成体；动词后圆括弧里是单数命令式。

3. 动词之后所注的中文解释只是比较常用的一种，并非动词所含的全部意义。

第七章 形动词和副动词
［ПРИЧАСТИЕ И ДЕЕПРИЧАСТИЕ］

§41. 形动词概说
［Кра́ткие замеча́ния о прича́стии］

形动词［прича́стие］是一种兼有动词和形容词的特性的动词形式。

形动词分自动形动词［действи́тельное прича́стие］和被动形动词［страда́тельное прича́стие］两类。自动形动词和被动形动词又都分现在时和过去时,例如:

чита́ющий——现在时自动形动词,

чита́вший——过去时自动形动词,

чита́емый——现在时被动形动词,

прочи́танный——过去时被动形动词。

形动词跟形容词一样,表明事物的性质并回答问题 како́й? кака́я? како́е? каки́е?,同时,形动词表示行为或事物的状态,例如:

Десятикла́ссники, *сда́вшие* все экза́мены, получа́ют аттеста́ты зре́лости.［所有考试都及格的十年级学生获得中学毕业证书。］

这里 сда́вшие 一词是形动词，它回答问题 каки́е?（десятикла́ссники — каки́е? — сда́вшие）；同时形动词 сда́вшие 还表明十年级学生的行为：десятикла́ссники, кото́рые сда́ли экза́мены［考及格了的十年级学生。］

A. 形动词跟动词共通的文法特点　［Граммати́ческие при́знаки прича́стий, о́бщие с глаго́лами］

形动词跟动词有下面几个文法特点是相同的：

1）形动词也有现在时和过去时：сдаю́щий，пи́шущий，выпуска́емый——现在时；сда́вший，писа́вший，выпуска́вший，вы́пустивший——过去时。（形动词没有未来时。）

2）形动词也有未完成体和完成体：сдава́вший，писа́вший，выпуска́вший——未完成体；сда́вший，написа́вший，вы́пустивший——完成体。

3）形动词也可以加小品词-ся：стро́ящий — стро́ящийся，показа́вший — показа́вшийся。

4）形动词之后所用的格也跟其他动词形式之后所用的格一样：реша́ть зада́чу（第四格），реша́ющий зада́чу（也是第四格）。

5）形动词也有及物的［перехо́дное］和不及物的［непереходное］：*ви́дящий* — кого? что? — сестру́，бра́та，дом，сад（及物形动词）；*па́давший* снег，дождь（不及物形动词）。

Б. 形动词跟形容词共通的文法特点 〔Граммати́ческие при́знаки прича́стий, о́бщие с прилага́тельными〕

形动词跟形容词有下面几个文法特点是相同的:

1) 形动词也有性的变化,就是也有阳性、阴性和中性。形动词的性也像形容词的性一样,由跟它相关的名词来决定,例如:

бушу́ющий ве́тер〔狂风〕(阳性),

бушу́ющая вью́га〔大风雪〕(阴性),

бушу́ющее мо́ре〔怒海〕(中性)。

2) 形动词也有数的变化,就是也分单数和复数。形动词的数也由跟它相关的名词来决定:бушу́ющее мо́ре〔单数〕——бушу́ющие моря́〔复数〕。

3) 形动词也有六格的变化。形动词的格也由跟它相关的名词来决定:бушу́ющий ве́тер(第一格),бушу́ющего ве́тра(第二格),бушу́ющему ве́тру(第三格),бушу́ющий ве́тер(第四格),бушу́ющим ве́тром(第五格),бушу́ющем ве́тре(第六格)。

4) 在一个句子里形动词起着跟形容词同样的作用,它通常是用来形容名词的,例如:Послы́шался *во́ющий* звук сире́ны. 〔听到了怒吼似的汽笛声。〕短尾形动词〔кра́ткие прича́стия〕也像短尾形容词一样,在句子里通常用作谓语,例如:Тра́вы на луга́х уже *ско́шены.* 〔草地上的草已经割过了。〕

§42. 自动形容词
[Причáстие действи́тельное]

表 85

单　　数			复数	接尾部
阳性	阴性	中性		
现　在　时				
пи́шущий	пи́шущая	пи́шущее	пи́шущие	-ущ-
читáющий	читáющая	читáющее	читáющие	-ющ-
кричáщий	кричáщая	кричáщее	кричáщие	-ащ-
говоря́щий	говоря́щая	говоря́щее	говоря́щие	-ящ-
过　去　时				
писáвший	писáвшая	писáвшее	писáвшие	-вш-
читáвший	читáвшая	читáвшее	читáвшие	
кричáвший	кричáвшая	кричáвшее	кричáвшие	
говори́вший	говори́вшая	говори́вшее	говори́вшие	
нёсший	нёсшая	нёсшее	нёсшие	-ш-
засóхший	взсóхшая	взсóхшее	засóхшие	

A. 自动形动词的构成　[Образовáние действи́тельного причáстия]

表 86

现在时	过去时
凡属于第一类变位法的动词,它的现在时自动形动词的构成只要加接尾部-ущ-,-ющ-:	过去时自动形动词的构成只要在过去时之后加接尾部-вш-,-ш-: 　假使词干末一字母为母音用-вш-:

（续表）

现在时	过去时
пи́шут（现在时，复数，第三位）— пи́шущий чита́ют（现在时，复数，第三位）— чита́ющий； 凡属于第二类变位法的动词，只要加接尾部-ащ-，-ящ-： стуча́т（现在时，复数，第三位）— стуча́щий говоря́т（现在时，复数，第三位）— говоря́щий 现在时自动形动词的构成法很简单：只要拿动词的现在时，复数第三位，除去接尾部-т，阳性加-щий（пи́шущий），阴性加-щая（пи́шущая），中性加-щее（пи́шущее），复数加-щие（пи́шущие）。	чита́л（过去时，单数，阳性）— чита́вший говори́л（过去时，单数，阳性）— говори́вший； 假使词干末一字母为子音用-ш-： нёс（过去时，单数，阳性）— нёсший вёз（过去时，单数，阳性）— вёзший засо́х（过去时，单数，阳性）— засо́хший лёг（过去时，单数，阳性）— лёгший 过去时自动形动词的构成法很简单：只要拿动词的过去时单数阳性，除去接尾部-л-，阳性加-вший（чита́вший），阴性加-вшая（чита́вшая），中性加-вшее（чита́вшее），复数加-вшие（чита́вшие）。 假使过去时没有接尾部-л，那么阳性加-ший（нёсший），阴性加-шая（нёсшая），中性加-шее（нёсшее），复数加-шие（нёсшие）。 假使过去时接尾部-л 之前为母音字母（вёл，расцвёл），而现在时词干结尾为-д-，-т-（веду́，цвету́）那么在构成过去时形动词时，接尾部-ший 要加在现在时的词干之后（ве́дший，расцве́тший 等）。

§43. 被动形动词
[**Прича́стие страда́тельное**]

A. 全尾被动形动词 [**Прича́стие страда́тельное по́лное**]

表87

单 数			多数	接尾部
阳性	阴性	中性		
现 在 时				
чита́емый люби́мый	чита́емая люби́мая	чита́емое люби́мое	чита́емые люби́мые	-ем- -им-

（续表）

单　　数			多数	接尾部
阳性	阴性	中性		
过　去　时				
прочи́танный	прочи́танная	прочи́танное	прочи́танные	-нн-
изу́ченный	изу́ченная	изу́ченное	изу́ченные	-енн-
взя́тый	взя́тая	взя́тое	взя́тые	-т-

Б. 被动形动词的构成　［Образова́ние страда́тельного прича́стия］

表88

现在时	过去时	
凡属于第一类变位法的动词,它的现在时被动形动词的构成,只要在现在时词干之后加接尾部-ем-: 　чита́ем(现在时,复数,第一位) — чита́емый изуча́ем(现在时,复数,第一位) — изуча́емый; 　凡属于第二变位法的动词,只要加接尾部-им-: 　лю́бим(现在时,复数,第一位) — люби́мый руководи́м(现在时,复数,第一位) — руководи́мый	过去时被动形动词由过去时动词加接尾部而成:	
	假使词干是母音字母结尾,加接尾部-нн-和-т-: прочита́л — прочи́танный ви́дел — ви́денный взял — взя́тый бил — би́тый мыл — мы́тый дул — ду́тый	假使词干是子音字母或и(и 在形动词里要省去)结尾,加接尾部-енн-: изучи́л — изу́ченный принёс — принесённый возврати́л — возвращённый 　　　　(щ 代 т)

注:1)只有及物动词可以形成被动形动词。

2)брать［拿］,шить［缝］,мыть［洗］,пить［喝］,лить［注］,бить［打］,по́ртить［破坏］等动词的现在时被动形动词是不用的。

полюби́ть［爱］,иска́ть［找寻］,брать［拿］等动词的过去时被动形动词是不用的。

B. 短尾被动形动词　［Кра́ткое страда́тельное прича́стие］

表 89

	全尾	短尾	全尾	短尾
	现在时		过去时	
阳性	угнета́емый ［被压迫的］	угнета́ем	прочи́танный［读过的］ взя́тый［拿过的］	прочи́тан взят
阴性	угнета́емая	угнета́ема	прочи́танная взя́тая	прочи́тана взя́та
中性	угнета́емое	угнета́емо	прочи́танное взя́тое	прочи́тано взя́то
复数	угнета́емые	угнета́емы	прочи́танные взя́тые	прочи́таны взя́ты

注：1. 短尾形动词是不变的。短尾形动词也像短尾形容词一样，用在复合谓语［составно́е сказу́емое］里（кни́га взя́та.［书拿去了。］Кни́га была́ прочи́тана в два дня.［书在两天内看完了。］Кни́га бу́дет напеча́тана.［书将被印成。］）。短尾形动词在性和数上必须跟主语一致。

2. 现在时短尾被动形动词在现代俄语里差不多是不用的。

§ 44. 形动词构成总表
[Сводная таблица образования причáстий]

表 90

体	自动形动词		被动形动词		注
	现在时	过去时	现在时	过去时	
及物动词 未完成体 читáть[读] видеть[看] слýшать[听]	читáющий видящий слýшающий	читáвший видевший слýшавший	читáемый видимый слýшаемый	читáнный виденный —	许多未完成体及物动词的过去时被动形动词是不用的
完成体 прочитáть увидеть прослýшать	—	прочитáвший увидевший прослýшавший	—	прочитанный увиденный прослýшанный	完成体动词没有现在时,因此没有现在时也没有被动形动词
不及物动词 未完成体 éхать[行]	éдущий	éхавший	—	—	不及物动词不能形成被动形动词
完成体 приéхать	—	приéхавший	—	—	

从上表可以看出某些动词具有形动词的所有四种形式,某些只有三种,而还有一些只有一种。

注意:动词 слышать[听见] 可以形成过去时被动形动词(слышанный),而动词 слýшать[听] 则不能。

§ 45. 形动词的变格
[Склонéние причáстия]

表 91

格	阳性和中性	词尾	阴性	词尾	复数	词尾
第一格	читáющий читáющее занимáющийся занимáющееся	-ий -ее	читáющая занимáющаяся	-ая	читáющие занимáющиеся	-ие
第二格	читáющего занимáющегося	-его	читáющей занимáющейся	-ей	читáющих занимáющихся	-их
第三格	читáющему занимáющемуся	-ему	читáющей занимáющейся	-ей	читáющим занимáющимся	-им
第四格	阳性：与第一格或第二格相同 中性：与第一格相同		читáющую занимáющуюся	-ую	与第一格或第二格相同	
第五格	читáющим занимáющимся	-им	читáющей занимáющейся	-ей (-ею)	читáющими занимáющимися	-ими
第六格	о читáющем о занимáющемся	-ем	о читáющей о занимáющейся	-ей	о читáющих о занимáющихся	-их
第一格	прочитанный прочитанное	-ый -ое	прочитанная	-ая	прочитанные	-ые
第二格 第三格	прочитанного прочитанному	-ого -ому	прочитанной прочитанной	-ой -ой	прочитанных прочитанным	-ых -ым
第四格	阳性：与第一格或第二格相同 中性：与第一格相同		прочитанную	-ую	与第一格或第二格相同	
第五格 第六格	прочитанным о прочитанном	-ым -ом	прочитанной (-ою) о прочитанной	-ой (-ою) -ой	прочитанными о прочитанных	-ыми -ых

注：1. 形动词也像形容词一样变格。

2. 现在时和过去时自动形动词各格的词尾，与那些重音不在词尾而词尾之前为一啸音字母（ж，ч，ш，щ）的形容词各格的词尾相同，例如：хорóший，хорóшая，хорóшей 等。

3. 现在时和过去时被动形动词各格的词尾，与词尾之前为一子音字母的形容词各格的词尾相同，例如：крáсный，крáсного，крáсная 等。

4. 带有 -ся 的形动词，小品词 -ся 总是接在词尾之后，例如：занимáющийся，занимáющаяся，занимáющегося 等。

§46. 副动词概说
[Кра́ткие замеча́ния о дееприча́стии]

副动词[дееприча́стие]是一种兼有动词和副词的特性的动词形式。

副动词不变位,它在句子中用作解释动词的状语[обстоя́тельство],并表明次要的行为。例如:

Ра́неный шёл *прихра́мывая.* [受伤的人一跛一跛地走着。]这里动词 шёл 是谓语[сказу́емое],而副动词 прихра́мывая[一跛一跛地]则是说明动词 шёл 的状语,它是次要的行为。

副动词有以下几个特点是跟动词相同的:

1)副动词也表明行为(虽然是次要的,补充性的);

2)副动词也分完成体和未完成体:чита́я(未完成体)— прочита́в(完成体);

3)副动词也可以加小品词-ся:встреча́я — встреча́ясь,встре́тив — встре́тившись;

4)副动词之后所用的格也与动词之后所用的格相同:чита́ть кни́гу [读书](第四格)— чита́я кни́гу(也是第四格);боро́ться с предрассу́дками [反对偏见](第五格)— боря́сь с предрассу́дками(也是第五格)。

副动词跟动词不同而跟副词相同的特点是:

1)没有位和数的变化;

2)在句子里用作状语,而不是用作谓语。

§47. 副动词的构成
[Образова́ние дееприча́стия]

表 92

未完成体		完成体	
живя́ чита́я конча́я си́дя стуча́ занима́ясь	-а, -я	прочита́в зако́нчив посиде́в постуча́в заперши́сь позанима́вшись	-в, -ши, -вши
由动词的现在时词干形成。 省去现在时词尾而加上接尾部-а(-я)。 (接尾部-а 只用在啸音字母 ж,ч,ш,щ 之后) жив-у́т — живя́ чита́ют — чита́-я тре́бу-ют — тре́бу-я занима́-ют-ся — занима́-я-сь сид-я́т — си́д-я стуч-а́т — стуч-а́ (例外: 带有接尾部-ва 的动词由不定式词干形成: дава́ть — дава́я。)		由动词的过去时词干形成。 省去接尾部-л, 在母音词干(即词干末一字母为母音)之后加-в 或-вши: прочита́-л — прочита́-в взя́-л-ся — взя́-вши-сь; 在子音词干(即词干末一字母为子音)之后加-ши: заперся́ — запер-ши́-сь(但是: за́пер — запере́в), вы́сох — вы́сох-ши.	
1. 带有接尾部-ну-的未完成体动词: тяну́ть[拉], вя́нуть[凋谢], со́хнуть[干枯], мо́кнуть[潮湿]不能形成词尾为-а, -я 的副动词。 2. 某些动词的副动词是不用的, 例如: ждать[等待], петь[唱], бежа́ть[跑], писа́ть[写], пить[喝], бить[打], жать[压], мять[弄软], тере́ть[摩擦], печь[烘], стере́чь[守卫],		1. 带有接尾部-ну-的完成体动词可以根据不定式和过去时的词干形成副动词: исче́знуть[消失] — исче́знув окре́пнуть[巩固] — окре́пнув, окре́пши вы́сохнуть[干枯] — вы́сохнув, вы́сохши. 2. 少数完成体动词由未来时形成副	

（续表）

未完成体	完成体
пахáть［耕田］,рéзать［截切］。 　3. 词尾为-учи-,-ючи 的副动词形式（идучи, глядючи）大多用在民谣里。在现代文学语里这种形式是难得使用的。通常所用的只有 бýдучи（动词 быть 的副动词）一种。	动词： 　увúд-ят — увúд-я 　пройд-ýт — пройд-я

§48. 副动词的应用
［Употреблéние деепричáстия］

表 93

未完成体	完成体
Ученúк отвечáет урóк, *стóя* у доскú.［学生站在黑板旁边回答功课。］ 　*Возвращáясь* из теáтра, мы встрéтили товáрища.［当我们从戏院里归来时,我们遇到了一位同志。］ 　Зáвтра, *возвращáясь* с прогýлки, я зайдý к товáрищу.［明天当我在散步归去时,我将去看一位同志。］ 　*Желáя* скорéе уéхать, он торóпится кóнчить рабóту.［他想早些走,所以在赶紧结束工作。］	*Вернýвшись* из теáтра, я нашёл на столé письмó.［在我从戏院回来之后,发现台上有一封信。］ 　*Закóнчив* рабóту, он уéдет.［等工作完毕之后,他将去。］ 　*Закóнчив* рабóту, он, бýдет отдыхáть.［等工作完毕之后,他将休息。］
假如句子里动词所表示的行为和副动词所表示的行为同时发生,那么副动词用未完成体。	假如句子里副动词所表示的行为早于动词所表示的行为,那么副动词用完成体。

注: 在句子里副动词所表示的行为和动词所表示的行为必须关涉到同一主体,例如: 在 ученúк отвечáет урóк, *стóя* у доскú. 一句里,副动词 стóя 和动词 отвечáет 都关涉到 ученúк。

第八章 副 词

[НАРЕЧИЕ]

§49. 副词的分类

[Разря́ды наре́чий]

表 94

种类	回答问题	例词
1. 地方副词[наре́чия ме́ста](表示行为发生的地方)	где? куда́? отку́да?	вдали́[在远方], везде́[到处], до́ма[在家], вле́во[在左边], сза́ди[从后面]
2. 时间副词[наре́чия вре́мени](表示行为发生的时间)	когда́?	сего́дня[今天], сейча́с[此刻], у́тром[早晨], за́втра[明天], накану́не[前夜], давно́[很久], вчера́[昨天], и́здавна[老早]
3. 原因副词[наре́чия причи́ны](表示行为发生的原因)	почему́? отчего́? по како́й причи́не?	сгоряча́[由于热情], со́слепу[由于盲目], понево́ле[由于无可奈何], сду́ру[由于愚笨]

种类	回答问题	例词
4. 目的副词[наре́чия це́ли]（表示行为发生的目的）	зачéм? для чегó? с какóй цéлью?	нарóчно[故意]，назло[恶意]，на́смех[为了取笑]
5. 状态副词[наре́чия о́браза дéйствия]（表示行为的状态或方法）	как? каки́м о́бразом?	бы́стро[快]，хорошо́[好]，вдрéбезги[粉碎]，на́бело[清楚]，герóйски[英雄气概地]，налегкé[轻装]，верхóм[骑马]，éле-éле[勉勉强强地]，вдруг[忽然]，наизна́нку[翻面]
6. 数量副词[наре́чия мéры]（表示行为发生的数量）	скóлько раз? во скóлько раз? на скóлько частéй?	одна́жды[一次]，два́жды[两次]，вдвóе[加倍]，втрóе[加两倍]，на́двое[一半]
7. 程度副词[наре́чия стéпени]（表示行为的程度）	в какóй стéпени?	óчень[很]，весьма́[十分]，совсéм[完全]，сли́шком[过分]，вполнé[完全]，чересчу́р[太]，чрезвыча́йно[非常]，кра́йне[极顶]，совершéнно[完全]，довóльно[相当]
8. 代词式副词[мéсто-имéнные наре́чия]	某些副词兼有代词和副词的特征，称为代词式副词，例如：здесь[这里]，туда́[到那里去]，сюда́[到这里来]，тогда́[那时]，когда́[当时]，так[那样]，там[那里]，отту́да[从那里]，ниотку́да[没有从任何地方]，等。 *Вдалекé* виднéлась дерéвня. *Там* же протека́ла река́[远方有一个村庄，河就在那里流过。]这里副词 там 用来代替副词 вдалекé，所以 там 是代词式副词。 　　代词式副词也像其他副词一样，可以分成几种（地方：где[那里]，куда́[到那里]，там[那里]，туда́[到那里]；时间：когда́[当时]，тогда́[那时]，иногда́[有时]；行为方式：так[那样]，ника́к[无论怎样]；原因 почему́[为什么]，потому́[因为]；目的：зачéм[为了什么]，затéм[为了那个]等）。

§50. 副词构成的基本类型

[Основны́е ти́пы образова́ния наре́чия]

表 95

副词	种类	构造根据	用例
у́тром[早晨] ве́чером[晚上] днём[白天] ле́том[夏天] зимо́й[冬天] весно́й[春天] о́сенью[秋天]	时 间 副词(回 答问题: когда́?)	名词单数第 五格	Он всегда́ рабо́тает у́тром. [他总是在早晨工作。] *Ле́том* он мно́го гуля́л. [夏天里他游逛得很多。] Хорошо́ в степи́ *весно́й*! [春天里草原上很好!]
ша́гом[一步一步地] рысцо́й, ры́сью[奔驰(马用四脚先后不齐地跑)] гало́пом[疾驰(马用前两脚和后两脚相并地跑)] верхо́м[骑马] бего́м[奔跑]	状 态 副词(回 答问题: как?)		Он е́хал *верхо́м*. [他骑马。] Ло́шадь шла *ша́гом*, бежа́ла *ры́сью*. [马一步一步地走,快快地奔跑。]
босико́м[赤脚地] пешко́м[徒步]		副词 босико́м, пешко́м 也具有名词单数第五格的形式,但是实际上并没有这样的名词。	Люблю́ ходи́ть *босико́м*. [我爱赤脚走路。]
хорошо́[好] пло́хо[坏] я́сно[明白] отчётливо[清楚] краси́во[美丽地] могу́че[强大地] чётко[清楚] лени́во[懒洋洋地] высоко́[高高地] сонли́во[睡意未消地]		与以-o, -e 结尾的结尾形容词相同。(参看表37)	Он *хорошо́*, *чётко* говори́т. [他说得很好,很清楚。] Ла́сточки лета́ли *высоко́*. [燕子高高地飞着。] „Запозда́лые пчёлы *лени́во* и *сонли́во* ужжа́ли в куста́х сире́ни. " [迟来的蜜蜂懒洋洋地,睡意未消地在丁香花间嗡嗡嗡嗡。](屠格涅夫)

（续表）

副词	种类	构造根据	用例
гро́мче[更响] ти́ше[更静] быстре́е[更快]		与形容词的比较级相同。（参看表41）	Он говори́л всё *быстре́е* и *гро́мче*.[他越说越快，越说越响。]
по-ру́сски[用俄语] по-това́рищески[同志式地] по-большеви́стски[布尔什维克式地] по-молоде́цки[好汉式地] по-каза́цки[哥萨克式地]	状态副词（回答问题：как?）	加接头部 по-： a）再加接尾部-ски 或-ки 的关系形容词；	Он хорошо́ говори́т *по-ру́сски*.[他俄语说得很好。] Он поступи́л *по-това́рищески*.[他以同志的方式行动。] Они́ критикова́ли *по-большеви́стски*.[他们以布尔什维克的方式批评。]
по-но́вому[照新的方式] по-настоя́щему[实在] по-уда́рному[突击式地] по-хоро́шему[好好地] по-мо́ему[照我的意思] по-тво́ему[照你的意思] по-на́шему[照我们的意思] по-ва́шему[照你们的意思] по-доро́жному[按照旅行的方式]		б）第三格形容词和代词。	Мы рабо́таем *по-но́вому*, *по-уда́рному*.[我们按照新的方式，按照突击的方式工作。] Это *по-настоя́щему* тала́нтливо.[这实在是有才华的。] Мы разошли́сь *по-хоро́шему*.[我们好好地分开了。] *По-мо́ему*, он говори́л хорошо́, а *по-тво́ему*?[照我看来，他说得很好，你以为怎样？] Он был оде́т *по-доро́жному*.[他穿着旅行的服装。]
крити́чески[批判性地] полити́чески[在政治上] практи́чески[在实践上] тво́рчески[创造性地]		关系形容词的接尾部改用-ски，但前面没有接头部-по.	На́до уме́ть *крити́чески* относи́ться к свое́й рабо́те.[必须能够批判性地对待自己的工作。]

（续表）

副词	种类	构造根据	用例
вызыва́юще［挑战性地］ торжеству́юще［得意洋洋］ умоля́юще［恳求式地］ выжида́юще［期待地］		根据自动形动词。	Он держа́л себя́ *вызыва́юще*.［他保持挑战的态度。］
спра́ва［从右面］ сле́ва［从左面］ до́красна［直到发红］ до́бела［直到发白］ впусту́ю［徒然地］	状态副词,地方副词,时间副词,程度副词。	根据各种不同的性质形容词,并在词首加一前置词。	*Спра́ва* шуме́ла ро́ща, *сле́ва* колыха́лась рожь.［右面灌木林飒飒地发响,左面黑麦在摆动着。］ Желе́зо раскалено́ *до́красна*, *до́бела*.［铁烧到发红,发白。］
вдали́［在远方］ наверху́［在上面］ све́рху［从上面］ сни́зу［从下面］ внизу́［在下面］ вниз［往下］		根据名词的间接格(第二格至第六格),并在词首加一前置词。	„*Вдали́* сере́бряной бахромо́й сверка́ли го́ры.“［在远方,群山像镶着银边似地闪耀着。］(莱蒙托夫)
одна́жды［一次］ два́жды［两次］ вдвоём［两个一起］ вдво́е［加倍］ втроём［三位一体］		根据数词。	„*Одна́жды* я возвраща́лся с охо́ты...“［有一次我打猎归来……］(屠格涅夫)
никогда́［从来不］ нигде́［任何地方没有］ никуда́［不去任何地方］		在普通副词之前加 ни-,变为否定副词。	Я *никуда́* сего́дня не пойду́.［我今天任何地方不去。］ Вчера́ я *нигде́* не был.［昨天我任何地方没有去过。］

此外,还有许多副词不是从其他词类变过来的,例如：здесь［这里］,там［那里］,сюда́［到这里］,туда́［到那里］,о́чень［很］,всю́ду(повсю́ду)［到处］,везде́［到处］……„Куда́ ни огляну́сь, *повсю́ду* рожь густа́я.“［不论我往哪里瞧,到处都是稠密的黑麦。］

注：像во́лчий［狼的］这一类关系形容词,加上接头部 по-也可以构成副词(по-во́лчьи,［照狼的方式］,по-медве́жьи［照熊的方式］,по-ли́сьи［照狐狸的方式］)。

第九章 连 接 词

[СОЮЗ]

§51. 连接词的分类和应用
[Разря́ды и употребле́ние сою́зов]

A. 平行连接词　[Сочини́тельные сою́зы]

表96

| I . 联合连接词
[соедини́тельные
сою́зы]:
и[和]
да(＝и)
и . . . и

ни . . . ни[既不
……也不] | До́ждь лил це́лые дни, и ве́тер не
перестава́л ни на мину́ту. [雨下了整整
几天,风也没有停过一分钟。]
　„Проща́й, утеша́йся да по́мни меня́.“
[别了,安心些,并且记着我。](普希金)
　Она́ забы́ла и стыд и честь. [她忘记
了羞耻,也忘记了名誉。]
　Сего́дня я не получи́л ни пи́сем, ни
журна́лов. [今天我既没有收到信,也没
有收到杂志。] | 连接词 и . . . и
用来加强肯定句
的语气。
　连接词 ни 用来
加强否定句的
语气。 |

（续表）

Ⅱ. 对立连接到 [противи́тельные сою́зы]: a[而,但是] но[但是,不过] да(＝но, одна́ко)	Ребя́та шли не по большо́й доро́ге, *а* по тропи́нке. [孩子们不走大路,而走小径。] Он хоте́л говори́ть, *но* не мог. [他想说话,但是说不出。] Ви́дит о́ко, *да* зуб неймёт. [谚:眼睛望得见,但是牙齿够不到,意即:可望而不可即。]	
зато́[但因此]	Заплати́л до́рого, *зато́* хоро́шую вещь купи́л. [花了很多钱,但因此买到了好东西。]	
одна́ко[然而]	Обеща́л, *одна́ко* не испо́лнил. [答应过,然而没有做到。]	
же[而]	Врач веле́л мне бро́сить кури́ть, сам *же* две коро́бки в день выку́ривает. [医生命令我戒烟,而他自己却一天要吸上两盒子。] Старики́ сидя́т до́ма, де́ти *же* ушли́ гуля́ть. [老人们坐在家里,而孩子们却出去散步去了。]	же 更可用作小品词, 请参看表98。
Ⅲ. 分别连接词 [раздели́тельные сою́зы]: и́ли[或者] ли́бо[或者] то … то[不是 ……就是] то ли … то ли [不是……就是] не то … не то [不是……就是]	Вам ча́ю *и́ли* ко́фе? [您用茶还是咖啡?] Пое́ду на Кавка́з *ли́бо* в Крым. [我到高加索或者克里米亚去。] „*То* со́лнце спря́чется, *то* све́тит сли́шком я́рко. “[太阳不是隐藏起来,就是照耀得太强烈。](克雷洛夫) „В них (глаза́х) свети́лся *не то* испу́г, *не то* вопро́с. “[在眼睛里不是闪耀着恐怖,就是闪耀着疑问。](高尔基) *То ли* за недосу́том, *то ли* по нежела́нию, он не испо́лнил моего́ поруче́ния. [不是为了忙,就是为了不愿意,他没有执行我的委托。]	连接词 то … то 在句子里有时可以译作:一会儿……一会儿。 Со́лнце *то* пока́-зывалось из-за туч, *то* сно́ва исчеза́ло. [太阳一会儿从云里露出来,一会儿又隐没了。]

注: 平行连接词可以用来连接词和词,也可以用来连接句子和句子。

Б. 从属连接词 [Подчини́тельные сою́зы]

表97

Ⅰ. 说明连接词 [поясни́тельные сою́зы]： что[就是] что́бы[要]	Он не знал, *что* де́лать. [他不知道怎么办。] Скажи́ ему́, *что́бы* он пришёл за́втра. [告诉他,叫他明天来。] Мы телеграфи́ровали бра́ту, *что́бы* он встре́тил нас на вокза́ле. [我们打电报给兄弟,叫他到车站上来接我们。]	这里连接词 что́бы 连接两个句子,其中一个句子说明另一个句子。
Ⅱ. 目的连接词 [сою́зы це́ли и́ли целевы́е сою́зы]： что́бы[以便] для того́, что́бы [为了使]	Я зашёл к това́рищу, *что́бы* вме́сте с ним отпра́виться на экску́рсию. [我到一个同志那儿去,以便跟他一起出去游览。] „*Для того́, что́бы* они́ по́няли на́шу пра́вду скоре́й, мы должны́ идти́ вперёд. "[为了使他们更快地了解我们的真理,我们应该前进。](高尔基) *Что́бы* сла́бые ученики́ не отстава́ли от коллекти́ва, си́льные должны́ помога́ть сла́бым. [为了使功课差的学生不致落在全体之后,功课好的学生应该帮助功课差的学生。]	这里连接词 что́бы 连接两个句子,其中一个句子表示另一个句子中行为的目的。 注意：假使 что́бы 所连接的两个句子的主语是同一个,那么在连接词 что́бы 之后要用不定式。 假使两个句子的主语不是同一个,那么,与 что́бы 相连的那个句子必须用过去时形式,尽管实际的意义并非过去时。 在与连接词 что́бы 相连的那个句子里,动词不是用不定式,就是用过去时。

（续表）

Ⅲ. 原因连接词 [сою́зы причи́ны и́ли причи́нные сою́зы]: потому́ что, так как, и́бо, оттого́ что, из-за того́ что, всле́дствие того́ что, в си́лу того́ что, в виду́ того́ что [因为，由于]	Оде́нься тепле́е, *потому́ что* сего́дня хо́лодно. [穿得暖一些，因为今天天气冷。] Я не пришёл на заня́тия, *так как* заболе́л. [我没有来上课，因为生病了。] „Переезжа́я бы́стрые ре́чки, не до́лжно смотре́ть на во́ду, *и́бо* тотча́с голова́ закру́жится.“ [在横渡湍急的河流时，不要往水里瞧，因为马上会头晕的。](莱蒙托夫) Не ем, *оттого́ что* не хочу́. [我不吃因为我不要吃。] Я сего́дня пло́хо себя́ чу́вствую, *из-за того́ что* но́чью простуди́лся. [我今天感到不舒服，因为夜里着了凉。]	在谈话里用得最多的是：потому́ что, так как. 连接词：всле́дствие того́ что, в си́лу того́ что, в виду́ того́ что 等主要是用在文件里。 连接词 и́бо 在谈话里难得使用，但在文学里却用得很多，这个连接词在列宁的著作里常常可以遇到。
Ⅳ. 条件连接词 [усло́вные сою́зы]. е́сли, е́сли бы, коль ско́ро, ко́ли, е́жели [假使，如果] раз [既然] поско́льку [只要，凡是]	Е́сли я получу́ о́тпуск в ию́ле, я пое́ду в дере́вню. [假使我在七月里得到假期，我将到乡下去。] *Е́сли бы* я получи́л о́тпуск в ию́ле, я пое́хал бы в дере́вню. [要是我能在7月里得到假期，我会到乡下去。] *Коль ско́ро* вы согласи́тесь, я гото́в примири́ться. [要是您同意的话，我准备和解。] „*Ко́ли* спо́рить, так уж сме́ло, *коль* кара́ть, так уж за де́ло.“ [假使争吵，那么就要勇敢地争吵，假使惩罚，那么一定要为了罪行。](А. Толсто́й) *Раз* ты дал сло́во, до́лжен его́ сдержа́ть. [既然你允诺了，你就应该信守诺言。] Все иду́т учи́ться, *поско́льку* есть интере́с к заня́тиему. [凡是对于学习有兴趣的，都去读书。] *Поско́льку* ты согла́сен, я не возража́ю. [只要你同意，我不反对。]	在谈话里很少使用连接词 ко́ли, е́жели.

（续表）

V. 退让连接词 [уступи́тельные сою́зы]: хотя́[虽然] хоть (= хотя) хотя́ бы[即使]	Бы́ло ещё хо́лодно, *хотя́* со́лнце взошло́. [天还很冷, 虽然太阳出来了。]	
	„*Хоть* ви́дит о́ко, да зуб неймёт. " [虽然眼睛望得见, 但是牙齿够不到, 意即: 可望而不可即。] (克雷洛夫)	
	„У них (у звере́й) не как у нас; у нас ребёнок го́ду, *хотя́ б* он ца́рский был, и глуп, и слаб, и мал. "[野兽不像我们人类; 我们的孩子一岁, 即使他是皇帝的孩子, 也是又愚笨, 又孱弱, 又幼小。] (克雷洛夫)	
пусть[就算]	Го́ре, *пусть* са́мое небольшо́е, тру́дно переноси́ть. [悲哀就算是最微小的吧, 也是难受的。]	
да́ром что[虽然]	*Да́ром что* ста́рый, а глупе́й ребёнка. [虽然年纪大, 但却比小孩子还笨。]	
VI. 时间连接词 [сою́зы вре́мени или временны́е сою́зы]: когда́[在……时] как то́лько [立刻, 一] как[当……时] лишь[刚刚, 一] лишь то́лько[刚刚] едва́[刚刚] едва́ ли́шь[刚刚] пока́[在……时] ме́жду тем, как [当……时] в то вре́мя как [当……时]	Э́то бы́ло, *когда́* ты был ма́леньким. [这是你小时候的事。]	
	Как то́лько со́лнце взошло́, она́ вста́ла из крова́ти. [太阳一出来, 她就起床了。]	
	Как пойдёшь, зайди́ за мно́й. [当你去的时候, 来约我一起去。]	
	„*Лишь* вошёл, она́ ему́ навстре́чу. " [他一进去, 她就来迎接他。] (普希金)	
	„*Лишь то́лько* на за́пад умча́лся тума́н, уро́чный свой путь соверша́л карава́н. "[雾刚刚向西方飞去, 商队就赶自己预定的路程。] (莱蒙托夫)	
	Пока́ я спал, шёл дождь. [在我睡觉的时候, 天下过雨。]	
	Ме́жду тем, как вожа́к стои́т насторо́же, остальны́е обезья́ны опустоша́ют кукуру́зное по́ле. [当带头的猴子看守着时, 其余的孩子就把玉蜀黍田糟蹋光。]	

(续表)

Ⅶ. 比较连接词
[сравни́тельные
сою́зы]：
  как[好像]
  как бы[好像]
 	
  как бу́дто[仿佛]
  бу́дто[仿佛]
  бу́дто бы[仿佛]
  сло́вно[仿佛]
  сло́вно как[仿佛]
  то́чно[像……一
模一样]
	Бу́дьте, *как* до́ма.[请像在家里一样(不要拘礼)。]
	
	„Весе́нний пе́рвый гром, *как бы* резвя́ся и игра́я, грохо́чет в не́бе голубо́м.“[第一声春雷,像是在欢跃和嬉戏,在蓝色的天空轰隆隆作响。](丘特切夫)
	
	Уста́л так, *как бу́дто* воз на себе́ тащи́л.[累得像拉过货车一般。]
	
	Лежи́т, *бу́дто* мёртвый.[像死人一样地躺着。]
	
	Она́ поёт *сло́вно* солове́й.[她像夜莺那样歌唱。]
	
	„Ро́ста она́ была́ невысо́кого, но сто́йная; ше́я *то́чно* из мра́мора вы́точенная.“[她身材不高,但却很苗条,脖子像用大理石雕出一模一样。](列斯柯夫)	

Ⅷ. 结果连接词
[сою́зы сле́дствия]
  так что[所以]
 	
  всле́дствие чего́
[所以]：
	„В мя́гких му́равах у нас пе́сни, ре́звость вся́кий час, *так что* го́лову вскружи́ло.“[在我们地方柔软的青草里,每时每刻都是唱歌,游戏,所以弄得头也晕了。]
	
	Дела́ задержа́ли меня́ в го́роде, *всле́дствие чего́* я опозда́л.[事务把我羁留在城里,所以我来迟了。]	

第十章 小品词和感叹词
[ЧАСТИЦЫ И МЕЖДОМЕТИЕ]

§52. 小品词的分类和应用
[Разря́ды и употребле́ние части́ц]

小品词根据它在语言中所起的作用,可以分为两类:А)第一类小品词表示说话的人对于句子中所说事情的态度,例如:*Да́же ребёнок э́то понима́ет!* [就连小孩子也明白这一层!]在这个句子里小品词 *да́же* 用来表示加重语气;Б)第二类小品词用来构成词形和新词(作用相当于虚词[служе́бные слова́]或接头部和接尾部),例如:ко́е-как, кто-нибудь, гуля́л бы.

A. 第一类小品词 ［Пéрвая грýппа частѝц］

表98

I . 加重语气小品词［усилѝтельные частѝцы］： же［呀，呢，竟，倒，并，到底］	Обещáл *же* он наконéц э́то сдéлать！［他最后答应过做成这件事的呀！］	*же* 更可用作对立连接词，请参看表96。
	Когдá *же* мы пойдём？［我们到底什么时候去？］	
	Нет，отчегó *же*？［不，干吗呢？］	
	Ну и хитёр *же* ты，брáтец мой.［老弟，你倒也调皮呀！］	
	Есть *же* такѝе мерзáвцы на свéте！［天下竟有这样的恶棍！］	
	„Политѝческая *же* свобóда обеспéчена не вездé одинáково.“［政治自由并不是到处都受同样保证的。］（斯大林）	
дáже［就连，甚至于］ дáже и（＝дáже）	Тут *дáже* специалѝст бессѝлен.［这里就连专家也无能为力。］	
	Дáже и подýмать не могý об э́том.［关于这件事我就连想也不能想。］	
-то［也，呀］	„Я газéт-*то* не читáю и ничегó про э́то не знáю.“［我报纸也不看，所以关于这件事什么也不知道。］（契诃夫）	*-то* 也可以用作第二类小品词，请参看表99。
	Я и смотрéть-*то* на негó не хочý.［我连看看他呀也不要。］	
	„У всех-*то* он был，всё-*то* вѝдел，со всéми-*то* говорѝл.“［他也到过一切人的地方，也看过一切，也跟一切人谈过话。］（陀思妥耶夫斯基）	
и［连，又有］	„И на сóлнце есть пя́тна.“［谚：连太阳也有黑点，意即：谁能没有过失。］	*и* 主要用作连接词，请参看表96。
	И кто бы мог подýмать！［又有谁想得出！］	
	Неужéли ты *и* э́того не знáешь？［难道你连这个也不知道吗？］	

ни〔不论,也没有〕	„После у́жина Ноздрёв сказа́л Чи́чикову: Вот тебе́ посте́ль! не хочу́ и до́брой но́чи жела́ть тебе́! "〔晚餐之后诺士德廖夫对乞乞科夫说:这就是你的床! 我可连夜安也不高兴跟你说呢!〕(果戈理)
	„Куда́ ни кинь, всё клин. "〔谚:不论你走到哪里,到处都是刀尖,意即:到处都有障碍。〕
	„Куда́ бы нас ни бро́сила судьби́на, и сча́стие куда́ б ни повело́, всё те же мы. "〔不论命运把我们抛到哪里,也不论幸福把我们送到那里,我们始终是这个样子。〕(普希金)
	Ни одна́ кни́га не поте́ряна. 〔一本书也没有丢。〕
	В ведре́ ни (одно́й) ка́пли воды́ (нет). 〔桶里一滴水也没有。〕
ведь〔既然,本来,要知道〕	„Ведь на́до знать, как ве́щи есть: не ду́май, что везде́ по-на́шему хоро́мы. "〔要知道(世界上)有着怎样的东西:你别以为到处都是像我们那样的大房子。〕(克雷洛夫)
	„Так, ведь, и я тебя́ то́же люблю́, — за то и боль при́нял, за любо́вь! "〔要知道我也是爱你的,——因此我也苦痛,为了爱情!〕(高尔基)
	„Ведь ты его́ уважа́ешь, высоко́ це́нишь... "〔既然你尊敬他,看重他……〕(契诃夫)
таки́〔真的,倒,到底〕	Он таки́ оши́бся. 〔他真的错了。〕
	„Неуже́ли таки́ не мо́жешь? дере́вья таки́ я лома́ть могу́, а не согну́л ни одного́ в дугу́. 〔难道你真的不能吗? 树木我折倒折得断,但是却不能把任何一株弯成弓。〕(克雷洛夫)

ещё［又,实在］	Где *ещё* нам с э́тим вози́ться! ［我们又哪来功夫去管这个呢!］	
уже́［真的,的确］	„Глаза́ не так *уже́* я́рко свети́лись.“［眼睛的确并不十分明亮地发光了。］（聂克拉索夫）	
уж（= уже）	„ *Уж* я вас жда́ла, жда́ла... ду́мала, что не бу́дете.“［真的我等着您,等着您……我以为您不来了。］（冈查洛夫）	
	Не так *уж* пло́хо. ［实在并不太坏。］	
	Како́й *уж* он худо́жник! ［他真是怎样的一个艺术家呵!］	
	Очень *уж* мно́го де́ла. ［事情实在多得厉害。］	
пря́мо［真是,简直］	Он *пря́мо* геро́й! ［他真是一个英雄!］	
	Я *пря́мо* поражён! ［我实在被惊住了!］	
	Я *пря́мо* не зна́ю, что де́лать! ［我简直不知道该怎么办。］	
	Это — *пря́мо* наказа́ние! ［这简直是受罪。］	
про́сто［简直,真是］	„Это *про́сто* издева́тельство!“［这真是愚弄!］（契诃夫）	
	„ *Про́сто* ки́шки порвёшь со сме́ху.“［简直肚肠也要笑断。］（契诃夫）	
	Эта карти́на *про́сто* загляде́нье! ［这幅画简直是杰作!］	
	Про́сто дева́ть не́куда! ［简直是无法容纳!］	
Ⅱ. 限制小品词［ограничи́тельные части́цы］: лишь［只］	Нехвата́ет *лишь* одного́. ［只差一个人。］	
	Лишь он пришёл. ［只有他来了。］	
	То́лько она́ пришла́. ［只有她来了。］	

(续表)

то́лько[只]	Я согла́сен, *то́лько* подожди́ ещё дня два.[我同意,只是你再等这么两天。]	
лишь то́лько[只有]	*Лишь то́лько* она́ меня́ не забы́ла.[只有她没有忘记我。]	
еди́нственно[只]	Э́тим мы обя́заны *еди́нственно* ему́.[这件事我们只感激他一个人。]	
	„Всё э́то он говори́л *еди́нственно* зате́м, чтобы затереби́ть честолю́бие.“[他说所有这些话,只是为了要激起(别人的)野心。](果戈理)	
Ⅲ. 精确小品词 [уточни́тельные части́цы]:		
и́менно[正是,正巧]	Я об э́том *и́менно* и прошу́.[我正是请求这个。]	
	Вы хоти́те меня́ ви́деть в ма́е, а *и́менно* в ма́е-то меня́ и не бу́дет.[您要在5月里看见我,可是正巧五月里我将不在。]	
как раз[正巧]	Боти́нки мне *как раз* впо́ру.[鞋子正巧合我的大小。]	
	Тебя́-то мне *как раз* и ну́жно (ви́деть).[我正巧要找你。]	
	Как раз сего́дня я его́ встре́тил.[今天我正巧碰到过他。]	
то́чно[正巧,正是]	*То́чно* така́я же кни́га.[正是这样的一本书。]	
	„Так *то́чно* ду́мал мой Евге́ний.“[我的叶甫盖尼正是这么想的。](普希金)	
ро́вно[正,正巧]	Он пришёл *ро́вно* в два часа́.[他正两点钟来了。]	
	Кни́га сто́ит *ро́вно* два рубля́.[书值两卢布正。]	
по́длинно[真的,实在]	„И *по́длинно*, весь го́род э́то зна́ет.“[真的,满城(的人)都知道这件事。](克雷洛夫)	

（续表）

приблизи́тельно ［大约,差不多］	Уе́хал он *приблизи́тельно* в ма́е. ［他大约是在五月里走的。］	
	Э́то бы́ло *приблизи́тельно* 6 лет тому́ наза́д.［这件事大概发生在六年 之前。］	
	Истра́тил *приблизи́тельно* 200 рубле́й.［花了差不多有二百卢布。］	
почти́［几乎,差 不多］	Заплати́л *почти́* ты́сячу рубле́й. ［付了差不多有一千个卢布。］	
	„Она́ говори́ла *почти́* одна́.“［她 几乎是一个人在说话。］（屠格涅夫）	
чуть не［几乎,险 些儿］	„С супру́гом *чуть не* развела́сь.“ ［我几乎跟丈夫离婚。］（普希金）	
	„Я *чуть не* сбежа́л.“［我险些儿逃 走。］（高尔基）	
Ⅳ. 指示小品词 ［указа́тельные части́цы］: вот［这就是,瞧］	*Вот* наш дом.［这就是我们的 房子。］	
	„*Вот* стра́нное уничиже́нье!“［这 就是奇特的屈辱！］（葛里波耶陀夫）	
	Вот вам прекра́сный приме́р.［这 对您就是一个很好的榜样。］	
вон［就是,瞧,哪］	*Вон* ви́дишь, что случи́лось.［你 瞧,发生什么事情了。］	
	Вон та́м!［在那边哪！］	
	Вон то́т!［就是那一个！］	
	Вон како́й!［原来如此！］	
э́то［这是］	Кто *э́то* пришёл?［这是谁来了？］	э́то 当小品词用时 没有重音,当代词用 时有重音 э́то。
	Что *э́то* ты так ве́сел?［你这是为 什么那样开心？］	
	Куда́ *э́то* он пошёл?［他这是上 哪儿去了？］	
	„С каки́м *э́то* дурако́м вы связа́лись?“［您这是跟哪一个傻瓜 来往过的？］（陀思妥耶夫斯基）	

（续表）

Ⅴ. 疑问小品词 ［вопроси́тельные части́цы］： ли［吗，是不是］	„Далеко́ *ли* тут до беды́? “［现在 离开灾难远吗？］（屠格涅夫）	
	„Не сты́дно *ли* тебе́ так до́лго му́чить меня́? “［那么长久地折磨 我，你不害羞吗？］（普希金）	
	„Не зна́ю, соберу́сь *ли* я к вам. “ ［我不知道我是不是会去看您。］（普 希金）	
ра́зве［难道］	*Ра́зве* он уже́ прие́хал? ［难道他已 经来了吗？］	
	Ра́зве э́то случи́лось в про́шлом году́? ［难道这是去年发生的吗？］	
неуже́ли［难道］	„*Неуже́ли* моё обраще́ние к вам могло́ оскорби́ть вас? “［难道我对 您的态度会侮辱您吗？］（屠格涅夫）	
уже́ли （＝неуже́ли）	„*Уже́ли* бли́зок час свида́нья? “ ［难道会见的时刻近了吗？］（巴拉端 斯基）	
	„*Уже́ли* ми́лые капри́зы бы́ли заро́дышами лицеме́рия, хи́трости? “ ［难道可爱的任性就是伪善和狡猾的 胚胎吗？］（冈查洛夫）	
Ⅵ. 惊叹小品词 ［восклица́тельные части́цы］： что за［怎样的…… 呀］	„Ну, *что за* ше́йка, *что за* гла́зки! “［啊，怎样的脖子呀，怎样的 眼睛呀！］（克雷洛夫）	
	„*Что за* ве́чер! “［怎样的一个黄 昏呀！］（斐特）	
как［怎样，多么…… 呀］	„Да *как* жирна́! “［多么肥呀！］ （克雷洛夫）	
	„*Как* хорошо́ ты, о, мо́ре ночно́е! “ ［哦，夜间的海呀，你多可爱呀！］（斐 特）	
Ⅶ. 否定小品词 ［отрица́тельные части́цы］：	Брат *не* прие́хал. ［兄弟没有来。］ Меня́ *не* жда́ли. ［（他们）没有 等我。］	小品词 не 的详细 用法请参看表100。

（续表）

не[没有,不是] во́все не[绝没有,完全没有,绝不,完全不]	До́мик *во́все не* плох.[小舍绝不是坏的。] Тако́й челове́к нам *во́все не* ну́жен.[这种人我们完全不需要。] Я *во́все не* то говорю́.[我完全不是说那个。]	
далеко́ не[远非,远不]	Она́ *далеко́ не* краса́вица.[她远非美人。]	
отню́дь не[绝不,丝毫不]	Он *отню́дь не* тако́го мне́ния.[他绝不是这个意思。]	

Б. 第二类小品词　[Втора́я гру́ппа части́ц]

表 99

| I．用来表示动词的式[наклоне́ния]或者式的语气[отте́нки наклоне́ний]:
бы　1)用来表示假定式,2)用来表示愿望,3)用来表示温和或客气的建议。

пусть[让……吧,好吧,算了吧]

пуска́й
(＝пусть) | 1）Он *бы* пришёл, е́сли *бы* был здоро́в.[如果他身体好的话,他会来的。]
2）Я *бы* погуля́л ещё немно́го.[我真想再稍微散一会步。]
3）Ты *бы* соснул немно́жко.[你最好稍微睡一会儿。]
3）Вы *бы* присе́ли.[您还是坐下吧。]
Пусть она́ е́дет, е́сли хо́чет.[让她去吧,如果她要的话。]
„*Пусть* лицо́ пыла́ет, как поутру́ заря́.“[让脸儿像朝霞一样地燃烧吧。](柯尔卓夫)
„Судьба́ не вели́т идти́ да́льше...*пусть*!“[命运不让前进……算了吧!](冈查洛夫)
Пуска́й бу́дет по ва́шему.[就照您的意思吧。]
Пуска́й он пода́ст заявле́ние.[让他送一份申请书来吧。] | пусть 一词还可以用作连接词,请参看表 97。 |

（续表）

да 1）表示肯定，2）真的吗？3）噢！4）表示愿望。	„*Пуска́й* слыву́ я старове́ром，мне всё равно́，я да́же рад.“［就让人家把我当作旧教徒吧，我反正都一样，我甚至还高兴呢。］（莱蒙托夫） 1）Хо́чешь ча́ю? *Да*.［你要喝茶吗？要。］ 1）Ты был там? *Да*.［你那里去过吗？去过。］ 2）— Вы зна́ете но́вость? Петро́в жени́лся. — *Да*? А я и не знал. ［——您知道一件新闻吗？彼得罗夫结婚了。 ——真的吗？我倒还不知道。］ 3）*Да*，я и забы́л：у меня́ есть для тебя́ письмо́.［噢，我竟忘记了：我还有信给你呢。］ 4）„*Да* здра́вствует Пе́рвое ма́я!“［五一节万岁！］ 4）„*Да* здра́вствует со́лнце，*да* скро́ется тьма́!“［愿太阳长存，愿黑暗隐没。］（普希金）	да 还可以用作连接词，请参看表96。 да здра́вствует...［……万岁］
-ка（用在动词的命令式之后，使命令的语气婉转。）	Да́йте-*ка* пройти́.［请让我走过去。］ Ступа́й-*ка* отсю́да.［你去吧。］ *Ну-ка*，дружо́к，спо́йте нам что́-нибудь!［来吧，朋友，给我们唱些什么吧!］	
бы́ло（与动词的过去时连用，表示行为已经开始，但还没有结束，或者行为没有得到结果。）	„На ель воро́на взгромозди́сь，поза́втракать *бы́ло* совсе́м уж собрала́сь，да призаду́малась.“［乌鸦攀上一株枞树，几乎已经准备好要吃早饭了，但是却又犹豫起来。］（克雷洛夫） „Сипя́гин предложи́л *бы́ло* одну́ настоя́щую рега́лию Нежда́нову；но тот отказа́лся.“［西比亚金建议要给聂士达诺夫一个真正的勋章；可是那一个拒绝了。］（屠格涅夫）	бы́ло 作小品词用时，重音在后面一个音节 бы́ло；бы́ло 作动词过去时用时，重音在前面一个音节 бы́ло。

（续表）

Ⅱ．不定小品词 ［неопределённые части́цы］： -то -ли́бо	кто́-то［某人］，что́-то［某物，某事； 不知为什么，稍微］，чей-то［某人 的］，како́й-то［某种］，ка́к-то［某种 方式］，где́-то［某地］，куда́-то［去某 处］，когда́-то［某时］，кото́рый-то ［某一个］，кто́-либо［不论谁］，что́- либо［不论什么］，чей-либо［不论谁 的］，како́й-либо［不论怎样的］，ка́к- либо［不论怎样］，где́-либо［不论哪 里］，куда́-либо［不论去哪里］，когда́- либо［不论什么时候］，кото́рый-либо ［不论哪一个］	不定小品词可以 跟代词和副词连用。 代词加不定小品词 仍旧是代词，副词加 不定小品词仍旧是 副词。请参看表53。
-нибу́дь（ = -ли́бо）	кто́-нибудь［不论谁］，что́-нибудь ［不论什么］，чей-нибудь［不论谁 的］，како́й-нибудь［不论怎样的］， ка́к-нибудь［不论怎样］，где́-нибудь ［不论哪里］，куда́-нибудь［不论去哪 里］，когда́-нибудь［不论什么时候］， кото́-рый-нибудь［不论哪一个］， ско́лько-нибудь［不论多少］	
не- кое-	не́кто［某人］，не́что［某物，某事］， не́который［某一个］，не́сколько［几 个］，ко́е-кто［某人］，ко́е-что［某物， 某事］，ко́е-како́й［某种］，ко́е-как［好 容易］，ко́е-где［在某些地方］	
Ⅲ．否定小品词 ［отрица́тельная части́ца］： не（除了表示否 定的意见外，还可 以用来表示相反的 意思。）	прия́тель［朋友］ — неприя́тель ［敌人］，пого́да［天气］ — непого́да ［坏天气］，весёлый［愉快］ — невесёлый［忧郁］，умно́［聪明］ — неу́мно［愚笨］。	

B. 小品词 не 的意义和用法 [Значéние и употреблéние части́цы «не»]

表 100

I. 表示否定(在 не 之后的词含有否定的意思):	Я *не* поéду домóй. [我不到家里去。] *Не* бери́. [别拿。] Мне *не* спи́тся. [我睡不着觉。] Он *не* люби́тель гуля́ть. [他不是一个喜欢散步的人。] Мне бóльше егó уж *не* уви́деть. [我再也看不到他了。] „*Не* жилéц я на э́том свéте.“ [我活不长了。](陀思妥耶夫斯基)	小品词 не 放在不同的地位,可以使句子的意义也不同,例如: 1) *Не* я говори́л об э́том. [这个不是我说的。] 2) Я *не* говори́л об э́том. [我没有说这个。] 3) Я говори́л *не об э́том*. [我说的不是这个。]
II. 小品词 не 用在疑问句子[вопроси́тельные предложéния]和惊叹句子[восклица́тельные предложéния]里,并不一定表示否定的意思:	„Обры́скал свет, — *не* хóчешь ли жени́ться?“ [你跑遍天下,——你还不想结婚吗?](葛里波耶陀夫) „*Кто не* проклина́л станцио́нных смотри́телей, *кто* с ни́ми *не* бра́нивался?“ [谁没有咒骂过驿站长,谁没有跟他吵过嘴?](普希金) *Как мне не* пла́кать? [我怎么能不哭?] *Как не* горева́ть? [怎么能不伤心?] *Как бы чегó не* вы́шло? [怎么才可以不出事?] *Чем не* рабóта! [多好的工作!]	表示一个建议。 表示一切人都咒骂过驿站长。 表示无法不哭,不伤心。 表示一种担心。 表示称赞。
III. 小品词 не 用在双重否定的句子里,使句子的意思成为肯定:	*Нельзя́ не* созна́ться! [不能不认罪!] *Не* могу́ *не* призна́ть э́того. [我不能不承认这一点。] *Нельзя́ не* согласи́ться. [不得不同意。]	

(续表)

	„Я *не* мог *не* засмея́ться." [我忍不住笑了起来。] (普希金)	
IV. 小品词 не 用在 едва́ ли не [几乎, 差不多, 险点儿, 恐怕], чуть ли не [大概, 恐怕] 等联用词 [словосоче-та́ния] 里。	В отря́де он счита́лся *едва́ ли не* лу́чшим стрелко́м. [在队里他差不多被认为是最好的射手。] *Едва́ ли не* оди́н из пе́рвых. [恐怕是最优秀中的一个。] Посто́йте-ка, э́то *чуть ли не* в про́шлом году́ происходи́ло. [且慢, 这恐怕是在去年发生的。] По́езд прихо́дит что́-то о́чень ра́но, *чуть ли не* в пять часо́в утра́. [火车不知为什么到得很早, 大概在早晨五点钟。]	чуть не 的用法请参看表 98。 едва́ ли [恐怕不, 大概不] 的意义和 едва́ ли не 正巧相反： *Едва́ ли* уда́стся нам получи́ть биле́ты. [我们恐怕弄不到票子了。]
V. 小品词 не 用在复合连接词 [составны́е сою́зы] 里。 a) 平行连接词： не то́лько не — но и [不但不——而且连] не то́лько — но и [不但——而且] не то что не — а [并非不——而是] не то чтобы — а (но) [并非——而是]	Он *не то́лько не* пришёл, *но и* по телефо́ну не предупреди́л. [他不但没有来, 而且连电话也不来通知一声。] Она́ *не то́лько* умна́, *но и* добра́. [她不但聪明, 而且善良。] Он *не то что* не мо́жет, *а* про́сто-на́просто не хо́чет. [他并非不能, 而是干脆不愿意。] „Я стал не люби́ть люде́й. *Не то, что* не люби́ть, *а* ка́к-то ста́ли они́ мне тяжелы́. [我开始不爱人们。并不是不爱, 而是不知怎的他们变得使我觉得厌恶。] (陀思妥耶夫斯基) *Не то чтобы* я не знал, *а* так вот не суме́л отве́тить. [并非我不知道, 而是不知怎的不能回答。] „Вы *не то, чтобы* внуша́ли мне дове́рие; *но* ва́ше положе́ние и моё о́чень схо́жи. "[并不是您取得我的信任, 而是您的处境和我的很相像。]	

（续表）

6）从属连接词：
пока́ не［直到］
	（屠格涅夫）
	
	    Сиди́ тут, *пока́* я *не* верну́сь. ［坐在这里，直到我回来。］
	
	    Мать убаю́кивала ребёнка, *пока́ не* засну́л. ［母亲给婴孩唱催眠曲，直到他睡着。］	

до тех пор, пока́ не［ = пока́ не］	„ Спишь *до тех пор, пока́ не* разбу́дят. "［你睡着直到叫醒你。］（托尔斯泰）	

что́бы не［不要，为了不要］	„Смотри́, кума́, *что́бы не* осрами́ться! ［当心，亲家，不要出丑！］（克雷洛夫）
	
	    Бою́сь, *что́бы не* случи́лось с ним чего́. ［我怕他不要出了什么事。］
	
	    „ *Что́бы не* разбуди́ть свои́х, он осторо́жно разде́лся в пере́дней. "［为了不要闹醒家里的人，他小心翼翼地在穿堂里脱去了衣服。］（契诃夫）	

注：1. 小品词 не 的用法还可以参看表98。

2. 小品词 ни 的用法请参看表96和表98。

3. 请注意 не оди́н［不止一个］和 ни оди́и［一个也没有］，не раз［不止一次］和 ни ра́зу［一次也没有］意义的不同。

§53. 小品词的书写规律
［Правописа́ние части́ц］

小品词 -то，-либо，-нибудь，ко́е-，-ка，-таки́ 与有关的词连写时，中间要用一个短划［чёрточка］: како́й-то，где́-либо，ка́к-нибудь，сходи́-ка，всё-таки。

小品词 бы，ли，же（б，ль，ж）分开书写，不用短划：чита́л бы，

читáла б，принёс ли，принеслá ль，такóй же.

如果小品词 бы，ли，же 是词的组成部分,那么它们就要连写：чтóбы，тóже，тáкже，дáже，однáкож，éсли，неужéли.

A. 小品词 не 的书写规律　　[Правописáние частѝцы не]

表 101

	I . не 在以下各种情形下连写	
1. 没有 не 不用的词：	невéжа[没有礼貌的人]，незабýдка[琉璃草]，нерáха[不整洁的人]，невзрáчный[丑的]，нелюдѝмый[不善交际的人]，ненавѝдеть[憎恨]，негодовáть[愤慨]，нездорóвиться[不舒服]，невзначáй[出乎意外]，нельзя́[不可以]	
2. не 跟名词、形容词和以 о 结尾的副词连写,如果这些名词、形容词和副词加上 не 之后,表示一种新的概念。	неприя́тель（враг）[敌人]，непрáвда（ложь）[谎言]，невесёлый（скýчный）[不愉快的]，недóбрый（злой）[凶恶的]，нехорошó（плóхо）[不好]，недалекó（блѝзко）[不远]	这些词常常可以用一个意义差不多的词代替。前置词 несмотря́ на 中的 не 是连写的。
3. не 在否定代词、不定代词、否定副词、不定副词里连写。（重音总是在 не)	нéкто[某人]，нéкого[没有人]，нéкем[没有人]，нéкоторый[某一个]，нéкуда[没有地方去]，нéгде[没有地方]，нéоткуда[没有从任何地方]。	如果不定代词与前置词连用,那么 не 就要分写：не от когó，не с кем。
4. не 跟全尾形动词连写,如果它们并不带有解释性的词。	Я не люблю́ покáзывать *незакóнченных* рабóт.[我不爱给人家看没有完成的作品。]（但：Я не люблю́ покáзывать *не закóнченных мнóю*	

（续表）

	рабо́т.［我不爱给人家看我没有完成的作品。］）*Нераспусти́вшийся* цвето́к был обры́зган росо́й.［一朵没有开放的花洒满了露水。］（但：Гото́вый распусти́ться, но *ещё не распусти́вшийся* цвето́к был обры́зган росо́й.［一朵将开未开的花洒满了露水。］）	
Ⅱ. не 在以下各种情形下分写		
1. не 跟动词、副动词和短尾形动词分写。	*не* хочу́［不要］, *не* могу́［不能］, *не* был［没有］; *не* ви́дя［没有看见］, *не* жела́я［不愿］, *не* посмотре́в［没有看］; *не* прочи́тана［没有读完］, *не* постро́ен［没有造成］.	
2. не 跟名词、形容词、代词、数词和副词分写，如果含有相对的意思。	Он мне *не* прия́тель, а враг.［他不是我的朋友，而是敌人。］ *Не* здоро́вому ну́жен врач, а больно́му.［不是健康的人需要医生，而是有病的人需要医生。］ *Не* я э́то сде́лал.［这不是我做的。］ *Не* хорошо́ он сде́лал（а пло́хо）.［他做得不好。］	在 не 之前加上 во́все, ничу́ть, далеко́ 等词，也要分写，请参看表 98 Ⅶ.
3. не 跟全尾形动词分写，如果它们带有解释性的词。	Я приня́лся за *не зако́нченную во́время* рабо́ту.［我着手做没有及时完成的工作。］（但：Я приня́лся за *незако́нченную* рабо́ту.［我着手做没有完成的工作。］）	

注：1. не 跟短尾形容词有时分写，有时连写，要根据意义来决定。例如：Он *небога́т.*［他穷。］但：Он *не бога́т.*［他并不有钱。］又如：Она́ *некраси́ва.*［她丑。］但：Она́ *не краси́ва.*［她并不美丽。］

2. 在带有接头部 недо-的动词（недосоли́ть［盐放得不够咸］, недове́сить［秤量不足］, недорабо́тать［没有做足］, недовы́полнить［没有如数完成］等）和名词（недосо́л［盐放得不够咸］, недове́с［秤量不足］等）里，не 要连写；但当带有接头部 до-的动词（добежа́ть［跑到］, добра́ться［达到］等）用在否定句子里时，не 要分写：не

добежа́ть［没有跑到］，не добра́ться［没有达到］。上面的两种情形不能搅错，否则整个句子的意思就要误解。试比较：Он *недоеда́ет.*［他营养不足。］和 Он *не доеда́ет* суп.［他没有吃完汤。］

3. 在 *ни в чём не*［丝毫没有］，*ниче́м не*［完全不］，*ни для кого не*［对谁也不］，*никуда́ не*［绝不］等加强否定意味的代词和副词里，не 要分写：*Ни в чём не* пови́нные лю́ди［丝毫没有罪过的人们］。*Ниче́м не* замеча́тельный рома́н［一点不出色的小说］。*Ни для кого не* убеди́тельный до́вод.［谁也不相信的论证］。*Никуда́ не* го́дный сове́т［毫无用处的劝告］。

4. 在 о́чень［很］，весьма́［十分］，кра́йие［极］，в вы́сшей сте́пени［极度］，соверше́нно［完全］等副词之后，не 仍旧要跟后面的形容词或副词连写：Брат поступи́л *о́чень неосторо́жно.*［兄弟做得很粗心。］Изве́стие *весьма́ неприя́тное.*［消息十分不愉快。］Челове́к он *в вы́сшей сте́пени неаккура́тный.*［他是一个极度粗心的人。］Спекта́кль был *соверше́нно неинтере́сный.*［表演是完全没有趣味的。］

Б. 小品词 ни 的书写规律 ［Правописа́ние части́цы ни］

表 102

I. ни 在以下各种情形下连写		
1. ни 跟右面的否定代词连写（重音一定不在 ни）：	Никто́［谁也不］，ничто́［什么也不］，никако́й［无论什么样的……也不］，ниче́й［无论谁的……也不］，никого́（никто́ 的第二格），ничего́（ничто́ 的第二格），ничье́го（ниче́й 的第二格）。	否定代词如果与前置词连用，那么 ни 就要分写：ни у кого́，ни от чего́，ни с чьей，ни за како́й。
2. ни 跟右面的否定副词连写（重音一定不在 ни）：	Никогда́［从来不］，нима́ло［一点也不］，нигде́［什么地方也不］，никуда́［什么地方也不去］，ниотку́да［不从任何地方］，ника́к［不论怎样］，ничу́ть［丝毫也不］，ниско́лько［一点也不］	
II. ни 在以下各种情形下分写		
1. 在否定句里，如果 ни 用作连接词或加重语气小品词。	*Не́* было в душе́ *ни* стра́ха, *ни* печа́ли.［心里既没有恐惧，也没有悲伤。］（试比较：*Не́* было в душе́ и стра́ха, и печа́ли.［心里没有恐惧，没有悲伤。］）	

（续表）

	Ни францу́зского, *ни* англи́йского языка́ он *не* зна́ет.［他既不懂法语，也不懂英语。］ **Не ви́дно бы́ло** *ни* души́.［一个人也看不到。］	
2. 在具有加重意义的联用词里。	*кто бы ни*［不论谁］，*что бы ни*［不论什么］，*како́й бы ни*［不论怎样的］，*где бы ни*［不论在哪里］，*куда́ бы ни*［不论往哪里］，*как ни*［不论怎样］，*ско́лько бы ни*［不论多少］。 *Кто ни* прихо́дит на вы́ставку, все восхища́ются е́ю.［不论谁跑去看展览会，全都称赞它。］ *Куда́ ни* обраща́ю взор, круго́м сине́ет тёмный бор.［不论我向哪里望，周围都是黑暗的松树林在发着蓝色。］	

§54. 感叹词的意义和用法
［Значе́ние и употребле́ние междоме́тия］

感叹词是一种没有变化的品词，用来表示说话的人的感情和激动。

感叹词根据它们在语言里的功用可分为下列四种：

表 103

1. 表示惊奇、赞成、威胁、非难、恐惧、忧愁、悲哀等感情的感叹词： а! 唉！啊！（惊奇，无可奈何）	*A*, вот оно́ что!［啊，原来如此！］ *A*, была́ не была́, пойду́!［唉，不论怎样，我要去！］ *Ax*, как краси́во!［啊呀，多美呀！］ *Ax*, э́то он!［嗳，这是他！］ *Ба*, кого́ я ви́жу!［嗳，我看见谁啦！］	左面的感叹词大都可以表示几种不同的感情，要看上下文、音调和说话时的环境

（续表）

ах! 阿呀！嗳！（惊奇，婉惜，高兴）	*Ай да*, храбрéц! [哼，好汉！] *Урá*, Стáлин! [斯大林万岁！] *Ужó*, я тебя! [你得当心我！] *Эх*, ты! Такóго карася упустúл! [要命，你把这样的一条鲇鱼给放过了！]	来决定，例如： *Ах*, как прня́тно! [嗳，多开心！]（表示高兴）。
ба! 嗳！（惊奇）		
ай да! 哼！（讽刺性的称赞）		
урá! 万岁！好啊！（欢呼）	„*Тьфу* ты, греховóдница! "[呸，你这个罪孽深重的女人！]（А. 奥斯特罗夫斯基）	*Ах*, э́то ужáсно! [啊呀，这太可怕了！]（表示悲哀）
ужó! 当心点！（威胁）	„*Вы* знáете, что для меня тепéрь Малéвский — фи! "[您知道，现在在我看来马列夫斯基（那个家伙）——呸！]（屠格涅夫）	
э-эх! 要命（惋惜，责备）		
тьфу! 呸！（憎恶，轻蔑）	*Фу*, какóй вы нехорóший! [呸，您多坏！]	
фи! 呸！（憎恶，轻蔑）	*Фу*, какáя жарá! [喔唷，多热呀！] *Уф*, устáл! [哎唷，我累了！] *Ой*, как напугáл ты меня! [哎唷，你把我吓死了！]	
фу! 呸！喔唷！（非难，轻蔑，烦躁，不满）		
уф! 哎唷！（苦痛，疲倦）	„*Ох*, дéвушка, чтó-то со мной недóброе дéлается. "[唉，姑娘，我碰上一件不幸的事情啦。]（А. 奥斯特罗夫斯基）	
ой! 哎唷！（惊骇，惊奇，苦痛）		
ох! 唉！阿哟！（婉惜，懊恼，悲哀，苦痛）	„ *О*! éсли б знáла ты, как я тебя люблю! "[呵！但愿你知道我是怎样地爱你！]（莱蒙托夫） „ *О* жизнь! *О* лес! *О* сóлнца свет! *О* ю́ность! *О* надéжды! "[生命呵！树林呵！阳光呵！青春呵！希望呵！]（А. 托尔斯泰）	
о! 呵！哦！（惊奇，高兴，婉惜）		
увы́! 呜呼！哎！（哀悼，悲叹）	„*Увы́*! надéжды нет. "[哎！没有希望。] „*Увы́*, Татья́на увядáет. "[哎，塔季雅娜在萎下去。]（普希金） „*Увы́*, на рáзные забáвы я мнóго жи́зни погуби́л! "[哎，在各种儿戏上我糟蹋了许多生命！]（普希金）	
2. 表示各种激动的感叹词： вон! прочь! 滚蛋！走开！	*Вон отсю́да*! [滚出去！] „Поди́те *прочь*: вы — человéк опáсный! "[走开：你是一个危险分子！]（普希金） „*Прочь* свáры, зáвисть, злость! "[吵嘴、	

（续表）

ну！ну-те！说吧！来吧！得！（催促人家说话或者行动）	嫉妒、恶意全都滚蛋吧！（克雷洛夫） *Ну*, скоре́й！［来吧，快些！］ *Ну*, что же да́льше？［说吧，以后怎样？］ „*На*, возьми́. Отнеси́ Мада́нье.“［拿去去送给马拉尼雅。］（屠格涅夫）	感叹词 ну-те！的意义和 ну！相同，不过 ну-те！只能在向一个以上的人说话时应用。нате！和 на！的差别也是这样。
на！на́те！拿去！	„*На́те* вам ваш биле́т！*На́те*！“［您来拿去您的票子！拿去！］（契诃夫）	
цыц！тс！шш！嘘！（禁止）	„*Цыц, цыц*..., прокля́тые, чтоб вас！унима́ла она́ соба́к.“［“嘘，嘘……该死的，我打死你们！”她制止着狗。］（冈查洛夫）	
	„Молча́ть！молча́ть！дьяк ду́мный говори́т：*ш-ш* — слу́шайте！“［“别说话！别说话！”国会书记说：“嘘 — 嘘！听我说！”］（普希金）	
марш！走！	„*Марш* отсю́да！［走开！］	
	„Бери́ ша́пку, шу́бу и вме́сте *марш*！“［拿起帽子，大衣，一块儿走！］（陀思妥耶夫斯基）	
стой！停！	„*Стой*, Ямщи́к！Жара́ несно́сная. Да́льше е́хать не могу́.“［停住，赶车的！热得难受。再走吃不消了。］（聂克拉索夫）	
эй！喂！	„*Эй*, пошёл, ямщи́к！“［喂，赶车的，走啦！］（普希金）	
	„*Эй*, кто там？“［喂，那边是谁呀？］	
3. 表示由于对谈者的话而引起的各种感情和意见： да！不错！ нет！不！	— Был он хоро́шим челове́ком. — *Да*！ ［“他是一个好人。” “不错！”］	
	„Забы́л？ — сказа́л Чи́чиков. — *Нет*, ва́ше благоро́дие, как мо́жно, чтобы я позабы́л.“ ［“你忘了吗？”乞乞柯夫说。 “不，大人，我怎么会忘记呢。”］（果戈理）	
вот ещё！又来啦！（表示不同意）	„Дон Гуан：Слу́шай, Лепоре́лло, я с не́ю познако́млюсь. Лепоре́лло：*Вот ещё*！Куда́ как ну́жно！“	

(续表)

	Мýжа повали́л. Да хо́чет погляде́ть на вдо́вьи слёзы. Бессо́вестный! " [唐璜：听着，莱鲍雷洛，我将跟她结识。莱鲍雷洛：又来啦！何必呢！杀死了丈夫，又想看寡妇的眼泪，没良心的！]（普希金）	
ой ли? 真的吗？ （表示怀疑）	„Ой-ли? — отве́тили емý сомни́тельно. — Да ты из каки́х? ["真的吗？"怀疑地回答他说。"你是什么样人？"]（波米亚罗夫斯基）	
пра́во! 真的！（表示确信） а? ась? 啊？呃？什么？（表示没有听清楚）	Пра́во, ужé по́здно.［真的，已经迟了。］ Что ты сказа́л? а?［你说什么呀？啊？］ „Ась?... не слы́шу, роди́мый, произнесла́ недви́жно стару́ха."["什么？……我听不出，亲人"老太婆一动不动地说。]（д. в. 葛里高罗维奇）	
4. 表示客气和礼貌的感叹词： спаси́бо! 谢谢！ пожа́луйста! 请！好的！	Спаси́бо! ува́жили меня́ обе́дом.［谢谢！您款待我午饭。］ Да́йте мне, пожа́луйста, воды́.［请您给我一些水。］ Возьми́те, пожа́луйста, ещё кусо́к.［请您再拿一块吧。］ Мо́жете переда́ть мне нож? — Пожа́луйста!［可以把刀递给我吗？——好的！］	спаси́бо 和 пожа́луйста 两词也有当作小品词看待的。

注：1. 除了上面所说的四种感叹词之外，还有拟声感叹词［звукоподража́тельные междоме́тия］：бац!（啪的一声！），хлоп!（砰！），мяу!（猫叫声），кукареку́!（公鸡的啼声），гав-гав!（狗的叫声）。

2. 感叹词不是句子的组成部分［чле́ны предложе́ния］。

3. 任何一种品词（包括联用词），当它不是用来说明事实，而是用来表示感情和意志时，都可以充作感叹词：ба́тюшки!［老爹！］страсть［不得了！］у́жас!［可怕！］беда́!［倒霉！］го́ре!［伤心！］ей-бо́гу!［真的哪！］чорт возьми́!［见鬼！］

4. 某些感叹词也可以当其他品词用，并且成为句子的组成部分：Татья́на — ax; медве́дь — реве́ть!［塔季雅娜喔唷地叫了一声；熊吼叫着。］（感叹词 ax 在这里是当动词用的，在句子里的地位是谓语。）Дале́че гря́нуло ура́!［远方响起了一声乌拉！］（感叹词 ура́ 在这里是当名词用的，它在句子里的地位是主语。）

第十一章　词的构成
[СЛОВООБРАЗОВАНИЕ]

§55. 同一词根加上接尾部和接头部构成不同的词
[Образова́ние ра́зных слов от одного́ и того́ же ко́рня с по́мощью су́ффиксов и приста́вок]

表 104

уч-и́-ть[教、学] — вы́ — учить[教会,学会],на-учи́ть[教会],за-учи́ть[记熟] уч-и́-тель[男教员] уч-и́-тель-ниц(а)[女教员] уч-е-ни́к[男学生] уч-е-ниц(а)[女学生] уч-а́щ-ий[教师] уч-а́щ-ий-ся[学生] уч-ён-ый[有学问的人] уч-е́ни(е)[学说]

стро́-и-ть — по-стро́ить［造］, пере-стро́ить［改造］, за-стро́ить[在一个地区进行建筑] стро-и́тель[建造者] строй-тель-ств(о)[建设] строй-к(а) — по-стро́йка[建筑], пере-стро́йка[改造], за-стро́йка[在一个地区进行建筑]	注：所有这几个词的词根都是-строй-

（续表）

стро́й-н-ый［整齐的］ стро-е́ние［结构］ стро́-ящ-ий-ся［建造中的］	
有时在构成新词时，词干的发音部分［звуково́й соста́в］也要改变。 друг［朋友］ друзья́［朋友们］ дружи́ть［做朋友］ дру́жба［友好］ дру́жный［同心协力的］ дру́жеский［朋友的］ дру́жественный［友好的］	

§56. 最常用的名词接尾部
［Наибо́лее ча́сто применя́емые су́ффиксы существи́тельных］

A. 用来构成表示人物的名词接尾部 ［Для образова́ния существи́тель-ных, обознача́ющих де́йствующих лиц, слу́жат су́ффиксы］

表 105

阳性名词		阴性名词		注
-тель	чита́тель ［读者］ писа́тель ［作家］ руководи́тель ［领导者］ строи́тель ［建造者］	-тель- ниц(а)	чита́тельница писа́тельница руководи́тельница	1. 带接尾部-тель 的名词，主要根据动词的不定式构成：чита́-ть，чита́-тель；руководи́-ть，руководи́-тель。 2. 词干以 а 结尾的名词，仍旧保持动词的重音：чита́ть — чита́тель，писа́ть — писа́тель；词干以 и 结尾的名词，重音总是在 и：руководи́ть — руководи́тель，стро́ить — стро́итель。

(续表)

阳性名词		阴性名词		注
				3. 凡带有接尾部-тель 的阳性名词,它的相当的阴性名词,只要再加上一个接尾部-ниц(a)。这一类阴性名词的重音和阳性名词的重音相同。 注意:带接尾部-тель 的名词并不一定指人,例如:числи́тель[分子],знамена́тель[分母],мно́житель[乘数],дели́тель[除数],дви́гатель[发动机],истреби́тель[驱逐机]。这些词通常保持动词的重音,只有少数例外(чи́слить[数]—числи́тель)。
-щик	набо́рщик [排字工人] конто́рщик [办事员] нату́рщик [模特儿] ка́меньщик [石匠] стеко́льщик [玻璃匠] бараба́нщик [鼓手]	-щиц(a)	набо́рщица конто́рщица нату́рщица	1. 带接尾部-щик,-чик,-щиц(a),-чиц(a) 的名词,根据名词和动词的词干构成:бараба́н — бараба́нщик;носи́ть — носи́льщик;переписа́ть — перепи́счик;отве́т[回答]— отве́тчик[被告]。 2. 带接尾部-чик 的名词,重音总是在倒数第二个音节(разве́дчик,перево́дчик)。 3. 带接尾部-щик 的名词,它的重音没有一定的地位,有些保持原词的重音,例如:ка́мень[石头]— ка́меньщик。старьё[旧货]— старьёвщик;有些重音在最后一个音节:часовщи́к。如果重音不在最后一个音节,它是固定的(单数和复数的第一格到第六格重音地位固定)。如果重音
-ов-щик	часовщи́к [钟表匠]	-чиц(a)	лётчица разве́дчица	
-ев-щик	старьёвщик [旧货买卖者]		перево́дчица перепи́счица	
-ль-щик	носи́льщик [搬运工人]			
-чик(在д,т,з,с,	лётчик [飞行员]			

(续表)

阳性名词		阴性名词		注
ж 之后)	развéдчик [侦察员] перевóдчик [翻译者] перепúсчик [抄写员] вóзчик [马车夫] перебéжчик [叛徒]			在最后一个音节,它在变格时就要按照表15 Ⅲ 1 的类型(старúк,дождь)转移。 4. 这一类阴性名词的重音和阳性名词的重音相同。
-ник	колхóзник [集体农民] рабóтник [工作人员] удáрник [突击队员] отлúчник [高材生] ученúк [男学生] помóщник [助手] сапóжник [鞋匠] мяснúк [屠夫] печнúк [火炉匠]	-ниц(а)	колхóзница рабóтница удáрница отлúчница ученúца помóщница	1. 带接尾部-ник 的名词,根据形容词和名词的词干构成: отлúчный [优秀的] — отлúчник;мя́со[肉] — мяснúк。 2. 这一类阴性名词的重音和阳性名词的重音相同。 带接尾部-ник 表示某种男子职业的名词(сапóжник,мяснúк,печнúк),没有相当的阴性名词。 3. 有些词重音在倒数第二个音节:двóрник[打扫院子的人],пúльщик[锯木匠],помóщник,удáрник;有些词重音在最后一个音节:леснúк [看林人],печнúк。如果重音在倒数第二个音节,它是固定的。如果重音在最后一个音节,它在变格时要按照表15 Ⅲ 1 的类型转移。 注意:带接尾部-ник,-ниц(а)的名词也可以指物件(чáйник [茶壶],кофéйник [咖啡壶],сáхарница [糖缸],пéпельница[烟灰缸]。

（续表）

阳性名词		阴性名词		注
-ик	матема́тик [数学家]			1. 带接尾部-ик 的名词根据名词构成。
	исто́рик [历史学家]			2. 接尾部-ик 通常用来表示专长（исто́рик, фи́зик 等）。
	фи́зик [物理学家]			3. 带接尾部-ик 的名词也可以表示物件（грузови́к[载货汽车], боеви́к[战斗机]等）。
	хи́мик [化学家]			
-ов-ик	фронтови́к [前线战士]			4. 带接尾部-овик, -евик 的重音总是在最后一个音节（фронтови́к, большеви́к）在变格时重音按照表 15 Ⅲ 1 的类型转移。
	передови́к [先进分子]			
-ев-ик	большеви́к [布尔什维克]			注意：由形容词构成的名词也可以有接尾部-ик：ста́рый[老] — стари́к。
-ец	парти́ец [党员]			1. 带接尾部-ец 的名词，根据名词的词干（па́ртия[党] — парти́ец），形容词的词干（краси́вый[美丽的], — краса́вец, хра́брый[勇敢的] — храбре́ц），动词的词干（боро́ться[斗争] — боре́ц, чита́ть — чте́ц）；不过大多数根据名词构成。
	комсомо́лец [青年团员]	-к(а)	комсомо́лка	
	стаха́новец [斯泰哈诺夫式工作者]		стаха́новка	2. 带接尾部-ец 的名词，在俄语里有许多是新词，例如：стаха́новец, выдвиже́нец[被提升的人]。
	боре́ц [战士]			
	бое́ц[战斗员]			
	гребе́ц [划船人]			3. 如果名词表示属于某一组织的人（комсомо́лец），某种国籍的人（голла́ндец）或某地的居民（ленингра́дец），它的阴性名词就要用-ка 结尾
-ан-ец	республика́нец [共和党员]		республика́нка	
-ен-ец	бе́женец [难民]		бе́женка	

（续表）

阳性名词		阴性名词	注
-ов-ец	торго́вец [商人]		（комсомо́лка，голла́ндка，ленингра́дка）；如果名词表示从事某项活动的人，或者具有某种特征的人，这种名词有些不能构成阴性名词（如бое́ц，боре́ц，гребе́ц，храбре́ц等只有阳性）；有些阴性名词用-иц(а)或-их(а)结尾（如краса́вица，чти́ца，купчи́ха [女商人]）。
	владе́лец [所有者]		
	ленингра́-дец[列宁格勒人]	ленингра́дка	
	сара́товец [萨拉托夫人]	сара́товка	4. 这一类名词重音常常在最后一个音节：бое́ц，храбре́ц，удале́ц[大胆的人]，молоде́ц[好汉]；但有时在倒数第二个音节：краса́вец，ленингра́дец，ряза́нец [利亚森人]。
	испа́нец [西班牙人]	испа́нка	
	голла́ндец [荷兰人]	голла́ндка	
	горде́ц [骄傲的人]		表示某一城市或某一国家居民的名词，总是保持城名或国名的重音：Ленингра́д — ленингра́дец，Севасто́поль — севасто́полец，Испа́ния — испа́нец。
	краса́вец [美人]	-иц(а) краса́вица	
	храбре́ц [勇敢的人]		如果重音不在最后一个音节，它在变格时是固定的。如果重音在最后一个音节，它在变格时按照表15 Ⅲ 1的类型转移。
	чте́ц [朗诵的人]	чти́ца	带接尾部-ен，-ец 的名词，重音通常在倒数第二个音节：поселе́нец [移居者]，переселе́нец [移民]，выдвиже́нец。这些名词的重音都是固定的。

（续表）

阳性名词			阴性名词	注
-ин	болга́рин [保加利亚人]	-к(а)	болга́рка	1. 带接尾部-ин,-анин（-янин）的名词通常表示某国人（болга́рин），或某一地区出生的人（волжа́нин）。
	грузи́н [格鲁吉亚人]		грузи́нка	2. 这些名词的重音，不是在倒数第二个音节（тата́рин, горожа́нин, крестья́нин），就是在最后一个音节（грузи́н, граждани́н）。重音都是固定的，只有граждани́н和мещани́н两个词例外：гра́ждане, гра́ждан, гра́жданам等重音在第一个音节，меща́не, меща́н, меща́нам等重音移到倒数第二个音节。
	тата́рин [鞑靼人]		тата́рка	
-ан-ик	граждани́н [公民]		гражда́нка	
(-як-ин)	горожа́нин [城里人]		горожа́нка	
	волжа́нин [伏尔加河流域人]		волжа́нка	
	харьков-ча́нин [哈尔科夫人]		харьковча́нка	
	англича́нин [英国人]		англича́нка	
	мещани́н [小市民]		меща́нка	
	крестья́нин [农民]		крестья́нка	
	киевля́нин [基辅人]		киевля́нка	
-ич	москви́ч [莫斯科人]	-к(а)	москви́чка	1. 带接尾部-ич,-ак(-як),-ач的名词，根据名词和形容词的词干构成（Москва́[莫斯科] — москви́ч, Сиби́рь[西伯利亚] — сибиря́к, бе́дный[贫穷的] — бедня́к, изба́[乡村小屋] — изба́ч)。
	костроми́ч [Кострома́科斯特罗马人]		костроми́чка	
	вя́тич [Вя́тка维亚特卡(现名莫			2. 某些城市的居民，并没

(续表)

阳性名词		阴性名词	注
-ак(-як)	洛托夫)人] сибиря́к [西伯利亚人]	сибиря́чка	有带特殊接尾部的名词,而就用某城的 жи́тель[居民]:жи́тель Омска[Омск 奥姆斯克人], жи́тель Каши́ры [Каши́ра 卡西拉人]等。
	перма́к [Пермь 彼尔姆人]	перма́чка	3. 这些名词的重音通常都在最后一个音节。在变格时重音按照表15 Ⅲ 1 的类型转移。
	земля́к [同乡]	земля́чка	阴性名词的重音和阳性名词的相同(москви́ч — москви́чка)。阴性名词的重
	бедня́к [贫农]	бедня́чка	音地位是固定的。
	батра́к [雇农]	батра́чка	带接尾部-ак(батра́к,бедня́к),-ач 的名词,它们的重音在最
-ач	скрипа́ч [提琴手]	скрипа́чка	后一个音节。在变格时,重音按照表15 Ⅲ 1 的类型转移。
	изба́ч[主持乡村阅览室工作的人]	изба́чка	根据带接尾部-ак,-ач 的阳性名词所构成的阴性名词,保持原来的重音(рыба́к[渔夫] — рыба́чка[渔妇])。在变格时,重音地位是固定的。
-ун	болту́н [空谈家]	болту́нья	1. 带接尾部-ун 的名词,通常根据动词的词干构成:болта́ть[说废话] — болту́н,
	шалу́н [顽皮的人]	шалу́нья	шали́ть[淘气] — шалу́н,ворча́ть[叽哩咕噜] — ворчу́н。
	хвасту́н [吹牛家]	хвасту́нья	2. -ун(колду́н[巫师],шалу́н)的重音在最后一个音
	крику́н [空喊家]	крику́нья	节。在变格时重音按照表15 Ⅲ 1 的类型转移。在构成阴
	ворчу́н [唠唠叨叨的人]	ворчу́нья	性名词时,重音位置保持不变(шалу́н — шалу́нья)。重音地位是固定的。

(续表)

阳性名词		阴性名词	注
-арь	секрета́рь[秘书] библиоте́-карь[图书馆管理员] пе́карь[面包师] па́харь[农夫]	секрета́рша библиоте́каршa	1. -арь,重音大部分在最后一个音节(врата́рь[(球赛中的)守球门者],звона́рь[摇铃者],дика́рь[野蛮人],секрета́рь);但有时重音在词干(пе́карь,ле́карь[郎中,大夫],сле́сарь[铜匠])。在变格时重音按照表15 Ⅲ 1的类型转移。 注意:带接尾部-ар,-яр的名词(столя́р[细木匠],маля́р[刷墙匠],гонча́р[陶器匠]),它的重音在变格时通常按照表15 Ⅲ 1的类型转移。 2. 像секрета́рша,библиоте́каршa这一类阴性名词,在谈话里用得很多,但在文学语里是不用的。在文学语里对女性通常也用阳性名词секрета́рь,библиоте́карь 等。
	外来语接尾部		
-ист	маркси́ст[马克思主义者] коммуни́ст[共产主义者] материа-ли́ст[唯物论者] тракторй́ст[拖拉机手]	-к(а) маркси́стка коммуни́стка материали́стка тракторй́стка	1. -ист,重音总是在最后一个音节(маркси́ст,социали́ст[社会主义者])。重音在变格时是固定的。 2. -тор,重音在倒数第二个音节(до́ктор,дире́ктор,нова́тор)。在变格时重音大多数是固定的。 до́ктор 和 дире́ктор两词的复数第一格词尾是-а(доктора́,директора́),而且

（续表）

阳性名词			阴性名词	注
	外来语接尾部			复数各格的重音都在词尾。 3. 带接尾部 -ист, -ент, -ант, -ионер 的名词, 它们的重音都在最后一个音节 (коммуни́ст, корреспонде́нт, квартира́нт [房客], пионе́р [少 年 先 锋 队 队 员], революционе́р)。
-ионер	револю- ционе́р [革 命家]		революционе́рка	
-ент	корреспон- де́нт [通 讯 员]		корреспонде́нтка	
-ант	дилета́нт [一 知 半 解 者]		дилета́нтка	
-тор	организа́- тор [组织者]			
	дире́ктор [经理]	-ш (а)	дире́кторша	
	до́ктор [博士]			
-атор	нова́тор [革新者]			

Б. **用来构成抽象名词的接尾部** [**Для образова́ния абстра́ктных существи́тельных слу́жат су́ффиксы**]

表 106

	阴性名词	注
-ость	акти́вность [积极性] реши́тельность [果敢] хра́брость [勇敢] го́рдость [骄傲] промы́шленность [工 业]	1. 根据形容词的词干和被动形动词的词干构成 (го́рдый [骄傲 的] — го́рдость; организо́ванный [被组织的] — организо́ван-ность)。 2. 重音从来不在接尾部。通常总是保持构成所根据的原词的重音: Го́рдый —

(续表)

阴性名词		注
	организóванность[组织性] дисциплинúрованность[纪律性]	гóрдость，промы́шленный[工业的]—промы́шленность，кóлкий[讽刺的]—кóлкость[讽刺]。 Молодóй[年轻的]—мóлодость[青春]的重音看来好像是例外，其实短尾形容词мóлод 的重音还是跟 мóлодость 的重音一致的。 重音地位在变格时是固定的。
-от(а) -ет(а)	беднотá[贫穷] краснотá[红] чернотá[黑] полнотá[丰富] темнотá[黑暗] высотá[高度] нищетá[穷苦]	1. 根据形容词的词干构成(бéдный[贫穷的]—беднотá)。 2. 重音大部分在最后一个音节：широтá[纬度]，долготá[经度]，пустотá[空虚]。但也有一部分在倒数第二个音节：зевóта[呵欠]，рвóта[呕吐]。如果重音在最后一个音节，那么它按照表15 Ⅰ 2 的类型转移。如果重音在倒数第二个音节，它的地位在变格时是固定的。
-ин(а)	ширинá[阔度] глубинá[深度] вышинá[高度]	1. 接尾部加词根而构成。 2. 重音总在最后一个音节。如果有复数的话，变格时按照表15 Ⅰ 2 的类型转移。
-изн(а)	белизнá[白] дешевúзна[廉价] дороговúзна[高价]	1. 根据形容词的词干构成(бéлый[白色的]—белизнá)。 2. 有些词的重音在最后一个音节(белизнá，левизнá)，有些在倒数第二个音节(дешевúзна，укорúзна[责备])。重音的地位都是固定的。
-к(а)	стрóйка[建筑] подготóвка[准备] нахóдка[发现]	1. 根据动词的词干构成(подготóвить[准备]—подготóвка)。 2. 重音没有在最后一个音节的。

（续表）

阴性名词		注
-б(а)	борьба́[斗争] ходьба́[步行] молотьба́[打谷]	1. 根据动词的词干构成(ходи́ть — ходьба́)。 2. 重音在最后一个音节。重音地位固定。
	外来语接尾部	
-ация (-изация)	организа́ция[组织] коллективиза́ция[集体化] квалифика́ция[资格] воениза́ция[军事化]	1. 相当的动词：организова́ть[组织]，коллективизи́ровать[集体化]等。 2. 接尾部也有接在俄语词干上的：воениза́ция。

中性名词		注
-а-ни (е) е-ни(е) (енье)	внима́ние[注意] собра́ние[会议] преподава́ние[教授] стара́ние[努力] чте́ние[读] объявле́ние[公布] удивле́ние[惊奇] уче́ние[学说] （уче́нье） ударе́ние[重音] уточне́ние[确定] наме́рение[企图] упро́чение[巩固] обеспе́чение[保证] сосредото́чение[集中]	1. 根据动词不定式的词干构成(собра́ть[集合] — собра́ние)。 2. 带接尾部-ание的名词，保持原来动词的重音（рассма́тривать[观察] — рассма́тривание[观察]，внима́ть[注意] — внима́ние，преподава́ть[教授] — преподава́ние)。
-ти(е)	взя́тие[占领] откры́тие[开放] поня́тие[了解]	1. 根据带接尾部-тый的被动形动词构成（откры́ть[开] — откры́тый[开放的] — откры́тие[开放]）。 2. 重音从来没有在接尾部的。大部分保持所根据构成的原词的重音，在倒数第三个音节（наи́тие[感应]，прибы́тие[来到]）。

（续表）

中性名词		注
		但也有一个例外：бытиé［存在］。 重音的地位在变格时都是固定的。
-ств(о)	произвóдство［生产］ строи́тельство［建设］	1. 根据不同的词干构成（производи́ть［生产］或 произвóдный［生产的］——произвóдство；стрóить［建造］——строи́тель［建造者］——строи́тельство［建设]）。 2. 有些词的重音在倒数第二个音节（госпóдство［统治］，превосхóдство［优越］），有些在最后一个音节（мастерствó［技艺］，кумовствó［教父母的亲戚关系］，колдовствó［魔法］）。 重音的地位都是固定的。
阳性名词		注
外来语接尾部		
-изм	коммуни́зм［共产主义］ материали́зм［唯物论］ маркси́зм［马克思主义］ ленини́зм［列宁主义］	重音总是在最后一个音节（接尾部）。重音地位是固定的。

B. 带指小接尾部和指大接尾部的名词　[Существи́тельные с уменьши́тельными и увеличи́тельными су́ффиксами]

表 107

I. 指小接尾部［Уменьши́тельные су́ффиксы］				
接尾部	阳性	中性	阴性	构成方法
-ик	стóлик — стол［桌子］ дóмик — дом［房子］			接尾部在原词之后。

（续表）

Ⅰ. 指小接尾部［Уменьши́тельные су́ффиксы］			
接尾部	阳性	中性	阴性	构成方法
-чик	шка́фчик — шкаф［橱］	пле́чико — плечо́ ［肩］ ли́чико — лицо́ ［脸］		→ц 改 ч
ок(ёк)	па́льчик — па́лец［手指］ листо́к — лист［叶］ паренёк — па́рень［小伙子］ сучо́к — сук ［枝］ старичо́к — стари́к［老人］			→省去 е，ц 改 ч
-ец	бра́тец — брат［兄弟］			→к 改 ч
-к(а)			голо́вка — голова́［头］ ко́мнатка — ко́мната［房间］ ви́шенка — ви́шня［樱桃］	→加上 е
-иц(а)			води́ца — вода́［水］ сестри́ца — сестра́［姊妹］	
иц(е)		пла́тьице — пла́тье［衣服］		
-ичк(а)			сестри́чка — сестра́［姊妹］ лиси́чка — лиса́［狐狸］	

（续表）

I . 指小接尾部［Уменьши́тельные су́ффиксы］				
接尾部	阳性	中性	阴性	构成方法
-онк,-ёнк-	мальчо́нка — ма́льчик［男孩］		сестрёнка — сестра́［姊妹］	→改变 о 的位置
-оньк(a)			девчо́нка — де́вочка［女孩］ берёзонька — берёза［桦树］	
-еньк(a)			ру́ченька — рука́［手］	
-ц(е)		око́нце — окно́［窗］		→改变 о 的位置
-ечк(а)			узде́чка — узда́［马勒］ руба́шечка — руба́шка［衬衫］ ко́шечка — ко́шка［猫］	
-ечк(о)		сёмечко — сёмя［种子］		
-очк(о)		я́блочко — я́блоко［苹果］	таре́лочка — таре́лка［盆子］	
-ушк(а,о)	де́душка — дед［祖父］	го́рюшко — го́ре［悲哀］	стару́шка — стару́ха［老太婆］	→接尾部-ушк-代替接尾部-ух-
-юшк(о)	хле́бушко — хлеб［面包］	мо́рюшко — мо́ре［海］		
			речу́шка — река́［河］	→к 改 ч
-ышк, -ишк(а,о)	мальчи́шка — ма́льчик［男孩］ плути́шка — плут［骗子］	со́лнышко — со́лнце［太阳］ гнёздышко — гнездо́［窠］	избу́шка — изба́［农舍］ земли́шка — земля́［大地］	注意：带结尾部-ушк-,-ышк-,-ишк-的名词，阴性总是以-а结尾（голо́вушка，земли́шка），中性总是以-о结尾

（续表）

Ⅰ. 指小接尾部 [Уменьши́тельные су́ффиксы]				
接尾部	阳性	中性	阴性	构成方法
复接尾部 -уш-ечк(а) -уш-он -очк(а) -иш-ечк(а) -он-очк(а)	городи́шко — го́род[城] доми́шко — дом[房子] мальчи́шечка — мальчи́шка — ма́льчик		избу́шечка — избу́шка — изба́ старушо́ночка — старушо́нка — стару́шка — стару́ха девчо́ночка — девчо́нка — де́вочка	（со́лнышко）， 阳性如果是有生 命的，以-а 结尾 （мальчи́шка）， 阳性如果没有生 命的，以-о 结尾 （доми́шко）。 双重或三重接 尾部
Ⅱ. 指大接尾部 [Увеличи́тельные су́ффиксы]				
-ищ(е,а) -ин(а)	доми́ще — дом[房子] ножи́ще — нож[刀] доми́на — дом[房子]	письми́ще — письмо́[信]	кни́жища — кни́га[书] ножи́ща — нога́[脚] ручи́ща — рука́[手] ры́бина — ры́ба[鱼]	→г 改 ж →к 改 ч 注意：带接尾 部-ищ-的 名 词， 阴性总是以-а 结 尾（ручи́ща），中 性和阳性总是 以-е 结尾（пись- ми́ще，доми́ще）。

Г. 带指小接尾部和指大接尾部名词的重音 ［Ударе́ние в существи́-
тельных с уменьши́тельными и увеличи́тельными су́ффиксами］

-ик：重音通常都在倒数第二个音节：до́мик，сто́лик，о́слик［小驴
子］。重音地位是固定的。

-ок(-ёк)：重音在最后一个音节：листо́к，уголёк［小角］。在变格
时，重音按照表 15 Ⅲ 1 的类型转移。

-к(а)：如果名词的重音不在最后一个音节，那么由这个名词所构
成的指小名词的重音，仍旧在原来的音节：ко́мната［房间］—
ко́мнатка，моне́та［硬币］— моне́тка。如果名词的重音在最后一个音
节，那么指小名词的重音通常都在倒数第二个音节：рука́ — ру́чка，нога́
［脚］— но́жка，голова́ — голо́вка。重音的地位都是固定的。

-иц(а) ⎰重音在倒数第二个音节：води́ца — води́чка。重音地位是
-ичк(а) ⎱ 固定的。

-онк(а)：重音在倒数第二个音节：девчо́нка，мальчо́нка。重音地
位是固定的。

-ц(е,о)：重音大多在倒数第二个音节：око́нце，волоко́нце（小
волокно́［纤维］）；有些在倒数第三个音节：пла́тьице，де́ревце（小
де́рево［树］）；有时在最后一个音节(-цо́)：пальтецо́（小 пальто́［大
衣］），ружьецо́（小 ружьё［枪］）。重音地位都是固定的。

-ечк(а)：重音规则见-к(а)。

-ушк(а)：有些名词重音在 у(倒数第二个音节)。有些在接尾部之
前的一个音节(倒数第三个音节)重音地位是固定的。

-ышк-：重音通常在倒数第三个音节：со́лнышко，зёрнышко（小

зернó［谷粒］］)。重音地位是固定的。

-ишк-：重音通常在倒数第二个音节：мальчи́шка, уми́шко（小 ум
［智力］）, доми́шко。

-ищ(е,о)：如果名词的重音不在最后一个音节,那么由这个名词所
构成的指小名词的重音,仍旧在原来的音节：кни́га — кни́жища。如果
名词的重音在最后一个音节,那么由这个名词所构成的指小名词的重
音,通常在倒数第二个音节：рука́ — ручи́ща, нога́ — ножи́ща, стари́к
— старичи́ще。但也有例外：челове́к［人］— челове́чище。

注：1. 凡是指小接尾部都可以使一个词具有亲爱的意思。

2. 有些指小接尾部可以使一个词具有亲爱的意思,也可以使一个词具有蔑视的意思,
要根据上下文的语气来决定,例如：

具有指小或亲爱的意思的	具有蔑视的意思的
Ма́ленькая *речу́шка* протека́ла о́коло дере́вни.［一条小小的河在村子附近流过。］ Ма́ленький *доми́шко* стоя́л в зе́лени.［一座小小的房子直立在绿荫丛中。］ „Кири́ла Петро́вич заезжа́л за́просто в *доми́шко* своего́ ста́рого това́рища...“［基利尔·彼特罗维奇穿着便服到自己一个老同学的家里去……］（普希金）	Это не река́, а кака́я-то *речу́шка*（и́ли речо́нка).［这算不来河,而是一条(讨厌的)水浜。］ Приходи́л како́й-то *мальчи́шка*.［来了一个小鬼。］ Како́й же э́то дом? Это *доми́шко*.［这是一个怎样的房子? 这只是一个小房子。］ „На краю́ доща́ника стои́т... растрё-панный *мужичо́нка* в рва́ном армя́ке...“［在平底小船的一边站着……一个穿破上袄的头发蓬乱的家伙……］（高尔基）

Д. 俄罗斯人的名字，小名，父名和姓　［Рýсские именá, уменьшúтельные именá, óтчества и фамúлии］

表 108

I. 男子的［Мужскúе］			
名字	小名	父名	姓
Авраáм(Абрáм)	Абрáша, Абрáшенька, Абрáня, Аврик	Авраáмович Абрамович	Авраáмов Абрáмов
Агáпий	Агáпка, Агáша	Агáпьевич	Агáпов
Агафóн	Агафóнюшка, Афóня	Агафóнович	Агафóнов
Аггéй	Аггéюшка, Аггéинька, Ага	Аггéевич	Аггéев(Агéев)
Адáм	Дáня, Адя, Адáмушка	Адáмович	Адáмов, Адамóвич
Адриáн	Адя, Адик, Адюша	Адриáнович	Адриáнов
Алексáндр	Шýра, Шýрик, Шýрочка, Сáша, Сáня, Сáшенька	Алексáндрович	Александрóв
Алексéй	Алёша, Лёша, Алик, Лёшка, Лёшенька, Алёшенька	Алексéевич	Алексéев
Амóс	Мóся, Амóсик, Мóсенька	Амóсович	Амóсов
Анáний	Аня, Нáня, Анáша	Анáньевич	Анáньев
Анастáсий	Стáсь, Стáсенька	Анастáсьевич	Анастáсьев
Анатóлий	Тóля, Анатóша, Анатóль	Анатóльевич	Анатóльев
Андрéй	Андрюша, Андрéйка, Андрéюшка	Андрéевич	Андрéев
Антúп	Тúша, Антúпушка	Антúпович	Антúпов
Антонúн	Тóня, Тóся	Антонúнович	Антонúнов
Антóн(óний)	Антóша, Тóся, Тóня	Антóнович	Антóнов
Аполлинáрий	Пóля, Пóлик	Аполлинáрьевич	Аполлинáрьев
Аристáрх	Аря, Аристáша	Аристáрхович	Аристáрхов
Аркáдий	Аркáша, Аркáшка, Аркáшенька	Аркáдьевич	Аркáдьев
Арсéний	Арсюша, Сéня, Сюша	Арсéньевич	Арсéньев

I . 男子的［Мужские］			
名字	小名	父名	姓
Артём	Артю́ша, Тёма	Артёмович	Артёмов (Артёмьев)
Архи́п	Аря, Архи́пушка	Архи́пович	Архи́пов
Афана́сий	Афо́ня, Фо́ня, Афо́нюшка	Афана́сьевич	Афана́сьев
Бори́с	Бо́ря, Бо́бик, Бо́ренька, Бо́рька, Бори́ска, Бо́рик	Бори́сович	Бори́сов
Вади́м	Ва́дя, Вади́мка, Вадю́ша	Вади́мович	Вади́мов
Валенти́н	Ва́ля, Ва́лик, Валю́ша	Валенти́нович	Валенти́нов
Валериа́н	Вале́рий, Ва́ля, Ле́рик	Валериа́нович (-ья́нович)	Валериа́нов (-ья́нов)
Варлаа́м	Варла́ша, Ва́рлик	Варлаа́мович	Варлаа́мов
Варфоломе́й	Фа́ля, Варфоломе́юшка	Варфоломе́евич	Варфоломе́ев
Васи́лий	Ва́ся, Василёк, Ва́ська, Ва́сенька, Васю́тка, Васю́ха	Васи́льевич	Васи́льев
Вениами́н	Ве́ня, Ве́ничка	Вениами́нович	Вениами́нов
Вике́нтий	Ви́ка, Ке́ня, Вике́ша	Вике́нтьевич	Вике́нтьев
Ви́ктор	Ви́тя, Ви́тенька, Витю́ша	Ви́кторович	Ви́кторов
Виссарио́н		Виссарио́нович	Виссарио́нов
Вита́лий	Ви́тя, Та́ля, Вита́ша	Вита́льевич	Вита́льев
Влади́мир	Воло́дя, Во́ва, Во́ля, Воло́денька, Во́вка	Влади́мирович	Влади́миров
Все́волод	Сёва, Сёвик, Все́ва	Всеволо́дович	Всеволо́дов
Вячесла́в	Вя́ча, Че́ся, Че́ська, Вя́чек	Вячесла́вович	Вячесла́вов
Гаврийл	Гаври́ла, Гаврю́ша, Га́врик, Га́ря	Гаври́лович	Гаври́лов
Генна́дий	Ге́ня, Ге́нька, Гена́ша	Генна́диевич	Генна́диев
Гео́ргий	Го́ша, Жо́рж, Жо́ржик, Ге́ня, Его́р, Его́ша, Его́рушка	Гео́ргиевич	Гео́ргиев
Гера́сим	Ге́ра, Гера́ся	Гера́симович	Гера́симов
Глеб	Гле́бик, Гле́бушка, Гле́бка	Гле́бович	Гле́бов

I. 男子的［Мужские］			
名字	小名	父名	姓
Григо́рий	Гри́ша, Гри́шка, Гри́нька, Гришу́тка, Го́ря, Го́ренька	Григо́рьевич	Григо́рьев
Дави́д (Давы́д)	До́ня, До́дик, Давы́душка	Дави́дович (ы)	Дави́дов (ы)
Дани́ла	Да́ня, Да́нечка, Да́ник	Дани́лович	Дани́лов
Дими́трий	Ди́ма, Ми́тя, Ми́трий, Митрёха, Митя́й	Дими́триевич	Дими́триев
Дени́с	Де́ня, Дени́сушка	Дени́сович	Дени́сов
Евге́ний	Же́ня, Евге́ша, Ге́ня	Евге́ньевич	Евге́ньев
Евло́гий	Евло́ша, Ло́ня	Евло́гиевич	Евло́гиев
Ефи́м	Фи́ма	Ефи́мович	Ефи́мов
Елисе́й	Еля, Елисе́юшка	Елисе́евич	Елисе́ев
Емелья́н	Еме́ля, Емелья́ша	Емелья́нович	Емелья́нов
Ерми́л	Ерёма, Ерми́лушка	Ерми́лович	Ерми́лов
Ермола́й	Ермо́ша, Ермола́ша	Ермола́евич	Ермола́ев
Ефре́м	Фи́ма, Ефре́ша	Ефре́мович	Ефре́мов
Заха́р	Заха́рка, Заха́ренька, Заха́рушка	Заха́рович	Заха́ров
Зоси́ма	Си́ма, Зо́ся	Зоси́мович	Зоси́мов
Игна́тий	Игна́ша, Ге́ня, Гнат	Игна́тьевич	Игна́тьев (-рин)
Игорь	Го́ша, Го́ря, Иго́ша	Иго́рьевич	Игорьев
Иларио́н	Ла́ря, Ларёк	Иларио́нович	Иларио́нов
Илья́	Ильюша, Иле́йка	Ильи́ч	Ильи́н
Иннокентий	Ке́ша, Ке́на, Ике́шка	Иннокентьевич	Иннокентьев
Исаа́к	Ися	Исаа́кович	Исаа́ков
Иса́й (Иса́ия)	Ися, Ся́я	Иса́евич	Иса́ев
Иа́ков (Яков)	Яша, Яшенька, Яня	Яковлевич	Яковлев
Иван (Иоа́нн)	Ва́ня, Ванюша, Ваня́тка, Ва́нечка, Ва́нька	Ива́нович (Иоа́нович)	Ива́нов
Ио́сиф (Осип)	Ося, Ёся, Ёсик	Ио́сифович (Осипович)	Осипов

（续表）

I. 男子的［Мужские］			
名字	小名	父名	姓
Карп	Карпу́ша, Ка́рпик, Ка́рпенька	Ка́рпович	Ка́рпов
Кири́лл	Ки́ра, Ки́рик, Кирю́ша	Кири́ллович	Кири́ллов
Климе́нт	Клим, Кли́ша	Климе́нтьевич	Климе́нтьев
Константи́н	Ко́стя, Ко́тик	Константи́нович	Константи́нов
Кузьма́	Ку́зя, Ку́зик	Кузьми́ч	Кузьми́н
Лавре́нтий	Ла́врик, Ла́ря	Лавре́нтьевич	Лавре́нтьев
Ла́зарь	Ла́зя, За́ря	Ла́заревич	Ла́зарев
Лев	Лёва, Лёвушка	Льво́вич	Львов́
Леони́д	Ле́ня, Лёнка	Леони́дович	Леони́дов
Лео́нтий	Лёна, Лео́н	Лео́нтьевич	Лео́нтьев
Лука́	Лука́шка	Луки́ч	Лукья́нов (Луки́н)
Мака́р	Мака́рик, Ка́рик	Мака́рович	Мака́ров
Макси́м	Макси́мка, Макси́мушка	Макси́мович	Макси́мов
Марк	Ма́ря, Марку́ша	Ма́ркович	Ма́рков
Матве́й	Мо́тя, Матве́юшка	Матве́евич	Матве́ев
Мефо́дий	Мо́дя, Фо́дя, Фо́денька	Мефо́дьевич	Мефо́дьев
Миро́н	Ми́ра, Миро́ша	Миро́нович	Миро́нов
Митрофа́н	Митро́ша, Ми́тря	Митрофа́нович	Митрофа́нов
Михаи́л	Ми́ша, Ми́шенька, Мишу́к, Ми́шка	Миха́йлович	Миха́йлов
Моде́ст	Мо́дя, Мо́дик	Моде́стович	Моде́стов
Моисе́й	Мо́ся, Мо́сенька, Мо́ська	Моисе́евич	Моисе́ев
Не́стор	Не́стя	Не́сторович	Не́сторов
Нау́м	Нау́ша, Нау́мик	Нау́мович (Нау́мыч)	Нау́мов
Ники́та	Ники́ша, Ни́ка	Ники́тович	Ники́тин
Ники́фор	Ни́ка, Ки́фа, Ники́ша	Ники́форович	Ники́форов
Никола́й (Нико́ла)	Ни́ка, Ко́ля, Никола́шка, Ко́ленька, Ко́лька	Никола́евич	Никола́ев

（续表）

I . 男子的 [Мужские]			
名字	小名	父名	姓
Олéг	Олесь , Лёка	Олéгович	Олéгов
Онúсим	Оня , Сúма , Онúся	Онúсимович	Онúсимов
Пáвел	Пáвлик , Павлýша , Пáша , Пáня , Пáнка	Пáвлович	Пáвлов
Панфúл	Пáня , Фúля , Панфýша	Панфúлович	Панфúлов
Пётр	Пéтя , Пéтих , Петю́ша , Петрýха	Петрóвич	Петрóв
Платóн	Тóня , Плáтя , Платóша	Платóнович	Платóнов
Потáп	Пóтя , Пóтик	Потáпович	Потáпов
Прокóпий (Прокóп)	Прóша , Прóня , Прóкушка	Прокóпович (ьевич)	Прокóпьев
Прóхор	Прóня , Прóша	Прóкорович	Прóхоров
Ромáн	Рóма , Рóмик	Ромáнович	Ромáнов
Ростислáв	Рóстя , Рóстенька	Ростислáвович	Ростислáвов
Сáвва	Сáвуша , Сáвик	Сáввич	Сáвин
Самсóн	Сёма , Сáмик	Самсóнович	Самсóнов
Севастья́н	Сёва , Савóська	Севастья́нович	Севастья́нов
Серафúм	Сéрик , Фúма	Серафúмович	Серафимóвич
Сергéй	Серёжа , Сергýнька , Сергéйка , Серж	Сергéевич	Сергéев
Сúла	Сúлик , Сúленька , Сúлушка	Сúлович	Сúлин
Семён	Сéня , Сёмик , Сёмушка , Сёмка	Семёнович	Семёнов
Степáн	Стёпа , Стёпик , Стёпка , Стёпушка	Степáнович	Степáнов
Тарáс	Тáся , Тарáска	Тарáсович	Тарáсов
Тимофéй	Тúма , Тимóша , Тёма , Тёмик	Тимофéевич	Тимофéев
Тит	Тúтушка	Тúтович	Титóв
Тúхон	Тúша , Тихýша	Тúхонович	Тúхонов
Трúфон	Трúша , Трúшка	Трúфонович	Трúфонов
Трофúм	Трóша , Трóшка	Трофúмович	Трофúмов

(续表)

I. 男子的[Мужские]			
名字	小名	父名	姓
Филаре́т	Фи́ля, Ла́ря	Филаре́тович	Филаре́тов
Филимо́н	Фи́ля, Филимо́ша	Филимо́нович	Филимо́нов
Фили́пп	Фи́ля, Фа́ля	Фили́ппович	Фили́ппов
Фо́ка	Фо́кушка, Ока	Фо́киевич	Фо́кин
Харла́мпий	Харла́ша	Харла́мпиевич	Харла́мпьев
Христофо́р	Хри́стя	Христофо́рович	Христофо́ров
Фадде́й	Фа́дя, Фаде́юшка	Фадде́евич	Фаде́ев
Фёдор	Фе́дя, Фе́динька, Федю́ша, Фе́дька	Фёдорович	Фёдоров
Федо́т	Фе́дя, До́тка, До́тик	Федо́тович	Федо́тов
Феду́л	Фе́дя, Феду́ся	Феду́лович	Феду́лов
Фирс	Фи́рся	Фи́рсович	Фи́рсов
Фома́	Фо́мик, Тёма	Фоми́ч	Фоми́н

II. 女子的[же́нские]		
名字	小名	姓(由女名形成)
Ага́фья	Ага́ша, Га́ша, Га́ня	Ага́фьев
Агния	Аня, Агню́ша	
Аграфе́на	Гру́ша, Гру́ня	Аграфе́нов
Алла	Аля, Ля́ля	
Анаста́сия (Наста́сья)	На́стя, Ста́ся, На́стенька, Аня	Анаста́сьев
Анна	Аня, Анну́шка, Аню́тка, Анне́т	
Антони́да (на)	То́ня, То́ся	
Ариа́дна	Аря, Ада, Ари́ша	
Валенти́на	Ва́ля, Валю́ша, Ти́на, Ва́ленька	Валенти́нов
Варва́ра	Ва́ря, Ва́ренька, Варю́ша	Варва́рин
Васили́са	Ася	
Ве́ра	Ве́рочка, Ве́ранька, Ве́рик	
Гали́на	Га́ля, Га́лочка, Га́лик	
Глафи́ра	Гла́ша	
Да́рья	Да́ша, Да́ня, Да́рочка, Да́шенька	Да́рьин

Ⅱ. 女子的［жéнские］		
名字	小名	姓（由女名形成）
До́мна	До́ня , До́мнушка	
Дорофе́я（те́я）	До́ра , До́рочка	Дорофе́ев
Евге́ния	Же́ня , Же́ничка	
Евдоки́я（Авдо́тья）	Евдо́ша , Авдо́тьюшка	Евдоки́мов
Евфроси́нья	Фро́ся , Фро́сенька	
Екатери́на（Катери́на）	Ка́тя , Катю́ша , Ка́тенька , Ко́тик	
Еле́на	Ле́на , Ле́ля , Лёлик , Ле́ночка	
Елизаве́та（Лизаве́та）	Ли́за , Ли́зоча , Ли́занька , Лизо́к	
Зинаи́да	Зи́на , Зи́ночка , Зи́зи	
Зо́я	Зо́инька , Зо́йка	
Ири́на（Ари́на）	Ира , Ири́ша , Ари́ша , Ри́на , Ари́нушка	
Ия	Иенька , Иечка	
Кале́рия	Ка́ля , Калю́ша	
Ки́ра	Ки́рочка , Кирю́ша	Ки́ров
Кла́вдия	Кла́ва , Кла́вочка	Кла́вдин
Клеопа́тра	Кле́о	
Ксе́ния	Ксю́ша , Се́ня	
Лари́са	Ля́ля , Ла́ра , Ла́рочка	
Ли́дия	Ли́да , Ли́дочка , Ли́па	
Любо́вь	Лю́ба , Люба́ша , Лю́банька ,	Люби́мов
Людми́ла	Лю́да , Ми́ла , Ми́лочка , Лю́дочка	
Мари́на	Ма́ра , Ри́на , Мари́ша , Мари́нка	Мари́нин
Мари́я（Ма́рья）	Ма́ня , Ма́ша , Ма́шенька , Машу́тка	Марьи́н
Мела́нья（Мала́нья）	Мала́ша , Мала́шенька	Мала́шкин
Наде́жда	На́дя , Надю́ша , На́денька , Нади́н	Наде́ждин
Ната́лия（ья）	Ната́ша , На́та , На́тик	
Ни́на	Ни́ночка , Нину́ша , Нино́к , Нину́ля	
Ольга	Оля , Лёля , Оленька , Олик , Олю́ша	Ольгин
Параске́ва	Па́ша , Па́ня , Пара́ша	
Пелаге́я	По́ля , Пелаге́юшка	

（续表）

II. 女子的［жéнские］		
名字	小名	姓（由女名形成）
Пульхéрия	Пульхéрьюшка	
Раи́са	Ра́я, Ра́енька	
Руфи́на	Ру́фа, Фи́на	
Серафи́ма	Си́ма, Фи́ма	Серафимóвич
Сóфья	Сóня, Сóнечка, Сóфьюшка	
Суса́нна	Са́нна, Суса́ннушка	Суса́нин
Таи́сия	Та́я, Та́ечка	
Тама́ра	Та́ма, Тóмочка, Тама́ша	Тама́рин
Татья́на	Та́ня, Та́нечка, Танюша	
Фаи́на	Фа́ня, Фа́нечка	
Христи́на	Хри́стя, Ти́на	
Фёкла	Фéня, Фёклушка, Феклу́ша	
Федóсья	Дóся, Федóсьинька	Федосéев

注：1. 俄罗斯人的姓主要是根据男子的名字而构成的，但也有少数根据女子的名字而构成，例如：Евдоки́я —— Евдоки́мов, Любóвь —— Люби́мов。

2. 女子的名字不能构成父名（óтчества）。

§57. 复合名词
［Слóжные существи́тельные］

I. 一部分名词所包括的词根不止一个，而有几个，这种名词叫做复合名词。复合名词是由几个词联合而成的——通常由两个名词，或者一个名词跟一个代词，或者一个名词跟一个数词等等。

有时一个复合词再加上一个词可以成为另一个复合词，例如：

паровóз［火车头］（пар［蒸汽］+ вози́ть［拖］）；

паровозостроéние[火车头的制造](паровóз[火车头] + строéние[制造])。

在联合复合名词的组成部分时,大都使用母音 о 或 е。

表 109

构成方法		
		连接母音 о е 在硬子音之后用 о 在软子音(有 ь 的)和
паровóз[火车头] паровозостроéние[火车头的制造] земледéлие[农业] птицевóдство[养禽] пешехóд[步行者] самокрúтика[自我批评] самоопределéние[自决]	пар-о-вóз паровоз-о-строéние земл-е-дéлие птиц-е-вóдство пеш-е-хóд сам-о-крúтика сам-о-определéние	ц, ж, ш, ч, щ 之后 用 е。
пятилéтка[五年计划]	пяти-лéтка	不用连接母音

Ⅱ. 在现代俄语里,有一种特殊的复合名词,这种复合名词实际上是一种缩写词,它们大多是在十月革命之后出现的。

根据不同的缩写方法,这些词可以分成几组。

表 110

构成方法		
а)профсоюз[工会] стенгазéта[墙报]	профессионáльный союз стеннáя газéта	只有第一 个词缩写
б)комсомóл[共青团] колхóз[集体农庄] райкóм[区委]	коммунистúческий союз молодёжи коллектúвное хозяйство райóнный комитéт	所有的词 都缩写

（续表）

в）вуз［大学］ ТАСС［塔斯社］	вы́сшее уче́бное заведе́ние Телегра́фное аге́нтство Сове́тского Сою́за	由组成各 词的第一个 音拼成
г）СССР（读作 эс-эс- эс-эр）［苏联］ МТС（读作 эм-тэ- эс）［农业机器站］	Сою́з Сове́тских Социалисти́ческих Респу́блик маши́нно-тра́кторная ста́нция	由组成各 词的第一个 字母构成

§58. 形容词的构成
[Образова́ние прилага́тельного]

名词、动词、副词、数词和形容词,可以借接尾部和接头部的帮助,构成形容词。

A. 根据名词、副词、动词和数词构成形容词 [Образова́ние прилага́тельного от существи́тельных, наре́чий, глаго́лов, числи́тельных]

表 111

I . 加接尾部构成形容词		
最重要的 接尾部	形容词	构成方法
-н-	ле́тний［夏天的］, зи́мний［冬天的］, осе́нний［秋天的］, весе́нний［春天的］, вече́рний［晚上的］, фабри́чный［工厂的］, желе́зный［铁的］, ме́стный［地方的］	根据名词 ле́то［夏］, зима́［冬］, о́сень［秋］, весна́［春］, ве́чер［晚上］, фа́брика［工厂］（к 改为 ч）, желе́зо［铁］, ме́сто［地位］

I．加接尾部构成形容词		
最重要的接尾部	形容词	构成方法
(-ш-)-н-	сегóдняшний［今天的］，вчерáшний［昨天的］，зáвтрашний［明天的］，здéшний［这里的］，внéшний［外面的］，нынешний［现在的］	根据副词 сегóдня［今天］，вчерá［昨天］，зáвтра［明天］，здесь［这里］，вне［外面］，ныне［现在］
-онн-，-енн-	революциóнный［革命的］，хозяйственный［经济的］，жизненный［生活的］	根据名词 револю́ция［革命］，хозя́йство［经济］，жизнь［生活］
-ск-	городскóй［城市的］，заводскóй［工厂的］，завóдский（＝заводскóй），совéтский［苏维埃的］，москóвский［莫斯科的］，пролетáрский［无产阶级的］，маркси́стский［马克思主义的］，францýзский［法国的］	根据名词 гóрод［城市］，завóд［工厂］，совéт［苏维埃］，Москвá［莫斯科］，пролетáрий［无产者］，маркси́ст［马克思主义者］，францýз［法国人］
-ист-ск-	большеви́стский［布尔什维克的］，меньшеви́стский［孟什维克的］，	большеви́к［布尔什维克］，меньшеви́к［孟什维克］，
-к-	немéцкий［德国的］，бедня́цкий［贫农的］，кулáцкий［富农的］	нéмец［德国人］，бедня́к［贫农］，кулáк［富农］（к改ц）
	лóмкий［容易碎的］，кóлкий［容易劈开的］	根据动词 ломáть［弄破］，колóть［劈开］
-ан-，-ян-	кóжаный［皮的］，серéбряный［银的］	根据名词 кóжа［皮］，серебрó［银］（о改я）
	платянóй［衣服的］，жестянóй［铁皮的］	плáтье［衣服］，жесть［铁皮］
-ин-	лебеди́ный［天鹅的］，соколи́ный［鹰的］	лéбедь［天鹅］，сóкол［鹰］
-ов-，-ев-	дубóвый［橡树的］，соснóвый［松树的］，боевóй［战斗的］	дуб［橡树］，соснá［松树］，бой［战斗］

(续表)

I. 加接尾部构成形容词		
最重要的 接尾部	形容词	构成方法
-ов-	плечево́й[肩的], ключево́й[钥匙的], столо́вый[桌子的], домо́вый[房子的], га́зовый[气体的]	плечо́[肩], ключ[钥匙], стол[桌子], дом[房子], газ[气体]
-овит-	родови́тый[望族的], ядови́тый[有毒的]	род[族], яд[毒]
-ов- -ов(ск)	отцо́в[父亲的], леснико́в[看林人的], отцо́вский[父亲的]	оте́ц[父亲], лесни́к[看林人]
-ин-	ма́терин[母亲的], сёстрин[姊妹的], ба́бушкин[祖母的], вещу́ньина[预言者的]	мать[母亲], сестра́[姊妹], ба́бушка[祖母], вещу́нья[预言者(女)]
-ин(ск)	матери́нский[母性的], сёстринский[护士的]	
		„Ты леснико́ва дочь? — Лесніко́ва, — прошепта́ла она́.“[“你是看林人的女儿吗?”——“看林人的,”她喃喃地说。](屠格涅夫) „Вещу́ньина с похва́л вскружи́лась голова́...“[预言家的头由于称赞而转了起来……](克雷洛夫) 注意:отцо́в, ма́терин 和 сёстрин 这几个词, 在现代文学语里差不多是不用的, 不过 ба́бушкин 和 ма́мин[妈妈的]却是常常用的。
-ист-	тени́стый[多阴的], гли́нистый[粘土质的]	тень[阴影], гли́на[粘土]
-ат-	уса́тый[留唇髭的], борода́тый[留胡须的]	ус[唇髭], борода́[胡须]
-чат-	ды́мчатый[烟灰色的]	дым[烟]
-аст-	глаза́стый[眼睛尖的], голова́стый[大头的]	глаз[眼睛], голова́[头]
-ив-	лени́вый[懒惰的]	лень[懒惰]

（续表）

Ⅰ．加接尾部构成形容词		
最重要的 接尾部	形容词	构成方法
-лив- -чив-	приве́тливый［有礼貌的］ обма́нчивый［欺骗性的］	приве́т［敬礼］ обма́н［欺骗］
-уч-，-юч-	лету́чий［飞的］，горю́чий［容易燃 烧的］，колю́чий［多刺的］	根据动词 лете́ть［飞］，горе́ть［燃 烧］，коло́ть［刺］
Ⅱ．加接头部不加接尾部而构成形容词		
接头部 без-	безру́кий［没有手的］，безно́гий ［没有脚的］	根据名词 рука́［手］，нога́［脚］
Ⅲ．加接头部和接尾部而构成形容词		
接头部 без-	бездо́мный［无家可归的］ безвре́дный［没有害处的］	根据名词 дом［家］ вред［害处］
接尾部 -н- -енн-	безра́достный［没有欢乐的］ бесприю́тный［无处容身的］ бессмы́сленный［没有意义的］	ра́дость［欢乐］ прию́т［庇护所］ смысл［意义］
Ⅳ．加接头部和接尾部而构成形容词		
接头部 на-，за-，при- 接尾部 -н-，-ск-	насто́льный［桌上的］ засто́льный［进餐时的］ нате́льный［贴身的］ приура́льский［乌拉尔附近的］	根据名词 стол［桌子］ те́ло［身体］ Ура́л［乌拉尔山］
Ⅴ．不加接头部和接尾部而构成形容词		
	во́лчий［狼的］，медве́жий［熊的］	根据名词 a）主要表示动物： волк［狼］（к 改 ч） медве́дь［熊］（д 改 ж）

(续表)

V. 不加接头部和接尾部而构成形容词	
пти́чий[鸟的], за́ячий[兔子的] ли́сий[狐狸], собо́лий[黑貂的] о́тчий[父亲的], поме́щичий[地主的], рыба́чий[渔夫的]	пти́ца[鸟], за́яц[兔子](ц 改 ч) лиса́[狐狸], со́боль[黑貂] 6) 表示人物: оте́ц[父亲], поме́щик[地主], рыба́к[渔夫] „Уж за реко́й, дымя́сь, пыла́л ого́нь *рыба́чий...*"[在河的那一边渔夫的灯火在冒烟燃烧……](普希金)

Б. 根据一个形容词构成另一个形容词 [Образова́ние прилага́тельного от прилага́тельного]

表 112

I. 加上含有指大、指小和亲爱意义的接尾部		
指小接尾部 -оват- 亲爱接尾部 -еньк- -оньк- 指大接尾部 -ущ- -ющ-	краснова́тый[淡红色的] синева́тый[淡蓝色的] бе́ленький[白白的] ти́хонький[静悄悄的] большу́щий[极大的] злю́щий[极凶恶的]	кра́сный[红色的] си́ний[蓝色的] бе́лый[白色的] ти́хий[静静的] большо́й[大的] злой[凶恶的]
II. 加上含有指大、指小或亲爱意义的接头部		
指大接头部 пре-	пребольшо́й[极大的] пренепри́ятный[极不愉快的]	根据形容词 большо́й[大的] непри́ятный[不愉快的]

（续表）

Ⅲ. 加上外来语接头部		
архи- анти- контр-	архиреакцио́нный［极端反动的］ антирелигио́зный［反宗教的］ антифаши́стский［反法西斯的］ контрреволюцио́нный［反革命的］	реакцио́нный［反动的］ религио́зный［宗教的］ фаши́стский［法西斯的］ революцио́нный［革命的］

B. 复合形容词的构成　［Образова́ние сло́жного прилага́тельного］

表 113

Ⅰ. 由两个形容词构成	
серо-зелёный［绿灰色的］ тёмнокрасный［暗红色的］ светлоголубо́й［浅蓝色的］ серо-си́ний［青灰色的］	第一个形容词的词干 + 连接母音 + 第二个形容词：сер-о-зелёный, сер-о-си́ний。
Ⅱ. 由形容词的词干和名词的词干构成	
серогла́зый［灰眼睛的］ черноволо́сый［黑头发的］ остроу́мный［机智的］ паровозостро́ительный［制造火车头的］ чугунолите́йный［铸铁的］	形容词的词干 + 连接母音 + 名词的词干 + 形容词的词尾： сер-о-гла́з-ый паровоз-о-стро́итель-н-ый чугун-о-лите́йный

附录:

本手册所用俄文文法用语表
[Спи́сок граммати́ческих те́рминов ру́сского языка́, употребля́емых в да́нном спра́вочнике]

Абстра́ктное существи́тельное 抽象名词
безли́чное предложе́ние 无人称句子
безли́чный глаго́л 无人称动词
бу́дущее вре́мя 未来时
бу́дущее просто́е 单未来时
бу́дущее сло́жное 复未来时
бу́ква 字母
веще́ственное существи́тельное 物质名词
вид 体
вини́тельный паде́ж 第四格
возвра́тное местоиме́ние 指己代词
вопроси́тельная части́ца 疑问小品词
вопроси́тельное местоиме́ние 疑问代词
вопроси́тельное предложе́ние 疑问句子
восклица́тельная части́ца 惊叹小品词
восклица́тельное предложе́ние 惊叹句子
вре́мя 时
временно́й сою́з (同 сою́з вре́мени)
вспомога́тельный глаго́л 助动词
второ́е лицо́ 第二位
второ́е склоне́ние 第二类变格法
второ́е спряже́ние 第二类变位法

гла́вное предложе́ние 主句
глаго́л 动词
глаго́л второ́го спряже́ния 第二类变位法动词
глаго́л пе́рвого спряже́ния 第一类变位法动词
гла́сная бу́ква 母音字母
грамма́тика 文法
да́тельный паде́ж 第三格
дееприча́стие 副动词
действи́тельное прича́стие 自动形动词
дополне́ние 补语
еди́нственное число́ 单数
же́нский род 阴性
заи́мствованное сло́во 外来语
зало́г 动态
звук 音
зауково́й соста́в 发音部分
звукоподража́тельное междоме́тие 拟声感叹词
изъяви́тельное наклоне́ние 叙述式
имени́тельный паде́ж 第一格

и́мя прилага́тельное（同 прилага́тельное）

и́мя существи́тельное（同 существи́тельное）

и́мя числи́тельное（同 числи́тельное）

ка́чественное прилага́тельное 性质形容词

коли́чественное числи́тельное 指量数词

ко́рень 词根

ко́свенное дополне́ние 间接补语

ко́свенные падежи́ 间接格（第二到第六格）

кра́ткое оконча́ние 短尾

кра́ткое прилага́тельное 短尾形容词

кра́ткое прича́стие 短尾形动词

лицо́ 位

ли́чное местоиме́ние 人称代词

ли́чное оконча́ние 人称词尾

междоме́тие 感叹词

местоиме́ние 代词

местоиме́нное наре́чие 代词式副词

многокра́тный вид 多回体

мно́жественное число́ 复数

морфоло́гия 词法

мужско́й род 阳性

мя́гкая осно́ва 软词干

мя́гкий знак 软音符号

наклоне́ние 式

наре́чие 副词

наре́чие вре́мени 时间副词

наре́чие ме́ры 数量副词

наре́чие ме́ста 地方副词

наре́чие о́браза де́йствия 状态副词

наре́чие причи́ны 原因副词

наре́чие сте́пени 程度副词

наре́чие це́ли 目的副词

настоя́щее вре́мя 现在时

неопределённая части́ца 不定小品词

неопределённое местоиме́ние 不定代词

неопределённое наклоне́ние 不定式

неопределённое наре́чие 不定副词

непереходное прича́стие 不及物形动词

непереходный глаго́л 不及物动词

непра́вильный глаго́л 不规则动词

несоверше́нный вид 未完成体

оборо́т ре́чи 短语

образова́ние 构成，形成

обстоя́тельство 状语

объе́кт（同 дополне́ние）

ограничи́тельная части́ца 限制小品词

однокра́тный вид 一回体

одушевлённый предме́т 有生命物

оконча́ние 词尾

определе́ние 定语

определённое местоиме́ние 形容代词

осно́ва 词干

осно́ва мя́гкая 软词干

осно́ва твёрдая 硬词干

основно́й глаго́л 基本动词

отвлечённое существи́тельное（同 абстра́ктное существи́тельное）

отглаго́льное существи́тельное 动名词

относи́тельное местоиме́ние 关系代词

относи́тельное прилага́тельное 关系形容词

отрица́тельная части́ца 否定小品词

отрица́тельное местоиме́ние 否定代词

отте́нки наклоне́ний 式的语气

паде́ж 格

пе́рвое лицо́ 第一位

пе́рвое склоне́ние 第一类变格法

пе́рвое спряже́ние 第一类变位法

перено́сное значе́ние 转义

перехо́дное прича́стие 及物形动词

перехо́дный глаго́л 及物动词

повели́тельное наклоне́ние 命令式

подлежа́щее 主语

подчини́тельный сою́з 从属连接词

по́лное прилага́тельное 全尾形容词

по́лное прича́стие 全尾形动词

положи́тельная сте́пень 原来级

поря́дковое числи́тельное 次第数词

поясни́тельный сою́з 说明连接词

превосхо́дная сте́пень 最高级

предло́г 前置词

предло́жный паде́ж 第六格

предме́т 对象

прида́точное предложе́ние 副句

прилага́тельное（同 и́мя прилага́тельное）

приста́вка 接头部

притяжа́тельное местоиме́ние 物主代词

прича́стие 形动词

причи́нный сою́з（同 сою́з причи́ны）

произво́дный глаго́л 派生动词

просто́е сказу́емое 简单谓语

противи́тельный сою́з 对立连接词

проше́дшее вре́мя 过去时

прямо́е дополне́ние 直接补语

раздели́тельный сою́з 分别连接词

род 性

роди́тельный паде́ж 第二格

свя́зка 连系词

сказу́емое 谓语

склоне́ние 变格法

сло́во 词

словообразова́ние 词的构成

словосочета́ние 联用词

сло́жное предложе́ние 复合句子

сло́жное существи́тельное 复合名词

служе́бное сло́во 虚词

собира́тельное существи́тельное 集合名词

собира́тельное числи́тельное 集合数词

соверше́нный вид 完成体

соедини́тельный сою́з 联合连接词

сослага́тельное наклоне́ние（同 усло́вное наклоне́ние）

составно́е сказу́емое 复合谓语

составно́е числи́тельное 复合数词

составно́й сою́з 复合连接词

сочини́тельный сою́з 平行连接词

сою́з 连接词

сою́з вре́мени 时间连接词

сою́з причи́ны 原因连接词

сою́з сле́дствия 结果连接词

сою́з це́ли 目的连接词

спряже́ние 变位

сравни́тельная сте́пень 比较级

сравни́тельный сою́з 比较连接词

сре́дний род 中性

сте́пень 级

страда́тельное прича́стие 被动形动词

субъе́кт（同 подлежа́щее）

су́ффикс 接尾部

существи́тельное（同 и́мя существи́тельное）

твори́тельный паде́ж 第五格

тре́тье лицо́ 第三位

тре́тье склоне́ние 第三类变格法

увеличи́тельный су́ффикс 指大接尾部

ударе́ние 重音

указа́тельная части́ца 指示小品词

указа́тельное местоиме́ние 指示代词

уменьши́тельное и́мя 小名
уменьши́тельный су́ффикс 指小接尾部
усили́тельная части́ца 加重语气小品词
усло́вное наклоне́ние 条件式
усло́вный сою́з 条件连接词
уступи́тельный сою́з 退让连接词
уточни́тельная части́ца 精确小品词
фо́рма сло́ва 词形
целево́й сою́з(同 сою́з це́ли)

ча́сти ре́чи 词类
части́ца 小品词
чередова́ние зву́ков 音的交替
чёрточка 短划
числи́тельное(同 и́мя числи́тельное)
числó 数
чле́ны предложе́ния 句子的组成部分
шипя́щие бу́квы 啸音字母

图书在版编目（CIP）数据

草婴译著全集. 第十三卷/草婴编著. -- 上海：上海文艺出版社, 2018
ISBN 978-7-5321-6732-6
Ⅰ.①草… Ⅱ.①草… Ⅲ.①俄语－语法 Ⅳ.①I11②H354
中国版本图书馆CIP数据核字（2018）第258629号

发 行 人：陈　徵
策　　划：姜逸青 郑　理
责任编辑：夏　宁
装帧设计：周志武

书　　名：草婴译著全集. 第十三卷
编　　著：草　婴
出　　版：上海世纪出版集团　　上海文艺出版社
地　　址：上海绍兴路7号　200020
发　　行：上海文艺出版社发行中心发行
　　　　　上海市绍兴路50号　200020　www.ewen.co
印　　刷：上海文艺大一印刷有限公司
开　　本：890×1240　1/32
印　　张：11.25
插　　页：6
字　　数：259,000
印　　次：2019年2月第1版　2019年2月第1次印刷
Ｉ Ｓ Ｂ Ｎ：978-7-5321-6732-6/I · 5375
定　　价：68.00元
告 读 者：如发现本书有质量问题请与印刷厂质量科联系　T:021-57780459